明朝那些事儿

当年明月 著

第陆部 日暮西山

浙江出版联合集团
ZHEJIANG PUBLISHING UNITED GROUP
浙江人民出版社
ZHEJIANG PEOPLE'S PUBLISHING HOUSE

图书在版编目(CIP)数据

明朝那些事儿. 第6部, 日暮西山/当年明月著.—杭州:浙江人民出版社,2011.11(2014.8重印)

ISBN 978-7-213-04628-5

Ⅰ.①明… Ⅱ.①当… Ⅲ.①中国历史—明代—通俗读物 Ⅳ.①K248.09

中国版本图书馆CIP数据核字(2011)第146248号

书　　名	明朝那些事儿·第6部　日暮西山
作　　者	当年明月　著
出版发行	浙江人民出版社
	杭州市体育场路347号
	市场部电话:(0571)85061682　85176516
责任编辑	王福群
责任校对	叶　宇
印　　刷	三河市祥达印刷包装有限公司
开　　本	700×980毫米　1/16
印　　张	18.5
字　　数	355千字
插　　页	2
版　　次	2011年11月第1版
	2014年8月第9次印刷
书　　号	**ISBN 978-7-213-04628-5**
定　　价	29.80元

如发现印装质量问题,影响阅读,请与市场部联系调换。

历史原来很精彩

旷野上，当年明月踽踽而行。

历史是什么？历史就是那些残台断瓦、古庙荒冢吗？就是那些发黄的书本吗？不是，绝对不是。

“历史原来是很精彩的呀！”当年明月大喊一声。声音消失在风中，当年明月继续踽踽地走着，山野一片寂静。

好一段时间，远远地，传来一阵阵回声：“很精彩的呀，很精彩的呀，很精彩的呀，很精彩的呀……”声音渐渐消失，山野又归于寂静。

前面那座古庙里有点儿动静，一个小和尚好像刚睡醒，慢腾腾地伸了个懒腰，抖落了身上厚厚的尘土。噢！那不是朱重八吗？他朝四下看了看，然后向当年明月走来了。那边还有人，朱棣骑着马，风尘仆仆，身上浸着汗水，也向这边赶来。后边是方孝孺，一脸正气，拉着朱允炆，有点儿嫌他走得太慢；沮丧的胡惟庸，骄横的蓝玉，都来了。远远地，过来一个瘦了吧唧的人，一看就知道是朱厚照，还是那样儿，站没站相，坐没坐相，走路也是一摇一晃的……

这么多人都围上了当年明月，一下子就热闹起来了。乱哄哄地，有的拍着当年明月的肩膀，有的指手画脚，吵吵嚷嚷，只听清几个词儿：很精彩的，很精彩的，写写吧，写写吧……写吧，写吧，就像写你们公司的老板，那个胖子，写厂子里那个猴儿精小李、前村儿的嘎子、胡同儿里的小三儿，写吧，想到哪儿写哪儿，就这么写吧……

当年明月也不知是惊喜，还是兴奋，都快晕了。

镜头拉远。

声音淡出。

旷野上又是一片寂静。

忽然，一阵风吹来，一摞纸被吹散了，漫天飞舞。一个过路人捡起一张，一看，原来是书稿，当年明月写的——《明朝那些事儿》。

这也算我给它写的序，比上次那篇序轻松点儿。

毛佩琦

2006年9月8日于北七家村

明朝那些事儿

陆

【目 录】

明朝那些事儿

陆

第一章　绝顶的官僚

在万历执政的前二十多年里，可谓是内忧不止，外患不断，他祖上留传下来的，也只能算是个烂摊子，而蒙古、宁夏、朝鲜、四川，不是叛乱就是入侵，中间连口气儿都不喘，军费激增，国库难支。

可是二十年了，国家也没出什么大乱子，所有的困难，他都安然度过。

因为前十年，他有张居正，后十年，他有申时行。

若评选明代三百年历史中最杰出的政治家，排行榜第一名的非张居正莫属。在他当政的十年里，政治得以整顿，经济得到恢复，明代头号政治家的称谓实至名归。

但如果评选最杰出的官僚，结果就大不相同了，以张居正的实力，只能排第三。

因为这两个行业是有区别的。

从根本上讲，明代政治家和官僚是同一品种，大家都是在朝廷里混的，先装孙子，再当爷爷，半斤对八两，但问题在于，明代政治家是理想主义者，混出来后就要干事，要实现当年的抱负。

而明代官僚是实用主义者，先保证自己的身份地位，能干就干，不能干就混。

所以说，明代政治家都是官僚，官僚却未必都是政治家。两个行业的技术含量和评定指标各不相同，政治家要能干，官僚要能混。

张居正政务干得好，且老奸巨猾，工于心计，一路做到首辅，混得也还不错。但他死节不保，死后被抄全家，差点儿被人刨出来示众，所以只能排第三。

明代三百年中，在这行里，真正达到登峰造极的水平，混到惊天地、泣鬼神的，当属张居正的老师——徐阶。

混迹朝廷四十多年，当过宰相培训班学员（庶吉士），骂过首辅（张璁），发配地方挂职（延平推官），好不容易回来，靠山（夏言）又没了，十几年被人又踩又坑，无怨无悔，看准时机，一锤定音，搞定（严嵩）。

上台之后，打击有威胁的人（高拱），提拔有希望的人（张居正），连皇帝也要看他的脸色，事情都安排好了，才安然回家欢度晚年，活到了八十一岁，张居正死了他都没死，如此人精，排第一是众望所归。

而排第二的，就是张居正的亲信兼助手：申时行。

相信很多人并不认同这个结论，因为在明代众多人物中，申时行并不是个引人瞩目的角色。但事实上，在官僚这行里，他是一位身负绝学，超级能混的绝顶高手。

无人知晓，只因隐藏于黑暗之中。

在成为绝顶官僚之前，申时行是一个来历不明的人。具体点儿讲，是身世不清，父母姓甚名谁、家族何地，史料上一点儿没有，据说连户口都缺，基本属于黑户。

申时行是一个十分谨小慎微的人，平时有记日记的习惯，即使是微不足道的小事，如今天我和谁说了话，讲了啥，他都要记下来。比如他留下的《召对录》，就是这一类型的著作。

此外，他也喜欢写文章，并有文集流传后世。

基于其钻牛角尖的精神，他的记载是研究明史的重要资料。然而奇怪的是，对于自己的身世，这位老兄却是只字不提。

这是一件比较奇怪的事，而我是一个好奇的人，于是，我查了这件事。

遗憾的是，虽然我读过很多史书，也翻了很多资料，依然没能找到史料确凿的说法。

确凿的定论没有，不确凿的传言倒有一个，而在我看来，这个传言可以解释以上的疑问。

据说（注意前提）嘉靖十四年（1535）时，有一位姓申的富商到苏州游玩，遇上了一位女子，两人一见钟情，便住在了一起。

过了一段时间，女方怀孕了，并把孩子生了下来，这个孩子，就是后来的申时行。

可是在当时，这个孩子不能随父亲姓申，因为申先生有老婆。

当然了，在那万恶的旧社会，这似乎也不是什么违法行为。以申先生的家产，娶几个老婆也养得起，然而还有一个更麻烦的问题——那位女子不是一般人，确切地说，是一个尼姑。

所以，在百般无奈之下，这个见不得光的私生子被送给了别人。

爹娘都没见过，就被别人领养，这么个身世，确实比较不幸。

但不幸中的万幸是，这个别人，倒也并非普通人，而是当时的苏州知府徐尚珍。他很喜欢这个孩子，并给他取了一个名字——徐时行。

虽然徐知府已离职，但在苏州干知府，只要不是海瑞，一般都不会穷。

所以，徐时行的童年非常幸福，从小就不缺钱花，丰衣足食，家教良好。而他本人悟性也很高，天资聪慧，二十多岁就考上了举人。人生对他而言，顺利得不见一丝波澜。

但惊涛骇浪终究还是来了。

嘉靖四十一年（1562），徐时行二十八岁，即将上京参加会试，开始他一生的传奇。

然而就在他动身前夜，徐尚珍找到了他，对他说了这样一句话：

具实，你不是我的儿子。

没等徐时行的嘴合上，徐尚珍已把之前所有的一切都和盘托出，包括他的生父和生母。

这是一个十分古怪的举动。

按照现在的经验，但凡考试之前，即使平日怒目相向，这时家长也得说几句好话，天大的事情考完再说。徐知府偏偏选择这个时候开口，实在让人费解。

然而，我理解了。

就从现在开始吧，因为在你的前方，将有更多艰难的事情在等待着你，到那时，你唯一能依靠的人，只有你自己。

这是 个父亲，对即将走上人生道路的儿子的最后祝福。

徐时行沉默地上路了，我相信，他应该也是明白的，因为在那一年会试中，他是状元。

中了状元的徐时行回到了老家，真相已明，恩情犹在，所以他正式提出要求，希望能够归入徐家。

辛苦养育二十多年，而今状元及第，衣锦还乡，再认父母，收获的时候到了。

然而，出乎所有人的意料，他的父亲拒绝了这个请求，希望他回归本家，认祖归宗。

很明显，在这位父亲的心中，只有付出，没有收获。

无奈之下，徐时行只得怀着无比的歉疚与感动，回到了申家。

天上终于掉馅饼了，状元竟然都有白捡的。虽说此时他的生父已经去世，但申家的人毫不犹豫地答应了他的请求，敲锣打鼓、张灯结彩地把他迎进了家门。

从此，他的名字叫做申时行。

曲折的身世，幸福的童年。从他的养父身上，申时行获取了人生中的第一个重要经验，并由此奠定了他性格的主要特点：

做人，要厚道。

当厚道的申时行进入朝廷后，才发现原来这里的大多数人都很不厚道。

在明代，只要进了翰林院，只要不犯什么严重的政治错误，几年之后，运气好的就能分配到中央各部熬资格。有才的入阁当大学士，没才的也能混个侍郎、郎中，就算点儿背，派到了地方，官也升得极快，十几年下来，做个地方大员也不难。

有鉴于此，每年的庶吉士都是各派政治势力极力拉拢的对象。申时行的同学里，但凡机灵点儿的，都已经找到了后台，为锦绣前程作好准备。

申时行是状元，找他的人自然络绎不绝，可这位老兄却是岿然不动，谁拉都不去，每天埋头读书，毫不顾及将来的仕途。同学们一致公认，申时行同志很老实，而从某个角度讲，所谓老实，就是傻。

历史的发展证明，老实人终究不吃亏。

要知道，那几年朝廷是不好混的，先是徐阶斗严嵩，过几年，高拱上来斗徐阶，然后张居正又出来斗高拱，总而言之是一塌糊涂。今天是七品言官，明天升五品郎中，后天没准儿就回家种田去了。

你方唱罢我登场，上台洗牌是家常便饭，世事无常，跟着谁都不靠谱，所以谁也不跟的申时行笑到了最后。当他的同学纷纷投身朝廷拼杀的时候，他却始终待在翰林院，先当修撰，再当左庶子，中间除了读书写文件外，还主持过几次讲学（经筵），教过一个学生，叫做朱翊钧，又称万历。

俗语有云，长江后浪推前浪，前浪死在沙滩上。一晃十年过去，经过无数清洗，到万历元年（1573），嘉靖四十一年（1562）的这拨人，冲在前面的，基本上都废了。

就在此时，一个人站到了申时行的面前，对他说，跟着我走。

这一次，申时行不再沉默，他同意了。

因为这个人是张居正。

申时行很老实，但不傻，这十年里，他一直在观察，观察最强大的势力、最稳当的后台。现在，他终于等到了。

此后，他跟随张居正，一路高歌猛进，几年内就升到了副部级礼部右侍郎。万历五年（1577），他又当上了吏部侍郎。一年后，他迎来了自己人生的第二个转折点。

万历六年（1578），张居正的爹死了。虽说他已经获准夺情，但也得回家埋老爹，为保证大权在握，他推举年仅四十三岁的申时行进入内阁，任东阁大学士。

历经十几年的苦熬，申时行终于进入了大明帝国的最高决策层。

但是当他进入内阁后，他才发现，自己在这里只起一个作用——凑数。

因为内阁的首辅是张居正，这位仁兄不但能力强，脾气也大，平时飞扬跋扈，是不折不扣的猛人。

一般说来，在猛人的身边，只有两个选择：要么当敌人，要么当仆人。

申时行毫不犹豫地选择了后者，他很明白，像张居正这种狠角色，只喜欢一种人——听话的人。

申时行够意思，张居正也不含糊，三年之内，就把他提为吏部尚书兼建极殿大学士，少傅兼太子太傅（从一品）。

但在此时的内阁里，申时行还只是个小字辈，张居正且不说，他前头还有张四维、马自强、吕调阳，一个个排过去，才能轮到他。距离那个最高的位置，依然是遥不可及。

申时行倒也无所谓，他已经等了二十年，不在乎再等十年。

可他万万没有想到，不用等十年，一年都不用。

万历十年（1582），张居正死了。

树倒猢狲散，隐忍多年的张四维接班，开始反攻倒算，重新洗牌。局势对申时行很不利，因为地球人都知道他是张居正的亲信。

在这关键时刻，申时行第一次展现了他无与伦比的“混功”。

作为内阁大学士，大家弹劾张居正，他不说话；皇帝下诏剥夺张居正的职务，他不说话；抄张居正的家，他也不说话。

但不说话不等于不管。

申时行是讲义气的，抄家抄出人命后，他立即上疏，制止情况进一步恶化，还分了一套房子、十顷地，用来供养张居正的家属。

此后，他又不动声色地四处找人做工作，最终避免了张先生被人从坟里刨出来示众。

张四维明知申时行不地道，偏偏拿他没办法，因为此人办事一向是滴水不漏、左右逢源，任何把柄都抓不到。

但既然已接任首辅，收拾个把人应该也不太难，在张四维看来，他有很多时间。

然而事与愿违，张首辅还没来得及下手，就得到了一个消息——他的父亲死了。

死了爹，就得丁忧回家，张四维不愿意。当然，不走倒也可以，夺情就行，但五年前张居正夺情的场景还历历在目，考虑到自己的实力远不如张居正，且不想被人骂死，张四维毅然决定，回家蹲守。

三年后，又是一条好汉。

此时，老资格的吕调阳和马自强都走了，申时行奉命代理首辅，等张四维回来。

一晃两年半过去了，眼看张先生就要功德圆满，胜利出关，却突然病倒了，病了还不算，两个月后，竟然病死了。

上级都死光了，进入官场二十三年后，厚道的老好人申时行，终于超越了他的所有同学，走上了首辅的高位。

一个新的时代，将在他的手中开始。

取胜之道

就工作能力而言，申时行是十分卓越的，虽说比张居正还差那么一截，但在他的时代，却是最为杰出的牛人。

因为要当牛人，其实不难，只要比你牛的人死光了，你就是最牛的牛人。

就好比你二十世纪三十年代和鲁迅见过面，给胡适鞠过躬，哪怕就是个半吊子，啥都不精，只要等有学问、知道你底细的那拨人都死绝了，也能弄顶国学大师的帽子戴戴。

更何况申时行所面对的局面，比张居正时要好得多，首先他是皇帝的老师，万历也十分欣赏这位新首辅；其次，他很会做人，平时人缘也好，许多大臣都拥戴他，加上此时他位极人臣，当上了大领导，一切似乎都在他的掌握之中。

不过，只是似乎而已。

所谓朝廷，就是江湖，即使身居高位，扫平天下，也绝不会缺少对手，因为在这个地方，什么都会缺，就是不缺敌人。

张四维死了，但一个更为强大的敌人，已经出现在申时行的面前。

而这个敌人，是万历一手造就的。

张居正死后，万历得到了彻底的解放，没人敢管他，也没人能管他，所有权力终于回到他的手中。他准备按自己的意愿去管理这个帝国。

但在此之前，他还必须做一件事。

按照传统，打倒一个人是不够的，必须把他彻底搞臭，消除其一切影响，才算是善莫大焉。

于是，一场批判张居正的活动就此轰轰烈烈地展开。

张居正在世的时候，吃亏最大的是言官，不是罢官，就是打屁股，日子很不好过。现在时移势易，第一个跳出来的自然也就是这些人。

万历十二年（1584）三月，御史丁此吕首先发难，攻击张居正之子张嗣修当年科举中第，是走后门的关系户云云。

这是一次极端无聊的弹劾，因为张嗣修中第，已经是猴年马月的事，而张居正死后，他已被发配到边远山区充军。都折腾到这份儿上了，还要追究考试问题，是典型的没事找事。

然而，事情并非看上去那么简单，事实上，这是一个设计周密的阴谋。

丁此吕虽说没事干，却并非没脑子，他十分敏锐地察觉到，只要对张居正的问题穷追猛打，就能得到皇帝的宠信。

这一举动还有另一个更阴险的企图：当年录取张嗣修的主考官，正是今天的首辅申时行。

也就是说，打击张嗣修，不但可以获取皇帝的宠信，还能顺道收拾申时行，把他拉下马，一箭双雕，十分狠毒。

血雨腥风平地而起。

申时行很快判断出了对方的意图，他立即上疏为自己辩解，说考卷都是密封的，只有编号，没有姓名，根本无法舞弊。

万历支持了他的老师，命令将丁此吕降职调任外地。大家都松了一口气。

但这道谕令的下达，才是暴风雨的真正开端。

明代的言官中，固然有杨继盛那样的孤胆英雄，但大多数情况下，都是团伙作案。一个成功言官的背后，总有一拨言官。

丁此吕失败了，于是幕后黑手出场了，合计三人。

这三个人的名字，分别是李植、江东之、羊可立。在我看来，这三位仁兄是名副其实的"骂仗铁三角"。

之所以给予这个荣誉称号，是因为他们不但能骂，还很铁。

李、江、羊三人，都是万历五年（1577）的进士，原本倒也不熟，自从当了御史后，因为共同的兴趣和事业（骂人）走到了一起，在战斗中建立了深厚的友谊，并成为了新一代的搅屎棍。

之所以说新一代，是因为在他们之前，也曾出过三个极能闹腾的人，即大名鼎鼎的刘台、赵用贤、吴中行。这三位仁兄，当年曾把张居正老师折腾得只剩半条命。十分凑巧的是，他们都是隆庆五年（1571）的进士，算是老一代的铁三角。

但这三个老同志都还算厚道人，大家都捧张居正，他们偏骂，这叫义愤。后来的三位，大家都不骂了，他们还骂，这叫投机。

丁此吕的奏疏刚被打回来，李植就冲了上去，枪口直指内阁的申时行，还把管事的吏部尚书杨巍搭了上去，说这位人事部长逢迎内阁，贬低言官。

话音没落，江东之和羊可立就上疏附和，一群言官也跟着凑热闹，舆论顿时沸沸扬扬。

对于这些举动，申时行起先并不在意，丁此吕已经滚蛋了，你们去闹吧，还能咋地？

然而，出人意料的事情发生了。几天以后，万历下达了第二道谕令，命令丁此吕留任，并免除应天主考高启愚（负责出考题）的职务。

这是一个十分危险的政治信号。

其实申时行并不知道，对于张居正，万历的感觉不是恨，而是痛恨。这位曾经的张老师，不但是一个可恶的夺权者，还是笼罩在他心头上的恐怖阴影。

支持张居正的，他就反对；反对张居正的，他就支持，无论何人、何时、何种动机。

这才是万历的真正心声。上次赶走丁此吕，不过是给申老师一个面子，现在面子都给过了，该怎么来，咱还怎么来。

申时行明白，大祸就要临头了，今天解决出考题的，明天收拾监考的，杀鸡儆猴的把戏并不新鲜。

情况十分紧急，但在这关键时刻，申时行却表现出了让人不解的态度，他并不发文反驳，对于三位御史的攻击，保持了耐人寻味的沉默。

几天之后，他终于上疏，却并非辩论文书，而是辞职信。

就在同一天，内阁大学士许国、吏部尚书杨巍同时提出辞呈，希望回家种田。

这招以退为进十分厉害。刑部尚书潘季驯、户部尚书王璘、左都御史赵锦等十余位部级领导纷纷上疏，挽留申时行。万历同志也手忙脚乱，虽然他很想支持三位骂人干将，把张居正整顿到底，但为维护安定团结，拉人干活，只得再次发出谕令，挽留申时行等人，不接受辞职。

这道谕令有两个意思，首先是安慰申时行，说这事我也不谈了，你也别走了，老实干活吧。

此外，是告诉江、羊、李三人，这事你们干得不错，深得我心（否则早就打屁股了），但到此为止，以后再说。

事情就此告一段落。然而此后的续集告诉我们，这一切，只不过是热身运动。

问题的根源在于“铁三角”。科场舞弊事件完结后，这三位拍对了马屁的仁兄都升了官：江东之升任光禄寺少卿，李植任太仆寺少卿，羊可立为尚宝司少卿。

太仆寺少卿是管养马的，算是助理弼马温，正四品；光禄寺少卿管吃饭宴请，是个肥差，正五品；尚宝司少卿管公文件，是机要部门，从五品。

换句话说，这三个官各有各的好处，却并不大，可见万历同志心里有谱：给你们安排好工作，小事来帮忙，大事别掺和。这三位兄弟悟性不高，没明白其中的含义，给点儿颜色就准备开染坊，虽然职务不高，权力不大，却都很有追求，可谓是手揣两块钱，心怀五百万，欢欣鼓舞之余，准备接着干。

而这一次，他们吸取了上次的教训，打算捏软柿子，将矛头对准了另一个目标——潘季驯。

可怜潘季驯同志，其实他并不是申时行的人，说到底，不过是个搞水利的技术员。高拱在时，他干，张居正在时，他也干，是个标准的老好人，无非是看不过去，说了几句公道话，就成了打击对象。

话虽如此，但此人一向人缘不错，又属于特殊的科技人才，还干着司法部部长（刑部尚书），不是那么容易搞定的。

可是李植只用了一封奏疏，就彻底终结了他。

这封奏疏彻底证明了李先生的厚黑水平，非但绝口不提申时行，连潘技术员本人都不骂，只说了两件事——张居正当政时，潘季驯和他关系亲密，经常走动；张居正死后抄家，潘季驯曾几次上疏说情。

这就够了。

申时行的亲信，不要紧，个人问题，不要紧，张居正的同伙，就要命了。

没过多久，兢兢业业的潘师傅就被革去所有职务，从部长一踩到底，回家当了老百姓。

这件事干得实在太过龌龊，许多言官也看不下去了。御史董子行和李栋分别上疏，为潘季驯求情，却被万历驳回，还罚了一年工资。

有皇帝撑腰，“铁三角”越发肆无忌惮，把战火直接烧到了内阁的身上，而且下手也特别狠，明的暗的都来，先是写匿名信，说大学士许国安排人手，准备修理李植、江东之。之后又明目张胆地弹劾申时行的亲信，不断发起挑衅。

部长垮台，首辅被整，闹到这个份儿上，已经是人人自危，鬼才知道下个倒霉的是谁，连江东之当年的好友，刑科给事中刘尚志也憋不住了，站出来大吼一声：

“你们要把当年和张居正共事过的人全都赶走，才肯甘休吗（尽行罢斥而后已乎）？！”

然而让人费解的是，在这片狂风骤雨之中，有一个人却始终保持着沉默。

面对漫天阴云，申时行十分镇定，既不吵，也不闹，怡然自得。

这事要换在张居正头上，那可就了不得了，以这位仁兄的脾气，免不了先回骂两句，然后亲自上阵，罢官、打屁股、搞批判，不搞臭搞倒誓不罢休。刘台、赵用贤等人，就是先进典型。

就能力与天赋而言，申时行不如张居正，但在这方面，他却远远地超越了张先生。

申首辅很清楚，张居正是一个不折不扣的政务天才，而像刘台、江东之这类人，除了嘴皮子利索，口水旺盛外，干工作也就是个白痴水平。和他们去较真儿，那是要倒霉的，因为这帮人会把对手拉进他们的档次，并凭借自己在白痴水平长期的工作经验，战胜敌人。

所以在他看来，李植、江东之这类人，不过是跳梁小丑，并无致命威胁，无须等待多久，他们就将露出破绽。

所谓宽宏大量，胸怀宽广之外，只因对手档次太低。

然而“铁三角”似乎没有这个觉悟，万历十三年（1585）八月，他们再一次发动了进攻。

事情是这样的，为了给万历修建陵墓，申时行前往大峪山监督施工，本打算打地基，结果挖出了石头。

在今天看来，这实在不算个事，把石头弄走就行了。可在当时，这就是个掉脑袋的事。

皇帝的陵寝，都是精心挑选的风水宝地，要保证皇帝大人死后，也得躺得舒坦，竟然挑了这么块石头地，存心不让皇上好好死，是何居心？

罪名有了，可申时行毕竟只是监工，要把他拉下马，必须要接着想办法。

经过一番打探，办法找到了，原来这块地是礼部尚书徐学谟挑的。这个人不但是申时行的亲家，还是同乡。很明显，他选择这块破地，给皇上找麻烦，是有企图的，是用心不良的，是受到指使的。

只要咬死两人的关系，就能把申时行彻底拖下水，而这帮野心极大的人，也早已物色好了首辅的继任者，只要申时行被弹劾下台，就立即推荐此人上台，并借此控制朝局。这就是他们的计划。

然而，这个看似万无一失的计划，却有两个致命的破绽。

几天之后，三人同时上疏，弹劾陵墓用地选得极差，申时行玩忽职守，任用私人，言辞十分激烈。

在规模空前的攻击面前，申时行却毫不慌张，只是随意上了封奏疏说明情况，因为他知道，这帮人很快就要倒霉了。

一天之后，万历下文回复：

“阁臣（指申时行）是辅佐政务的，你们以为是风水先生吗（岂责以堪舆）？！”

怒火中烧的万历骂完之后，又下令三人罚俸半年，以观后效。

三个人被彻底打蒙了，他们抓破脑袋，也想不明白这是怎么回事。

归根结底，还是信息工作没有到位，这几位仁兄晃来晃去，只知道找徐学谟，却不知道拍板定位置的是万历。

皇帝大人好不容易亲自出手挑块地，却被他们骂得一无是处。

不过还好，毕竟算是皇帝的人，只是罚了半年的工资，励精图治，改日再整。

可还没等这三位继续前进，背后却又挨了一枪。

在此之前，为了确定申时行的接班人选，三个人很是费了一番脑筋，反复讨论，最终拍板——王锡爵。

这位王先生，之前也曾出过场，张居正夺情的时候，上门逼宫，差点儿把张大人搞得横刀自尽，是张居正的死对头，加上他还是李植的老师，没有更适合的人选了。

看上去是那么回事，可惜有两点，他们不知道：其一，王锡爵是个很正派的人，他不喜欢张居正，却并非张居正的敌人。

其二，王锡爵是嘉靖四十一年（1562）的进士，考试前就认识了老乡申时行。会试，他考第一，申时行考第二；殿试，他考第二，申时行第一。

> 没有调查研究，就没有发言权。
>
> ——毛泽东

基于以上两点，得知自己被推荐接替申时行之后，王锡爵递交了辞职信。

这是一封著名的辞职信，全称为《因事抗言求去疏》，并提出了辞职的具体理由：

老师不能管教学生，就该走人（当去）！

这下子全完了，这帮人虽说德行不好，但毕竟咬人在行，万历原打算教训他们一下后，该怎么样还怎么样。

可这仨太不争气，得罪了内阁、得罪了同僚，连自己的老师都反了水。万历想，再这么闹腾，没准儿自己都得搭进去。于是他下令，江东之、李植、羊可立各降三级，发配外地。

家犬就这么变成了丧家犬。不动声色间，申时行获得了最终的胜利。

第二章　和稀泥的艺术

对申时行而言，江东之这一类人实在是小菜一碟。在朝廷里待了二十多年，徐阶、张居正这样的超级大腕他都应付过去了，混功已达出神入化的地步，万历五年（1577）出山的这帮小喽啰自然不在话下。

混是一种生活技巧，除个别二杆子外，全世界人民基本都会混，因为混并不影响社会进步。人类发展，该混就混，该干就干，只混不干的，叫做混混儿。

申时行不是混混儿，混只是他的手段，干才是他的目的。

一般说来，新官上任，总要烧三把火，搞点儿政绩，大干特干。然而，综观申时行当政以来的种种表现，就会惊奇地发现，他的大干，就是不干，他的作为，就是不作为。

申时行干的第一件事情，是废除张居正的考成法。

这是极为出人意料的一招，因为在很多人看来，申时行是张居正的嫡系，毫无理由反攻倒算。

但申时行就这么干了，因为这样干，是正确的。

考成法，是张居正改革的主要内容，即工作指标层层落实，完不成轻则罢官，重则坐牢，令各级官员闻风丧胆。

在很长时间里，这种明代的打考勤，发挥了极大效用，有效提高了官员的工作效率，是张居正的得意之作。

但张先生并不知道，考成法有一个十分严重的缺陷。

比如朝廷规定，户部今年要收一百万两税银，分配到浙江，是三十万，这事就会下派给户部浙江司郎中（正五品），由其监督执行。

浙江司接到命令，就会督促浙江巡抚办理。巡抚大人就会去找浙江布政使，限期收齐。

浙江布政使当然不会闲着，立马召集各级知府，限期收齐。知府大人回去之后召集各级知县，限期收齐。

知县大人虽然官小，也不会自己动手，回衙门召集衙役，限期收齐。

最后干活的，就是衙役，他们就没办法了，只能一家一家上门收税。

明朝成立以来，大致都是这么个干法，就管理学而言，还算比较合理，搞了两百多年，也没出什么大问题。

考成法一出来，事情就麻烦了。

原先中央下达命令，地方执行，就算执行不了，也好商量。三年一考核，灾荒大，刁民多，今年收不齐，不要紧，政策灵活掌握，明年努力，接着好好干。

考成法执行后，就不行了，给多少任务，你就得完成多少，缺斤少两自己补上，补不上就下课受罚。

这下就要了命了，衙役收不齐，连累知县，知县收不齐，连累知府，知府又连累布政使，一层层追究责任。大家同坐一条船，出了事谁也跑不掉。

与其自下而上垮台，不如自上而下压台。随着一声令下，各级官吏纷纷动员起来，不问理由、不问借口，必须完成任务。

于是顺序又翻了过来，布政使压知府，知府压知县，知县压衙役，衙役……就只能压老百姓了。

接下来的事情就简单了，上级压下级，下级压百姓，一般年景，也还能对付过去，要遇上个灾荒，那就惨了，衙役还是照样上门，说家里遭灾，他点头，说家里死人，他还点头，点完头该交还得交。揭不开锅也好，全家死绝也罢，收不上来官就没了，你说我收不收？

以上还算例行公事，到后来，事情越发恶劣。

由于考成法业绩和官位挂钩，工作完成越多、越快，评定就越好，升官就越快，所以许多地方官员开始报虚数，狗不拉屎的穷乡僻壤，也敢往大了报，反正自己也不吃亏。

可是朝廷不管那些，报了就得拿钱，于是挨家挨户地收，收不上来就逼，逼不出来就打，打急了就跑。而跑掉的这些人，就叫流民。

流民，是明代中后期的一个严重问题，用今天的话说，就是社会不安定因素。这些人离开家乡，四处游荡，没有户籍，没有住所，也不办暂住证，经常影响社会的安定团结。

到万历中期，流民的数量已经十分惊人，连当时的北京市郊，都盘踞着大量流民，而且这帮人一般都不是什么老实巴交的农民，偷个盗抢个劫之类的，都是家常便饭，朝廷隔三差五就要派兵来扫一次，十分难办。

而这些情况，是张居正始料未及的。

于是申时行毅然废除了考成法，并开辟了大量田地，安置各地的流民耕种，社会矛盾得以大大缓解。

废除考成法，是申时行执政的一次重要抉择，虽然是改革，却不用怎么费力，毕竟张居正是死人兼废人，没人帮他出头，他的条令不废白不废。

但下一次，就没这么便宜的事了。

万历十八年（1590），副总兵李联芳带兵在边界巡视的时候，遭遇埋伏，全军覆灭。下黑手的，是蒙古鞑靼部落的扯立克。

事情闹大了，因为李联芳是明军高级将领，鞑靼部落把他干掉了，是对明朝政府的严重挑衅。所以消息传来，大臣们个个摩拳擦掌，打算派兵去收拾这帮无事生非的家伙。

无论从哪个角度看，都是非打不可了，堂堂大明朝，被人打了不还手，当缩头乌龟，怎么也说不过去。而且这事闹得皇帝都知道了，连他都觉得没面子，力主出兵。

老板发话，群众支持，战争已是势在必行，然而此时，申时行站了出来，对皇帝说：

“不能打。”

在中国历史上，但凡国家有事，地方被占了，人被杀了，朝廷立马就是群情激愤，人人喊打，看上去个个都是民族英雄、正义化身，然而其中别有奥秘：

临战之时，国仇家恨，慷慨激昂，大家都激动。在这个时候，跟着激动一把，可谓是毫无成本，反正仗也不用自己打，还能落个名声，何乐而不为。

主和就不同了，甭管真假，大家都喊打，你偏不喊，脱离群众，群众就会把你踩死。

所以主战者未必勇，主和者未必怯。

主和的申时行，就是一个勇敢的人。事实证明，他的主张十分正确。

因为那位下黑手的扯立克，并不是一般人，他的身份，是鞑靼的顺义王。

顺义王，是当年明朝给俺答的封号，这位扯立克就是俺答的继任者，但此人既不顺，也不义，好好的互市不干，整天对外扩张，还打算联合蒙古、西藏各部落，搞个蒙古帝国出来和明朝对抗。

对这号人，打是应该的。但普鲁士伟大的军事家克劳塞维茨说过，战争是政治的继续。打仗说穿了，最终的目的就是要对方听话，如果有别的方法能达到目的，何必要打呢？

申时行找到了这个方法。

他敏锐地发现，扯立克虽然是顺义王，但其属下却并非铁板一块，而是由各个部落组成，各有各的主张。大多数人和明朝生意做得好好的，压根儿不想打仗，如果贸然开战，想打的打了，不想打的也打了，实在是得不偿失。分化瓦解才是上策。

所以申时行反对。

当然，以申时行的水平，公开反对这种事，他是不会干的。夜深人静，独自起草，秘密上交，事情干得滴水不漏。

万历接到奏疏，认可了申时行的意见，同意暂不动兵，并命令他全权处理此事。

消息传开，一片哗然，但皇帝说不打，谁也没办法找皇帝算账。申时行先生也是一脸无辜：我虽是朝廷首辅，但皇帝不同意，我也没办法。

仗是不用打了，但这事还没完。申时行随即下令兵部尚书郑洛，在边界集结重兵，也不大举进攻，每天就在那里蹲着，别的部落都不管，专打扯立克，而且还专挑他的运输车队下手，抢了就跑。

这种打法毫无成本，且收益率极高，明军乐此不疲，扯立克却是叫苦不迭，实在撑不下去了，只得率部躲得远远的。就这样，不用大动干戈，不费一兵一卒，申时行轻而易举地解决了这个问题，恢复了边境的和平。

虽然张居正死后，朝局十分复杂，帮派林立，申时行却凭借着无人能敌的“混功”，应对自如，游刃有余。更为难能可贵的是，他不但自己能混，还无私地帮助不能混的同志，比如万历。

自从登基以来，万历一直在忙两件事，一是处理政务，二是搞臭张居正。从某种意义上讲，这两件事，其实是一件事。

因为张居正实在太牛了，当了二十六年的官，十年的“皇帝”（实际如此），名气比皇帝还大，虽然人死了，茶还烫得冒泡，所以不搞臭张居正，就搞不好政务。

但要干这件事，自己是无从动手的，必须找打手。万历很快发现，最好的打手，就是言官和大臣。

张居正时代，言官大臣都不吃香，被整得奄奄一息，现在万历决定，开闸，放狗。

事实上，这帮人的表现确实不错，如江东之、李植、羊可立等人，虽说下场不怎么样，但至少在工作期间，都尽到了狗的本分。

看见张居正被穷追猛打，万历很高兴；看见申时行被牵连，万历也不悲伤。因为在他看来，这不过是轻微的副作用，敲打一下申老师也好，免得他当首辅太久，再犯前任（张居正）的错误。

他解放言官大臣，指挥自若，是因为他认定，这些人将永远听从他的调遣。

然而，他并不知道，自己犯下了一个多么可怕的错误。因为就骂人的水平而言，言官大臣和街头骂街大妈，只有一个区别：大妈是业余的，言官大臣是职业的。

大妈骂完街后，还得回家洗衣做饭；言官大臣骂完这个，就会骂下一个。所以，当他们足够壮大之后，攻击的矛头将不再是死去的张居正，或是活着的申时行，而是至高无上的皇帝。

对言官和大臣们而言，万历确实有被骂的理由。

自从万历十五年（1587）起，万历就不怎么上朝了，经常是“偶有微疾”，开始还真是“偶有”，后来就变成常有，“微疾”也逐渐变成“头晕眼黑，力乏不兴”，总而言之，大臣们是越来越少见到他了。

必须说明的是，万历是不上朝，却并非不上班，事情还是要办，就好比说你早上起床，不想去单位，改在家里办公，除了不打考勤，少见几个人外，也没什么不同。后世一说到这位仁兄，总是什么几十年不干活之类，这要么是无意的误解，要么是有意的污蔑。

在中国当皇帝，收益高，想要啥就有啥，但风险也大，屁股上坐的那个位置，只要是人就想要。因此今天这里搞阴谋，明天那里闹叛乱，日子过得那叫一个悬，几天不看公文，没准儿刀就架在脖子上了。但凡在位者，除了个把弱智外，基本上都是怀疑主义者，见谁怀疑谁。

万历自然也不例外，事实上，他是一个权力欲望极强，工于心计的政治老手。所有的人都只看到他不上朝的事实，却无人察觉背后隐藏的奥秘。

在他之前，有无数皇帝每日上朝理政，费尽心力，日子过得极其辛苦，却依然是脑袋不保，而他几十年不上朝，谁都不见，却依然能够控制群臣，你说这人厉不厉害？

但言官大臣是不管这些的，在他们的世界观里，皇帝不但要办事，还要上班，哪怕屁事儿没有，你也得坐在那儿，这才叫皇帝。

万历自然不干，他不干的表现就是不上朝；言官大臣也不干，他们不干的表现就是不断上奏疏。此后的几十年里，他们一直在干同样的事情。

隐私问题

万历十四年（1586）十月，这场长达三十余年的战争正式拉开序幕。

当时的万历，基本上还属于上朝族，只是偶尔罢工而已，就这样，也没躲过去。

第一个上疏的，是礼部祠祭司主事卢洪春。按说第一个不该是他，因为这位仁兄主管的是祭祀，级别又低，平时也不和皇帝见面。

但这一切并不妨碍他上疏提意见，他之所以不满，不是皇帝不上朝，而是不祭祀。

卢洪春是一个很负责的人，发现皇帝不怎么来太庙，又听说近期经常消极怠工，便上疏希望皇帝改正。

本来是个挺正常的事，却被他搞得不正常。因为这位卢先生除了研究礼仪外，还学过医，有学问在身上，不显摆实在对不起自己，于是乎发挥其特长，写就奇文一篇，送呈御览。

第二天，申时行奉命去见万历，刚进去，就听到了这样的一句话：

“卢洪春这厮！肆言惑众，沽名讪上，好生狂妄！着锦衣卫拿在午门前，着实打六十棍！革了职为民当差，永不叙用！”

以上言辞，系万历同志之原话，并无加工。

很久很久以前，“这厮”两个字就诞生了，在明代的许多小说话本中，也频频出现，其意思依照现场情况，有各种不同的解释，从这家伙、这小子到这浑蛋、这王八蛋，不一而足。

但可以肯定的是，这俩字不是好话，是市井之徒的常用语，皇帝大人脱口而出，那是真的急了眼了。

这是可以理解的，因为卢洪春的那篇奏疏，你看你也急。

除了指责皇帝陛下不该缺席祭祀外，卢主事还替皇帝陛下担忧其危害：

“陛下春秋鼎盛，精神强固，头晕眼黑之疾，皆非今日所宜有。”

年纪轻轻就头晕眼黑，确实是不对的，确实应该注意，到此打住，也就罢了。

可是担忧完，卢先生就发挥医学特长：

“医家曰：气血虚弱，乃五劳七伤所致，肝虚则头晕目眩，肾虚则腰痛精泄。”

气血虚弱，肝虚肾虚，症状出来了，接着就是分析原因：

“以目前衽席之娱，而忘保身之术，其为患也深。”

最经典的就是这一句。

所谓衽席之娱，是指某方面的娱乐，相信大家都能理解。综合起来的意思是：

皇帝你之所以身体不好，在我看来，是因为过于喜欢某种娱乐，不知收敛保养，如此下去，问题非常严重。

说这句话的，不是万历他妈，不是他老婆，不是深更半夜交头接耳，天知地知，你知我知，而是一个管礼仪的六品官，在大庭广众之下公开上疏，且一言一语皆已千古流传。

再不收拾他，就真算白活了。

命令下达给了申时行，于是申时行为难了。

这位老油条十分清楚，如果按照万历的意思严惩卢洪春，言官们是不答应的；如果不处理，万历又不答应。

琢磨半天，想了办法。

他连夜动笔，草拟了两道文书，第一道是代万历下的，严厉斥责卢洪春，并将其革职查办。第二道是代内阁下的，上奏皇帝，希望能够宽恕卢洪春，就这么算了。

按照他的想法，两边都不得罪，两边都有交代。

事实证明，这只是幻想。

首先发作的是万历，这位皇帝又不是傻子，一看就明白申时行要两面派，立即下令，即刻动手打屁股，不得延误。此外，他还不怀好意地暗示，午门很大，多个人不嫌挤。

午门就是执行廷杖的地方，眼看自己要去垫背，申时行随即更改口风，把卢洪春拉出去结结实实地打了六十棍。

马蜂窝就这么捅破了。

言官们很惭愧，一个礼部的业余选手，都敢上疏，勇于曝光皇帝的私生活，久经骂阵的专业人才竟然毫无动静，还有没有职业道德？

于是大家群情激愤，以给事中杨廷相为先锋，十余名言官一拥而上，为卢洪春喊冤翻案。

面对漫天的口水和奏疏，万历毫不退让。事实上，这是一个极端英明的抉择：一旦让步，从宽处理了卢洪春，那所谓“喜欢某种娱乐，不注意身体”的黑锅，就算是背定了。

但驳回去一批，又来一批，言官们踊跃发言，热烈讨论，反正闲着也是闲着，不说白不说。

万历终于恼火了，他决定罚款，带头闹事的主犯罚一年工资，从犯八个月。

对言官而言，这个办法很有效果。

在明代，对付不同类别的官员，有不同的方法：要折腾地方官，一般都是降职，罚工资没用，因为这帮人计划外收入多，工资基本不动，罚光了都没事。

言官就不同了，他们都是靠死工资的，没工资，日子就没法过，一家老小只能去喝西北风，故十分害怕这一招。

于是风波终于平息，大家都消停了。

但这只是表面现象，对此，申时行有很深的认识。作为天字第一号混事的高手，他既不想得罪领导，又不想得罪同事，为实现安定团结，几十年如一日地和稀泥。然而，随着事件的进一步发展，他逐渐意识到，和稀泥的幸福生活长不了。

因为万历的生活作风，是一天不如一天了。

事实上，卢洪春的猜测很可能是正确的，二十多岁的万历之所以不上朝，应该是沉迷于某种娱乐，否则实在很难解释，整天在宫里待着，到底有啥乐趣可言。

说起来，当年张居正管他也实在管得太紧，啥也不让干，吃个饭喝点儿酒都得看着，就好比高考学生拼死拼活熬了几年，一朝拿到录取通知书，革命成功，自然就完全解放了。

万历同志在解放个人的同时，也解放了大家，火烧眉毛的事情（比如打仗，阴谋叛乱之类），看一看，批一批，其余的事，能不管就不管，上朝的日子越来越少。

申时行很着急，但这事又不好公开讲，于是他灵机一动，连夜写就了一封奏疏。在我看来，这封文书的和稀泥技术，已经达到了登峰造极的地步。

文章大意是这样的：

皇帝陛下，我听说您最近身体不好，经常头晕眼花（时作晕眩），对此我十分担心。我知道，您这是劳累所致啊，由于您经常熬夜工作，亲历亲为（一语双关，佩服），才会身体不好。为了国家，希望您能够清心寡欲，养气宁神（原文用词），好好保重身体。

高山仰止，自惭形秽之感，油然而生。

对于这封奏疏，万历还是很给了点儿面子，他召见了申时行，表示明白他的苦心，良药虽然苦口，却能治病，今后一定注意。申时行倍感欣慰，兴高采烈地走了。

但这只是错觉，因为在这个世界上，能够药到病除的药只有一种——毒药。

事实证明，万历确实不是一般人，因为一般人被人劝，多少还能改几天，他却是一点儿不改，每天继续加班加点，从事自己热爱的娱乐。据说还变本加厉，找来了十几个小太监，陪着一起睡（同寝），也算是开辟了新品种。

找太监这一段，史料多有记载，准确性说不好，但有一点是肯定的，那就是万历同志依旧是我行我素，压根儿不给大臣们面子。

既然不给脸面，那咱就有撕破脸的说法。

万历十七年（1589）十二月，明代，不，是中国历史上胆最大、气最足的奏疏问世了，其作者，是大理寺官员雒于仁。

雒于仁，字少泾，陕西泾阳人。纵观明、清两代，陕西考试不大行，但人都比较实在，既不慷慨激昂，也不啰啰唆唆，说一句是一句，天王老子也敢顶。

比如后世的大贪污犯和珅，最得意的时候，上有皇帝撑腰，下有大臣抬轿，什么纪晓岚、刘墉，全都服服帖帖、老老实实靠边站，所谓“智斗”之类，大都是后人胡编的，可谓一呼百应。而唯一不应的，就是来自陕西的王杰。每次和珅说话，文武百官都夸，王杰偏要顶两句，足足恶心了和珅十几年，又抓不到他的把柄，也只能是“厌之而不能去”（《清史稿》）。

雒于仁就属于这类人，想什么就说什么，从不怕得罪人，而且他的这个习惯，还有家族传统：

雒于仁的父亲，叫做雒遵，当年曾是高拱的学生，干过吏科都给事中。冯保得势的时候，骂过冯保，张居正得势的时候，骂过谭纶（张居正的亲信），为人一向高傲，平生只佩服一人，名叫海瑞。

有这么个父亲，雒于仁自然不是孬种，加上他家虽世代为官，却世代不捞钱，穷日子过惯了，光脚的不怕穿鞋的，不怕罚工资，不怕降职，看不惯皇帝了，就要骂。随即一挥而就，写下奇文一篇，后世俗称为“酒色财气疏”。

该文主旨明确，开篇即点明中心思想：

“陛下之恙，病在酒色财气者也，夫纵酒则溃胃，好色则耗精，贪财则乱神，尚气则损肝。”

这段话用今天的话讲，就是说皇上你确实有病，什么病呢？你喜欢喝酒，喜欢玩女人，喜欢捞钱，还喜欢动怒耍威风，酒色财气样样俱全，自然就病了。

以上是全文的论点。接下来的篇幅，是论据，描述了万历同志在喝酒、玩女人方面的具体表现，逐一论证以上四点的真实性和可靠性，比较长，就不列举了。

综观此文，下笔之狠，骂法之全，真可谓是鬼哭狼嚎，就骂人的狠度和深度而言，雒于仁已经全面超越了海瑞前辈。雒遵同志如果在天有灵，应该可以瞑目了。

更缺德的是，雒于仁的这封奏疏是十二月（农历）底送上去的，搞得万历自从收到这封奏疏，就开始骂，不停地骂，没日没夜地骂，骂得新年都没过好。

骂过瘾后，就该办人了。

万历十八年（1590）正月初一，按照规矩，内阁首辅应该去宫里拜年，当然也不是真拜，到宫门口鞠个躬就算数。但这一次，申时行刚准备走人，就被太监给叫住了。

此时，雒于仁的奏疏已经传遍内外，申先生自然知道怎么回事，不用言语就进了宫，看到了气急败坏的皇帝。双方展开了一次别开生面的对话（以下言语，皆出自申时行的原始记录）：

万历：“先生看过奏本（指雒于仁的那份），说朕酒色财气，试为朕评一评。”

申时行：……（还没说话，即被打断）

万历：“他说朕好酒，谁人不饮酒？……又说朕好色，偏宠贵妃郑氏（即著名的郑贵妃），朕只因郑氏勤劳……何曾有偏？”

喘口气，接着说：

“他说朕贪财……朕为天子，富有四海之内，普天之下莫非王土，天下之财皆朕之财！又说朕尚气……勇即是气，朕岂不知！人孰无气！”

这口气出完了，最后得出结论：

“先生将这奏本去票拟重处！”

申时行这才搭上话：

“此无知小臣误听道路之言……”（说到此处，又被打断）

万历大喝一声：

“他就是出位沽名！”

申时行傻眼了，他在朝廷混了几十年，从未见过这幅场景，皇帝大人一副吃人的模样，越说越激动，唾沫星子横飞，这样下去，恐怕要出大事。

于是他闭上了嘴，开始紧张地思索对策。

既不能让皇帝干掉雒于仁，也不能不让皇帝出气，琢磨片刻，稀泥和好了。

“他（指雒于仁）确实是为了出名（先打底），但陛下如果从重处罚他，却恰恰帮他成了名，反损皇上圣德啊！”

“如果皇上宽容，不和他去一般见识，皇上的圣德自然天下闻名！”（继续戴高帽）

在这堆稀泥面前，万历同志终于消了气：

“这也说得是，如果和他计较，倒不是损了朕的德行，而是损了朕的气度！”

上钩了，再加最后一句：

“皇上圣度如天地一般，何所不容！”（圆满收工）

万历沉默地点了点头。

话说到这儿，事情基本就算完了。申时行定定神，突然想起了另一件事，一件极为重要的事。

他决定趁此机会，解决此事。

然而，他正准备开口，却又听见了一句怒斥：

“朕气他不过，必须重处！”

万历到底是年轻人，虽然被申时行和了一把稀泥，依然不肯甘休，这会儿回过味来，又绕回去了。

这事还他娘没完了，申时行头疼不已，但再头疼，事情总得解决，如果任由万历发作胡来，后果将不堪设想。

在这关键的时刻，申时行再次展现了他举世无双的混事本领，琢磨出了第二套和稀泥方案：

“陛下，此奏本（雒于仁）原本就是讹传，如果要重处雒于仁，必定会将此奏本传之四方，反而做了实话啊！”

利害关系说完，接下来该掏心窝了：

“其实原先我等都已知道此奏疏，却迟迟不见陛下发阁（内阁）惩处（学名：

留中），我们几个内阁大学士在私底下都互相感叹，陛下您胸襟宽容，实在是超越千古啊！”（马屁与说理相结合）

“所以以臣等愚见，陛下不用处置此事，奏疏还是照旧留存吧，如此陛下之宽容必定能留存史书，传之后世，千秋万代都称颂陛下是尧舜之君，是大大的好事啊！”

据说拍马屁这个行当，最高境界是两句古诗，所谓“随风潜入夜，润物细无声”，在我看来，申时行做到了。

但申先生还是低估了万历的二杆子性格，他话刚讲完，万历又是一声大吼：

“如何设法处他？只是气他不过！”

好话说一堆，还这么个态度，那就不客气了：

“此本不可发出，也无他法处之，还望皇上宽恕，容臣等传谕该寺堂官（即大理寺高级官员），使之去任可也。”

这意思就是，老子不和稀泥了，明白告诉你，骂你的这篇文章不能发，也没办法处理，最多我去找他们领导，把这人免职了事，你别再闹了，闹也没用。

很明显，万历虽然在气头上，却还是很识趣的。他清楚，目前形势下，自己不能把雒于仁怎么样，半天一言不发。申时行明白，这是默认。

万历十八年（1590）的这场惊天风波就此了结，雒于仁骂得皇上一无是处，青史留名，却既没掉脑袋，也没有挨板子，拍拍屁股就走人了。而气得半死的万历终于认定，言官就是浑蛋，在此后的几十年里，他都保持着相同的看法。

最大的赢家无疑是申时行，他保护了卢洪春、保护了雒于仁，安抚了言官大臣，也没有得罪皇帝，使两次危机成功化解，无愧为和稀泥的绝顶高手。

自万历十一年（1583）执政以来，申时行经历了无数考验，无论是上司还是同僚，他都应付自如。七年间，上哄皇帝，下抚大臣，即使有个把不识趣、不配合的，也被他轻轻松松地解决掉，混得可谓如鱼得水。

然而正是这一天，万历十八年（1590）正月初一，在解决完最为棘手的雒于仁问题后，他的好运将彻底结束。

因为接下来，他说了这样一句话：

“臣等更有一事奏请。”

虽然雒于仁的事十分难办，但和申时行即将提出的这件事相比，只能说是微不足道。

他所讲的事情，影响了无数人的一生，以及大明王朝的国运，而这件事情，在历史上有个专用名词：“争国本”。

第三章　游戏的开始

在张居正管事的前十年，万历既不能执政，也不能管事，甚至喝酒胡闹都不行，但他还有一项基本的权利——娶老婆。

万历六年（1578），经李太后挑选，张居正认可，十四岁的万历娶了老婆，并册立为皇后。

不过对万历而言，这不是个太愉快的事情，因为这个老婆是指认的，什么偶然邂逅、自由恋爱都谈不上，某月某天，突然拉来一女的，无需吃饭看电影，就开始办手续，经过无数道繁琐程序仪式，然后正式宣告，从今以后，她就是你的老婆了。

包办婚姻，纯粹的包办婚姻。

虽然是凑合婚姻，但万历的运气还不错，因为他的这个老婆相当凑合。

万历皇后王氏，浙江人，属传统贤妻型，而且为人乖巧，定位明确，善于关键时刻抓关键人，进宫后皇帝都没怎么搭理，先一心一意服侍皇帝他妈，早请示、晚汇报，把老太太伺候好了，婆媳问题也就解决了。

此外，她还是皇帝的办公室主任，由于后来万历不上朝，喜欢在家里办公，公文经常堆得到处都是，她都会不动声色地加以整理，一旦万历找不着了，她能够立即说出公文放在何处，何时、由何人送入。在生活上，她对皇帝大人也是关怀备至，是优秀的秘书、老婆两用型人才。

这是一个似乎无可挑剔的老婆，除了一个方面——她生不出儿子。

古人有云：不孝有三，无后为大。虽说家里有一堆儿子，最后被丢到街上的也不在少数，但既然是古人云，大家就只好人云亦云，生不出儿子，皇后也是白搭。于是万历九年（1581）的时候，在李太后的授意下，万历下达旨意：命令各地选取女子，以备挑选。

其实算起来，万历六年（1578）两人结婚的时候，万历只有十四岁，到万历九年（1581）的时候，也才十七岁，连枪毙都没有资格，就逼着要儿子，似乎有点儿不地道。但这是一般人的观念，皇帝不是一般人，观念自然也要超前，生儿子似乎也得比一般人急。

但旨意传下去，被张居正挡了回来，并且表示，此令绝不可行。

不要误会，张先生的意思并非考虑民间疾苦，不可行，是行不通。

到底是首辅大人老谋深算，据说他刚看到这道旨意，便下断言：如按此令下达，决然无人可挑。

俗话说，一入侯门深似海，何况是宫门，辛辛苦苦养大的女儿送进去，就好比黄金周的旅游景点，丢进人堆就找不着了，谁也不乐意。那些出身名门、长相漂亮的自然不来，万一拉上来的都是些歪瓜裂枣，恶心了皇帝大人，这个黑锅谁来背？

可是皇帝不能不生儿子，不能不找老婆，既要保证数量，也要确保质量，毕竟你要皇帝大人将就将就，似乎也是勉为其难。

事情很难办，但在张居正大人的手中，就没有办不了的事，他脑筋一转，加了几个字：原文是“挑选入宫”，大笔一挥，变成了“挑选入宫，册封嫔妃”。

事情就这么解决了，因为说到底，入不入宫，也是个成本问题。万一进了宫啥也混不上，几十年没人管，实在不太值。在入宫前标明待遇，肯定级别，给人家个底线，自然就都来了。

这就是水平。

但连张居正都没想到，他苦心琢磨的这招，竟然还是没用上。

因为万历自己把这个问题解决了。

就在挑选嫔妃的圣旨下达后，一天，万历闲来无事，去给李太后请安。完事后，准备洗把脸，就叫人打盆水来。

水端来了，万历一边洗着手，一边四处打量，打量来，打量去，就打量上了这个端脸盆的宫女。

换在平常，这类人万历是一眼都不看的，现在不但看了，而且还越看越顺眼，顺眼了，就开始搭讪。

就搭讪的方式而言，皇帝和街头小痞子是没什么区别的，无非是你贵姓，哪里人，等等。但差异在于，小痞子搭完话，该干吗还干吗，皇帝就不同了。

几句话搭下来，万历感觉不错，于是乎头一热，就幸了。

皇帝非凡人，所以幸了之后的反应也不同于凡人，不用说什么一时冲动之类的话，拍拍屁股就走人了。不过，万历还算厚道，临走时，赏赐她一副首饰。这倒也未必是他有多大觉悟，而是宫里的规定：但凡临幸，必赐礼物。

因为遵守这个规定，他后悔了很多年。

就万历而言，这是一件小事，皇帝嘛，幸了就幸了，感情是谈不上的，事实上，此人姓甚名谁，他都未必记得。

这个宫女姓王，他很快就将牢牢记住。因为在不久之后，王宫女意外地发现，自己怀孕了。

这个消息很快就传到了万历那里，他非但不高兴，反而对此守口如瓶，绝口不提。

因为王宫女地位低，且并非什么沉鱼落雁之类的人物，一时兴起而已，万历不打算认这账，能拖多久是多久。

但这位仁兄明显打错了算盘，上朝可以拖，政务可以拖，怀孕拖到最后，是要出人命的。

随着王宫女的肚子一天天大起来，知道这件事的人也一天天多起来，最后，太后知道了。

于是，她叫来了万历，向他询问此事。

万历的答复是沉默，他沉默的样子，很有几分流氓的风采。

然而，李太后对付此类人物，一向颇有心得，当年如高拱、张居正之类的老手都应付过去了，刚入行的新流氓万历自然不在话下。既然不说话，就接着问。

装哑巴是行不通了，万历随口打哈哈，就说没印象了，打算死不认账。

万历之所以有恃无恐，是因为这种事一般都是你知我知，现场没有证人，即使有证人，也不敢出来（偷窥皇帝，是要命的）。

他这种穿上裤子就不认人的态度彻底激怒了李太后，于是，她找来了证人。

这个证人的名字，叫“内起居注”。

在古代文书中，起居注是皇帝日常言行的记录，比如今天干了多少活，去了多少地方，是第一手的史料来源。

但起居注记载的，只是皇帝的外在工作情况，是大家都能看见的，而大家看不见的那部分，就是内起居注。

内起居注记载的，是皇帝在后宫中的生活情况，比如去到哪里，和谁见面，干了些什么。当然，鉴于场所及皇帝工作内容的特殊性，其实际记录者不是史官，而是太监。所谓外表很天真，内心很暴力，只要翻一翻内外两本起居注，基本都能搞清楚。

由于具有生理优势，太监可以出入后宫，干这类事情也方便得多，皇帝到哪里，就跟到哪里（当然，不宜太近），皇帝进去开始工作，太监在外面等着，等皇帝出来，就开始记录：某年某月某日，皇帝来到某后妃处，某时进，某时出，特此记录，存入档案。

皇帝工作，太监记录，这是后宫的优良传统。事实证明，这一规定是极其有效，且合理的。

因为后宫人太多，皇帝也不记数，如王宫女这样的邂逅，可谓比比皆是。实际上，皇帝乱搞并不重要，重要的，是乱搞之后的结果。

如果宫女或后妃恰好怀孕，生下了孩子，这就是龙种，要是儿子，没准就是下一任皇帝，万一到时没有原始记录，对不上号，那就麻烦了。

所以记录工作十分重要。

但这项工作，还有一个漏洞，因为事情发生的时候，只有皇帝、太监、后妃（宫女）三人在场，事后一旦有了孩子，后妃自然一口咬定，是皇帝干的，而皇帝一般都不记得是不是自己干的。

最终的确定证据，就是太监的记录。但问题在于，太监也是人，也可能被人收买，如果后妃玩花样，或是皇帝不认账，太监没有公信力。

所以宫中规定，皇帝工作完毕，要送给当事人一件物品，而这件物品，就是证据。

李太后拿出了内起居注，翻到了那一页，交给了万历。

一切就此真相大白，万历只能低头认账。

万历十年（1582），上车补票的程序完成，王宫女的地位终于得到了确认，她挺着大肚子，接受了恭妃的封号。

两个月后，她不负众望，生下了一个儿子，是为万历长子，取名朱常洛。

消息传来，举国欢腾，老太太高兴，大臣们也高兴，唯一不高兴的，就是万历。

因为他对这位恭妃，并没有太多的感情，对这个意外出生的儿子，自然也谈不上喜欢。更何况，此时他已经有了德妃。

德妃，就是后世俗称的郑贵妃，北京大兴人，万历初年（约1573）进宫，颇得皇帝喜爱。

在后来的许多记载中，这位郑贵妃被描述成一个相貌妖艳、阴狠毒辣的女人，但在我看来，相貌妖艳还有可能，阴狠毒辣实在谈不上。在此后几十年的后宫斗争中，此人手段之拙劣，脑筋之愚蠢，反应之迟钝，实在令人发指。

综合史料分析，其智商水平，也就能到菜市场骂个街而已。

可是万历偏偏就喜欢这个女人，经常前去留宿，而郑妃的肚子也相当争气，万历十一年（1583）生了个女儿，虽然不能接班，但万历很高兴，竟然破格提拔，把她升为了贵妃。

这是一个不祥的先兆，因为在后宫中，贵妃的地位要高于其他妃嫔，包括生了儿子的恭妃。

而这位郑贵妃的个人素养也实在很成问题，当上了后妃领导后，除了皇后，谁都瞧不上，特别是恭妃，经常被她称做老太婆。横行宫中，专横跋扈，十分好斗。

难能可贵的是，贵妃同志不但特别能战斗，还特别能生。万历十四年（1586），她终于生下了儿子，取名朱常洵。

这位朱常洵，就是后来的福王。按郑贵妃的想法，有万历当靠山，这孩子生出来，就是当皇帝的，但她做梦也想不到，几十年后，自己这个宝贝儿子会死在屠刀之下，挥刀的人，名叫李自成。

但在当时，这个孩子的出生，确实让万历欣喜异常。他本来就不喜欢长子朱常洛，打算换人，现在替补来了，怎能不高兴？

然而，他很快就将发现，皇帝说话，不一定算数。

吸取了以往一百多年里，自己的祖辈与言官大臣斗争的丰富经验，万历没敢过早暴露目标，绝口不提换人的事，只是静静地等待时机成熟，再把生米煮成熟饭。

可还没等米下锅，人家就打上门来了，而且还不是言官。

万历十四年三月，内阁首辅申时行上奏：望陛下早立太子，以定国家之大计，固千秋之基业。

老狐狸就是老狐狸，自从郑贵妃生下朱常洵，申时行就意识到了隐藏的危险，他知道，自己的这个学生想干什么。

凭借多年的政治经验，他也很清楚，如果这么干了，迎面而来的，必定是史无前例的惊涛骇浪。从此，朝廷将永无宁日。

于是他立即上疏，希望万历早立长子，言下之意是，我知道你想干吗，但这事不能干，你趁早断了这念头，早点儿洗了睡吧。

其实申时行的本意，倒不是要干涉皇帝的私生活：立谁都好，又不是我儿子，与我何干？之所以提早打预防针，实在是出于好心，告诉你这事干不成，早点儿收手，免得到时受苦。

可是他的好学生似乎打定主意，一定要吃苦，收到奏疏，只回复了一句话：

“长子年纪还小，再等个几年吧。”

学生如此不开窍，申时行只得叹息一声，扬长而去。

但这一次，申老师错了，他低估了对方的智商。事实上，万历十分清楚这封奏疏的隐含意义。只是在他看来，皇帝毕竟是皇帝，大臣毕竟是大臣，能坚持到底，就是胜利。此即所谓，明知山有虎，偏向虎山行。

但一般说来，没事上山找老虎玩的，只有两种人，一种是打猎，一种是自尽。

话虽如此，万历倒也不打无把握之仗，在正式亮出匕首之前，他决定玩一个花招。

万历十四年三月，万历突然下达谕旨：郑贵妃劳苦功高，升任皇贵妃。

消息传来，真是粪坑里丢炸弹，分量十足，朝廷上下议论纷纷，群情激愤。

因为在后宫中，皇贵妃仅次于皇后，算第二把手，且历朝历代，能获此殊荣者少之又少（生下独子或在后宫服务多）。

按照这个标准，郑贵妃是没戏的。因为她入宫不长，且皇帝之前已有长子，没啥突出贡献，无论怎么算都轮不到她。

万历突然来这一招，真可谓是煞费苦心，首先可以借此提高郑贵妃的地位，子以母贵，母亲是皇贵妃，儿子的名分也好办。其次还能借机试探群臣的反应，今天我提拔孩子他妈，你们同意了，后天我就敢提拔孩子，咱们慢慢来。

算盘打得很好，可惜只是掩耳盗铃。

要知道，在朝廷里混事的这帮人，个个都不简单：老百姓家的孩子，辛辛苦苦读几十年书，考得死去活来，进了朝廷，再被踩个七荤八素，这才修成正果。生肖都是属狐狸的，嗅觉极其灵敏，擅长见风使舵、无事生非，皇帝玩的这点儿小把戏，在他们面前也就是个笑话，傻子才看不出来。

更为难得的是，明朝的大臣们不但看得出来，还豁得出去，第一个出头的，是户部给事中姜应麟。

相对而言，这位仁兄还算文明，不说粗话，也不骂人，摆事实、讲道理：

“皇帝陛下，听说您要封郑妃为皇贵妃，我认为这是不妥的。恭妃先生皇长子，郑妃生皇三子（中间还有一个，夭折了），先来后到，恭妃应该先封。如果您主意已定，一定要封，也应该先封恭妃为贵妃，再封郑妃皇贵妃，这样才算合适。

“此外，我还认为，陛下应该尽早立皇长子为太子，这样天下方才能安定。”

万历再一次愤怒了。这可以理解，苦思冥想几天，好不容易想出个绝招，自以为得意，没想到人家不买账，还一言点破自己的真实意图，实在太伤自尊。

为挽回面子，他随即下令，将姜应麟免职外放。

好戏就此开场，一天后，吏部员外郎沈璟上疏，支持姜应麟，万历二话不说，撤了他的职。几天后，吏部给事中杨廷相上疏，支持姜应麟、沈璟，万历对其撤职处理。又几天后，刑部主事孙如法上疏，支持姜应麟、沈璟、杨廷相，万历同志不厌其烦，下令将其撤职发配。

在这场斗争中，明朝大臣们表现出了无畏的战斗精神，不怕降级，不怕撤职，不怕发配，个顶个地扛着炸药包往上冲，前仆后继，人越闹越多，事越闹越大，中央的官不够用了，地方官也上疏凑热闹，搞得一塌糊涂，乌烟瘴气。

然而，事情终究还是办成了，虽然无数人反对，无数人骂仗，郑贵妃还是变成了郑皇贵妃。

争得天翻地覆，该办的事还是办了，万历十四年三月，郑贵妃正式册封。

这件事情的成功解决给万历留下了这样一个印象：自己想办的事情，是能够办成的。

这是一个悲剧性的判断。

然而此后，在册立太子的问题上，万历确实消停了——整整消停了四年多，当然，不闹事，不代表不挨骂。事实上，在这四年里，言官们非常尽责，他们找到了新的突破口——皇帝不上朝，并以此为契机，在雒于仁等模范先锋的带领下，继续奋勇前进。

但总体而言，小事不断，大事没有，安定团结的局面依旧。

直到这历史性的一天：万历十八年（1590）正月初一。

解决雒于仁事件后，申时行再次揭开了盖子：

“臣等更有一事奏请。”

“皇长子今年已经九岁，朝廷内外都认为应册立为太子，希望陛下早日决定。”

在万历看来，这件事比雒于仁的酒色财气疏更头疼，于是他接过了申时行刚刚用过的铁锹，接着和稀泥：

"这个我自然知道。我没有嫡子（即皇后的儿子），长幼有序，其实郑贵妃也多次让我册立长子，但现在长子年纪还小，身体也弱，等他身体强壮些后，我才放心啊。"

这段话说得很有水平，按照语文学来分析，大致有三层意思。

第一层先说自己没有嫡子，是说我只能立长子，然后又讲长幼有序，是说我不会插队，但说来说去，就是不说要立谁。接着又把郑贵妃扯出来，搞此地无银三百两。

最后语气一转，得出结论：虽然我只能立长子、不会插队，老婆也没有干涉此事，但考虑到儿子太小，身体太差，暂时还是别立了吧。

这招糊弄别人可能还行，对付申时行就有点儿滑稽了，和了几十年稀泥，哪排得上你小子？

于是申先生将计就计，说了这样一句话：

"皇长子已经九岁，应该出阁读书了，请陛下早日决定此事。"

这似乎是一件完全不相干的事情，但事实绝非如此，因为在明代，皇子出阁读书，就等于承认其为太子。申时行的用意非常明显：既然你不愿意封他为太子，那让他出去读书总可以吧，形式不重要，内容才是关键。

万历倒也不笨，他也不说不读书，只是强调人如果天资聪明，不读书也行。申时行马上反驳，说即使人再聪明，如果没有人教导，也是不能成才的。

就这样，两位仁兄从继承人问题到教育问题，你来我往，互不相让，闹到最后，万历烦了：

"我都知道了，先生你回去吧！"

话说到这个份儿上，也只好回去了，申时行离开了宫殿，向自己家走去。

然而，当他刚刚踏出宫门的时候，却听到了身后急促的脚步声。

申时行转身，看见了一个太监，他带来了皇帝的谕令：

"先不要走，我已经叫皇长子来了，先生你见一见吧。"

十几年后，当申时行在家撰写回忆录的时候，曾无数次提及这个不可思议的场景以及此后那奇特的一幕，终其一生，他也未能猜透万历的企图。

申时行不敢怠慢，即刻回到了宫中，在那里，他看见了万历和他的两个儿子，皇长子朱常洛，以及皇三子朱常洵。

但给他留下最深刻印象的，却并非这两个皇子，而是此时万历的表情。没有愤怒，没有狡黠，只有安详与平和。

他指着皇长子，对申时行说：

"皇长子已经长大了，只是身体还有些弱。"

然后他又指着皇三子，说道：

“皇三子已经五岁了。”

接下来的，是一片沉默。

万历平静地看着申时行，一言不发，此时的他，不是一个酒色财气的昏庸之辈，不是一个暴跳如雷的使气之徒。

他是一个父亲，一个看着子女不断成长，无比欣慰的父亲。

申时行知道机会来了，于是他打破了沉默：

“皇长子年纪已经大了，应该出阁读书。”

万历的心意似乎仍未改变：

“我已经指派内侍教他读书。”

事到如今，只好豁出去了：

“皇上您在东宫的时候，才六岁，就已经读书了。皇长子此刻读书，已经晚了！”

万历的回答并不愤怒，却让人哭笑不得：

“我五岁就已能读书！”

申时行知道，在他的一生中，可能再也找不到一个更好的机会，去劝服万历，于是他做出了一个惊人的举动。

他上前几步，未经许可，便径自走到了皇长子的面前，端详片刻，对万历由衷地说道：

“皇长子仪表非凡，必成大器，这是皇上的福分啊，希望陛下能够早定大计，朝廷幸甚！国家幸甚！”

万历十八年正月初一日，在愤怒、沟通、争执后，万历终于第一次露出了笑容。

万历微笑地点点头，对申时行说道：

“这个我自然知道。其实郑贵妃也劝过我早立长子，以免外人猜疑，我没有嫡子，册立长子是迟早的事情啊。”

这句和缓的话，让申时行感到了温暖，儿子出来了，好话也说了，虽然也讲几句什么郑贵妃支持，没有嫡子之类的屁话，但终究是表了态。

形势大好，然而接下来，申时行却一言不发，行礼之后便退出了大殿。

这正是他的绝顶聪明之处，点到即止，见好就收，今天先定调，后面再来。

但他无论如何也想不到，这次和谐的对话，不但史无前例，而且后无来者。“争国本”事件的严重性，将远远超出他的预料，因为决定此事最终走向的，既不是万历，也不会是他。

谈话结束后，申时行回到了家中，开始满怀希望地等待万历的圣谕，安排皇长子出阁读书。

可是一天天过去了，希望变成了失望，到了月底，他坐不住了，随即上疏，询问皇长子出阁读书的日期。这意思是说，当初咱俩谈好的事，你得守信用，给个准信。

但是万历似乎突然失忆，啥反应都没有，申时行等了几天，一句话都没有等到。

既然如此，那就另出新招。几天后，内阁大学士王锡爵上疏：

“陛下，其实我们不求您立刻册立太子，只是现在皇长子九岁，皇三子已五岁，应该出阁读书。”

不说立太子，只说要读书，而且还把皇三子一起拉上，由此而见，王锡爵也是个老狐狸。

万历那边却似乎是人死绝了，一点儿消息也没有，王锡爵等了两个月，石沉大海。

到了四月，包括申时行在内，大家都忍无可忍了，内阁四名大学士联名上疏，要求册立太子。

尝到甜头的万历故伎重演：无论你们说什么，我都不理，我是皇帝，你们能把我怎么样？

但他实在低估了手下的这帮老油条，对付油盐不进的人，他们一向都是有办法的。

几天后，万历同时收到了四份奏疏，分别是申时行、王锡爵、许国、王家屏四位内阁大学士的辞职报告，理由多种多样，有说身体不好，有说事务繁忙、难以继任的，反正一句话：不干了。

自万历退居二线以来，国家事务基本全靠内阁，内阁一共就四个人，要是都走了，万历就得累死。

没办法，皇帝大人只好现身，找内阁的几位同志谈判，好说歹说，就差求饶了，并且当场表态，会在近期解决这一问题。

内阁的几位大人总算给了点儿面子，一番交头接耳之后，上报皇帝：病的还是病，忙的还是忙，但考虑到工作需要，王家屏大学士愿意顾全大局，继续干活。

万历窃喜。

因为这位兄弟的策略，叫拖一天是一天，拖到这帮老家伙都退了，皇三子也大了，到时木已成舟，不同意也得同意。这次内阁算是上当了。

然而上当的人，是他。

因为他从未想过这样一个问题：为什么留下来的，偏偏是王家屏呢？

王家屏，山西大同人，隆庆二年（1568）进士。简单地说，这是个不上道的人。

王家屏的科举成绩很好，被选为庶吉士，还编过《世宗实录》，应该说是很有前途的，可一直以来，他都没啥进步。原因很简单，高拱当政的时候，他曾上疏弹劾高拱的亲戚，高首辅派人找他谈话，让他给点儿面子，他说，不行。

张居正当政的时候，他搞非暴力不合作，照常上班，就是不靠拢上级。张居正刚病倒的时候，许多人都去祈福，表示忠心，有人拉他一起去，他说，不去。

张居正死了，万历十二年（1584），他进入内阁，成为大学士，此时的内阁，已经有了申时行、王锡爵、许国三个人，他排第四。按规矩，这位甩尾巴的新人应该老实点儿，可他偏偏是个异类，每次内阁讨论问题，即使大家都同意，他觉得不对，就反对；即使大家都反对，他觉得对，就同意。

他就这么在内阁里硬挺了六年，谁见了都怕，申时行拿他也没办法。更有甚者，写辞职信时，别人的理由都是身体有病，工作太忙，他却别出一格，说是天下大旱，作为内阁成员，负有责任，应该辞职（久旱乞罢）。

把他留下来，就是折腾万历的。

几天后，礼部尚书于慎行上疏，催促皇帝册立太子，语言比较激烈。万历也比较生气，罚了他三个月工资。

事情的发生，应该还算正常，不正常的，是事情的结局。

换在以往，申时行已经开始挥舞铁锹和稀泥了，先安慰皇帝，再安抚大臣，最后你好我好大家好，收工。

相比而言，王家屏要轻松得多，因为他只有一个意见——支持于慎行。

工资还没扣，他就即刻上疏，为于慎行辩解，说了一大通道理，把万历同志的脾气活活顶了回去。但更让人惊讶的是，这一次，万历没有发火。

因为他发不了火，事情很清楚，内阁四个人，走了三个，留下来的这个，还是个二杆子，明摆着是要为难自己。而且这位坚持战斗的王大人还说不得，再闹腾一次，没准儿就走人了，到时谁来收拾这个烂摊子？

可是光忍还不够，言官大臣赤膊上阵，内阁打黑枪，明里暗里都来，比逼宫还狠，不给个说法，是熬不过去了。

几天后，一个太监找到了王家屏，向他传达了皇帝的谕令：

"册立太子的事情，我准备明年办，不要再烦（扰）我了。"

王家屏顿时喜出望外，然而，这句话还没有讲完：

"如果还有人敢就此事上疏，就到十五岁再说！"

朱常洛是万历十年（1582）出生的，万历发出谕令的时间是万历十八年（1590），所以这句话的意思是说，如果你们再敢闹腾，这事就六年后再办！

虽然不是无条件投降，但终究还是有了个说法，经过长达五年的斗争，大臣们胜利了——至少他们自己这样认为。

事情解决了，王家屏兴奋了，兴奋之余，就干了一件事。

他把皇帝的这道谕令告诉了礼部，而第一个获知消息的人，正是礼部尚书于慎行。

于慎行欣喜若狂，当即上疏告诉皇帝：

"此事我刚刚知道，已经通报给朝廷众官员，要求他们耐心等候。"

万历气得差点儿吐了白沫。

因为万历给王家屏的，并不是正规的圣旨，而是托太监传达的口谕，看上去似乎没区别，但事实上，这是一个有深刻政治用意的举动。

其实在古代，君无戏言这句话基本是胡扯，皇帝也是人，时不时编个瞎话，吹吹牛，也很正常，真正说了就要办的，只有圣旨。白纸黑字写在上面，糊弄不过去。所以万历才派太监给王家屏传话，而他的用意很简单：这件事情我心里有谱，但现在还不能办，先跟你通个气，以后遇事别跟我对着干，咱们慢慢来。

皇帝大人原本以为，王大学士好歹在朝廷混了几十年，这点觉悟应该还有，可没想到，这位一根筋的仁兄竟然把事情捅了出去，密谈变成了公告，被逼上梁山了。

他当即派出太监，前去内阁质问王家屏，却得到了一个让他意想不到的答案。

王家屏是这样辩解的：

"册立太子是大事，之前许多大臣都曾因上疏被罚，我一个人定不了，又被许多大臣误会，只好把陛下的旨意传达出去，以消除大家的疑虑（以释众惑）。"

这番话的真正意思大致是这样的：我并非不知道你的用意，但现在我的压力也很大，许多人都在骂我，我也没办法，只好把陛下拉出来背黑锅了。

虽然不上道，也是个老狐狸。

既然如此，就只好将错就错了，几天后，万历正式下发圣旨：

"关于册立皇长子为太子的事情，我已经定了，说话算数（诚待天下），等长子到了十岁，我自然会下旨，到时册立、出阁读书之类的事情一并解决，就不麻烦你们再催了。"

长子十岁，是万历十九年（1591），也就是下一年。皇帝的意思很明确，我已经同意册立长子，你们也不用绕弯子，搞什么出阁读书之类的把戏，让老子清净一年，明年就立了！

这下大家都高兴了，内阁的几位仁兄境况也突然大为改观，有病的病好了，忙的也不忙了，除王锡爵（母亲有病，回家去了，真的）外，大家都回来了。

剩下来的，就是等了。一晃就到了万历十九年，春节过了，春天过了，都快要开西瓜了，万历那里一点儿消息都没有。

泱泱大国，以诚信为本。这就没意思了。

可是万历十九年毕竟还没过，之前已经约好，要是贸然上疏催他，万一被认定毁约，推迟册立，违反合同的责任谁都负担不起，而且皇上到底是皇上，你上疏说他耍赖，似乎也不太妥当。

一些脑子活的言官大臣就开始琢磨，既要敲打皇帝，又不能留把柄，想来想去，终于找到了一个完美的替代目标——申时行。

没办法，申大人，谁让你是首辅呢？也只好让你去扛了。

很快，一封名为《论辅臣科臣疏》的奏疏送到了内阁，其主要内容，是弹劾申时行专权跋扈，压制言官，使得正确意见得不到执行。

可怜，申首辅一辈子和稀泥，挖东砖补西墙，累得半死，临了还要被人玩一把。此文言辞尖锐，指东打西，指桑骂槐，可谓是政治文本的典范。

文章作者，是南京礼部主事汤显祖，除此文外，他还写过另一部更有名的著作——《牡丹亭》。

稀泥谢幕

汤显祖，字义仍，江西临川人。上疏这一年，他四十二岁，官居六品。

虽说四十多岁才混到六品，实在不算起眼，但此人绝非等闲之辈，早在三十年前，汤先生已天下闻名。

十三岁的时候，汤显祖就加入了泰州学派（也没个年龄限制），成为了王学的门人，跟着那帮“异端”四处闹腾，开始出名。

二十一岁，他考中举人，七年后，到京城参加会试，运气不好，遇见了张居正。

之所以说运气不好，并非张居正讨厌他，恰恰相反，张首辅很赏识他，还让自己的儿子去和他交朋友。

这是件求之不得的好事，可问题在于，汤先生中异端毒太深，瞧不起张居正，摆了谱，表示拒不交友。

既然敢跟张首辅摆谱，张首辅自然要摆他一道，考试落榜也是免不了的。三年后，他再次上京赶考，张首辅锲而不舍，还是要儿子和他交朋友，算是不计前嫌，但汤先生依然不给面子，再次摆谱。首辅大人自然再摆他一道，又一次落榜。

但汤先生不但有骨气，还有毅力，三年后再次赶考，这一次张首辅没有再阻拦他（死了），终于成功上榜。

由于之前两次跟张居正硬扛，汤先生此时的名声已经是如日中天。当朝的大人物张四维、申时行等人都想拉拢他，可汤先生死活不答理人家。

不答理就有不答理的去处，名声大噪的汤显祖被派到了南京，几番折腾，才到礼部混了个主事。

南京本来就没事干，南京的礼部更是闲得出奇，这反倒便宜了汤先生，闲暇之余开始写戏，并且颇有建树，日子过得还算不错，直到万历十九年（1591）的这封上疏。

很明显，汤先生的政治高度比不上艺术高度，奏疏刚送上去，申时行还没说什么，万历就动手了。

对于这种杀鸡儆猴的把戏，皇帝大人一向比较警觉（他也常用这招），立马作出了反应，把汤显祖发配到边远地区（广东徐闻）去当典史。

这是一次极其致命的打击，从此汤先生再也没能翻过身来。

万历这辈子罢过很多人的官，但这一次，是最为成功的，因为他只罢掉了一个六品主事，却换回一个明代最伟大的戏曲家，赚大发了。

二十八岁落榜后，汤显祖开始写戏，三十岁的时候，写出了《紫箫记》；三十八岁，写出了《紫钗记》。四十二岁被赶到广东，七年后京察，又被狠狠地折腾了一回，索性回了老家。

来回倒腾几十年，一无所获，在极度苦闷之中，四十九岁的汤显祖回顾了自己戏剧化的一生，用悲凉而美艳的辞藻写下了他所有的梦想和追求，是为《还魂记》，后人又称《牡丹亭》。

《牡丹亭》，全剧共十五出，描述了一个死而复生的爱情故事（情节比较复杂，有兴趣自己去翻翻）。此剧音律流畅，词曲优美，轰动一时，时人传诵：牡丹一出，西厢（《西厢记》）失色。此后传唱天下百余年，堪与之媲美者，唯有孔尚任之《桃花扇》。

为官不济，为文不朽，是以无憾。

史赞：二百年来，一人而已。

总的说来，汤显祖的运气是不错的，因为更麻烦的事，他还没赶上。

汤先生上疏两月之后，福建佥事李琯就开炮了，目标还是申时行，不过这次更狠，用词狠毒不说，还上升到政治高度，一条条列下来，弹劾申时行十大罪状，转瞬之间，申先生就成了天字第一号大恶人。

万历也不客气，再度发威，撤了李琯的职。

命令一下，申时行却并不高兴，反而唉声叹气，忧心忡忡。

因为到目前为止，虽然你一刀我一棍地打个不停，但都是摸黑放枪，谁也不挑明，万历的合同也还有效，拖到年尾，皇帝赖账就是理亏，到时再争，也是十拿九稳。

可万一下面这帮愤中愤老忍不住，玩命精神爆发，和皇帝公开死磕，事情就难办了。

俗语云：怕什么，就来什么。

工部主事张有德终于忍不住了，他愤然上疏，要求皇帝早日册立太子。

等的就是你。

万历随即作出反应，先罚了张有德的工资，鉴于张有德撕毁合同，册立太子的事情推后一年办理。

这算是正中下怀，本来就不大想立，眼看合同到期，正为难呢，来这么个冤大头，不用白不用。册立的事情也就能堂而皇之地往后拖了。

事实上，这是他的幻想。

因为在大臣们看来，这合同本来就不合理，忍气吞声大半年，那是给皇帝面子，早就一肚子苦水怨气没处泄，你敢蹦出来，那好，咱们就来真格的！

当然，万历也算是老运动员了，对此他早有准备，无非是来一群大臣瞎咋呼，先不理，闹得厉害再出来说几句话，把事情熬过去，完事。

形势的发展和他的预料大致相同，张有德走人后，他的领导，工部尚书曾同亨就上疏了，要求皇帝早日册立太子。

万历对此嗤之以鼻。他很清楚，这不过是个打头的，大部队在后，下面的程序他都能背出来，吵吵嚷嚷，草草收场，实在毫无新鲜可言。

然而，当下一封奏疏送上来的时候，他才知道，自己错了。

这封奏疏的署名人并不多，只有三个，分别是申时行、许国、王家屏。

但对万历而言，这是一个致命的打击。

因为之前无论群臣多么反对，内阁都是支持他的，即使以辞职回家相威胁，也从未公开与他为敌，是他的最后一道屏障，现在竟然公开站出来和他对着干，此例一开，后果不堪设想。

特别是申时行，虽说身在内阁，时不时也说两句，但那都是做给人看的，平日里忙着和稀泥，帮着调节矛盾，是名副其实的卧底兼间谍。

可这次，申时行连个消息都没透，就打了个措手不及，实在太不够意思。于是万历私下派出了太监，斥责申时行。

一问，把申时行也问糊涂了，因为这事他压根儿就不知道！

事情是这样的，这封奏疏是许国写的，写好后让王家屏署名，王兄自然不客气，提笔就签了名；而申时行的底细他俩都清楚，这个老滑头死也不会签，于是许大人胆一壮，代申首辅签了名，把他拖下了水。

事已至此，申大人只能一脸无辜地表白：

“名字是别人代签的，我事先真不知道。”

事情解释了，太监也回去了，可申先生却开始琢磨了：万一太监传达不对怎么办？万一皇帝不信怎么办？万一皇帝再激动一次，把事情搞砸怎么办？

想来想去，他终于决定，写一封密信。

这封密信的内容大致是说，我确实不知道上奏的事情，这事情皇上你不要急，自己拿主意就行。

客观地讲，申时行之所以说这句话，倒不一定是耍两面派，因为他很清楚皇帝的性格：

像万历这号人，属于死要面子活受罪，打死也不认错的，看上去非常随和，实际上极其固执，和他硬干，是没有什么好处的。

所以申时行的打算，是先稳住皇帝，再慢慢来。

事实确如所料，万历收到奏疏后，十分高兴，当即回复：

“你的心意我已知道，册立的事情我已有旨意，你安心在家调养就是了。”

申时行总算松了口气，事情终于糊弄过去了。

但他做梦也想不到，他长达十年的和稀泥生涯，将就此结束——因为那封密信。

申时行的这封密信，属于机密公文，按常理，除了皇帝，别人是看不见的。

可是在几天后的一次例行公文处理中，万历将批好的文件转交内阁，结果不留神，把这封密信也放了进去。

这就好比拍好了照片存进电脑，又把电脑拿出去给人修，是个要命的事。

文件转到内阁，这里是申时行的地盘，按说事情还能挽回，可问题在于申大人为避风头，当时还在请病假，负责工作的许国也没留意，顺手就转给了礼部。

最后，它落在了礼部给事中罗大纮的手里。

罗大纮，江西吉水人。关于这个人，只用一句就能概括：一个称职的言官。

看到申时行的密信后，罗大纮非常愤怒，因为除了耍两面派外，申时行在文中还写了这样一句话："惟亲断亲裁，勿因小臣妨大典"。

这句话说白了，就是你自己说了算，不要理会那些小臣。

我们是小臣，你是大臣？！

此时申时行已经发现了密信外泄，他十分紧张，立刻找到了罗大纮的领导，礼部科给事中胡汝宁，让他去找罗大纮谈判。

可惜罗大纮先生不吃这一套，写了封奏疏，把这事给捅了出去，痛骂申时行两面派。

好戏就此开场，言官们义愤填膺。吏部给事中钟羽正、侯先春随即上疏，痛斥申时行；中书黄正宾等人也跟着凑热闹，骂申时行老滑头。

眼看申首辅吃亏，万历当即出手，把罗大纮赶回家当了老百姓，还罚了上疏言官的工资。

但事情闹到这个份儿上，已经无法收拾了。

经历过无数大风大浪的申时行，终究在阴沟里翻了船。自万历十年（1582）以来，他忍辱负重，上下协调，独撑大局，打落门牙往肚里吞，至今已整整十年。

现在，他再也支撑不下去了。

万历十九年（1591）九月，申时行正式提出辞职，最终得到批准，回乡隐退。

大乱就此开始。

第四章　混战

申时行在的时候，大家都说朝廷很乱，但等申时行走了，大家才知道，什么叫乱。

首辅走了，王锡爵不在，按顺序，应该是许国当首辅，可这位兄弟相当机灵，一看形势不对，写了封辞职信就跑了。

只剩王家屏了。

万历不喜欢王家屏，王家屏也知道皇帝不喜欢他，所以几乎在申时行走人的同时，也提出辞职。

然而，万历没有批，还把王家屏提为首辅，原因很简单，这么个烂摊子，现在内阁就这么个人，好歹就是他了。

内阁总算有个人了，但一个还不够，得再找几个，搭个班子，才好唱戏。说起来还是申时行够意思，早就料到有这一天，所以在临走时，他向万历推荐了两个人：一个是时任吏部左侍郎赵志皋，另一个是原任礼部右侍郎张位。

这个人事安排十分有趣，因为这两个人兴趣不同，性格不同，出身不同。总而言之，就没一点儿共同语言。但事后证明，就是这么个安排，居然撑了七八年。申先生的领导水平可见一斑。

班子定下来了，万历的安宁日子也到了头，因为归根结底，大臣们闹腾，还是因为册立太子的事情，申先生不过是帮皇帝挡了子弹，现在申先生走了，皇帝陛下只能赤膊上阵。

万历二十年（1592）正月，真正的总攻开始了。

礼部给事中李献可首先发难，上疏要求皇帝早日批准长子出阁读书，而且这位兄台十分机灵，半字不提“册立”二字，全篇却都在催这事，半点儿把柄都不留，搞得皇帝陛下十分狼狈，一气之下，借口都不找了：

“册立已有旨意，这厮偏又来烦扰……好生可恶，降级调外任用！”

其实说起来，李献可不是什么大人物，这个处罚也不算太重，可万历万没想到，就这么个小人物，这么点儿小事儿，他竟然没能办得了。

因为他的圣旨刚下发，就被王家屏给退了回来。

作为朝廷首辅，如果认为皇帝的旨意有问题，可以退回去，拒不执行。这种权力，叫做封还。

封还就封还吧，不办就不办吧，更可气的是，王首辅还振振有词：

这事我没错，是皇帝陛下错了。因为李献可没说册立的事，他只是说应该出阁读书，你应该采纳他的意见，即使不能采纳，也不应该罚他。所以这事我不会办。

真是要造反了，刚刚提了首辅，这白眼狼就下狠手，万历恨不得拿头撞墙，气急败坏之下，他放了王家屏的假，让他回家休养去了。

万历的“幸福”生活从此拉开序幕。

几天后，礼部给事中钟羽正上疏，支持李献可，经典语言如下：

“李献可的奏疏，我是赞成的，请你把我一同降职吧（请与同谪）。”

万历满足了他的要求。

又几天后，礼部给事中舒弘绪上疏，发言如下：

“言官是可以处罚的，出阁读书是不能不办的。”

发配南京。

再几天后，户部给事中孟养浩上疏，支持李献可、钟羽正等人。相对而言，他的奏疏更有水平，虽然官很小（七品），志气却大，总结了皇帝大人的种种错误，总计五条，还说了一句相当经典的话：

“皇帝陛下，您坐视皇长子失学，有辱宗社祖先！”

万历气疯了，当即下令，把善于总结的孟养浩同志革职处理，并拉到午门，打了一百杖。

暴风雨就是这样诞生的。

别人也就罢了，可惜孟先生偏偏是言官，干的是本职工作，平白被打实在有点儿冤。

于是大家都愤怒了。

请注意，这个大家是有数的，具体人员及最终处理结果如下所列：

内阁大学士赵志皋上疏，被训斥。

吏科右给事中陈尚象上疏，被革职为民。

御史邹德泳，户科都给事中丁懋逊、兵科都给事中张栋、刑科都给事中吴之佳、工科都给事中杨其休，礼科左给事中叶初春，联名上疏抗议。万历大怒，将此六人降职发配。

万历终于做了一件了不起的事情，如果加上最初上疏的李献可，那么在短短的几天之内，他就免掉了十二位当朝官员。这一伟大纪录，就连后来的急性子崇祯皇帝也没能打破。

事办到这份儿上，皇帝疯了，大臣也疯了，官服乌纱就跟白送的一样，铺天盖地到处乱扔，大不了就当老子这几十年书白读了，拼个你死我活只为一句话：可以丢官，不能丢人！

在这一光辉思想的指导下，礼部员外郎董嗣成、御史贾名儒、御史陈禹谟再次上疏，支持李献可。万历即刻反击，董嗣成免职，贾名儒发配，陈禹谟罚工资。

事情闹到这里，到底卷进来多少人，我也有点儿乱，但若以为就此打住，那实在是低估了明代官员的战斗力。

几天后，礼部尚书李长春也上疏了。对这位高级官员，万历也没客气，狠狠地骂了他一顿。谁知没多久，吏部尚书蔡国珍、侍郎杨时乔又上疏抗议，然而这一次，万历没有作出任何反应——实在骂不动了。

皇帝被搞得奄奄一息，王家屏也坐不住了，他终于出面调停，向皇帝认了错，并希望能够赦免群臣。

想法本是好的，方法却是错的，好不容易消停下去的万历，一看见这个老冤家，顿时恢复了战斗力，下书大骂：

“自你上任，大臣狂妄犯上，你是内阁大学士，不但不居中缓和矛盾，反而封还我的批示，故意激怒我！见我发怒，你又说你有病在身，回家休养！国家事务如此众多，你在家躺着（高卧），心安吗？！既然你说有病，就别来了，回家养病去吧！”

王家屏终于理解了申时行的痛苦，万历二十年（1592）三月，他连上八封奏疏，终于回了家。

这是一场实力不对等的较量，大臣的一句话，可能毫无作用，万历的一道圣旨，却足以改变任何人的命运。

然而，万历失败了，面对那群前仆后继的人，他虽然竭尽全力，却依然失败了，因为权力并不能决定一切——当它面对气节与尊严的时候。

王家屏走了，言官们暂时休息了，接班的赵志皋比较软，不说话，万历正打算消停几天，张位又冒出来了。

这位次辅大人再接再厉，接着闹，今天闹出阁讲学，明天闹册立太子，每天变着法地折腾皇帝。万历同志终于顶不住了，如此下去，不被逼死，也被憋死了。

必须想出对策。

考虑再三，他决定去找一个人，在他看来，只有这个人才能挽救一切。

万历二十一年（1593），王锡爵奉命来到京城，担任首辅。

拉锯战

王锡爵，字元驭，苏州太仓人。

嘉靖四十一年（1562），他二十八岁，赴京赶考，遇见申时行，然后考了第一。

几天后参加殿试，又遇见了申时行，这次他考了第二。

据说他之所以在殿试中输给申时行，不外乎两点，一是长得不够帅，二是说话不够滑。

帅不帅不好说，滑不滑是有定论的。

自打进入朝廷，王锡爵就是块硬骨头。万历五年（1577）张居正夺情，大家上疏闹，他跑到人家家里闹，逼得张居正大人差点儿拔刀自尽；吴中行被打得奄奄一息，大家在场下吵，他跑到场上哭。

万历六年（1578），张居正不守孝回京办公，大家都庆贺，他偏请假，说我家还有父母，实在没有时间工作，要回家尽孝，张居正恨得直磨牙。

万历九年（1581），张居正病重，大家都去祈福，他不屑一顾。

万历十年（1582），张居正病逝，反攻倒算开始，抄家闹事翻案，人人都去踩一脚，这个时候，他说：

“张居正当政时，做的事情有错吗？！他虽为人不正，却对国家有功，你们怎能这样做呢？！”

万历十三年（1585），他的学生李植想搞倒申时行，扶他上台，他痛斥对方，请求辞职。

三年后，他的儿子乡试考第一，有人怀疑作弊，他告诉儿子，不要参加会试，回家待业。十三年后他下了台，儿子才去考试，会试第二，殿试第二。

他是一个经得起时间考验的人。

所以在万历看来，能收拾局面的，也只有王锡爵了。

王大人果然不负众望，到京城一转悠，就把情况摸清楚了，随即开始工作，给皇帝上了一封密信。大意是说，目前情况十分紧急，请您务必在万历二十一年（1593）册立太子，绝不能再拖延了，否则我就是再有能耐，也压制不了！

吸取了上次的教训，万历再没敢随便找人修电脑，专程派了个太监，送来了自己的回信。

可王锡爵刚打开信，就傻眼了。

信上的内容是这样的：

“看了你的奏疏，为你的忠诚感动。我去年确实说过，今年要举行册立大典，但是（注意此处），我昨天晚上读了祖训（相当于皇帝的家规），突然发现，里面有一句训示：立嫡不立长。我琢磨了一下，皇后现在年纪还不大，万一将来生了儿子，怎么办呢？是封太子，还是封王？”

“如果封王，那就违背了祖训；如果封太子，那就有两个太子了。我想来想去，想了个办法，要不把我的三个儿子一起封王，等过了几年，皇后没生儿子，到时候再册立长子也不迟。这事我琢磨好了，既不违背祖制，也能把事办了，很好，你就这么办吧。”

阶级斗争又有新动向了，很明显，万历同志是很动了一番脑筋，觉得自己不够分量，把老祖宗都搬出来了，还玩了个复杂的逻辑游戏，有相当的技术含量。现解析如下：

按老规矩，要立嫡子（皇后的儿子），可是皇后又没生儿子，但皇后今天没有儿子，不代表将来没有，如果我立了长子，嫡子生出来，不就违反政策了吗？但是皇后什么时候生儿子，我也不知道，与其就这么拖着，还不如把现在的三个儿子一起封了了事，到时再不生儿子，就立太子。先封再立，总算对上对下都有了交代。

王锡爵初一琢磨，就觉得这事有点儿玄，但听起来似乎又只能这么办，思前想后，他也和了稀泥，拿出了两套方案。

方案一：让皇长子拜皇后为母亲，这样既是嫡子又是长子，问题就解决了。

方案二：按照皇帝的意思，三个儿子一起封王，到时再说。

附注：第二套方案只有在万不得已的时候，才能使用。

上当了，彻底上当了。

清醒了一辈子的王大人，似乎终于糊涂了，他好像并不知道，自己已经跳入了一个陷阱。

事实上，万历的真正目标，不是皇长子，而是皇三子。

他喜欢郑贵妃，喜欢朱常洵，压根儿就没想过要立太子，搞三王并封，把皇长子、三子封了王，地位就平等了，然后就是拖，拖到大家都不闹了，事情也就办成了。

至于所谓万不得已，采用第二方案，那也是句废话。万历同志这辈子，那是经常的万不得已。

总之，王锡爵算是上了贼船了。

万历立即选择了第二种方案，并命令王锡爵准备执行。

经过长时间的密谋和策划，万历二十一年（1593）正月二十六日，万历突然下发圣旨：

“我有三个儿子，长幼有序，但问题是，祖训说要立嫡子，所以等着皇后生子，一直没立太子。为妥善解决这一问题，特将皇长子、皇三子、皇五子全部封王，将来有嫡子，就立嫡子，没嫡子，再立长子。事就这么定了，你们赶紧去准备吧。”

圣旨发到礼部，当时就炸了锅。这么大的事情，事先竟没听到风声，实在太不正常，于是几位领导一合计，拿着谕旨跑到内阁去问。

这下连内阁的赵志皋和张位也惊呆了，什么圣旨，什么三王并封，搞什么名堂？！

很明显，这事就是王锡爵办的，消息传出，举朝轰动，大家都认定，朝廷又出了个叛徒，而且还是主动投靠的。

因为所有人都知道，万历已经很久不去找（幸）皇后了，生儿子压根儿就是没影的事，所谓三王并封，就是扯淡，大家都能看出来，王锡爵你混了几十年，怎么看不出来？分明就是同谋，助纣为虐！

回头再说皇帝，你都说好了，今年就办，到时候竟然又不认账，搞个什么三王并封，我们大家眼巴巴地盼着，又玩花样，你当你耍猴子呢？！

两天之后，算账的人就来了。

光禄寺丞朱维京第一个上疏，连客套话都不说，开篇就骂：

“您先前说过，万历十九年（1591）就册立太子，朝廷大臣都盼着，忽然又说要并封，等皇后生子。这种说法，祖上从来就没有过！您不会是想愚弄天下人吧！”

把戏被戳破了，万历很生气，立即下令将朱维京革职充军。

一天后，刑部给事中王如坚又来了：

“万历十四年时，您说长子幼小，等个两三年；十八年时，您又说您没有嫡子，长幼有序，让我们不必担心。十九年时，您说二十年就册立；二十年时，您又说二十一年举行。现在您竟然说不办了，改为分封，之前的话您不是都忘了吧？以后您说的话，我们该信哪一句？”

这话杀伤力实在太大，万历绷不住了，当即把王如坚免职充军。

已经没用了，什么罚工资、降职、免职、充军，大家都见识过了，还能吓唬谁？

最尴尬的，是礼部的头头脑脑们。皇帝下了圣旨，内阁又没有封还，按说是不能不办的，可是照现在这么个局势，如果真要去办，没准儿自己就被大家给办了。想来想去，搞了个和稀泥方案：三王并封照办，但同时也举行册立太子的仪式。

方案报上去，万历不干：三王并封，就为不立太子，还想把我绕回去不成？

既然给面子皇帝都不要，也就没啥说的了，礼部主事顾允成、工部主事岳元声、光禄寺丞王学曾等人继续上疏，反对三王并封。这次万历估计也烦了，理都不理，随他们去。

于是抗议的接着抗议，不理的照样不理，谁也奈何不了谁。

局面一直僵持不下，大家这才突然发觉，还漏了一个关键人物——王锡爵。

这事既然是王锡爵和皇帝干的，皇帝又不出头，也只能拿王锡爵开刀了。

先是顾允成、张辅之等一群王锡爵的老乡上门，劝他认清形势，早日解决问题。然后是吏部主事顾宪成代表吏部全体官员写信给王锡爵，明白无误地告诉他：现在情况很复杂，大家都反对你的三王并封，想糊弄过去是不行的。

王锡爵终于感受到了当年张居正的痛苦，不问青红皂白，就围上来群殴，没法讲道理，就差打上门来了。

当然，一点儿也没差，打上门的终究来了。

几天之后，礼部给事中史孟麟、工部主事岳元声一行五人，来到王锡爵办公的内阁，过来只干一件事：吵架。

刚开始的时候，气氛还算不错，史孟麟首先发言，就三王并封的合理性、程序性一一批驳，有理有节，有根有据。

事情到这儿，还算是有事说事，可接下来，就不行了。

因为王锡爵自己也知道，三王并封是个烂事，根本就没法辩，心里理亏，半天都不说话。对方一句句地问，他半句都没答，憋了半天，终于忍不住了：

“你们到底想怎么样？”

岳元声即刻回答：

“请你立刻收回那道圣旨，别无商量！”

接着一句：

“皇上要问，就说是大臣们逼你这么干的！”

王锡爵气得不行，大声回复：

“那我就把你们的名字都写上去，怎么样？！”

这是一句威胁性极强的话，然而，岳元声回答的声音却更大：

“那你就把我的名字写在最前面！充军也好，廷杖也好，你看着办！”

遇到这种不要命的二愣子，王锡爵也没办法，只好说了软话：

“请你们放心，虽然三王并封，但皇长子出阁的时候，礼仪是不一样的。”

首辅大人认输了，岳元声却不依不饶，跟上来就一句：

“那是礼部的事，不是你的事！”

谈话不欢而散，王锡爵虽然狼狈不堪，却也顶住了死不答应。

因为虽然骂者众多，却还没有一个人能够找到他的死穴。

这事看起来很简单，万历耍了个计谋，把王锡爵绕了进去，王大人背黑锅，哑巴吃黄连，有苦说不出。

事实上，那是不可能的。王锡爵先生虽然人比较实诚，也是在官场滚打几十年的老油条，万历那点儿花花肠子，他一清二楚，之所以同意三王并封，是将计就计。

他的真正动机是，先利用三王并封，把皇长子的地位固定下来，然后借机周旋，更进一步逼皇帝册立太子。

在他看来，岳元声之流都是白颈乌鸦，整天吵吵嚷嚷，除了瞎咋呼，啥事也干不成，所以他任人笑骂，准备忍辱负重，一朝翻身。

然而这个世界上，终究还是有聪明人的。

庶吉士李腾芳就算一个。

李腾芳，湖广湘潭（今湖南湘潭）人。从严格意义上讲，他还不是官，但这位仁兄人还没进朝廷，就有了朝廷的悟性，只用一封信就揭破了王锡爵的秘密。

他的这封信，是当面交给王锡爵的。王大人本想打发这人走，可刚看几行字，就把他给拉住了。信上是这么写的：

"公欲暂承上意，巧借王封，转作册立！"

太深刻了，太尖锐了，于是王锡爵对他说：

"请你坐下来，好好谈一谈。"

李腾芳接下来的话，彻底打乱了王锡爵的部署：

"王大人，你的打算是对的，但请你想一想，封王之后，恐怕册立还要延后，你还能在朝廷待多久？万一你退了，接替你的人比你差，办不成这件事，负责任的人就是你！"

王锡爵沉默了。他终于意识到，自己的计划蕴涵着极大的风险，但他仍然不打算改正这个错误。因为在这个计划里，还有最后一道保险。

李腾芳走了，王锡爵没有松口。此后的十几天里，跑来吵架的人就没断过，但王大人心里有谱，打死也不说，直到王就学上门的那一天。

王就学是王锡爵的门生，自己人当然不用客气，一进老师家门就哭，边哭还边说：

"这件事情（三王并封）大家都说是老师干的，如此下去，恐怕老师有灭门之祸啊！"

王锡爵却笑了：

"你放心吧，那都是外人乱说的，我的真实打算，都通过密奏交给了皇上，即使皇长子将来登基，看到这些文书，也能明白我的心意。"

这就是王先生的保险，然而，王就学没有笑，只说了一句话：

"老师，别人是不会体谅您的！一旦出了事，会追悔莫及啊！"

王锡爵打了个寒战，他终于发现，自己的思维中，有一个不可饶恕的漏洞：

如果将来册立失败，皇三子登基，看到了自己拥立长子的密奏，必然会收拾掉自己。

而如果皇长子登基，即使他知道密奏，也未必肯替自己出头，因为长子登基，本来就是理所当然，犯不着感谢谁，到时，三王并封的黑锅只有自己背。

所以结论是：无论谁胜利，他都将失败！

明知是赔本的生意，还要做的人，叫做傻子。王锡爵不是傻子，自然不做。万历二十一年（1593）二月，他专程拜见了万历，只提出了一个要求：撤回三王并封。

这下万历不干了，好不容易把你拉上船，现在你要洗手不干，留下我一个人背黑锅，怎么够意思？

“你要收回此议，即无异于认错，如果你认错，我怎么办？我是皇帝，怎能被臣下挟持？”

话说得倒轻巧，可惜王大人不上当：你是皇帝，即使不认错，大家也不能把你怎么样；我是大臣，再跟着浑水，没准儿祖坟都能让人刨了。

所以无论皇帝大人连哄带蒙，王锡爵偏一口咬定——不干了。

死磨硬泡没办法，大臣不支持，内阁不支持，唯一的亲信跑路，万历只能收摊了。

几天后，他下达谕令：

“三王都不必封了，再等两三年，如果皇后再不生子，就册立长子。”

可是大臣们不依不饶，一点儿也不消停，接着起哄，因为大家都知道，皇帝陛下您多少年不去找皇后了，皇后怎么生儿子，不想立就不想立，你装什么蒜？

万历又火了，先是辟谣，说他今年已经见过皇后，夫妻关系不好，纯属谣传，同时又下令内阁，对敢于胡说八道的人，一律严惩不贷。

这下子王锡爵为难了，皇帝那里他不敢再去凑热闹了，大臣他又得罪不起，想来想去，一声叹息：我也辞职吧。

说是这么说，可是皇帝死都不放，因为经历了几次风波之后，他已然明白，在手下这群疯子面前，一丝不挂十分危险，身前必须有个挡子弹的，才好平安过日子。

于是王锡爵惨了，大臣轰他走，皇帝不让走，夹在中间受气，百般无奈之下，他决定拼一拼——找皇帝面谈。

可是皇帝大人虽然不上班，却似乎很忙，王锡爵请示了好几个月，始终不见回音。眼看要被唾沫淹死，王大人急眼了，死磨硬泡招数全用上，终于，万历二十一年（1593）十一月，他见到了万历。

这是一次十分关键的会面，与会者只有两人，本来是天知地知，你知我知，但出于某种动机（估计是保留证据），事后王锡爵详细地记下了他们的每一句话。

等了大半年，王锡爵已经毫无耐心：

“册立一事始终未定，大臣们议论纷纷，烦扰皇上（包括他自己），希望陛下早日决断，大臣自然无词。”

万历倒还想得开：

“我的主意早就定了，反正早晚都一样，人家说什么不碍事。”

不碍事？敢情挨骂的不是你。

可这话又不能明说，于是王大人兜了圈子：

“陛下的主意已定，我自然是知道的，但外人不知道内情，偏要大吵大嚷，我为皇上受此非议深感不忿，不知道您有什么为难之处，要平白受这份闲气？”

球踢过来了，但万历不愧为老运动员，一脚传了回去：

“这些我都知道，我只担心，如果皇后再生儿子，该怎么办？”

王锡爵气蒙了，就为皇后生儿子的破事，搞了三王并封，闹腾了足足半年，到现在还拿出来当借口，还真是不要脸，既然如此，就得罪了：

“陛下，您这话几年前说出来，还过得去，现在皇子都十三岁了，还要等到什么时候！从古至今，即使百姓家的孩子，十三岁都去读书了，何况还是皇子？！”

这已经是老子训儿子的口气了，但万历同志到底是久经考验，毫不动怒，只是淡淡地说：

“我知道了。”

王锡爵仍不甘心，继续劝说万历，但无论他讲啥，皇帝陛下却好比橡皮糖，全无反应。等王大人说得口干舌燥、气喘吁吁，万历同志没打招呼就走人了，只留下王大人，痴痴地看着他离去的背影。

谈话是完了，但这事没完，王锡爵回家之后，实在是气不过，一怒之下，又写了一封胆大包天的奏疏。

因为这封奏疏的中心意思只有一个——威胁：

“皇上，此次召对（即谈话），虽是我君臣二人交谈，但此事不久后，天下必然知晓，若毫无结果，将被天下人群起攻之，我即使粉身碎骨，全家死绝，也无济于事！”

这段话的意思是说，我和你谈过话，别以为大家都不知道，如果没给我一个结果，此事必将公之于天下，我完蛋了，你也得下马！

这是硬的，还有软的：

“臣进入朝廷三十余年了，一向颇有名声，现在为了此事，被天下人责难，实在是痛心疾首啊！”

王锡爵是真没办法了，可万历却是王八吃秤砣，铁了心地对着干，当即写了封回信，训斥了王锡爵，并派人送到了内阁。

按照常理，王大人看完信后，也只能苦笑，因为他虽为人刚正，却是个厚道人，从来不跟皇帝闹，可这一次，是个例外。

因为当太监送信到内阁的时候，内阁的张位恰好也在。这人就没那么老实了，是个喜欢惹事的家伙，王锡爵拆信的时候，他也凑过来看。看完后，王锡爵倒没什么，他反而激动了。

这位仁兄二话不说，当即怂恿王锡爵，即刻上疏驳斥万历。有了张位的支持，王锡爵似喝了几瓶二锅头，胆也壮了，针锋相对，写了封奏疏，把皇帝大人批驳得无地自容。

王锡爵没有想到，他的这一举动，却起到了意想不到的效果。

因为万历虽然顽固，却很机灵。他之所以敢和群臣对着干，无非是有内阁支持，现在王大人反水了，如果再闹下去，恐怕事情就没法收拾了，于是他终于下圣旨：万历二十二年（1594）春，皇长子出阁读书。

胜利在意想不到的时候来临了，王锡爵如释重负，虽然没有能够册立太子，但已出阁读书，无论如何，对内对外，都可以交代了。

申时行没有办成的事情，王锡爵办成了，按说这也算是个政绩工程，王大人的位置应该更稳才是，然而，事实并非如此。

因为明代的大臣很执著，直来直往，说是册立，就必须册立，别说换名义，少个字都不行！所以出阁读书，并不能让他们满意，朝廷里还是吵吵嚷嚷地闹个不停。

再加上另一件事，王锡爵就真是无路可走了。

因为万历二十一年（1593），恰好是京察年。

所谓京察，之前已介绍过，大致相当于干部考核，每六年京察一次，对象是全国五品以下官员（含五品），包括全国所有的地方知府及下属，以及京城的京官。

虽然一般说来，明代的考察大都是糊弄事，但京察不同，因为管理京察的，是六部尚书之首的吏部尚书，收拾不了内阁大学士，搞定几个五品官还是绰绰有余的。

所以每隔六年，大大小小的官员们就要胆战心惊一回，毕竟是来真格的，一旦京察被免官，就算彻底完蛋。

这还不算，最倒霉的是，如果运气不好，主持考核的是个死脑筋的家伙，找人说情都没用，那真叫玩的就是心跳。

万历二十一年的这次京察，就是一次结结实实的心跳时刻。因为主持者，是吏部尚书孙鑨和考功司郎中赵南星。

孙鑨倒没什么，可是赵南星先生，就真是个百年难得一遇的顽固型人物。

赵南星，字梦白，万历二年（1574）进士。早在张居正当政时期，他就显示了自己的刺头本色，一直对着干。张居正死后获得提升，也不好好干，几年后就辞职回家了，据他自己说是身体不好，不想干了。

此人不贪钱，不好色，且认死理，此前不久才再次出山，和吏部尚书一起主持京察。

这么个人来干这么个事，很明显，就是来折腾人的。

果不其然，京察刚一开始，他就免了两个人的官，一个是都给事中王三余，另一个是文选司员外郎吕胤昌。

朝廷顿时一片恐慌。

因为这两个人的官虽不大，身份却很特殊，王三余是赵南星的亲家，吕胤昌是孙鑨的外甥。

拿自己的亲戚开刀，意思很明白：今年这关，你们谁也别想轻易过去。

官不聊生的日子就此开始。六部及地方上的一大批官员纷纷落马，哭天喊地，声震寰宇，连内阁大学士也未能幸免，赵志皋的弟弟被赶回了家，王锡爵的几个铁杆亲信也遭了殃。

赵志皋是个老实人，也不怎么闹，王锡爵就不同了，他上门逼张居正的时候，赵南星也就是个小跟班，要说闹事，你算老几？

很快，几个言官便上疏攻击吏部的人事安排，从中挑刺。赵南星自然不甘示弱，上疏反驳，争论了几天，皇帝最后判定：吏部尚书孙鑨罚一年工资，吏部考功司郎中赵南星官降三级。

这个结果实在不值得惊讶，因为那段时间，皇帝大人正在和王锡爵合伙搞三王并封。

但王锡爵错了，因为赵南星先生绝不是一个单纯的人。

事实上，他之所以被拉到前台，去搞这次京察，是因为在幕后，有个人在暗中操纵着一切。

这个人的名字，叫顾宪成。

关于这位仁兄的英雄事迹，后面还要详细介绍，这里就不多说了，但可以确定的是，万历二十一年的这次京察，是在顾宪成的策划下，有预谋、有目的的政治攻击。关于这一点，连修明史的史官都看得清清楚楚（《明史·顾宪成传》）。

事实印证了这一点，前台刚刚下课，后台就出手了，一夜之间，左都御史李世达、礼部郎中于孔兼等人就冒了出来，纷纷上疏攻击，王大人又一次成为了靶子。

关键时刻，万历同志再次证明，他是讲义气的，而且也不傻。

奏疏送上去，他压根儿就没理，却发布了一道看似毫不相干的命令：

吏部尚书孙鑨免职，吏部考功司郎中赵南星削职为民。

这道圣旨的意思是：别跟我玩花样，你们那点儿把戏我都明白，再闹，就连你们一起收拾。

应该说效果十分明显，很快，大家都不闹了，看上去，王锡爵赢了，实际上他输了，且输得很惨。

因为孙鑨本就是个背黑锅的角色，官免了也就消停了。而赵南星就不同了，硬顶王锡爵后，他名望大增，被誉为不畏强暴、反抗强权的代表人物，虽然打包袱回了老家，却时常有人来拜访，每年都有上百道奏疏送到朝廷，推荐他出来做官。而这位兄弟也不负众望，二十年后再度出山，闹出了更大的动静。

王锡爵就此完蛋，他虽然赢得了胜利，却输掉了名声，在很多人看来，残暴的王锡爵严酷镇压了开明的赵南星，压制了正直与民意。

这是一件十分有趣的事情，因为这一切，都似曾相识。

十六年前，年轻官员王锡爵大摇大摆地迈进了张居正首辅的住所，慷慨激昂，大发议论后，扬长而去，然后名声大噪。

十六年后，年轻官员赵南星向王锡爵首辅发起攻击，名满天下。

当年的王锡爵，就是现在的赵南星，现在的王锡爵，就是当年的张居正。有趣，很有趣。

所谓的被压制者，未必真被压制，所谓的压制者，未必真能压制。

遍览明代史料，曾见直言犯上者无数，细细分析之后，方才发觉：犯上是一定的，直言是不一定的，因为在那些直言背后，往往隐藏着不可告人的目的。

万历二十二年（1594）五月，王锡爵提出辞呈。

万历挽留了他很多次，但王锡爵坚持要走。

自进入朝廷以来，王锡爵严于律己，公正廉洁，几十年来如履薄冰，兢兢业业，终成大器。

万历二十一年，他受召回到朝廷担任首辅，万历二十二年离去，总共干了一年。

但这一年，就毁掉了他之前几十年累积的所有名声。

虽然他忍辱负重，虽然他尽心竭力，努力维护国家运转，调节矛盾，甚至还完成了前任未能完成的事（出阁读书），却再也无法支撑下去。

因为批评总是容易的，做事总是不容易的。

王锡爵的离去，标志着局势的进一步失控，从此以后，天下将不可收拾。

但没有人会料到，王大人辞职，将成为另一事件的导火线，和这件事相比，所谓的朝局纷争、册立太子，都不过是小儿科而已。

第五章　东林崛起

首辅走了，日子却还得过。原本排第二的赵志皋应该接班，但这人实在太软，谁都敢欺负他，上到皇帝，下到大臣，都觉得他压不住阵，于是皇帝下令，由大臣推荐首辅。

于是幕后人物顾宪成出马了。

顾宪成，字叔时，江苏无锡人。万历四年（1576）参加乡试，考中第一名解元。三年后去考了进士，成绩平平，分配到户部当了个主事。当官后，最不喜欢的人是张居正，平日怎么别扭怎么来。

比如张大人病重，大家都去上疏祷告，他不去。别人看他不上路，帮他署了名，他知道后不肯甘休，非把自己的名字划掉，那是相当执著。不过这也没什么，当时和张大人对着干的人多了去了，不缺他一个。

等到张居正死了，他就去了吏部，但也没升官，还接着当六品主事（正处级），这中间还请了三年假。

总之，这是个并不起眼的人。

万历二十一年（1593）京察时，孙鑨是吏部尚书（正二品），赵南星是考功司郎中（相当于司长，正五品），而顾宪成只是个考功司员外郎（副手，从五品）。

万历八年（1580）进入朝廷，就当六品主事，混了十三年，才升了一级，实在有点儿说不过去。

但就是这么个说不过去的人，却是这场风暴的幕后操纵者（实左右之），不服都不行。

更为神奇的是，事情闹大了，孙鑨撤职了，赵南星回家了，连王首辅都辞职了，他却是岿然不动。非但不动，还升了一级，当上了吏部文选司郎中。

之前说过，文选司负责官员人事选拔，是吏部第一肥差。根据史料的记载，顾宪成大致属于性格顽固、遇事不转弯的人，如此个性，竟然能捞到这位置，实在有点儿不可思议。

不可思议的事情还在后面，当初孙鑨刚被免职的时候，吏部没有部长，王锡爵打算趁机换人，推荐自己的亲信罗万化接班。顾宪成反对，推荐了右都御史陈有年。

最终任命结果：吏部尚书陈有年。

你要知道，王锡爵大人此时的职务，是内阁首辅、建极殿大学士，领吏部尚书衔兼太子太保，从一品。而顾宪成，是个刚提拔一年的五品郎中。

王锡爵的后面，有万历撑腰。顾宪成的后面，什么都看不见。

第一把手加第二把手，对付一个小小的司官，然而事实告诉我们，顾宪成赢了。

因为在顾宪成的背后，是一片深不可测的黑夜。

我认为，在那片黑暗中，隐藏着一股强大的力量。

很快，事实就将再次验证这一点。

当万历下令大臣推举入阁人选的时候，顾宪成先生又一次冒了出来，上疏推举人选。虽说这事的确归他管，但奇怪的是，如此重大的政治决策，吏部的几位侍郎竟然毫无反应，尚书陈有年也对他言听计从，史料上翻来覆去，只有他的光辉事迹，似乎吏部就他干活。

而当万历同志看到顾宪成推举的那个名字时，差点儿没把桌子给掀了。

因为在顾宪成的名单上，第一个就是王家屏。

作为吏部官员，顾宪成明知这家伙曾把皇帝折腾得七荤八素，竟然还要推荐此人，明摆着就是跟皇帝过不去。

所以皇帝也忍无可忍了，终于打发顾宪成回了家。

明代的官员，虽然罢官容易，升官倒也不难，只要过个几年，时局一变，立马就能回到朝廷重新来过，而以顾宪成之前的工作业绩和运动能量，东山再起不过是个时间问题。

可谁也没想到，顾先生这一走，就再也没回来。

虽然把这人开了，万历很有点儿快感，但由此酿成的后果，却是他死都想不到的。

自明开国以来，无论多大能耐，无论有何背景，包括那位天下第一神算刘伯温，如果下野之后没能重新上台，慢慢地就边缘化了，然后走向同一结局——完蛋，从无例外。

例外，从顾宪成开始。

和赵南星一样，自从下野后，顾宪成名气暴涨，大家纷纷推举他再次出山，虽然没啥效果，也算捧了个场。不久之后，他的弟弟顾允成和同乡高攀龙也辞官回了家，三个人一合计，反正闲着也是闲着，就讲学吧。

这一讲就是三年，讲着讲着，人越来越多，于是有一天，顾宪成对高攀龙说了这样一句话：

“我们应该找个固定的讲习场所。”

其实地方是有的，在无锡县城的东头，有一个宋代学者杨时讲过学的场地，但年久失修，又太破，实在没法用，所以这事也就搁置了下来。

七年后，出钱的主终于找到了，常州知府欧阳东凤和顾宪成关系不错，听说此事，大笔一挥就给办了，拨出专款修缮此地。此后，这里就成了顾宪成等人的活动地点。

它的名字叫做东林书院，实事求是地讲，确实也就是个书院，但在此后的几十年中，它却焕发了不可思议的魔力，成为了一种威力强大的信仰，那些相信或接受的信徒，历史上统称为东林党。

无数人的命运，大明天下的时局，都将由这个看似与朝廷毫无关系的地方，最终确定。

最后一根稻草

王锡爵回家去养老，顾宪成回家去讲学，王家屏自然也消停了，于是首辅的位置还是落到了赵志皋同志的身上。

这就真叫害死人了，因为赵志皋压根儿就不愿意干！

赵先生真是老资格了，隆庆二年（1568）中进士，先当翰林，再当京官，还去过地方，风风雨雨几十年，苦也吃了，罪也受了，七十多岁才混到首辅，实在没啥意思。

更为重要的是，他个性软弱，既不如申时行滑头，也不如王锡爵强硬，而明代的言官们大都不是什么善茬，一贯欺软怕硬。一旦坐到这个位置上，别说解决册立太子之类的敏感问题，光是来找茬的，都够他喝一壶。

对此，赵先生十分清楚，所以他主动上疏，不愿意干，情愿回家养老。

可是万历是不会同意的，好不容易找来个堵枪眼的，你要走了，我怎么办？

无奈，赵志皋先生虽然老矣，不太能饭，但还是得死撑下去。

于是，自万历二十二年（1594）起，他开始了四年痛苦而漫长的首辅生涯。具体表现为，不想干，没法干，却又不能走。

说起来，他还是很敬业的，因为这几年正好是多事之秋，外面打日本，里面闹册立，搞得不可开交，赵大人外筹军备，内搞协调，日夜加班忙碌，干得还不错。

可下面这帮大臣一点儿面子都不给，看他好欺负，就使劲儿欺负，宫里失火了有人骂他，天灾有人骂他，儿子惹事了有人骂他，甚至没事，也有人骂他，说他就该走人（言志皋宜放）。

欺负人太甚，于是老实人终于发火了。

王锡爵在的时候，平素说一不二，动辄训斥下属，除了三王并封这种惹众怒的事情外，谁也不敢多嘴骂他。到赵志皋这儿，平易近人，待人和气，却老是挨骂，老先生一气之下，也骂人了：

“都是内阁首辅，势大权重的，你们就争相依附求取进步；势小权轻的，你们就争相攻击，博取名声！”

骂归骂，可下面这帮人实在啥觉悟也没有，还是喜欢拿老先生开涮。赵老头也真是倒霉，在这紧要关头，偏偏又出了事。

事情出在兵部尚书石星的身上。你可能还记得，当时正值第一次抗倭援朝战争结束，双方谈判期间，石星最为信任的大忽悠沈惟敬正处于巅峰期，谈判前景似乎很乐观，石大人便通报领导，说和平很有希望。

他的领导，就是赵志皋。

赵大爷本来就不爱惹事，听了自然高兴，表示同意谈判。

结果大家都知道了，所谓和平，全是沈惟敬、小西行长等中日两方的职业骗子们通力协作，忽悠出来的。事情败露后，沈惟敬杀头，石星坐牢。

按说这事赵先生最多也就是个领导责任，可言官们实在是道德败坏，总找软柿子捏，每次弹劾石星，都要把赵大人捎带上。赵大人气得直喘气，要辞职，皇帝又不许，到万历二十六年（1598），再也撑不住了，索性回家养病休息，反正皇帝也不管。

万历二十九年（1601），赵大人死在了家里，不知是病死，还是老死，但我知道，他确实很累，因为直到他死的那天，辞职都没有批下来，用今天的话说，他应该算是死在了工作岗位上。

赵志皋日子过得艰难，张位相对好点儿，因为他的脾气比较厉害，言官们没怎么敢拿他开刀，加上他是次辅，凡事没必要太出头，有赵首辅挡在前面，日子过得也可以。

他唯一的问题，就是在抗倭援朝战争中，着力推荐了一个人，不但多次上疏保举，而且对其夸奖有加，说此人是不世出之奇才，必定能够声名远播，班师凯旋。

这个人的名字，叫做杨镐。

关于此人，我们之前已经说过了。从某个角度讲，他确实不负众望，虽然输了，还是输得声名远播，播到全国人民都晓得。随即开始追究责任，大臣们开骂，骂得张位受不了，就上疏皇帝，说：

"大家都在骂我（群言交攻），但我是忠于国家的，且毫无愧疚，希望皇上体察（惟上矜察）。"

皇帝说：

"杨镐这个人，就是你暗中密奏，推荐给我的（密揭屡荐）！我信了你，才会委派他做统帅，现在败仗打了，国威受损，你还敢说自己毫无愧疚（犹云无愧）？！"

到这个份儿上，估计也没啥说的了，张位连辞职的资格都没有，就被皇帝免职，走的时候没有一个人帮他说话。

估计是受刺激太大，张大人回家不久后就死了。

至万历二十九年（1601），内阁的几位元老全部死光，一个看似微不足道的人，就此踏上这个舞台。

七年前，王锡爵辞职，朝廷推举阁臣，顾宪成推举了王家屏，但有一点必须说明：当时，顾先生推荐的，并非王家屏一人，而是七个。

这七个人中，王家屏排第一，可是万历不买账，把顾宪成赶回了家。然而事实上，对顾先生的眼光，皇帝大人还是有所认可的，至少认可排第四的那个。

南京礼部尚书沈一贯。

沈一贯，字肩吾，隆庆二年（1568）进士。算起来，他应该是赵志皋的同班同学，不过他的成绩比赵大人要好得多，当了庶吉士，后来又去翰林院，给皇帝讲过课。和之前几位类似，他跟张居正大人的关系也相当不好，不过他得罪张先生的原因，是比较搞笑的。

事情的经过是这样，有一天，沈教官给皇帝讲课，说着说着，突然发了个感慨，说自古以来，皇帝托孤，应该找个忠心耿耿的人，如果找不到这种人，还不如多教育自己的子女，亲历亲为。

要知道，张居正同志的耳目是很多的，很快这话就传到了他的耳朵里，加上他的心胸又不算太宽广，所以张大人当政期间，沈一贯是相当地萧条，从未受到重用。

相对于直言上疏、痛斥张居正，而落得同样下场的王锡爵等同志，我只能说，其实他不是故意的。

张居正死后，沈一贯才出头，历任吏部左侍郎、翰林院侍读学士，后来又去了南京当礼部尚书。

此人平素为人低调，看上去没有什么特点，然而，这只是表面现象而已。

顾宪成是朝廷的幕后影响者，万历是至高无上的统治者，两人势不两立。

所以一个既能被顾宪成推荐，又能被皇帝认可的人，是十分可怕的。

万历二十二年（1594），沈一贯被任命为吏部尚书兼东阁大学士，进入了帝国的决策层。

很快，他就展示了他的异常之处，具体表现为，大家都欺负赵志皋，他不欺负。

赵首辅实在是个彻头彻尾的软柿子，无论大小官员，从他身边过，都禁不住要捏一把，而对赵大人尊敬有加的，只有沈一贯（事皋甚恭）。

但沈一贯先生尊敬赵老头，绝非尊重老人，而是尊重领导，因为排第二的张位、排第三的陈于陛，他都很尊敬。

沈一贯就这样扎下了根，在此后的七年之中，赵志皋被骂得养了病，陈于陛被骂得辞了官，都没他什么事。他还曾经联同次辅张位保举杨镐，据说还收了钱，可是杨镐事发，张位被弹劾免职，他竟安然无恙。

到万历二十九年（1601），死的死了，退的退了，只剩沈一贯，于是这个天字第一号大滑头终于成为了帝国的首辅。

凭借多年的混事技术，沈先生游刃有余，左推右挡，皇帝信任，大臣也给面子，地位相当稳固。然而在历史上，沈一贯的名声一贯不佳，究其原因，就是他太过滑头。

因为从某种角度来讲，朝廷首辅就是背黑锅的，国家那么多事，总得找一个负责的，但沈先生全然没有这个概念，能躲就躲，能逃就逃，实在不太地道。

而当时朝廷的局势，却已走到了一个致命的关口。

万历二十九年，皇长子十九岁，虽然出阁读书，却依然不是太子，而且万历办事太不厚道，对教自己儿子的讲官十分刻薄。一般人家请个老师，都要小心伺候，从不拖欠教师工资，万历却连饭都不管，讲官去教他儿子，还得自己带饭，实在太不像话。

相对而言，皇三子就真舒服得多了，要什么有什么，备受万历宠爱，娇生惯养，啥苦都没吃过，且大有夺取太子之位的势头。

这些情况大家都看在眼里，外加郑贵妃又是个百年难得一见的蠢人，丝毫不知收敛，极为嚣张，可谓是人见人恨。久而久之，一个父亲偏爱儿子的问题，就变成了恶毒地主婆欺负老实佃户的故事。

问题越来越严重，舆论越来越激烈。万历是躲一天算一天的主，偏偏又来了这么个首辅，要知道，大臣们不闹事，不代表不敢闹事，一旦他们的怒火到达顶点，国家将陷入前所未有的骚乱。

然而动乱没有爆发，因为这个曾经搞倒申时行、王锡爵、王家屏等无数政治高手，看似永远无法解决的问题，竟然被解决了。

而解决它的，就是为人极不地道、一贯滑头的沈一贯。

说起来，这是个非常玄乎的事。

万历二十九年八月，沈一贯向皇帝上疏，要求册立太子。其大致内容是，皇长子年纪大了，应该册立太子，正式成婚，到时有了孙子，您也能享子孙满堂的福啊。

无论怎么看，这都是一封内容平平的奏疏，立意不新颖，文采很一般，按照以往的惯例，最终的结局应该是被压在文件堆下几年，再拉出去当柴火烧。

可惊喜总是存在的，就在第二天，沈一贯收到了皇帝的回复：

“即日册立皇长子为太子！”

沈一贯当时就蒙了。

这绝对不可能。

争了近二十年，无数猛人因此落马，无数官员丢官发配，皇帝都被折腾得半死不活，却死不松口。

然而现在，一切都解决了。

事实摆在眼前，即日册立太子，非常清晰，非常明显。

沈一贯欣喜若狂，他随即派人出去，通报了这一消息，于是举朝轰动了，所有的人都欢呼雀跃，为这个等待了许久的胜利。

“争国本”就此落下帷幕。这场万历年间最激烈复杂的政治事件，共逼退首辅四人、部级官员十余人，涉及中央及地方官员人数三百多位，其中一百多人被罢官、解职、发配，闹腾得乌烟瘴气，还搞出了一个叫东林党的副产品。几乎所有人都不相信，它会有解决的一天。

然而这件事情，却在最意想不到的时候，由最意想不到的人解决了，遭遇父亲冷落的朱常洛终于修成正果，荣登太子宝座。

但此事之中，仍然存在着一个最大的疑问：为什么那封上疏，能够破解这个残局？

我不知道沈一贯有没有想过这个问题，但我想了。

万历并不愚蠢，事实上，从之前的种种表现看，他是一个十分成熟的政治家，没有精神病史，心血来潮或是突发神经，基本都可以排除，而且他的意图十分明显——立皇三子。

那么到底是什么原因，让他放弃了这个经历十余年的痛骂、折腾，却坚持不懈的企图？

翻来覆去地审阅沈一贯的那封上疏，并综合此事发生前的种种迹象，我得出的结论是：这是压死骆驼的最后一根稻草。

万历从来就不想立皇长子，这是毫无疑问的，但疑问在于，他知道希望很渺茫，也知道手底下这帮大臣都是死脑筋，为何还要顶着漫天的口水和谩骂，用拖延战术硬扛十几年？

如果没有充分的把握，皇帝大人是不会吃这个苦的。

十几年来，他一直在等待两件事情的发生。然而，这两件事他都没等到。

我曾经分析过，要让皇三子超越皇长子继位，修改出生证明之类的把戏自然是没用的，必须有一个理由，一个能够说服所有人的理由，而这个答案只能是：立嫡不立长。

只有立嫡子，才能压过长子，并堵住所有人的嘴。

但皇三子就是皇三子，怎么可能变成嫡子呢？

事实上，是有可能的，只要满足一个条件——郑贵妃当皇后。

只要郑贵妃当上皇后，皇后的儿子自然就是嫡子，皇三子继位也就顺理成章了。

可是皇后只有一个，所以要让郑贵妃当上皇后，只能靠等，等到王皇后死掉，或是等时机成熟，把她废掉，郑贵妃就能顺利接位。

可惜这位王皇后身体很好，一直活到了万历四十八年（1620年，这一年万历驾崩），差点儿比万历自己活得还长，且她一向为人本分厚道，又深得太后的喜爱，要废掉她，实在没有借口。

第一件事是等皇后，第二件事是等大臣。

这事就更没谱了。万历原本以为免掉一批人，发配一批人，再找个和自己紧密配合的首辅，软硬结合就能把事情解决。没想到明代的大臣却是软硬都不吃，丢官发配的非但不害怕，反而很高兴。要知道，因为顶撞皇帝被赶回家，那是光荣，知名度噌噌地往上涨，值大发了。

所以他越严厉，越有人往上冲，只求皇帝大人再狠一点儿，最好暴跳如雷，这样名声会更大，效果会更好。

而首辅那边，虽然也有几个听话的，无奈都是些老油条，帮帮忙是可以的，跟您老人家下水是不可以的。好不容易拉了个王锡爵下来，搞了三王并封，半路人家想明白了，又跑掉了。

至于王家屏那类人，真是想起来都能痛苦好几天。十几年磨下来，人换了不少，朝廷越来越闹，皇后身体越来越好，万历同志焦头烂额，开始重新权衡利弊。

我相信，在他下定决心的过程中，有一件事情起到了关键的作用。

此事发生的具体时间不详，但应该在万历十四年（1586）之后。

有一天，李太后和万历谈话，说起了皇长子，太后问：你为何不立他为太子？

万历漫不经心地答道：他是宫女的儿子。

太后大怒：你也是宫女的儿子！

这就是活该了，万历整天忙里忙外，却把母亲的出身给忘了，要知道这位李老太太，当年也就是个宫女，因为长得漂亮才被隆庆选中，万历才当上了皇帝。如果宫女的儿子不能继位，那么万历兄是否应该引咎辞职呢？

万历当即冷汗直冒，跪地给老太太赔不是，好说歹说才糊弄过去。

这件事情，必定给他留下了极为深刻的印象。

皇后没指望，老太太反对，大臣不买账，说众叛亲离，丝毫也不过分。万历开始意识到，如果不顾一切，强行立皇三子，他的地位都可能不保。

在自己的皇位和儿子的皇位面前，所有成熟的政治家都会作出同样的抉择。

决定政治动向的最终标准是利益，以及利益的平衡。

这是一条真理。

就这样，沈一贯捡了个大便宜，不仅成就了册立太子的伟业，成为朝廷大臣拥戴的对象，他的名声也如日中天。

可你要说他光捡便宜，不作贡献，那也是不对的，事实上，他确实做了一件了不起的事。

就在圣旨下达的第二天，万历反悔了，或许是不甘心十几年被人白喷了口水，或许是郑贵妃吹了枕头风，又找了借口再次延期，看那意思是不打算办了。

但朝廷大臣们并没有看到这封推辞的诏书，因为沈一贯封还了。

这位一贯滑头的一贯兄，终于硬了一回，他把圣旨退了回去，还加上了这样一句话：

“万死不敢奉诏！”

沈一贯的态度，深深地震慑了万历，他意识到，自己已经无路可退。

万历二十九年（1601）十月，皇帝陛下正式册立皇长子朱常洛为太子，“争国本”事件正式结束。

被压了十几年的朱常洛终于翻身，然而他的母亲，那位恭妃，却似乎永无出头之日。

按说儿子当上了太子，母亲至少也能封个贵妃，可万历压根儿就没提这件事，一直压着，直到万历三十四年（1606），朱常洛的儿子出世，她才被封为皇贵妃。

但皇贵妃和皇贵妃不一样，郑贵妃有排场、有派头，而王贵妃不但待遇差，连儿子来看他，都要请示皇帝，经批准才能见面。

但几十年来，她没有多说过一句话，直到万历三十九年（1611）的那一天。

她已经病入膏肓，不久于人世，而朱常洛也获准去探望，当那扇大门洞开时，她再次见到了自己的儿子。

二十九年前的那次偶遇，造就了她传奇的一生，从宫女到贵妃，再到未来的太后（死后追封）。

但是同时，这次偶遇也毁灭了她，因为万历同志很不地道，几十年如一日对她搞家庭冷暴力，既无恩宠，也无厚待，生不如死。

然而，她并不落寞，也无悔恨。

因为她看到了自己的儿子，已经长大成人的儿子。

青史留名的太后也好，籍籍无名的宫女也罢，都不重要。重要的是，作为一个母亲，在临终前看到了自己的儿子，看到他经历千难万苦，终于平安成人，这就足够了。

所以，在这生命的最后一刻，她拉着儿子的衣角，微笑着说：

“儿长大如此，我死何恨。”

这里使用的是史料原文，因为感情，是无法翻译的。

还有，其实这句话，她是哭着说的，但我认为，当时的她，很高兴。

王宫女就此走完了她的一生，虽然她死后，万历还是一如既往地混账，竟然不予厚葬，经过当时的首辅叶向高反复请求，才得到了一个谥号。

虽然她这一生，并没有什么可供传诵的事迹，但她已然知足。

在这个世界上，所有的爱都是为了相聚，只有母爱，是为了分离。

接受了母亲最后祝福的朱常洛还将继续走下去，在他成为帝国的统治者前，必须接受更为可怕的考验。

妖书

朱常洛是个可怜人，具体表现为出身低，从小不受人待见，身为皇子，别说胎教，连幼儿园都没上过，直到十二岁才读书，算半个失学儿童。身为长子，却一直位置不稳，摇摇摆摆到了十九岁，才正式册立为太子。

读书的时候，老师不管饭，册立的时候，仪式都从简，混到这个份儿上，怎个“惨”字了得。

他还是个老实人，平时很少说话，也不闹事，待人也和气，很够意思，但凡对他好的，他都报恩。比如董其昌先生，虽被称为明代最伟大的天才画家，但人品极坏，平日欺男霸女，鱼肉百姓，闹得当地百姓都受不了，但就是这么个人，因为教过他几天，辞官后还特地召回，给予优厚待遇。

更为难得的是，对他不好的，他也不记仇。最典型的就是郑贵妃，这位妇女的档次属于街头大妈级，不但多事，而且闹事，屡次跟他为难，朱常洛却不以为意，还多次替其开脱。

无论从哪个角度看，他都是一个不折不扣的好人。

但历史无数次证明，在皇权斗争中，好人最后的结局，就是废人。

虽然之前经历风风雨雨，终于当上了太子，但帝国主义亡我之心不死，只要万历一天不死，他一天不登基，幕后的阴谋将永不停息，直至将他彻底毁灭。

现实生活不是电影，坏人总是赢，好人经常输，而像朱常洛这种老好人，应该算是稳输不赢。

可是这一次，是个例外。

事实证明，万历二十九年（1601），朱常洛被册立为太子，不过是万里长征走完了第一步，两年后，麻烦就来了。

这是一个很大的麻烦，大到国家动荡，皇帝惊恐，太子不安，连老滑头沈一贯都被迫下台。

但有趣的是，惹出麻烦的，既不是朱常洛，也不是郑贵妃，更不是万历，事实上，幕后黑手到底是谁，直至今日，也无人知晓。

万历三十一年（1603）十一月，一篇文章在朝野之间开始流传，初始还是小范围内传抄，后来索性变成了大字报，民居市场贴得到处都是，识字不识字的都去看，短短十几天内，朝廷人人皆知，连买菜的老大娘都知道了，在没有互联网和手机短信的当年，传播速度可谓惊人。

之所以如此轰动，是因为这篇文章的内容，实在是太过火爆。

此文名叫《续忧危竑议》，全篇仅几百字，但在历史上，它却有一个诡异的名字——“妖书”。

在这份妖书中，没有议论，没有叙述，只有两个人的对话，一个人问，一个人答。问话者的姓名不详，而回答的那个人，叫做郑福成。这个名字，也是文中唯一的主角。

文一开始，是两个人在谈事。一个说现在天下太平，郑福成当即反驳，说目前形势危急，因为皇帝虽然立了太子，但那是迫于沈一贯的要求，情非得已，很快就会改立福王。

这在当年，就算是反动传单了，而且郑福成这个名字，也很有技术含量，郑贵妃、福王、成功三合一，可谓言简意赅。

之所以被称为妖书，只说说皇帝太子，似乎还不合格，于是内阁的两位大人，也一起下了水。

当时的内阁共有三人，沈一贯是首辅，另外两人是沈鲤和朱赓。妖书的作者别出心裁，挑选了沈一贯和朱赓，并让他们友情客串，台词如下：

问：你怎么知道皇帝要改立福王呢？

郑福成答：你看他用朱赓，就明白了。朝中有这么多人，为什么一定要用朱赓呢，因为他姓朱，名赓，赓者，更也，真正的意思，就是改日更立啊（佩服，佩服）。

这是整朱赓，还有沈一贯同志：

问：难道沈一贯不说话吗？

郑福成答：沈一贯这个人阴险狡诈，向来是有福独享，有难不当，是不会出头的。

闹到这个份儿上，作者还不甘心，要把妖书进行到底，最后还列出了朝廷中的几位高官，说他们都是改立的同党，是大乱之源。

更为搞笑的是，这篇妖书的结尾，竟然还有作者署名！

落款者分别是吏科都给事中项应祥，四川道御史乔应甲。

这充分说明，妖书作者实在不是什么良民，临了还要耍人一把。难能可贵的是，他们还相当有版权意识，在这二位黑锅的名下还特别注明，项应祥撰（相当于原著），乔应甲书（相当于执笔）。

这玩意儿一出来，大家都蒙了。沈一贯当即上疏，表示自己非常愤怒，希望找出幕后主使人，与他当面对质，同时他还要求辞官，以示清白以及抗议。

而妖书上涉及的其他几位高级官员也纷纷上疏，表示与此事无关，并要求辞职。

最倒霉的人是朱赓，或许是有人恶搞他，竟然把一份妖书放在了他的家门口。这位朱先生是个厚道人，吓得不行，当即把这份妖书和自己的奏疏上呈皇帝，还一把鼻涕一把泪地哭诉，说我今年都快七十了，有如此恩宠已是意外，也没啥别的追求，现在竟然被人诬陷，请陛下让我告老还乡。

朝廷一片混乱，太子也吓得不行，他刚消停两年，就出这么个事，闹不好又得下去，整日坐卧不安，担惊受怕。

要说还是万历同志久经风雨，虽然愤怒，倒不怎么慌，先找太子去聊天，说我知道这不关你的事，好好在家读书，别出门。

然后再发布谕令，安抚大臣，表示相信大家，不批准辞职，一个都别走。

稳定情绪后，就该破案了，像这种天字第一号政治案件，自然轮不上衙门捕快之类的角色，东厂锦衣卫倾巢而出，成立专案组，没日没夜地查，翻天覆地地查。

万历原本以为，来这么几手，就能控制局势，然而这场风暴，却似乎越来越猛烈。

首先是太子，这位兄弟原本胆小，这下更是不得了，窝在家里哪里都不去，唯恐出事。而郑贵妃那边也不好受，毕竟妖书针对的就是她，千夫所指，舆论压力太大，每日只能以泪洗面，不再出席任何公开活动。

内阁也不得消停。沈一贯和朱赓吓得不行，都不敢去上班，待在家里避风头，日常工作只有沈鲤干，经常累得半死。大臣们也怕，因为所有人都知道，平时争个官位，抢个待遇的没啥，这个热闹却凑不得。虽说皇帝大人发话，安抚大家不让辞职，可这没准儿是放长线钓大鱼，不准你走，到时候来个一锅端，那就麻烦大了。

总而言之，从上到下，一片人心惶惶。很多人都认定，在这件事情的背后，有很深的政治背景。

确实如此。

这是明代历史上一件著名的政治疑案，至今仍无答案，但从各种蛛丝马迹之中，真相却依稀可辨。

可以肯定的是，这件事情应该与郑贵妃无关，因为她虽然蠢，也想闹事，却没必要闹出这么大的动静，把自己挤到风口浪尖受罪。而太子也不会干这事，以他的性格，别人不来惹他就谢天谢地、求神拜佛了。

作案人既不是郑贵妃，也不是太子，但可以肯定的是，作案者，必定是受益者。

在当时的朝廷中，受益者不外乎两种，一种是精神受益者，大致包括看不惯郑贵妃欺压良民，路见不平也不吼，专门暗地下黑手的人，写篇东西骂骂出口气。

这类人比较多，范围很大，也没法子查。

第二种是现实受益者。就当时的朝局而言，嫌疑人很少——只有两个。

这两个人，一个是沈一贯，另一个是沈鲤。

这二位仁兄虽然是本家，但要说他们不共戴天，也不算夸张。

万历二十九年（1601），沈一贯刚刚当首辅的时候，觉得内阁人太少，决定挑两个跑腿的，一个是朱赓，另一个是沈鲤。

朱赓是个老实人，高高兴兴地上班了；沈鲤却不买账，推辞了很多次，就是不来，沈一贯以为他高风亮节，也就没提这事。

可两年之后，这位仁兄竟然又入阁了，沈一贯同志这才明白，沈鲤不是不想入阁，而是不买他的账，因为这位本家资历老，名望高，还给皇帝讲过课，关系很好，压根儿就看不起自己。

看不起自然就不合作，外加沈鲤也不是啥善人，两人在内阁里一向是势不两立。

而现在妖书案发，内阁三个人，偏偏就拉上了沈一贯和朱赓，毫无疑问，沈鲤是有嫌疑的。

这是我的看法，也是沈一贯的看法。

这位老油条在家待了好几天，稳定情绪之后，突然发现这是一个绝佳的机会。

他随即恢复工作，以内阁首辅的身份亲自指挥东厂锦衣卫搜捕，而且还一反往日装孙子的常态，明目张胆地对沈鲤的亲信、礼部侍郎郭正域下手，把郭侍郎的老乡、朋友、下属、仆人全都拉去审问。

在这个不寻常的行动背后，是一个不寻常的算盘：

如果事情是沈鲤干的，那么应该反击，这叫报复；如果事情不是沈鲤干的，那么也应该反击，这叫栽赃。

在这一光辉思想的指导下，斗争愈演愈烈，沈鲤的亲信被清算，他本人也未能幸免。锦衣卫派了几百人到他家，也不进去，也不闹事，就是不走，搞得沈鲤门都出不去，十分狼狈。

但沈鲤先生如果没两把刷子，是不敢跟首辅叫板的。先是朱常洛出来帮忙叫屈，又传话给东厂的领导，让他们不要乱来；后来连万历都来了，直接下令不得骚扰沈鲤。

沈一贯碰了钉子，才明白这个冤家后台很硬，死拼是不行的，他随即转换策略，命令锦衣卫限期破案——抓住作案人，不怕黑不了你。

可是破案谈何容易，妖书满街都是，传抄者无数，鬼才知道到底哪一张纸才是源头。十一月十日案发，查到二十日，依然毫无进展。

东厂太监陈矩、锦衣卫都督王之桢急得直跳脚，如果还不破案，这官就算当到头了。

二十一日，案件告破。

应该说，这起妖书案是相当的妖，案发莫名其妙不说，破案也破得莫名其妙。二十一日这天，先是锦衣卫衙门收到一份匿名检举信，后又有群众举报，锦衣卫出动，这才逮住了那个所谓的真凶：皦生光。

皦生光先生是什么人呢？

答案是——什么人都不是。

这位仁兄既不是沈鲤的人，也不是沈一贯的人，他甚至根本就不是官员，而只是一个顺天府的秀才。

真凶到案，却没有人心大快，恰恰相反，刚刚抓到他的时候，朝廷一片哗然，大家都说锦衣卫和东厂太黑，抓不到人了，弄这么个人来背黑锅。

这种猜测很有道理，因为那封妖书，不是一个秀才能写得出来的。

那年头，群众参政议政积极性不高，把肚子混饱就行，谁当太子鬼才关心，更何况沈一贯和朱赓的关系，以及万历迫不得已才同意立长子这些情况，地方官都未必知道，一个小秀才怎么可能清楚？

但细细一查，才发现这位仁兄倒还真有点儿来头。

原来皦生光先生除了是秀才外，还兼职干过诈骗，具体方法是欺负人家不识字，帮人写文章，里面总要带点儿忌讳，不是用皇帝的避讳字，就是加点儿政治谣言，等人家用了，再上门勒索，说你要不给钱，我就跑去报官云云。

后来由于事情干得多了，秀才也被革了，发配到大同当老百姓，最近才又潜回北京。

可即便如此，也没啥大不了，归根结底，他也就是个普通混混儿，之所以被确定为重点嫌疑人，是因为他曾经敲诈过一个叫郑国泰的人。

郑国泰，是郑贵妃的弟弟。

一个穷秀才，又怎么诈骗皇亲国戚呢？

按照锦衣卫的笔录，事情大致是这样的：有个人要去郑国泰家送礼，要找人写文章，偏偏这人不知底细，找到了皦生光。皦秀才自然不客气，发挥特长，文章里夹了很多私货。一来二去，东西送进去了。

一般说来，以郑国泰的背景，普通的流氓是不敢惹的，可皦生光不是普通的流氓，胆贼大，竟然找上了门，要郑大人给钱。至于此事的结局，说法就不同了，有的说郑国泰把皦生光打了一顿，赶出了门；也有的说郑国泰胆小，给钱私了。

但无论如何，皦秀才终究和此事搭上了边，有了这么个说法，事情就好办了。侦查工作随即开始，首先是搜查，家里翻个底朝天，虽说没找到妖书，但发现了一批文稿，据笔迹核对（司法学名：文检），与妖书的初期版本相似（注意，是相似）。

之后是走访当地群众，以皦秀才平日的言行，好话自然没有，加上这位兄弟又有前科，还进过号子，于是锦衣卫最后定案：有罪。

案子虽然定了，但事情还没了结，因为明朝的司法制度十分严格，处决人犯必须经过司法审讯，即便判了死罪，还得由皇帝亲自进行死刑复核，这才能把人拉出去咔嚓一刀。

所以万历下令，鉴于案情重大，将此案送交三法司会审。

之前提过，三法司，即是明朝的三大司法机关：大理寺、都察院、刑部，大致相当于今天的司法部、监察部、最高人民法院等若干部门。

三法司会审，是明代最高档次的审判，也是最为公平的审判，倒不是三法司这帮人有啥觉悟，只是因为参与部门多，把每个人都搞定，比较难而已。例如当年的严世蕃，人缘广，关系硬，都察院、大理寺都有人，偏偏刑部的几个领导是徐阶的人，最后还是没躲过去。

相比而言，像皦秀才这种要钱没钱、要权没权的人，死前能捞个三司会审，也就不错了，结案只是时间问题。

可是这起案件，远没有想象中那么简单。

一到三法司，皦秀才就不认账了。虽说之前他曾招供，说自己是仇恨郑国泰，故意写妖书报复，但那是在锦衣卫审讯时的口供，锦衣卫是没有善男信女的，也不搞什么批评教育、政策攻心，除了打就是打，口供是怎么来的，大家心里都有数。现在进了三法司，看见来了文明人，不打了，自然就翻了案。

更麻烦的是，沈一贯和朱赓也不认。

这二位明显是被妖书案整惨了，心有不甘，想借机会给沈鲤点儿苦头吃，上疏皇帝，说证词空泛，不可轻信，看那意思，非要搞出个一二三才甘心。

所以在审讯前，他们找到了萧大亨，准备做手脚。

萧大亨，时任刑部尚书，是沈一贯的亲信，接到指令后心领神会，在审讯时故意诱供，让皦秀才说出幕后主使。

可是皦秀才还真够意思，问来问去就一句话：

“无人主使！”

萧大亨没办法，毕竟是三法司会审，搞得太明显也不好，就给具体负责审案的下属、刑部主事王述古写了张条子，还亲自塞进了他的袖口，字条大意是，把这件事情往郭正域、沈鲤身上推。

没想到王述古接到条子，看后却大声反问领导：

“案情不出自犯人口里，却要出自袖中吗？！”

萧大亨狼狈不堪，再也不敢掺和这事。

沈鲤这边也没闲着，他知道沈一贯要闹事，早有防备：你有刑部帮忙，我有都察院撑腰。一声令下，都察院的御史们随即开动，四下活动，灭火降温，准备冷处理此事。

其中一位御史实在过于激动，竟然在审案时，众目睽睽之下，对皦秀才大声疾呼：

“别牵连那么多人了，你就认了吧。”

审案审到这个份儿上，大家都是哭笑不得，要结案，结不了，不结案，又没个交代，皇帝、太子、贵妃、内阁，谁都不能得罪，万一哪天皦秀才吃错了药，再把审案的诸位领导扯进去，那真是哭都没眼泪。

三法司的人急得不行，可急也没用，于是有些不地道的人就开始拿案件开涮。

比如有位审案御史，有一天突然神秘地对同事说，他已经确定，此案一定是皦秀才干的。

大家十分兴奋，认定他有内部消息，纷纷追问他是怎么知道的。

御史答：

“昨天晚上我做梦，观音菩萨告诉我，这事就是他干的。”

当即笑倒一片。

没办法，就只能慢慢磨，开审休审，休审开审，周而复始，终于有一天，事情解决了。

皦生光也受不了了，天天审问，天天用刑，天天折腾，还不如死了好，所以他招供了：

“是我干的，你们拿我去结案吧。”

世界清净了。

万历三十二年（1604）四月，皦生光被押赴刑场，凌迟处死。

妖书案就此结束，虽说闹得天翻地覆，疑点重重，但有一点是肯定的，那就是：皦生光很冤枉。

因为别的且不谈，单说妖书上列出的那些官员，就皦秀才这点儿见识，别说认识，名字都记不全。找这么个人当替死鬼，手真狠，心真黑。

妖书何人所写，目的何在，没人知道，似乎也没人想知道。

因为有些时候，真相其实一点儿也不重要。

妖书案是结了，可轰轰烈烈的斗争又开始了。沈一贯被这案子整得半死不活，气得不行，铆足了劲儿要收拾沈鲤，挖坑、上告、弹劾轮番上阵。可沈鲤同志很是强悍，怎么搞都没倒。反倒是沈一贯，由于闹得太过，加上树大招风，竟然成为了言官们的新目标。骂他的人越来越多，后来竟然成了时尚（弹劾日众）。

沈一贯眼看形势不妙，只好回家躲起来，想要避避风头。没想到这风越刮越大，三年之间，弹劾他的奏疏堆起来足有一人高，于是他再也顶不住了。

万历三十四年（1606），沈一贯请求辞职，得到批准。

有意思的是，这位仁兄走之前，竟然还提了一个要求：我走，沈鲤也要走。

恨人恨到这个份儿上，也不容易。

而更有意思的是，万历竟然答应了。

这是一个不寻常的举动，因为沈鲤很有能力，又是他的亲信，而沈一贯虽说人滑了点儿，办事还算能干，平时朝廷的事全靠这两人办，万历竟然让他们全都走人，动机就一个字——烦。

自打登基以来，万历就没过几天清净日子，先被张居正压着，连大气都不敢出；等张居正一死，言官解放，吵架的来了，天天闹腾。到生了儿子，又开始争国本，堂堂皇帝，竟然被迫就范。

现在太子也立了，某些人还不休息，跟着搞什么妖书案，打算浑水摸鱼，手下这两人还借机斗来斗去，时不时还以辞职相威胁，太过可恶。

既然如此，你们就都滚吧，有多远滚多远，让老子清净点儿！

沈一贯和沈鲤走了，内阁只剩下了朱赓。

这一年，朱赓七十二岁。

朱赓很可怜，他不但年纪大，而且老实，老实到他上任三天，就有言官上疏骂他。首辅大人心态很好，统统不理。

可让他无法忍受的是，他不理大臣，皇帝也不理他。

内阁人少，一个七十多的老头儿起早贪黑熬夜，实在扛不住，所以朱赓多次上疏，希望再找几个人入阁。

可是前后写了十几份报告，全都石沉大海，到后来，朱大人忍不住了，可怜七十多岁的老大爷，亲自跑到文华门求见皇帝，等了半天，却还是吃了闭门羹。

换在以前，皇帝虽然不上朝，但大臣还是要见的，特别是内阁那几个人，这样才能控制朝局。比如嘉靖，几十年不上朝，但没事就找严嵩、徐阶聊天，后来索性做了邻居，住到了一起（西苑）。

但万历不同，他似乎是不想干了。在他看来，内阁一个人不要紧，没有人也不要紧，虽然朱首辅七十多了，也还活着嘛，能用就用，累死了再说，没事就别见了，也不急这几天，会有人的，会见面的，再等等吧。

就这样，朱老头一边等一边干，一个人苦苦支撑，足足等了一年，既没见到助手，也没见过皇帝。

这一年里，朱老头算被折腾惨了，上疏国政，皇帝不理，上疏辞职，皇帝也不理。到万历三十四年（1606），朱赓忍无可忍，上疏说自己有病，竟然就这么走了。

皇帝还是不理。

终于走光了。

内阁没人待，首辅没人干，经过万历的不懈努力，朝廷终于达到了传说中的最高境界——千山鸟飞绝，万径人踪灭。

自明代开国以来，只有朱元璋在的时候，既无宰相，也无内阁，时隔多年，万历同志终于重现往日荣光。

而对于这一空前绝后的盛况，万历很是沉得住气，没人就没人，日子还不是照样过？

但很快，他就发现这日子没法过了。

因为内阁是联系大臣和皇帝的重要渠道，而且内阁有票拟权，所有的国家大事，都由其拟定处理意见，然后交由皇帝审阅批准。所以即使皇帝不干活，国家也过得去。

朱元璋不用宰相和内阁，原因在于他是劳模，什么都能干，而万历先生连文件都懒得看，你要他去干首辅的活，那就是白日做梦。

朝廷陷入了全面瘫痪，这么下去，眼看就要破产清盘，万历也急了，下令要大臣们推举内阁人选。

几番周折后，于慎行、叶向高、李廷机三人成功入阁，班子总算又搭起来了。

但这个内阁并没有首辅，因为万历特意空出了这个位置，准备留给一个熟人。

机密信件

这个人就是王锡爵，虽说已经告老还乡，但忆往昔，峥嵘岁月稠，之前共背黑锅的革命友谊，给万历留下了深刻的印象。所以他派出专人，去请王锡爵重新出山，并同时请教他一个问题。

王锡爵不出山。

由于此前被人坑过一次，加上都七十四岁了，王锡爵拒绝了万历的下水邀请。但毕竟是多年战友，还教过人家，所以，他解答了万历的那个疑问。

万历的问题是，言官太过凶悍，应该如何应付。

王锡爵的回答是，他们的奏疏你压根儿别理（一概留中），就当是鸟叫（禽鸟之音）！

我觉得，这句话十分中肯。

此外，他还针对当时的朝廷，说了许多意见和看法，为万历提供了借鉴。

然后，他把这些内容写成了密疏，派人送给万历。

这是一封极为机密的信件，其内容如果被曝光，后果难以预料。

所以王锡爵很小心，不敢找邮局，派自己家人携带这封密信，并反复嘱托，让他务必亲手交到朝廷，绝不能流入任何人的手中，也算是吸取之前申时行密疏走光的经验。

但王锡爵做梦也没想到，这一次，他的下场会比申时行还惨。

话说回来，这位送信的同志还是很敬业的，拿到信后立即出发，日夜兼程赶路，一路平安，直到遇见了一个人。

当时他已经走到了淮安，准备停下来歇脚，却听说有个人也在这里，于是他便去拜访了此人。

这个人的名字，叫做李三才。

李三才，字道甫，陕西临潼人，时任都察院右佥都御史，凤阳巡抚。

这个名字，今天走到街上，问十个人估计十个都不知道，但在当年，却是天下皆知。

关于此人的来历，只讲一点就够了：

二十年后，魏忠贤上台时，编了一本《东林点将录》，把所有跟自己作对的人按照水浒一百单八将称号，以实力排序，而排在此书第一号的，就是托塔天王李三才。

总而言之，这是一个十分厉害的人物。

因为淮安正好归他管，这位送信人原本认识李三才，到了李大人的地头，就去找他叙旧。

两人久别重逢，聊着聊着，自然是要吃饭，吃着吃着，自然是要喝酒，喝着喝着，自然是要喝醉。

送信人心情很好，聊得开心，多喝了几杯，喝醉了。

李三才没有醉，事实上，他非常清醒，因为他一直盯着送信人随身携带的那口箱子。

在安置了送信人后，他打开了那个箱子，因为他知道，里面必定有封密信。

得知信中内容之后，李三才大吃一惊，但和之前那位泄露申时行密疏的罗大纮不同，他并不打算公开此信，因为他有更为复杂的政治动机。

手握着这封密信，李三才经过反复思考，终于决定：篡改此信件。

在他看来，篡改信件，更有利于达到自己的目的。

所谓篡改，其实就是重新写一封，再重新放进盒子里，让这人送过去，神不知鬼不觉。

可是再一细看，他就开始感叹：王锡爵真是个老狐狸。

古代没有加密电报，所以在传送机密信件时，往往信上设有暗号，两方约定，要么多写几个字，要么留下印记，以防被人调包。

李三才手中拿着的，就是一封绝对无法更改的信，倒不是其中有什么密码，而是他发现，此信的写作者，是王时敏。

王时敏，是王锡爵的孙子，李三才之所以认定此信系他所写，是因为这位王时敏还有一个身份——著名书法家。

这是真没法了，明天人家就走了，王时敏的书法天下皆知，就自己这笔字，学都没法学，短短一夜时间，又练不出来。

无奈之下，他只好退而求其次，抄录了信件全文，并把信件放了回去。

第二天，送信人走了，他还要急着把这封密信交给万历同志。

当万历收到此信时，绝不会想到，在他之前，已经有很多人知道了信件的内容，而其中之一，就是远在无锡的普通老百姓顾宪成。

这件事可谓疑团密布，大体说来，有几个疑点：

送信人明知身负重任，为什么还敢主动去拜会李三才，而李三才又为何知道他随身带有密信，之后又要篡改密信呢？

这些问题，我可以回答。

送信人去找李三才，是因为李大人当年的老师，就是王锡爵。

非但如此，王锡爵还曾对人说，他最喜欢的学生，就是李三才。两人关系非常的好，所以这位送信人到了淮安，才会去找李大人吃饭。

作为凤阳巡抚，李三才算是封疆大吏，而且他本身就是都察院的高级官员，对朝廷的政治动向十分关心，皇帝为什么找王锡爵，找王锡爵干什么，他都一清二楚，唯一不清楚的，就是王锡爵的答复。

最关键的问题来了，既然是王锡爵的学生，还算他的亲信，李三才同志为什么要背后一刀，痛下杀手呢？

因为在李三才的心中，有一个人，比王锡爵更加重要，为了这个人，他可以出卖自己的老师。

万历二年（1574），李三才考中了进士，经过初期培训，他分到户部，当上了主事。几年之后，另一个人考中进士，也来到了户部当主事，这个人叫顾宪成。

这之后他们之间发生了什么事情，史书上没有写，我也不知道。但是我惊奇地发现，顾宪成和李三才在户部做主事的时候，他们的上司竟然叫赵南星。

联想到这几位后来在朝廷里呼风唤雨的情景，我们有理由相信，在那些日子里，他们谈论的应该不仅仅是仁义道德、君子之交，暗室密谋之类的把戏也没少玩。

李三才虽然是东林党，但道德水平明显一般，他出卖王老师，只是因为一个目的——利益。

而只要分析一下，就能发现李三才涂改信件的真正动机。

当时的政治形势看似明朗，实则复杂，新成立的这个三人内阁，可谓凶险重重，杀机无限。

李廷机倒还好说，这个人性格软弱，属于和平派，谁也不得罪，谁也不管理，基本可以忽略。

于慎行就不同了，这人是朱赓推荐的，算是朱赓的人，而朱赓是沈一贯的人，沈一贯和王锡爵又是一路人，所以在东林党的眼里，朱赓不是自己人。

剩下的叶向高，则是一个非同小可的人，此后一系列重大事件中，他起到了极为关键的作用。此人虽不是东林党，却与其有着千丝万缕的联系，是个合格的地下党。

这么一摆，你就明白了，内阁三个人，一个好欺负，两个搞对立，遇到事情，必定会僵持不下。

僵持还算凑合，可要是王锡爵来了，和于慎行团结作战，东林党就没戏了。

虽然王锡爵的层次很高，公开表明自己不愿去，但东林党的同志明显不太相信，所以最好的办法，就是打开那封信，看个究竟。

在那封信中，李三才虽然没有看到重新出山的许诺，却看到了毫无保留的支持，为免除后患，他决定篡改。

然而由于写字太差，没法改，但也不能就此拉倒。为了彻底消除王锡爵的威胁，他抄录并泄露了这封密信，而且特意泄露给言官。

因为在信中，王锡爵说言官发言是鸟叫，那么言官就是鸟人了。鸟人折腾事，是从来不遗余力的。

接下来的事情可谓顺理成章，舆论大哗，言官们奋笔疾书，把吃奶的力气拿出来痛骂王锡爵，言辞极其愤怒。怎么个愤怒法，举个例子你就知道了。

我曾翻阅过一位言官的奏疏，内容就不说了，单看名字，就很能提神醒脑——《巨奸涂面丧心比私害国疏》。

在如此重压之下，王锡爵没有办法，只好在家静养，从此不问朝政。后来万历几次派人找他复出，他见都不见，连回信都不写，估计是真的怕了。

事情的发展，就此进入了顾宪成的轨道。

王锡爵走了，朝廷再也没有能担当首辅的人选，于是李廷机当上了首辅。这位兄弟不负众望，上任后不久就没顶住骂，回家休养，谁叫也没用，基本算是罢工了。

而异类于慎行也不争气，刚上任一年就死了。就这样，叶向高成为了内阁的首辅，也是唯一的内阁大臣。

对手被铲除了，这是最好的结局。

必须说明的是，所谓李三才和顾宪成的勾结，并不是猜测，因为在史料翻阅中，我找到了顾宪成的一篇文章。

在文章中，有这样几句话：

“木偶兰溪、四明，婴儿山阴、新建而已，乃在遏娄江之出耳。”

“人亦知福清之得以晏然安于其位者，全赖娄江之不果出……密揭传自漕抚也，岂非社稷第一功哉？”

我看过之后，顿感毛骨悚然。

这是两句惊天动地的话，却不太容易看懂，要看懂这句话，必须解开几个密码。

第一句话中，木偶和婴儿不用翻译，关键在于新建、兰溪、四明、山阴以及娄江五个词语。

这五个词，是五个地名，而在这里，则是暗指五个人。

新建，是指张位（新建人）；兰溪，是指赵志皋（兰溪人）；四明，是指沈一贯（四明人）；山阴，是指朱赓（山阴人）。

所以前半句的意思是，赵志皋和沈一贯不过是木偶，张位和朱赓不过是婴儿！

而后半句中的娄江，是指王锡爵（娄江人）。

连接起来，我们就得到了这句话的真实含义：

赵志皋、沈一贯、张位、朱赓都不要紧，最为紧要的，是阻止王锡爵东山再起！

顾宪成，时任南直隶无锡县普通平民，而赵、张、沈、朱四人中，除张位外，其余三人都当过首辅，首辅者，宰相也，一人之下，万人之上！

然而这个无锡的平民，却在自己的文章中，把这些不可一世的人物，称为木偶、婴儿。

而从文字语气中可以看出，他绝非单纯发泄，而是确有把握，似乎在他看来，除了王锡爵外，此类大人物都不值一提。

一个普通老百姓能牛到这个份儿上，真可谓是前无古人、后无来者。

第二句话的玄机在于两个关键词语：福清和漕抚。

福清所指的，就是叶向高，而漕抚，则是李三才。

叶向高是福建福清人，李三才曾任漕运总督。把这两个词弄清楚后，我们就明白了这句话的意思：

“大家都知道叶向高能安心当首辅，是因为王锡爵不出山……密揭这事是李三才捅出来的，可谓是为社稷立下第一功！”

没有王法了。

一个平民，没有任何职务，远离京城上千里，但他说，内阁大臣都是木偶、婴儿。而现在的朝廷第一号人物能够坐稳位置，全都靠他的死党出力。

纵观二十四史，这种事情我没有听过，也没有看过。

但现在我知道了，在看似杂乱无章的万历年间，在无休止的争斗和吵闹里，一股暗流正在涌动、在沉默中集结，慢慢地伸出手，操纵所有的一切。

第六章　谋杀

疯子

王锡爵彻底消停了，万历三十六年（1608），叶向高正式登上宝座，成为朝廷首辅。此后七年之中，他是内阁第一人，也是唯一的人，史称“独相”。

时局似乎毫无变化，万历还是不上朝，内阁还是累得半死，大臣还是骂个不停，但事实真相并非如此。

在表象之下，政治势力出现了微妙的变化，新的已经来了，旧的赖着不走，为了各自的利益，双方一直在苦苦地寻觅，寻觅一个致对方于死地的机会。

终于，他们找到了那个最好、最合适的机会——太子。

太子最近过得还不错，自打妖书案后，他很是清净了几年，确切地说，是九年。

万历四十一年（1613），一个人写的一封报告，再次把太子拖下了水。

这个人叫王曰乾，时任锦衣卫百户，通俗点儿说，是个特务。

这位特务向皇帝上疏，说他发现了一件非常离奇的事情：有三个人集会，剪了三个纸人，上面分别写着皇帝、皇太后、皇太子的名字，然后在上面钉了七七四十九个铁钉（真是不容易），钉了几天后，放火烧掉。

这是个复杂的过程，但用意很简单——诅咒，毕竟把钉子打在纸人上，你要说是祈福，似乎也不太靠谱。

这也就罢了，更麻烦的是，这位特务还同时报告，说这事是一个太监指使的，偏偏这个太监，又是郑贵妃的太监。

于是事情闹大了，奏疏送到皇帝那里，万历把桌子都给掀了，深更半夜睡不着觉，四下乱转，急得不行。太子知道后，也是心急火燎，唯恐事情闹大。郑贵妃更是哭天喊地，说这事不是自己干的。

大家都急得团团转，内阁的叶向高却悄无声息。万历气完了，也想起这个人了，当即大骂：

“出了这么大的事，这人怎么不说话？！（此变大事，宰相何无言）”

此时，身边的太监递给他一件东西，很快万历就说了第二句话：

“这下没事了。”

这件东西，就是叶向高的奏疏，事情刚出，就送上来了。

奏疏的内容大致是这样的：

陛下，此事的原告（指王曰乾）和被告（指诅咒者）我都知道，全都是无赖混混儿，之前也曾闹过事，还被司法部门（刑部）处理过。这件事情和以往的妖书案很相似，但妖书案是匿名，无人可查，现在原告、被告都在，一审就知道，皇上你不要声张就行了。

这段话再次证明了一点：叶向高是个绝顶聪明的人。

叶向高的表面意思，是说这件事情，是非曲直且不论，但不宜闹大，只要你不说，我不说，把这件事情压下去，一审就行。

这是一个不符合常理的抉择，因为叶向高是东林党的人，而东林党是支持太子的，现在太子被人诅咒，应该一查到底，怎能就此打住呢？

事实上，叶向高是对的。

第二天，叶向高将王曰乾送交三法司审讯。

这是个让很多人疑惑的决定，这人一审，事情不就闹大了吗？

如果这样想，那是相当单纯，因为就在叶向高吩咐审讯的后一天，王曰乾同志就因不明原因，不明不白地死在了监牢里，死因待查。

什么叫黑？这就叫黑。

而只要分析当时的局势，揭开几个疑点，你就会发现叶向高的真实动机。

首先，最大的疑问是：这件事情是不是郑贵妃干的，答案：无所谓。

自古以来，诅咒这类事数不胜数，说穿了就是想除掉一个人，又没胆跳出来，在家做几个假人，骂骂出出气，是纯粹的阿Q精神。一般也就是老大妈干干（这事到今天还有人干，有多种形式，如“打小人”），而以郑贵妃的智商，正好符合这个档次，说她真干，我倒也信。

但问题在于，她干没干并不重要，反正铁钉扎在假人上，也扎不死人，真正重要的是，这件事不能查，也不能有真相。

追查此事，似乎是一个太子向郑贵妃复仇的机会，但事实上，却是不折不扣的陷阱。

原因很简单，此时朱常洛已经是太子，只要没有什么大事，到时自然接班，而郑贵妃一哭二闹三上吊之类的招数，闹了十几年，早没用了。

但如若将此事搞大，再惊动皇帝，无论结果如何，对太子只有坏处，没有好处。因为此时太子要做的，只有一件事情——等待。

事实证明，叶向高的判断十分正确，种种迹象表明，告状的王曰乾和诅咒的那帮人关系紧密，此事很可能是一个精心策划的阴谋，某些人（不一定是郑贵妃）为了某些目的，想把水搅浑，再浑水摸鱼。

久经考验的叶向高同志识破了圈套，危机成功度过。

但太子殿下一生中最残酷的考验即将到来，在两年之后。

万历四十三年（1615）五月初四日黄昏。

太子朱常洛正在慈庆宫中休息。万历二十九年（1601）他被封为太子，住到了这里，但他爹人品差，基础设施一应俱缺，要啥都不给，连身边的太监都是人家淘汰的。皇帝不待见，大臣自然也不买账，平时谁都不上门，十分冷清。

但这一天，一个特别的人已经走到他的门前，并将以一种特别的方式问候他。

他手持一根木棍，进入了慈庆宫。

此时，他与太子的距离，只有两道门。

第一道门无人看守，他迈了过去。

在第二道门，他遇到了阻碍。

一般说来，重要国家机关的门口，都有荷枪实弹的士兵站岗，就算差一点儿的，也有几个保安，实在是打死都没人问的，多少还有个老大爷。

明代也是如此，锦衣卫、东厂之类的自不必说，兵部吏部门前都有士兵看守，然而太子殿下的门口，没有士兵，也没有保安，甚至连老大爷都没有。

只有两个老太监。

于是，他挥舞木棍，打了过去。

众所周知，太监的体能比平常人要差点儿（练过宝典除外），更何况是老太监。

很快，一个老太监被打伤。他越过了第二道门，向着目标前进。

目标，就在前方的不远处。

然而，太监虽不能打，却很能喊，在尖利的呼叫声下，其他太监们终于出现了。

接下来的事情还算顺理成章，这位仁兄拿的毕竟不是冲锋枪，而他本人不会变形、不会变身，也没能给我们更多惊喜，在一群太监的围攻下，终于束手就擒。

当时太子正在慈庆宫里，接到报告后并不惊慌，毕竟人抓住了，也没进来，他下令将此人送交宫廷守卫处理，在他看来，这不过是件小事。

但接下来发生的一切，将远远超出他的想象。

人抓住了，自然要审，按照属地原则，哪里发案由哪里的衙门审，可是这个案子不同，皇宫里的案子，难道你让皇帝审不成？

推来推去，终于确定，此案由巡城御史刘廷元负责审讯。

审了半天，刘御史却得出个让人啼笑皆非的结论——这人是个疯子。

因为无论他好说歹说，利诱威胁，这人的回答却是驴唇不对马嘴，压根儿就不对路，还时不时蹦出几句谁也听不懂的话，算是个彻头彻尾的疯子。

于是几轮下来，刘御史也不审了，如果再审下去，他也得变成疯子。

但要说一点成就没有，那也不对。这位疯子交代，他叫张差，是蓟州人。至于其他情况，就一无所知了。

这个结果虽然不好，却很合适，因为既然是个疯子，自然就能干疯子的事，他闯进皇宫打人的事情就有解释了。没有背景、没有指使，疯子嘛，也不认路，糊里糊涂到皇宫，糊里糊涂打了人，很好，很好。

不错，不错，这事要放在其他朝代，皇帝一压，大臣一捧，也就结了。

可惜，可惜，这是在明朝。

这事刚出，消息就传开了，街头巷尾人人议论，朝廷大臣们更不用说，每天说来说去就是这事，而大家的看法也很一致：这事，就是郑贵妃干的。

所谓舆论，就是群众的议论，随着议论的人越来越多，这事也压不下去了，于是万历亲自出马，吩咐三法司会审此案。

说是三法司，其实只有刑部，审讯的人档次也不算高，尚书、侍郎都没来，只是两个郎中（正厅级）。

但这二位的水平，明显比刘御史要高，几番问下来，竟然把事情问清楚了。

侦办案件，必须找到案件的关键，而这个案子的关键，不是谁干了，而是为什么干，也就是所谓的动机。

经过一番询问，张差说出了自己的动机：在此前不久，他家的柴草堆被人给烧了，他气不过，到地方衙门申冤。地方不管，他就到京城来上访，结果无意中闯入了宫里，心里害怕，就随手打人，如此而已。

如果用两个字来形容张差的说法，那就是扯淡。

柴草被人烧了，就要到京城上访，这个说法充分说明了这样一点：张差即使不是个疯子，也是个傻子。

因为这实在不算个好理由，要换个人，怎么也得编一个房子烧光，恶霸鱼肉百姓的故事，大家才同情你。

况且到京城告状的人多了去了，有几个能进宫？宫里那么大，怎么偏偏就到了太子的寝宫，您还一个劲儿地往里闯？

对于这一点，审案的两位郎中心里自然有数，但领导的意图他们更有数，这件事，只能往小了办。

这两位郎中的名字，分别是胡士相、岳骏声，之所以提出他们的名字，是因为这两个人，绝非等闲之辈。

于是在一番讨论之后，张差案件正式终结，犯人动机先不提，犯人结局是肯定的——死刑（也算一了百了）。

但要杀人，也得有个罪名。这自然难不倒二位仁兄，不愧是刑部的人，很有专业修养，从大明律里，找到这么一条：宫殿射箭、放弹、投砖石伤人者，按律斩。

为什么伤人不用管，伤什么人也不用管，案件到此为止，就这么结案，大家都清净了。

如此结案，也算难得糊涂，事情的真相，将就此被彻底埋葬。

然而，这个世界上，终究还是有不糊涂，也不愿意装糊涂的人。

审讯

五月十一日，刑部大牢。

七天了，张差已经完全习惯了狱中的生活。目前境况，虽然和他预想的不同，但大体正常，装疯很有效，真相依然隐藏在他的心里。

开饭时间到了，张差走到牢门前，等待着今天的饭菜。

但他并不知道，有一双眼睛，正在黑暗中注视着他。

根据规定，虽然犯人已经招供，但刑部每天要派专人提审，以防翻供。

五月十一日，轮到王之寀。

王之寀，字心一，时任刑部主事。

主事，是刑部的低级官员，而这位王先生虽然官小，心眼却不小。他是一个坚定的阴谋论者，认定这个疯子的背后，必定隐藏着某些秘密。

凑巧的是，他到牢房里的时候，正好遇上开饭，于是他没有出声，找到一个隐蔽的角落，静静地注视着那个疯子。

因为在吃饭的时候，一个人是很难伪装的。

之后一切都很正常，张差平静地领过饭，平静地准备吃饭。

然而，王之寀已然确定，这是一个有问题的人。

因为他的身份是疯子，而一个疯子，是不会如此正常的。

所以他立即站了出来，打断了正在吃饭的张差，并告诉看守，即刻开始审讯。

张差非常意外，但随即镇定下来，在他看来，这位不速之客和之前的那些大官，没有区别。

审讯开始，和以前一样，张差装疯卖傻，但他很快就惊奇地发现，眼前这人一言不发，只是静静地看着他。

他表演完毕后，现场又陷入了沉寂，然后，他听到了这样一句话：

“老实说，就给你饭吃，不说就饿死你。（实招与饭，不招当饿死）”

在我国百花齐放的刑讯逼供艺术中，这是一句相当搞笑的话。但凡审讯，一般先是民族大义、坦白从宽，之后才是什么老虎凳、辣椒水。即使要利诱，也是升官发财、金钱美女之类。

而王主事的诱饵，只是一碗饭。

无论如何，是太小气了。

事实证明，张差确实是个相当不错的人，具体表现为头脑简单、思想朴素，在吃一碗饭和隐瞒真相、保住性命之间，他毫不犹豫地选择了前者。

于是他低着头，说了这样一句话：

“我不敢说。”

不敢说的意思，不是不知道，也不是不说，而是知道了不方便说。

王之寀是个相当聪明的人，随即支走了所有的人，然后他手持那碗饭，听到了事实的真相：

“我叫张差，是蓟州人，小名张五儿，父亲已去世。

“有一天，有两个熟人找到我，带我见了一个老公公（即太监）。老公公对我说，你跟我去办件事，事成后给你几亩地，保你衣食无忧。

“于是我就跟他走，初四（即五月四日）到了京城，到了一所宅子里，遇见另一个老公公。

“他对我说，你只管往里走，见到一个就打死一个，打死了，我们能救你。

“然后他给我一根木棍，带我进了宫，我就往里走，打倒了一个公公，然后被抓住了。”

王之寀惊呆了。

他没有想到，外界的猜想竟然是真的，这的的确确，是一次策划已久的政治暗杀。

但他更没有想到的是，这起暗杀事件竟然办得如此愚蠢。眼前这位仁兄，虽说不是疯子，但说是傻子倒也没错，而且既不是武林高手，也不是职业杀手，最多最多，也就是个彪悍的农民。

过程也极其可笑，听起来，似乎是群众推荐，太监使用，顺手就带到京城，既没给美女，也没给钱，连星级宾馆都没住，一点儿实惠没看到，就答应去打人，这种傻帽儿你上哪儿去找？

再说凶器，一般说来，刺杀大人物，应该要用高级玩意儿。当年荆轲刺秦，还找来把徐夫人的匕首，据说是一碰就死。退一万步讲，就算是杀个老百姓，多少也得找把短刀。可这位兄弟进宫时，别说那些高级玩意儿，菜刀都没一把，拿根木棍就打，算是怎么回事。

从头到尾，这事怎么看都不对劲儿，但毕竟情况问出来了，王之寀不敢怠慢，立即上报万历。

可是奏疏送上去后，却没有丝毫回音，皇帝陛下一点儿反应都没有。

但这早在王之寀的预料之中，他老人家早就抄好了副本，四处散发，本人也四处鼓捣，造舆论要求公开审判。

他这一闹，另一个司法界大腕，大理寺丞王士昌跳出来了，也跟着一起嚷嚷，要三法司会审。

可万历依然毫无反应。这是可以理解的，要知道，人家当年可是经历过争国本的，上百号人一拥而上，那才是大世面，这种小场面算个啥。

照此形势，这事很快就能平息下去，但皇帝陛下没有想到，他不出声，一个不该跳出来的人却跳出来了。

这个人，就是郑贵妃的弟弟郑国泰。

事情的起因，只是一封奏疏。

就在审讯笔录公开后的几天，司正陆大受上了一封奏疏，提出了几个疑问：

“既然张差说有太监找他，那么这个太监是谁？他曾到京城，进过一栋房子，房子在哪里？有个太监和他说过话，这个太监又是谁？”

这倒也罢了，在文章的最后，他还扯了句无关痛痒的话，大意是，以前福王册封的时候，我曾上疏，希望提防奸邪之人，今天果然应验了！

这话虽说有点儿指桑骂槐，但其实也没说什么，可是郑国泰先生偏偏就蹦了出来，写了封奏疏，为自己辩解。

这就是所谓对号入座，它形象地说明，郑国泰的智商指数，和他的姐姐基本属同一水准。

这还不算，在这封奏疏中，郑先生又留下了这样几句话：

“有什么推翻太子的阴谋？又主使过什么事？收买亡命之徒是为了什么？……这些事我想都不敢想，更不敢说，也不忍听。”

该举动生动地告诉我们，原来“蠢”字是这么写的。

郑先生的脑筋实在愚昧到了相当可以的程度。这种货真价实的此地无银三百两，言官们自然不会放过，很快，工科给事中何士晋就作出了反应，相当激烈的反应：

“谁说你推翻太子！谁说你主使！谁说你收买亡命之徒！你既辩解又招供，欲盖弥彰！”

郑国泰哑口无言，事情闹到这个地步，已经收不住了。

此时，几乎所有的人都认为，事实真相即将大白于天下，除了王之寀。

初审成功后，张差案得以重审，王之寀也很是得意了几天，然而不久之后，他才发现，自己忽视了一个很重要的问题：

张差装疯非常拙劣，为碗饭就开口，为何之前的官员都没看出来呢？

思前想后，他得出了一个非常可怕的结论：他们是故意的。

第一个值得怀疑的，就是首先审讯张差的刘廷元，张差是疯子的说法，即源自于此。经过摸底分析，王之寀发现，这位御史先生，是个不简单的角色。

此人虽然只是个巡城御史，却似乎与郑国泰有着紧密的联系，而此后复审的两位刑部郎中胡士相、岳骏声，跟郑国泰交往也很密切。

这似乎不奇怪，虽然郑国泰比较蠢，实力还是有的，毕竟福王受宠，主动投靠的人也不少。

但很快他就发觉，事情远没有他想象的那么简单。

因为几天后，刑部决定重审案件，而主审官，正是那位曾认定刘廷元结论的郎中，胡士相。

胡士相，时任刑部山东司郎中。就级别而言，他是王之寀的领导，而在审案过程中，王主事惊奇地发现，胡郎中一直闪烁其词，咬定张差是真疯，迟迟不追究事件真相。

一切的一切，给了王之寀一个深刻的印象：在这所谓疯子的背后，隐藏着一股庞大的势力。

而刘廷元、胡士相，只不过是这股势力的冰山一角。

但让他疑惑不解的是，指使这些人的，似乎并不是郑国泰，虽然他们拼命掩盖真相，但郑先生在朝廷里人缘不好，加上本人又比较蠢，要说郑国泰是后台老板，实在是抬举了。

那么这一切，到底是怎么回事呢？

王之寀的感觉是正确的，站在刘廷元、胡士相背后的那个影子，并不是郑国泰。

这个影子的名字，叫做沈一贯。

就沈一贯的政绩而言，在史书中也就是个普通角色，但事实上，这位仁兄的历史地位十分重要，是明朝晚期研究的重点人物。

因为这位兄弟的最大成就，并不是搞政治，而是搞组织。

我们有理由相信，在工作期间，除了日常政务外，他一直在干一件事——拉人。

怎么拉，拉了多少，这些都无从查证，但有一点我们是确定的，那就是这个组织的招人原则——浙江人。

沈一贯是浙江四明人，在任人唯亲这点上，他和后来的同乡蒋介石异曲同工，于是在亲信的基础上，他建立了一个老乡会。

这个老乡会，在后来的中国历史上，被称为浙党。

这就是沈一贯的另一面，他是朝廷的首辅，也是浙党的领袖。

应该说，这是一个明智的决定，因为你必须清楚地认识到这样一点：

在万历年间，一个没有后台（皇帝）、没有亲信（死党）的首辅，是绝对坐不稳的。

所以沈一贯干了五年，叶向高干了七年，所以赵志皋被人践踏，朱赓无人理会。

当然，搞老乡会的绝不仅仅是沈一贯，除浙党外，还有山东人为主的齐党，湖广（今湖北湖南）人为主的楚党。

此即历史上著名的齐、楚、浙三党。

这是三个能量极大、战斗力极强的组织，因为组织的骨干成员，就是言官。

言官，包括六部给事中，以及都察院的御史。给事中可以干涉部领导的决策，和部长（尚书）平起平坐，对中央事务有很大的影响。

而御史相当于特派员，不但可以上疏弹劾，还经常下到各地视察，高级御史还能担任巡抚。

故此，三党的成员虽说都是些六七品的小官，拉出来都不起眼，却是相当的厉害。

必须说明的是，此前明代二百多年的历史中，虽然拉帮结派是家常便饭，但明目张胆地搞组织，并无先例，先例即由此而来。

这是一个很有趣的谜团。

早不出来，晚不出来，为何偏偏在此时出现？

而更有趣的是，三党之间并不敌对，也不斗争，反而和平互助，这实在是件不符合传统的事情。

存在即是合理，一件事情之所以发生，是因为它有发生的理由。

有一个理由让三党陆续成立，有一个理由让他们相安无事。是的，这个理由的名字，叫做东林党。

无锡的顾宪成，只是一个平民，他所经营的，只是一个书院，但几乎所有人都知道，这个书院可以藐视当朝的首辅，说他们是木偶、婴儿；这个书院可以阻挡大臣复起，改变皇帝任命。

大明天下，国家决策，都操纵在这个老百姓的手中，从古至今，如此牛的老百姓，我没有见过。

无论是在野的顾宪成、高攀龙、赵南星，还是在朝的李三才、叶向高，都不是省油的灯，东林党既有社会舆论，又有朝廷重臣，要说它是纯道德组织，鬼才信，反正我不信。

连我都不信了，明朝朝廷那帮老奸巨猾的家伙怎么会信，于是，在这样一个足以影响朝廷、左右天下的对手面前，他们害怕了。

要克服畏惧，最有效、最快捷的方法，就是找一个人来和你一起畏惧。

史云：明朝亡于党争。我云：党争，起于此时。

刘廷元、胡士相不是郑国泰的人，郑先生这种白痴是没有组织能力的，他们真正的身份，是浙党成员。

但疑问在于，沈一贯也拥立过太子，为何要在此事上支持郑国泰呢？

答案是，对人不对事。

沈一贯并不喜欢郑国泰，更不喜欢东林党，因为公愤。

所谓公愤，是他在当政时，顾宪成之类的人总在公事上跟他过不去，他很愤怒，故称公愤。

不过，他最不喜欢的那个人——叶向高，却还不是东林党人，因为私仇，三十二年的私仇。

三十二年前，即万历十一年（1583），叶向高来到京城，参加会试。

叶向高，字进卿，福建福清人，嘉靖三十八年（1559）生人。

必须承认，他的运气很不好，刚刚出世，就经历了生死考验。

因为在嘉靖三十八年（1559），倭寇入侵福建，福清沦陷。确切地说，沦陷的那一天，正是叶向高的生日。

据说他的母亲为了躲避倭寇，躲在了麦草堆里，倭寇躲过了，孩子也生出来了，想起来实在不容易。

大难不死的叶向高，倒也没啥后福，为了躲避倭寇，一两岁就成了游击队，鬼子一进村，他就跟着母亲躲进山里。我相信，几十年后，他的左右逢源、机智狡猾，就是在这儿打的底。

倭寇最猖獗的时候，很多人都丢弃了自己的孩子（累赘），独自逃命，也有人劝叶向高的母亲，然而她说：

“要死，就一起死。”

但他们终究活了下来，因为另一个伟大的明代人物——戚继光。

恩怨

嘉靖四十一年（1562），戚继光发动横屿战役，攻克横屿，收复福清，并最终平息了倭患。

必须说明，当时的叶向高，不叫叶向高，只有一个小名。这个小名在今天看来不太文雅，就不介绍了。

“向高”这个名字，是他父亲取的，意思是一步一步，向高处走。

事实告诉我们，名字这个东西，有时候改一改，还是很有效的。

隆庆六年（1572），叶向高十四岁，中秀才。

万历七年（1579），叶向高二十一岁，中举人。

万历十一年（1583），叶向高二十五岁，第二次参加会试。考试结束，他的感觉非常好。

结果也验证了他的想法，他考中了第七十八名，成为进士。现在，在他的面前，只剩下最后一关——殿试。

殿试非常顺利，翰林院的考官对叶向高十分满意，决定把他的名次排为第一。远大前程正朝着叶向高招手。

然而，接下来的一切，却发生了出人意料的变化。

因为从此刻起，叶向高就与沈一贯结下了深仇大恨，虽然此前，他们从未见过。

要解释清楚的是，叶向高的第七十八名，并非全国第七十八名，而是南卷第七十八名。

明代的进士，并不是全国统一录取，而是按照地域分配名额。具体分为三个区域：南、北、中，录取比例各有不同。

所谓南，就是淮河以南各省，比例为55%。北，就是淮河以北，比例为35%。而中，是指云贵川三省，以及凤阳，比例为10%。

具体说来是这么个意思，好比朝廷今年要招一百个进士，那么分配到各地，就是南部五十五人，北部三十五人，中部十人。这就意味着，如果你是南部人，在考试中考到了南部第五十六名，哪怕你成绩再好，文写得比北部第一名还好，你也没法录取。

而如果你是中部人，哪怕你文写得再差，在南部只能排到几百名之后，但只要能考到中部卷前十名，你就能当进士。

这是一个历史悠久的规定，从二百多年前，朱元璋登基时，就开始执行了。起因是一件非常血腥的政治案件——南北榜案件。

这个案件是笔糊涂账。大体意思是一次考试，南方的举人考得很好，好到北方没几个能录取的，于是有人不服气，说是考官舞弊，事情闹得很大，搞到老朱那里。他老人家是个实在人，也不争论啥，大笔一挥就干掉了上百人。

可干完后，事情还得解决，因为实际情况是，当年的北方教学质量确实不如南方，你把人杀光了也没辙。无奈之下，只好设定南北榜，谁都别争了，就看你生在哪里，南方算你倒霉，北方算你运气。

到明宣宗时期，事情又变了。因为云贵川一带算是南方，可在当年是蛮荒之地，别说读书，混碗饭吃都不容易，要和南方江浙那拨人对着考，就算是绝户。于是皇帝下令，把此地列为中部，作为特区。而凤阳，因为是朱元璋的老家，还特别穷，特事特办，也给列了进去。

当然了，这也是没办法的事，毕竟基础不同，底子不同。在考试上，你想一夜之间人类大同，那是不可能的，所以现在这套理论还在用。我管这个，叫考试地理决定论。

这套理论很残酷，也很真实，主要是玩概率，看你在哪儿投胎。

比如你要是生在山东、江苏、湖北之类的地方，就真是阿弥陀佛了。这些地方经常盘踞着一群读书不要命的家伙，据我所知，有些“乡镇中学”（地图上都找不到）的学生，高二就去高考（不记成绩），大都能考六百多分（七百五十分满分），美其名曰：锻炼素质，明年上阵。

每念及此，不禁胆战心惊，跟这帮人做邻居的结果是：如果想上北大，六百多分，只是个起步价。

应该说，现在还是有所进步的，逼急了还能玩点儿阴招，比如说……更改户口。

不幸的是，明代的叶向高先生没法玩这招，作为南卷的佼佼者，他有很多对手，其中的一个，叫做吴龙。

这位吴先生，也是福建人，但他比其他对手厉害得多，因为他的后台叫沈一贯。

按沈一贯的想法，这个人应该是第一，然后进入朝廷，成为他的帮手。可是叶向高的出现，却打乱了沈一贯的部署。

于是，沈一贯准备让叶向高落榜，至少也不能让他名列前茅。

而且他认定，自己能够做到这一点，因为他就是这次考试的主考官。

但是很可惜，他没有成功，因为一个更牛的人出面了。

主考官固然大，可再大，也大不过首辅。

叶向高虽然没有关系，却有实力，文章写得实在太好，好到其他考官不服气，把这事捅给了申时行。申大人一看，也高兴得不行，把沈一贯叫过去，说这是个人才，必定录取！

这回沈大人郁闷了，大老板出面了，要不给叶向高饭碗，自己的饭碗也难保，但他终究是不服气的，于是最终结果如下：

叶向高，录取，名列二甲第十二名。

这是一个出乎很多人意料的结果，因为若要整人，大可把叶向高同志打发到三甲，就此了事。不给状元，却又给个过得去的名次，实在让人费解。

告诉你，这里面学问大了。

叶向高黄了自己的算盘，自然是要教训的。但问题是，这人是申时行保的，申首辅也是个老狐狸，如果要敷衍他，是没有好果子吃的，所以这个面子不但要给，还要给足。而二甲第十二名，是最恰当的安排。

因为根据明代规定，一般说来，二甲第十二名的成绩，可以保证入选庶吉士，进入翰林院。但这个名次离状元相当远，也不会太风光，恶心一下叶向高，的确是刚刚好。

但不管怎么说，叶向高还是顺顺当当地踏上了仕途。此后的一切都很顺利，直到十五年后。

万历二十六年（1598），就在这一年，叶向高的命运被彻底改变，因为他等到了一个千载难逢的机会。

此时皇长子朱常洛已经出阁读书，按照规定，应该配备讲官，人选由礼部确定。

众所周知，虽说朱常洛不受待见，但按目前形势，登基即位是迟早的事，只要拉住这个靠山，自然不愁前程。所以消息一出，大家走关系拉亲戚，只求能混到这份差事。

叶向高走不走后门我不敢说，运气好是肯定的，因为决定人选的礼部侍郎郭正域，是他的老朋友。

名单定了，报到了内阁，内阁压住了，因为内阁里有沈一贯。

沈一贯是个比较一贯的人，十五年前那档子事，他一直记在心里。讲官这事是张位负责，但沈大人看到叶向高的名字，便心急火燎跑去高声大呼：

“闽人岂可做讲官？！”

这句话是有来由的，在明代，福建一向被视为不开化地带。沈一贯拿地域问题说事，相当的阴险。

张位却不买账，他也不管你沈一贯和叶向高有什么恩怨，这人我看上了，就要用！

于是，在沈一贯的磨牙声中，叶向高正式上任。

叶讲官不负众望，充分发挥主观能动性，在教书的同时，和太子建立了良好的私人关系。

根据种种史料反映，叶先生应该是个相当灵活的人。我们有理由相信，在教书育人的同时，他还广交了不少朋友，比如顾宪成，比如赵南星。

老板有了，朋友有了，地位也有了，万事俱备，要登上最高的舞台，只欠一阵东风。

一年后，风来了，却是暴风。

万历二十六年（1598），首辅赵志皋回家了，虽然没死，也没退，但事情是不管了，张位也走了，内阁只剩下了沈一贯。

缺了人就要补，于是叶向高的机会又来了。

顾宪成是他的朋友，朱常洛是他的朋友，他所欠缺的，只是一个位置。

他被提名了，最终却未能入阁，因为内阁，只剩下了沈一贯。

麻烦远未结束，内阁首辅沈一贯大人终于可以报当年的一箭之仇了。不久后，叶向高被调出京城，到南京担任礼部右侍郎。

南京礼部主要工作，除了养老就是养老，这就是四十岁的叶向高的新岗位。在这里，他还要待很久。

很久是多久？十年。

这十年之中，朝廷里很热闹，册立太子、妖书案，搞得轰轰烈烈。而叶向高这边，却是太平无事。

整整十年，无人理，无人问，甚至也无人骂、无人整。

叶向高过得很太平，也过得很惨，惨就惨在连整他的人都没有。

对于一个政治家而言，最痛苦的惩罚不是免职、不是罢官，而是遗忘。

叶向高，已经被彻底遗忘了。

一个前程似锦的政治家，在政治生涯的黄金时刻，被冷漠地抛弃，对叶向高而言，这十年中的每一天，全都是在痛苦地挣扎。

但十余年之后，他将感谢沈一贯给予他的痛苦经历。要想在这个冷酷的地方生存下去，光有同党是不够的，光有后台也是不够的，必须亲身经历残酷的考验和磨砺，才能在历史上写下自己的名字。

因为他并不是一个普通的首辅，在不久的未来，他将超越赵志皋、张位，甚至申时行、王锡爵。他的名字将比这些人更为响亮夺目。

因为一个极为可怕的人，正在前方等待着他。而他，将是唯一能与之抗衡的人。这个人，叫做魏忠贤。

万历三十五年（1607），沈一贯终于走了，年底，叶向高终于来了。

但沈一贯的一切，都留了下来，包括他的组织、他的势力，以及他的仇恨。

所以刘廷元、胡士相也好，疯子张差也罢，甚至这件事情是否真的发生过，根本就不要紧。

梃击，不过是一个傻子的愚蠢举动，并不重要，重要的是，通过这件事情，能够打倒什么，得到什么。

东林党的方针很明确，拥立朱常洛，并借梃击案打击对手，掌控政权。

所以浙党的方针是，平息梃击案，了结此事。

而王之寀，是一个找麻烦的人。

这才是梃击案件的真相。

对了，还忘了一件事：虽然没有迹象显示王之寀和东林党有直接联系，但此后东林党敌人列出的两大名单（点将录、朋党录）中，他都名列前茅。

再审

王之寀并不简单，事实上，是很不简单。

当他发现自己的上司胡士相有问题时，并没有丝毫畏惧，他随即去找了另一个人——张问达。

张问达，字德允，时任刑部右侍郎、署部事。

所谓刑部右侍郎、署部事，换成今天的话说，就是刑部常务副部长。也就是说，他是胡士相的上司。

张问达的派系并不清晰，但清晰的是，对于胡士相和稀泥的做法，他非常不满。接到王之寀的报告后，他当即下令，由刑部七位官员会审张差。

这是个有趣的组合。七人之中，既有胡士相，也有王之寀，可以听取双方的意见，又不怕人捣鬼，而且七个人审讯，可以少数服从多数。

想法没错，做法错了。因为张问达远远低估了浙党的实力。

在七个主审官中，胡士相并不孤单。大体说来，七人之中，支持胡士相的，有三个人，支持王之寀的，有两个。

于是，审讯出现了戏剧化的场景。

张差恢复了理智，经历了王之寀的突审和反复，现在的张差，已经不再是个疯子。他看上去，十分平静。

主审官陆梦龙发问：

“你为什么认识路？”

这是个关键的问题，一个平民怎样来到京城，又怎样入宫，秘密就隐藏在答案背后。

顺便说明一下：陆梦龙，是王之寀派。

出乎所有人的意料，没有等待，没有反复，他们很快就听到了这个关键的答案：

“我是蓟州人，如果没有人指引，怎么进得去？”

此言一出，事情已然无可隐瞒。

再问：“谁指引你的？”

答：“庞老公、刘老公。”

完了，完了。

虽然张差没有说出这两个人的名字，但大家的心中，都已经有了确切的答案。

庞老公，叫做庞保；刘老公，叫做刘成。

大家之所以知道答案，是因为这两个人的身份很特殊——他们是郑贵妃的贴身太监。

陆梦龙呆住了。他知道答案，也曾经想过无数次，却没有想到，会如此轻易地得到。

就在他惊愕的那一瞬间，张差又说出了更让人吃惊的话：

“我认识他们三年了，他们还给过我一个金壶、一个银壶。（予我金银壶各一）”

陆梦龙这才明白，之前王之寀得到的口供也是假的，真相刚刚开始！

他立即厉声追问道：

“为什么（要给你）？！”

回答干净利落，三个字：

“打小爷！”

声音不大，如五雷轰顶。

因为所有人都知道，所谓小爷，就是太子爷朱常洛。

现场顿时大乱，公堂吵作一团，交头接耳。而此时，一件更诡异的事情发生了。

作为案件的主审官，胡士相突然拍案而起，大喝一声：

“不能再问了！”

这一下大家又蒙了，张差招供，您激动啥？

但他的三位同党当即反应过来，立刻站起身，表示审讯不可继续，应立即结束。

七人之中，四对三，审讯只能终止。

但形势已不可逆转，王之寀、陆梦龙立即将案件情况报告给张问达，张侍郎十分震惊。

与此同时，张差的口供开始在朝廷内外流传，舆论大哗，很多人纷纷上疏，要求严查此案。

郑贵妃慌了，天天跑到万历那里去哭，但此时，局势已无法挽回。

然而，此刻压力最大的人并不是她，而是张问达。作为案件的主办人，他很清楚，此案背后，是两股政治力量的死磕，还搭上太子、贵妃、皇帝，没一个省油的灯。

案子如果审下去，审出郑贵妃来，就得罪了皇帝。可要不审，群众那里没法交代，还会得罪东林、太子。小小的刑部右侍郎，这拨人里随便出来一个，就能把自己整死。

总而言之，不能审，又不能不审。

无奈之下，他抓耳挠腮，终于想出了一个绝妙的解决方案。

在明代的司法审讯中，档次最高的就是三法司会审，但最隆重的，叫做十三司会审。

明代的六部，长官为尚书、侍郎。部下设司，长官为郎中、员外郎。一般说来是四个司，比如吏部、兵部、工部、礼部都是四个司，分管四大业务，而刑部，却有十三个司。

这十三个司，分别是由明朝的十三个省命名，比如胡士相，就是山东司的郎中。审个案子，竟然把十三个司的郎中全都找来，真是煞费苦心。

此即所谓集体负责制，也就是集体不负责。张问达先生水平的确高，看准了法不责众，不愿意独自背黑锅，毅然决定把大家拉下水。

大家倒没意见，反正十三个人，人多好办事，打板子也轻点儿。

可到审讯那天，人们才真切地感受到，中国人是喜欢热闹的。

除了问话的十三位郎中外，王之寀还带了一批人来旁听，加上看热闹的，足有二十多人。人潮汹涌，搞得跟菜市场一样。

这次张差真的疯了，估计是看到这么多人，心有点儿慌。主审官还没问，他就说了，还说得特别彻底，不但交代了庞老公就是庞保，刘老公就是刘成，还爆出了一个惊人的内幕：

按张差的说法，他绝非一个人在战斗，还有同伙，包括所谓马三舅、李外父、姐夫孔道等人，是货真价实的团伙作案。

精彩的还没完，在审讯的最后，张差一鼓作气，说出了此案中最大的秘密：红封教。

红封教，是个邪教，具体组织结构不详。据张差同志讲，组织头领有三十六号人，他作案，就是受此组织指使。

一般说来，凑齐了三十六个头领，就该去当强盗了。这话似乎太不靠谱，但经事后查证，确有其事。刑部官员们再一查，就不敢查了，因为他们意外发现，红封教的起源地，就是郑贵妃的老家。

而据某些史料反映，郑贵妃和郑国泰，就是红封教的后台。这一点，我是相信的，因为和同时期的白莲教相比，这个红封教发展多年，却发展到无人知晓，有如此成就，也就是郑贵妃这类脑袋缺根弦的人才干得出来。

张差确实实在，可这一来，就害苦了浙党的同胞们，审案时丑态百出。比如胡士相先生，负责做笔录，听着听着写不下去了，就把笔一丢了事。还有几位浙党郎中，眼看这事越闹越大，竟然在堂上大呼一声：

"你自己认了吧，不要涉及无辜！"

但总的说来，浙党还是比较识相的，眼看是烂摊子，索性不管了，同意如实上报。

上报的同时，刑部还派出两拨人，一拨去找那几位马三舅、李外父、孔道姐夫，另一拨去皇宫，找庞保、刘成。

于是郑贵妃又开始哭了，几十年来的保留剧目，屡试不爽，可这一次，万历却对她说：

"我帮不了你了。"

这是明摆着的，张差招供了，他的那帮外父、姐夫一落网，再加上你自己的太监，你还怎么跑？

但老婆出事，不管也是不行的，于是万历告诉郑贵妃，而今普天之下，只有一个人能救她，而这个人不是自己。

“唯有太子出面，方可了结此事。”

还有句更让人难受的话：

“这事我不管，你要亲自去求他。”

郑贵妃又哭了，但这次万历没有理她。

于是不可一世的郑贵妃收起了眼泪，来到了宿敌的寝宫。

事实证明，郑小姐装起孙子来，也是巾帼不让须眉，进去看到太子，一句不说就跪。太子也客气，马上回跪。双方爬起来后，郑贵妃就开始哭，一边哭一边说，我真没想过要害你，那都是误会。

太子也不含糊，反应很快，一边做垂泪状（真哭是个技术活），一边说，我明白，这都是外人挑拨，事情是张差自己干的，我不会误会。

然后他叫来了自己的贴身太监王安，让他当即拟文，表明自己的态度。随即，双方回顾了彼此间长达几十年的传统友谊，表示今后要加强沟通，共同进步。事情就此圆满结束。

这是一段广为流传的史料，其主题意境是，郑贵妃很狡诈，朱常洛很老实。性格合理，叙述自然，所以我一直深信不疑，直到我发现了另一段史料，一段截然不同的史料：

开头是相同的，郑贵妃去向万历哭诉，万历说自己没办法，但接下来，事情出现变化——他去找了王皇后。

这是一个很聪明的举动，因为皇后没有帮派，还有威望，找她商量是再合适不过的了。

皇后的回答也直截了当：

“此事我也无法，必须找太子面谈。”

很快，老实的太子来了，但他给出的，却是一个截然不同的答案：

“此事必有主谋！”

这句话一出来，明神宗脸色就变了，郑贵妃更是激动异常，伸个指头出来，对天大呼：

“如果这事是我干的，我就全家死光！（奴家赤族）”

这句话说得实在太绝，于是皇帝也吼了一句：

“这是我的大事，你全家死光又如何？！（稀罕汝家）”

贵妃发火了，皇帝也发火了，但接下来的一句话，却浇灭了所有人的激情：

“我看，这件事情就是张差自己干的。”

说这句话的人，就是太子朱常洛。虽然几秒钟之前，他还曾信誓旦旦地要求追查幕后真凶。

于是大家都满意了。为彻底平息事端，万历四十三年（1615）五月二十八日，二十多年不上朝的万历先生终于露面了。他召来了内阁大臣、文武百官，以及自己的太子、皇孙，当众训话，大致意思是：自己和太子关系很好，你们该干吗就干吗，少来瞎搅和。此案是张差所为，把他干掉了事。就此定案，谁都别再折腾。

太子的表现也很好，当众抒发父子深情，给这出闹剧画上了圆满句号。

一天后，张差被凌迟处死。十几天后，庞保和刘成不明不白地死在了刑部大牢里，就杀人灭口而言，干得也还算相当利落。

轰动天下的疯子袭击太子事件就此结束，史称明宫三大案之"梃击"。

梃击是一起复杂的政治案件，争议极大，有很多疑点，包括幕后主使人的真实身份。

因为郑贵妃要想刺杀太子，就算找不到绝顶高手，到天桥附近找个把卖狗皮膏药的，应该也不是问题，选来选去就找了个张差，啥功夫没有，还养了他三年。这且不论，动手时连把菜刀都没有，拿根木棍闯进宫，就想打死太子，相当无聊。

所以有些人认为，梃击案是朝廷某些党派所为，希望浑水摸鱼，借机闹事，甚至有人推测此事与太子有关。因为这事过于扯淡，郑贵妃不傻，绝不会这么干。

但我的看法是，这事是郑贵妃干的，因为她的智商，就是傻子水平。

对于梃击案，许多史书的评价大都千篇一律：郑贵妃狡猾，万历昏庸，太子老实，最后老实的太子在正义的东林官员支持下，战胜了狡猾的郑贵妃。

这都是蒙人的。

仔细分析就会发现，郑贵妃是个蠢人，万历老奸巨猾，太子也相当会来事，而东林官员们，似乎也不是那么单纯。

所以事实的真相应该是，一个蠢人办了件蠢事，被一群想挑事的人利用，结果被老滑头万历镇了下来，仅此而已。

之所以详细介绍此事，是因为我要告诉你：在接下来的叙述中，你将逐渐发现，许多你曾无比熟悉的人，其实十分陌生；许多你曾坚信的事实，其实十分虚伪；而这，只不过是个开头。

第七章　不起眼的敌人

以上，就是万历同志执政四十余年的大致成就。具体说来，就是斗争、斗争、再斗争。

先斗倒张居正，再斗争国本、妖书、梃击，言官、大臣、首辅轮番上阵，一天到晚忙活这些事，几十年不上朝，国家是不怎么管了。山东、山西、河南、江西及大江南北相继告灾，文书送上去，理都不理。而更滑稽的是，最大的受害者不是老百姓，而是官员。

在万历年间，如果你考上进士，也别高兴，因为考上了，未必有官做。

一般说来，朝代晚期，总会出现大量贪官污吏，欺压百姓，摊派剥削。但我可以很负责地讲，万历年间这个问题很不严重，因为压根儿就没官。

老子曾经说过，最好的国家，是老百姓不知道统治者是谁。从某个角度讲，万历同志做到了。

按照以往制度，六部给事中的名额，应该是五十余人，而都察院的名额，应该是一百余人。可到了万历三十五年（1607），六部给事中只有四个人，而且其中五个部没有都给事中，连个管事的都没有。都察院的十三道御史，竟然只剩下五个人，干几十个人的活，累得要死。

更要命的是，都察院是监察机构，经常要到全国各地视察。五个人要巡全国十三个省，一年巡到头，连家都回不去。其中最惨的一位兄弟，足足在外巡了六年，才找到个替死鬼，回了京城。

基层御史只有五个，高层御史却是一个都没有，左都御史、右都御史经常空缺。都察院考勤都没人管，来不来，干不干，全都靠自觉。

最惨的，还是中央六部，当时的六部，部长、副部长加起来，一共只有四个。礼部没有部长，户部只有一个副部长，工部连副部长都没有，只有几个郎中死顶。

其实候补进士很多，想当官的人也多，可是万历同志就是不批，你能咋办？

最搞笑的是，即使万历批了，发了委任状，你也当不了官。

比如万历三十七年（1609），朝廷实在顶不住了，死磨硬泡，才让万历先生批了几百名官员的上任凭证。可是几个月过去了，竟然无人上任，再一查才知道，凭证压根儿就没发。

因为根据规定，发放凭证的是吏部都给事中，可这个职位压根儿就没人，鬼来发证？

官员倒霉不说，还连累了犯人。到万历三十八年（1610），刑部大牢里已经关了上千名犯人，一直没人管。有些小偷小摸的，审下来也就是个治安处罚，却被关了好几年。原因很简单，刑部长官退了，又没人接，这事自然无人理。

不过，犯人还是应该感到幸运，毕竟管牢房伙食的人还在。

当官很难，辞官也难。你今天上完班，说明天我不干了，谁都不拦你，但要等你的辞职报告批下来，估计也得等个几年。如果你等不及了，就这么走也行，没人追究你。

总而言之，万历的这个政府，基本属于无政府。如此看来，他应该属于无政府主义者，思想如此超前，着实不易。

一般说来，史料写到这段，总是奋笔疾书，痛斥万历昏庸腐朽，政府失效，人民生活在水深火热之中。

而在我看来，持这种看法的，不是装蒜，就是无知。

因为事实绝非如此。万历年间，恰恰是明代经济最发达的时期，所谓资本主义萌芽，正是兴盛于此。

而老百姓的生活，那真是滋润，想干什么就干什么。明初的时候，出去逛要村里开介绍信，未经许可乱转，抓住就是充军。万历年间，别说介绍信，连户口（黄册）都不要了，你要有本事，跑到美国都没人管你。

至于日常活动，那就更不用说了。许多地方衙门里压根儿就没官，也没人苛捐杂税、贪污受贿。许多农民涌入城市打工，成为明代的农民工。

这帮人也很自由，今天给你干几天，明天给他干几天。雇主大都是江浙一带的老板，虽说也有些不厚道的老板拖欠民工工资，但大体而言，还算是守规矩。

久而久之，城市的人越来越多，这些人就是所谓的市民。明代著名的市民文化由此而起，而最受广大市民欢迎的文化读物，就是《金瓶梅》、“三言”等。

按照现在的说法，这些书籍大都含有封建糟粕，应该限制传播，至少也要写个此处划掉多少字之类的说明。但当时连朝廷都没人管，哪有人理这个，什么足本善本满天飘，肆无忌惮。

穿衣服也没谱。朱元璋那时候，衣服的材料、颜色，都要按身份定，身份不到就不能穿，穿了就要打屁股。现在是没人管了，想穿什么穿什么，还逐渐出现了性别混装，也就是男人穿女装，涂脂抹粉，搞女性化（不是太监），公然招摇过市，还大受欢迎。

穿女装还好，而更耸人听闻的是，经常有些人（不是个把人），什么都没穿，光着身子在市面上走来走去，即所谓“裸奔”。刚奔的时候有人见着还喊，奔久了也就见怪不怪了。

至于思想，那更是没法说了。由于王守仁的心学大量传播，特别是最为激进的泰州学派，狂得没边，什么孔子孟子、三纲五常，那都是“放屁”、“假道学”。总而言之，打倒一切权威，藐视一切准则。

封建礼教也彻底废了，性解放潮流席卷全国。按照“二言”的说法，女人离异再嫁，是再寻常不过的事情，青楼妓院如雨后春笋，艳情小说极其流行，涌现了许多优秀作者和忠实读者群。今天流传下来的所谓明代艳情文学，大都是那时的产物。

说到这个份儿上，我也无话可说了。

自然经济，这是纯粹的自然经济。

万历年间的真相大抵如此，一个政治纷乱、经济繁荣、文化灿烂、生机勃勃的世界。

然而这个世界，终究被毁灭了。

毁灭的起因，是一个人。这人的名字，叫李成梁。

不世之功臣

李成梁，是一个猛人，还不是一般的猛。

他出生于嘉靖五年（1526），世袭铁岭卫指挥佥事，算是高级军官，可到他这辈，混得相当差劲儿，家里能卖的都卖了，非常穷，穷得连进京继承官职的路费都没有。

他本人也混得很差，直到四十岁，还是个穷秀才。后来找人借钱，好歹凑了个数（继承官职，是要行贿的），这才捞到官位，还真不是一般的惨。

但此后，他便一发不可收拾。

当时的辽东很乱，虽然俺答部落改行做了生意，不抢了，但其他部落看俺答发了财，自己又没份儿，更不消停，一窝蜂地来抢。什么插汉部、泰宁部、朵颜部、王杲部，乱得一塌糊涂，以致十年之内，明朝竟然有三位大将战死。

然后李成梁来了。然后一切都解决了。

打仗，实际上和打麻将差不多，排兵布阵，这叫洗牌、掷色子，就是开打。战况多变，就是不知道下一张摸什么牌。而要想赢牌，一靠技术，二靠运气。

靠死运气，怎么打怎么赢，所谓福将。

靠死里打，怎么打怎么赢，所谓悍将。

李成梁，应该是福将加悍将。

隆庆四年（1570），李成梁到辽东接任总兵，却没人办交接手续，因为前任总兵王首道，是被蒙古人干掉的。

当时辽东的形势很乱，闹事的部落很多，要全列出来，估计得上百字，大致说来，闹得最凶的有如下几个：

蒙古方面：插汉部，首领土蛮。泰宁部，首领速巴亥。朵颜部，首领董狐狸。

女真方面：建州女真，王杲部。海西女真，叶赫部、哈达部，首领清佳努、孟格部禄。

这些名字很难记，也全都不用记，因为他们很快就会被李成梁干掉。

以上这些人中，最不消停的，是土蛮。他的部落最大，人最多，有十几万人，比较团结。具体表现为抢劫时大家一起来，每次抢的时候，都是漫天烟尘，铺天盖地。明军一看到这些人就跑，压根儿无法抵挡。

所以李成梁来后，第一个要打的，就是这只出头鸟。

自从李大人出马后，土蛮就从没舒坦过。从万历元年（1573）起，李成梁大战五次，小战二十余次，基本上是年年打、月月打。

总打仗不奇怪，奇怪的是，李成梁每次都打赢。

其实他的兵力很少，也就一两万人，之所以每战必胜，大致有两个原因：首先是技术问题，他属下的辽东铁骑，每人配发三眼火铳，对方用刀，他用火枪，明明白白就欺负你。

其次是战术问题，李成梁不但骁勇善战，还喜欢玩阴招，对手来袭时，准备大堆财物，摆在外面，等蒙古人下马抢东西，他就发动攻击。此外，他还不守合同，经常偷袭对手。靠这两大优势，十年之内，他累计斩杀敌军骑兵近五万人，把土蛮折腾得奄奄一息。

看到这段史料，再回忆起他儿子李如松同志的信用问题，不禁感叹：家庭教育，是很重要的。

土蛮歇了，泰宁也很惨，被打得到处跑不说，万历十年（1582），连首领速巴亥都中了埋伏，被砍了脑袋。

蒙古休息了，女真精神了。

女真，世代居住于明朝辽东一带，到万历年间，主要分为四个部落：海西女真、建州女真、黑龙江女真、东海女真。

黑龙江和东海的这两拨人，一直比较穷，吃饭都成问题，连抢劫的工具都没有，基本上可以忽略。

而最让人头疼的，是建州女真。

当时的建州女真，头领叫做王杲。这人用今天的话说，是个给脸不要脸的人。

他原本在这里当地主，后来势力大了，明朝封他当建州卫指挥使，官位不低。这人不满意，自封当了都督。

王杲的地盘靠近抚顺，明朝允许他和抚顺做生意，收入很高。这人不满意，诱杀了抚顺的守将，非要去抢一把。

因为他经常不满意，所以李成梁对他也不满意，万历元年（1573），找个机会打了一仗。

开始明军人少，王杲占了便宜，于是他又不满意了，拼命地追。追到后来，进了李成梁的口袋，又拼命跑，从建州跑到海西。李将军也是个执著的人，从建州追到海西。王杲束手无策，只能投降。

投降后，属下大部分被杀，他本人被送到京城，剐了。

但在乱军之中，有一个人跑了，这个人叫阿台，是王杲的儿子。十年后，祸患即由此而起。

建州女真完了，下一个要解决的，是海西女真。

海西女真中，第一个被解决的，是叶赫部。

应该承认一点：李成梁除掉叶赫部的方法是相当无耻的。

万历十一年（1583），叶赫部首领贝勒清佳努率两千余人来到开原，准备进行马市贸易。在这里，他们将用牲畜换取自己所需的各种物资。

高兴而来，满载而归，过去无数次，他们都是这样做的。

然而，这次不同。

当他们准备进入开原城时，守城明军拦住了他们，说：

“你们人太多了，不能全部入城。”

清佳努想了一下，回答：

“好的，我只带三百人进城。”

但当他入城后，才惊奇地发现，这里没有商人、没有小贩、没有拥挤的人流，只是一片空地。

然后，他听到了炮声。

炮声响起的同时，城内的李成梁下达了攻击令，数千名明军蜂拥而起，短短几分钟之内，清佳努和三百随从全部被杀。城外的明军也很有效率，叶赫部只跑掉了四百四十人。

然后是哈达部。

相对而言，哈达部人数少，也不怎么惹事，李成梁本来也没打算收拾他们。但不幸的是，哈达部有个孟格部禄，孟格部禄又有个想法：和叶赫部联合。

这就有点儿问题了，因为李成梁先生的目标，并不是蒙古，甚至也不是女真，他选择敌人的唯一标准，就是强大。

强大，强大到足以威胁帝国的程度，就必须消灭。

本着这一指导原则，李成梁偷袭了哈达部，将部落主力歼灭，解决了这个问题。

自隆庆四年（1570）至万历十九年（1591），在二十二年的时间里，李成梁把辽东变成了静土，并不干净，却很安静。

如果各部落团结，他就挑事，挑出矛盾后，就开始分类，听话的，就给胡萝卜吃，不听话的，就用大棒。多年来，他作战上百次，大捷十余次，歼敌十多万人，年年立功受奖，年年升官发财，连戚继光都要靠边站，功绩彪炳，无懈可击。

除了万历十一年（1583）的那一场战役。

万历十一年，李成梁得到了一个消息：阿台出现了。

从战火中逃离的阿台，带着对明朝的刻骨仇恨，开始了他的二次创业。经过十年不懈的杀人抢劫，他成功地由小土匪变成了大强盗，并建立了自己的营寨，继续与明朝对抗。

对付这种人，李成梁的办法有，且只有一个。

万历十一年二月，他自抚顺出兵，攻击阿台的营寨。

攻击没有想象中顺利，阿台非常顽强，李成梁竭尽全力，放火强攻全用上，竟然未能攻克。无奈之下，他找来了两个帮手。

这两个帮手，实际上是帮他带路的向导，一个叫尼堪外兰，另一个叫觉昌安。

这两位都是当地部落首领，所以李成梁希望他们出面，去找阿台谈判，签个合同把事情了结。

当然了，遵不遵守合同，那就另说了，先把人弄出来。

两个人就这么去了，但是，李成梁疏漏了一个重要的细节——动机。

同为建州女真，这两个人有着不同的动机和不同的身份。

尼堪外兰是附近的城主，之所以帮助李成梁，是因为除掉阿台，他能够获得利益。

而觉昌安跑过来，只是为了自己的孙女——阿台是他的孙女婿。

当两人来到城寨下时，不同的动机，终将导致不同的行为。

觉昌安对尼堪外兰说，我进去劝降，你在外面等着，先不要动手。

尼堪外兰同意。

觉昌安进入城内，见到了阿台，开始游说。

很可惜，他的口才实在不怎么样，说得口干舌燥，阿台压根儿就没反应。

时间不断逝去，等在城外的尼堪外兰开始不耐烦了。

但他很明白，觉昌安还在里面，无论如何不能动手。

正在这个关键的时刻，李成梁的使者来了，只传达了一句话：

“为何还未解决？”

对李成梁而言，这只是个普通的催促。

但这句话，在尼堪外兰的脑海中，变成了命令。

他之所以跑来，不是为了觉昌安，更不是为了阿台，只是为了利益和地盘，为了李成梁的支持。

于是，他打算用自己的方式去解决。

他走到城寨边，用高亢的声音，开始了自己的谈判：

“天朝大军已经到了，你们已经没有出路，太师（指李成梁）有令，若杀掉阿台者，就是此地之主！”

这是一个谎言。

所谓封官许愿，是尼堪外兰的创造，因为李成梁虽不守信用，但一个小小的营寨，打了就打了，还犯不着许愿开支票。

但事实证明，人穷志短，空头支票，也是很有号召力的。

应该说，游牧民族是比较实诚的，喊完话后，没有思想斗争，没有激烈讨论，就有人操家伙奔阿台去了。

谁先砍的第一刀无人知晓，反正砍他的人是争先恐后、络绎不绝，最后被乱刀砍死，连觉昌安也未能幸免。

虽然城外的李成梁不知道怎么回事，但他知道该干什么，趁乱带兵杀了进去。

因为他不知道尼堪外兰的那个合同（估计知道了也没用），所以也就没有什么顾忌，办事也绝了点儿——城内共计两千三百人，无一生还。

和觉昌安一起进城的，还有他的儿子塔克世，同样死在城里。

不过对于李成梁而言，这实在无关紧要，多死个把人无所谓。在他的战斗生涯中，这只是次微不足道的战斗，打扫战场，捡完人头报功，回家睡觉。

尼堪外兰倒是高兴，虽然觉昌安是惨了点儿，毕竟讨好了李成梁，也算大功告成。

但在他们看不见的地方，有一个人已经点燃了火种，燎原冲天的烈焰，终将由此而起。他是觉昌安的孙子，他是塔克世的儿子，他的名字，叫做努尔哈赤。

万世之罪首

努尔哈赤很气愤——他应该气愤，他的祖父、父亲死了，而且死得很冤枉。看起来，李成梁害死了他的两位亲人，实际上，是五个。

如果你还记得，觉昌安之所以入城，是为了阿台的妻子，自己的孙女，当然，也就是努尔哈赤的堂姐，她也死在乱军之中，这是第三个。

而阿台，自然就是努尔哈赤的堂姐夫，他是第四个。然而，他和努尔哈赤的关系，远比你想象的复杂得多。

嘉靖三十八年（1559），努尔哈赤生于赫图阿拉，他的祖父觉昌安和父亲塔克世都是女真世袭贵族，曾任建州左卫指挥使。

滑稽的是，虽说家里成分很高，努尔哈赤的生活档次却很低。家里五兄弟，他排行老大，却很像小弟，从小就要帮着干活，要啥没啥。

原因很简单，当时的女真部落，大都穷得掉渣。所谓女真贵族，虽说是不掉渣，但也很穷。所以为了生计，小时候的努尔哈赤曾到他的外祖父家暂住。

他的外祖父，就是我们的老朋友，王杲。

现在，先洗把脸，整理一下他们之间的关系：

努尔哈赤的母亲是王杲的女儿，也就是说，阿台是努尔哈赤的舅舅，但是阿台又娶了努尔哈赤的堂姐，所以他又是努尔哈赤的堂姐夫。这还好，要换到努尔哈赤他爹塔克世这辈，就更乱了，因为阿台既是他的侄女婿，又是他的小舅子。

乱是乱了点儿，考虑到当时女真族的生存状态，反正都是亲戚，也算将就了。

你应该能理解努尔哈赤有多悲痛了，在李成梁的屠刀之下，他失去了祖父觉昌安、外祖父王杲、父亲塔克世、堂姐××（对不起，没查到）以及舅舅阿台（兼堂姐夫）。

悲痛的努尔哈赤找到了明朝的官员，愤怒地质问道：

“我的祖父、父亲何故被害，给我一个说法！”

明朝的官员倒还比较客气，给了个说法：

“对不住，我们不是故意的，误会！”

很明显，这个说法不太有说服力，所以明朝官员还准备了一份礼物，以安抚努尔哈赤受伤的心灵。

这份礼物是三十份敕书、三十匹马、一份都督的任免状。

马和任免状大家都知道，我解释一下这敕书是个什么玩意儿。

所谓敕书，用今天的话说，就是贸易许可证。

当时的女真部落，住在深山老林，除了狗熊，啥都缺，过日子是过不下去了，要动粗，抢劫的经验又比不上蒙古。明朝不愿开放互市，无奈之下，只好找到了这个折中的方式，一道敕书，就能做一笔生意。三十份敕书，就是三十笔生意。

明朝的意思很明白，人死了，给点儿补偿费，你走人吧。

客观地讲，这笔补偿费实在有点儿低，似乎无法平息努尔哈赤的愤怒。

然而，他接受了。

他接受了所有的一切，回到了自己的家乡。

然后，他召集了族人，杀死了一头牛，举行了祭天仪式，拿出了祖上流传下来的十三副铠甲，宣布起兵。

收了赔偿金再起兵，和收了钱不办事，似乎是异曲同工。但无论如何，努尔哈赤向着自己的未来迈出了第一步。这一年，他二十五岁。

按照许多史料书籍的说法，下面将是努尔哈赤同志的光荣创业史：先起兵杀死尼堪外兰，然后统一建州女真，打败海西女真最强的叶赫部落，至万历四十六年（1618），统一女真。

最后是基本类同的几句评价：非常光辉、非常励志、非常艰苦等。

本人同意以上评语，却也要加上四个字：非常诡异。

据说努尔哈赤从小住在林子里，自己打猎、采集蘑菇，到集市上换东西，生活艰苦，所以意志坚定；渴了喝泉水，饿了啃人参，所以身体强壮；天赋异禀，无师自通，所以极会打仗。

有以上几大优惠条件，所以十三副铠甲起兵，便不可收拾。

这绝不可能。

努尔哈赤起兵时，他的武器是弓箭，不是导弹，他带着的十三副铠甲，不是十三件防弹衣。在当时众多的女真部落中，他只不过是个小人物。

然而，这个小人物，只用了三十多年，就统一了女真、建立了政权，占据了原本重兵集结的辽东，并正式向明朝挑战。

于是，我得出了一个结论：他得到了帮助。

而帮助他的这个人，就是李成梁。

我并不是阴谋论者，却惊奇地发现，在无数的清代史料书籍中，都详细描述了觉昌安的惨死、李成梁的冷漠残酷、努尔哈赤的无助，却不约而同地忽略了这样一个细节——努尔哈赤的祖父觉昌安，是李成梁的朋友。

据某些笔记的记载，努尔哈赤和李成梁之前很早就认识了，不但认识，努尔哈赤还给李成梁打过下手，他们之间，还有一段极为神秘的纠葛。

据说努尔哈赤少年时，曾经因为闹事，被李成梁抓回来管教。不久之后，努尔哈赤被释放了，不是李成梁放的。

放走努尔哈赤的，是李成梁的老婆（小妾），而她放走努尔哈赤的理由也很简单——这人长得好（奇其貌，阴纵之出）。至于他俩有无其他纠葛，我不知道，也不想知道。

相关的说法还有很多，什么努尔哈赤跟李成梁打过仗，一同到过京城，等等。更不可思议的是，据说努尔哈赤和李成梁还是亲家：努尔哈赤的弟弟，叫做舒尔哈齐，这位舒尔哈齐有个女儿，嫁给了李成梁的儿子李如柏做妾。

而种种迹象表明，勇敢而悲痛的努尔哈赤，除了会打仗、身体好外，似乎还很会来事儿。他经常给李成梁送礼，东西是一车车地拉，拍起马屁来，可谓“无所不用其极”（明史学者孟森语）。

所以，我们有理由认为，努尔哈赤和李成梁家族，有着某种不可告人的联系。

当你知道了这一点，再回头审视此前的几条记录，你就会发现，这个流传久远的故事的第二版本，以及隐藏其后的真正秘密。

万历十一年（1583）二月，努尔哈赤的祖父、父亲被误杀，努尔哈赤接受委任，管理部落。

万历十一年十二月，努尔哈赤部的死敌，海西女真中最强大的叶赫部贝勒清佳努被讨伐，所部两千余人全部被杀，势力大减。

此后不久，努尔哈赤率兵攻打尼堪外兰。尼堪外兰自认有功，投奔李成梁，李成梁把他交给了努尔哈赤。

万历十五年（1587），海西女真哈达部孟格部禄联合叶赫部，被李成梁发现，随即攻打，斩杀五百余人。

万历十六年（1588），叶赫部再度强大，李成梁再次出击，杀死清佳努的儿子那林脖罗，斩杀六百余人，叶赫部实力大损，只得休养生息。

万历二十一年（1593），努尔哈赤终于统一建州女真，成为了女真最强大的部落。

万历二十一年九月，面对越来越强大的努尔哈赤，海西女真叶赫部联合哈达部、蒙古科尔沁部等九大部落，组成联军，攻击努尔哈赤，失败，被杀四千余人，史称“古勒山之战”。

战后，努尔哈赤将叶赫部首领分尸，一半留存，一半交给叶赫部。自此，叶赫部与爱新觉罗部不共戴天。据说其部落首领于战败之时，曾放言如下：

“我叶赫部若只剩一女子，亦将倾覆之！”

叶赫部居住于那拉河畔，故又称叶赫那拉。

这是几条似乎毫无关联的历史记载，其中某些之前还曾提过，但请你联系上下文再看一遍，因为秘密就隐藏其中。

如果你依然不得要领，那么我会给你一个提示——李成梁的习惯。

所谓习惯，是指一个人多年来不会轻易改变的行为方式。比如李成梁，他的习惯，是谁露头就打谁，谁强大就灭谁，蒙古如此，叶赫部如此，哈达部也如此。

然而这个习惯，在努尔哈赤的身上，失效了。

整整十年，努尔哈赤从一个弱小部落逐渐强大，统一了建州女真。对如此庞然大物，李成梁却视而不见，而海西女真四分五裂，叶赫哈达部只是刚刚冒泡，就被他一顿猛打，压制下去。

这种举动，我认为可以用一个术语来形容——选择性失明。

更有意思的是，偶然之间，我还发现了一条这样的史料：万历二十年（1592）朝鲜战争爆发，李如松奉命出征。此时，一个人自动请缨，要求入朝作战，保家卫国，支援李如松。当然了，这位仁兄我不说你也能猜到——努尔哈赤。

综上所述，我们可以得到这样一个结论：他们，是一伙的。

一切都从万历十一年（1583）的那场误会开始，劝降、误解、误杀，但接下来，真相被掩盖了。

等待着努尔哈赤的，并不是陌生、冷漠、孤独，而是交情、歉疚、庇护以及无私的帮助。

打击潜在的对手，给予发展的空间，得到的回应是，服从。

李成梁庇护努尔哈赤，和局势无关。只因为他认定，这是一个听话的亲信。

努尔哈赤主动请战，和明朝无关。只因为他认定，李氏家族是他的盟友。

而当若干年后尘埃落定，重整史料时，他们就会发现，一个得到敌人扶持、帮助的首领，是不太体面的。

所以掩盖和创造就开始了，所以几百年后，历史变成了现在的模样。

李成梁做了件不公道的事情，他扶植了努尔哈赤，培养了明朝的敌人。

但公道地讲，他并不是故意的，更不是所谓的汉奸。

因为在他看来，所谓努尔哈赤，不过是一只柔弱的猫，给它吃穿，让它成长，最后成为一只温顺、听话的猫。

这只猫逐渐长大了，它的身躯变得强壮，叫声变得凄厉，脚掌长出了利爪，最后它亮出了獠牙。至此，我们终于知道，它不是猫，而是老虎，它不是宠物，而是野兽。

李成梁的观察能力，那真不是普通的差。

万历十九年（1591），李成梁退休，在此之前，他已打垮了蒙古、叶赫、哈达以及所有强大的部落，除了努尔哈赤。

非但不打，还除掉了努尔哈赤的对手，李成梁实在是个很够意思的人。

十年后，李成梁再次上任，此时的努尔哈赤已经统一了建州女真，极其强大。但在李成梁看来，努尔哈赤似乎还是那只温顺的猫，于是，他作出了一个错误的抉择——放弃六堡。

六堡，是明代在辽东一带的军事基地，是遏制女真的重要堡垒，也是辽东重镇抚顺、清河的唯一屏障。若丢失此处，女真军队将纵横辽东，不可阻挡。

而此时的六堡，没有大兵压境，没有粮食饥荒，无论如何，都是不应该、不需要、不能放弃的。

然而，李成梁放弃了。

万历三十四年（1606），李成梁正式放弃六堡，并迁走了这里的十余万居民，将此地拱手让给了努尔哈赤。

这是一个错误的抉择，也是一个无耻的抉择。李成梁将军不但丢失了战略重地，毁灭了十余万人的家园，还以此向朝廷报功，所谓“招抚边民十余万”，实在不知世上还有“羞耻”二字。

努尔哈赤毫无代价地占领六堡，明朝的繁荣、富饶，以及虚弱全部暴露在他的面前。那一刻，他终于看到了欲望，和欲望实现的可能。

万历四十三年（1615），李成梁去世，年九十。不世之功臣，千秋之罪首。

建功一世，祸患千秋，万死不足恕其罪！

几个月后，万历四十四年（1616），努尔哈赤在赫图阿拉建立政权，年号天命，史称后金，努尔哈赤称天命汗。这说明他还是很给李成梁面子的，至少给了几个月的面子。

海西女真、叶赫部、哈达部，这些名词已不复存在，现在的女真，是唯一的女真，是努尔哈赤的女真，是拥有自己文字（努尔哈赤找人造出来的）的女真，是拥有八旗制度和精锐骑兵部队的女真。

辽东已经容不下努尔哈赤了，他从来不是一个老实本分的老百姓，也不是遵纪守法的好公民。当现有的财富和土地无法满足他的欲望时，眼前这个富饶的大明帝国，将是他唯一的选择。

好了，面具不需要了，伪装也不需要了。唯一要做的，是抽出屠刀，肆无忌惮地砍杀他们的士兵，掳掠他们的百姓，抢走他们的所有财富。

杀死士兵，可以得到装备马匹；掳掠百姓，可以获得奴隶；抢夺财富，可以强大金国。

当然了，这些话是不能明说的。因为一个强盗，杀人放火是不需要借口的，但对一群强盗而言，理由，是很有必要的。

万历四十六年（1618）正月，努尔哈赤在赫图阿拉发出了战争的宣告：

“今岁，必征大明国！”

光喊口号是不够的，无论如何，还得找几个开战的理由。

四月，努尔哈赤找到了理由，七个。

此即所谓七大恨，在文中，努尔哈赤先生列举了七个明朝对不住他的地方。全文就不列了，但值得表扬的是，在挑事方面，这篇文章，还真是下了点儿工夫。

祖父、父亲被杀，自然是要讲一下的；李成梁的庇护，自然是不会提的；某些重大事件，也不能放过，比如边界问题：擅自进入我方边界，经济问题：割了我们这边的粮食，外交问题：十名女真人在边界被害。

其中，最有意思的理由是：明朝偏袒叶赫、哈达部，对自己不公。

对于这句话，明朝有什么看法不好说，但被李成梁同志打残无数次的叶赫和哈达部，应该是有话要讲的。

这个七大恨，后来被包括袁崇焕在内的许多人驳斥过，凑热闹的事我就不干了。我只是认为，努尔哈赤先生有点儿多余，想抢，抢就是了，想杀，杀就是了，何苦费那么大劲儿呢？

杀死一切敢于抵抗的人，抢走一切能够抢走的东西，占领一切能够占领的土地，目的十分明确。

抢掠，其实无须借口。

万历四十六年（1618）四月，努尔哈赤将他的马刀指向了第一个目标——抚顺。

有一位古罗马的将领，在与日耳曼军队征战多年后，发出了这样的感叹：

他们不懂军事，却很彪悍，不懂权谋，却很狡猾。

这句简单的话，蕴藏着深厚的哲理。

很多人说过，最好的老师，不是特级教师，不是名牌学校，而是兴趣。

但我要告诉你，这个答案是错误的。

在这个世界上，最优秀的老师，是生存。

为了一块土地，为了一座房子，为了一块肉，为了在这个世界上多活一天，熟悉杀戮的技巧，掌握抢劫的诀窍，无须催促、无须劝说，在每一次生与死的较量中，懂得生存，懂得如何去生存。

生存很困难，所以为了生存，必须更加狡诈、必须更加残暴。

所以在抚顺战役中，我们看到的，并不是纵横驰骋的游牧骑兵，光明正大的英勇冲锋，而是更为阴险狡诈的权谋诡计。

万历四十六年四月十五日，努尔哈赤抵达抚顺近郊。

但他并没有发动进攻，却派人向城里散布了一个消息。

这个消息的内容是，明天，女真部落三千人，将携带大量财物来抚顺交易。

抚顺守将欣然应允，承诺打开城门，迎接商队的到来。

第二天（十六日）早晨，商队来了，抚顺打开了城门，百姓商贩走出城外，准备交易。

然后，满脸笑容的女真商队拿出了他们携带的唯一交易品——屠刀。

贸易随即变成了抢掠，商队变成了军队，很明显，女真人做无本生意的积极性要高得多。

努尔哈赤的军队再无须隐藏，精锐的八旗骑兵，在“商队”的帮助下，向抚顺城发动了进攻。

守城明军反应很快，开始组织抵抗，然而没过多久，抵抗就停止了，城内一片平静。

对于这个不同寻常的变化，努尔哈赤并不惊讶，因为这一切，都在他的计划之中。

很快，他就见到了计划中的那颗关键棋子——李永芳。

李永芳，是抚顺城的守将之一，简单介绍一下——是个叛徒。

他出卖抚顺城，所换来的，是副将的职称，和努尔哈赤的一个孙女。

抚顺失陷了，努尔哈赤抢到了所有能够抢到的财物、人口，明朝遭受了重大损失。

明军自然不肯甘休，总兵张承胤率军追击努尔哈赤，却遭遇皇太极的伏兵，阵亡，全军覆没。

抚顺战役，努尔哈赤掠夺了三十多万人口、牛马，获得了前所未有的财富，但这一切，只是个开始。

对努尔哈赤而言，继续抢下去，有很多的理由。

女真部落缺少日常用品，拿东西去换太麻烦，发展手工业不靠谱，抢来得最快。而更重要的是，当时的女真正在闹灾荒，草地荒芜，野兽数量大量减少，这帮大爷又不耕地，粮食不够，搞得部落里怨声载道，矛盾激化。

所以继续抢，那是一举多得，既能够填补产业空白，又能解决吃饭问题，而且还能转嫁矛盾。

于是，万历四十六年七月，他再次出击，这次，他的目标是清河。

清河，就是今天的辽宁本溪，此地是通往辽阳、沈阳的必经之地，战略位置十分重要。

而清河的失陷过程也再次证明，努尔哈赤，实在是个狡猾狡猾的家伙。

七月初，他率军出征，却不打清河，反而跑到相反方向去闹腾。对外宣称是去打叶赫部，然后调转方向，攻击清河。

到了清河，也不开打，又是老把戏，先派奸细，打扮成商贩进了城，然后发动进攻，里应外合。清河人少势孤，守军一万余人全军覆没。

之后的事情比较雷同，城内的十几万人口被努尔哈赤全数打包带走。有钱、有奴隶、有粮食，空白填补了，粮食保证了，矛盾缓和了。

但他留下的，是一片彻底的白地，是无数被抢走口粮而饿死的平民，是无数家破人亡的惨剧，痛苦、无助。

无论什么角度、什么立场、什么观点、什么利益、什么目的、什么动机、什么想法、什么情感、什么理念，都应该承认一点，至少一点：

这是抢掠，是自私、无情、带给无数人痛苦的抢掠。

征服的荣光背后，是无数的悲泣与哀嚎。

第八章　萨尔浒

努尔哈赤是一位伟大的军事家，至少我是这样认为。

作为一名没有进过私塾、没有上过军校、没有受过系统军事训练的游牧民族首领，努尔哈赤懂得什么是战争，也懂得如何赢得战争。他的战役指挥水平，已经达到了炉火纯青的地步。

在抚顺、清河以及之后一系列的战役中，他表现出了惊人的军事天赋，无论是判断对方动向、选择战机，还是玩阴耍诈，都可谓是无懈可击。

毫无疑问，他是这个时代最杰出的军事将领——在那两个人尚未出现之前。

但对明朝而言，这位十分优秀的军事家，只是一名十分恶劣的强盗。不仅恶劣，而且残忍。

清河、抚顺战役结束后，抢够杀完的努尔哈赤非但没有歉意，不打收条，还做了一件极其无耻的事情。

他挑选了三百名当地平民，在抚顺关前，杀死了二百九十九人，只留下了一个。

努尔哈赤割下了这个人的耳朵，并让他带回一封信，以说明自己无端杀戮的理由：

“如果认为我做得不对，就约定时间作战！如果认为我做得对，你就送金银布帛吧，可以息事宁人！”

绑匪见得多了，但先撕票再勒索的绑匪，倒还真是第一次见。

明朝不是南宋，没有送礼的习惯。他们的方针，向来是不向劫匪妥协，何况是撕了肉票的劫匪。既然要打，那咱就打真格的。

万历四十七年（1619）三月，经过长时间的准备，明军集结完毕，向赫图阿拉发起进攻。

明军共分东、西、南、北四路，由四位总兵率领，统帅及进攻路线如下：

东路指挥官刘綎，自朝鲜进攻。

西路指挥官杜松，自抚顺进攻。

北路指挥官马林，自开原进攻。

南路指挥官李如柏，自清河进攻。

进攻的目标只有一个，赫图阿拉。

以上四路明军，共计十二万人，系由各地抽调而来，而这四位指挥官，也都大有来头。

李如柏的身份最高，他是李成梁的儿子，李如松的弟弟，但水平最低，你要说他不会打仗，比较冤枉；你要说他很会打仗，比较扯淡。

马林的父亲，是马芳。这个人之前没提过，但很厉害，厉害到他的儿子马林，本来是个文人，都当上了总兵。至于马先生的作战水平，相信你已经清楚。

这两路的基本情况如此，就指挥官来看，实在没什么戏。

但另外两路，就完全不同了。

东路指挥官刘綎，也是老熟人了，使一百二十多斤重的大刀，还“轮转如飞”，先打日本，后扫西南，“万历三大征”打了两大征，让他指挥东路，可谓志在必得。

但四路军中，最大的主力却并不是东路，最猛的将领也并不是刘綎。这两人殊荣，都属于西路军，以及它的指挥官，杜松。

杜松，陕西榆林人，原任陕西参将，外号杜太师。

前面提过，太师是朝廷的正一品职称，拿到这个头衔的，很少很少，除了张居正外，其他获得者一般都是死人、追认。

但杜将军得到的这个头衔，确确实实是别人封的，只不过……不是朝廷。

他在镇守边界的时候，经常主动出击蒙古，极其生猛，前后共计百余战，无一败绩。蒙古人被他打怕了，求饶又没用，听说明朝官员中太师最大，所以就叫他太师。

而杜将军不但勇猛过人，长相也过人。因为他常年冲锋肉搏，所以身上脸上到处都是伤疤，面目极其狰狞，据说让人看着就不住地打哆嗦。

但这位刘綎都甘拜下风的猛人，这次前来上任，居然是戴着镣铐来的，因为在不久之前，他刚犯了错误。

杜松虽然很猛，却有个毛病：小心眼。

所谓小心眼，一般是生气，跟别人过不去，可是让人哭笑不得的是，杜松先生小心眼，总是跟自己过不去。

比如之前，他曾经跟人吵架，以武将的脾气，大不了一气之下动家伙砍人，可是杜兄一气之下，竟然出家当和尚了。

这实在是个奇怪的事，让人怎么都想不明白，可还没等别人想明白，杜松就想明白了，于是又还俗，继续干他的杀人事业。

后来他升了官，到辽东当上了总兵，可是官升了，脾气一点儿没改。上阵打仗吃了亏（不算败仗），换了别人，无非写了检讨，下次再来。

可这位兄弟不知哪根筋不对，竟然要自杀，好歹被人拦住还是不消停，一把火把军需库给烧了，论罪被赶回了家。这一次是重返故里。

虽说过了这么多年，经历了这么多事，但他的同事们惊奇地发现，这人一点儿没改，刚到沈阳（明军总营）报到，就开始咋呼：

“我这次来，就是活捉努尔哈赤的，你们谁都别跟我抢！”

又不是什么好事，谁跟你抢？

事实也证明，这个光荣任务，没人跟他抢，连刘綎都不敢，于是最精锐的西路军，就成为了他的部属。

以上四路明军，共计十二万人，大致情况也就是这样。大明人多，林子太大，什么人都有，什么鸟都飞，混人、文人、猛人，一应俱全。

说漏了，还有个鸟人——辽东经略杨镐。

杨镐，是一个出过场的人。说实话，我不太想让这人再出来，但可惜的是，我不是导演，没有换演员的权力。

作为一个无奈的旁观者，看着它的开幕和结束，除了叹息，只有叹息。

参战明军由全国七省及朝鲜、叶赫部组成，并抽调得力将领指挥，全军共十二万人，号称四十七万，这是自土木堡之变以来，明朝最大规模的军事行动。

要成事，需要十二万人，但要坏事，一个人就够了。

从这个角度讲，杨镐应该算是个很有成就的人。

自从朝鲜战败后，杨镐很是消停了一阵。但这个人虽不会搞军事，却会搞关系，加上他本人还比较老实，二十年后，又当上了兵部左侍郎兼都察院右都御史。此外，他还加入了组织——浙党。

当时的朝廷首辅，是浙党的铁杆方从哲。浙党的首辅，自然要用浙党的将领，于是这个光荣的任务，就落在了杨镐的身上。

虽然后来许多东林党拿杨镐说事，攻击方从哲，但公正地讲，在这件事上，方先生也是个冤大头。

我查了一下，杨镐兄的出生年月日不详，但他是万历八年（1580）的进士，考虑到他的智商和表现，二十岁之前考中的可能性实在很小，三十而立、四十不惑都是有可能的。

如此算来，万历四十七年（1619）的时候，杨大爷至少也有六十多了。在当时的武将中，资历老、打过仗的，估计也就他了。

方首辅没有选择的余地。

所以，这场战争的结局，也没有选择的余地。

万历四十七年（1619）二月二十一日，杨镐坐镇沈阳，宣布出兵。

下令后不久，回报：

今天下大雨，走不了。

走不了，那就休息吧。

这一休息就是四天。二月二十五日，杨镐说，今天出兵。

下令后不久，又回报：

辽东地区降雪，道路模糊，请求延后。

几十年来，杨镐先生虽说打仗是不太行，做人倒还行，很少跟人红脸，对于合理化建议，他也比较接受，既然下大雨延期他能接受，下大雪延期，似乎也没什么问题。

在这个世界上，好人不怕，坏人也不怕，就怕时好时坏、无端抽风的人。

杨镐偏偏就是个抽风的人，不知是哪根筋有问题，突然发火了：

“国家养士，只为今日，若临机推阻，军法从事！”

完事把上方宝剑挂在门外，那意思是，谁敢再说话，来一个干一个。

窝囊了几十年，突然雄起，也算可喜可贺。

然而，接下来发生的一幕，就让杨先生雄不起来了。

按照惯例，出师之前，要搞个仪式，一般是找个叛徒、汉奸类的人物杀掉祭旗，然后再杀几头牲口祭天。

祭旗的时候，找了抚顺的一个逃兵，一刀下去，干掉了，可祭天的时候，却出了大问题。

事实证明，有时候，宰牲口比宰人要难得多，祭天的这头牛，不知是牛魔王下凡，还是杀牛刀太钝，反正是用刀捅、用脚踹，折腾了好几次，才把这头牛干掉。

封建社会，自然要搞点儿封建迷信，祭天的时候出了这事，大家都议论纷纷，然而杨镐先生却突然超越了时代，表现出了不信鬼神的大无畏精神。他坚定地下达了命令：

出征！

然后，他就干了件蠢事，一件蠢得让人毛骨悚然的事。

在出征之前，杨镐将自己的出征时间、出征地点、进攻方向写成一封信，并托人送了出去，还反复叮嘱，必定要保证送到。

收信人的名字，叫努尔哈赤。

对于他的这一举动，许多后人都难以理解，还有人认为，他有汉奸的嫌疑。

但我认为，以杨镐的智商，做出这样的事情，实在是不奇怪的。

在杨镐看来，自己手中有十二万大军，努尔哈赤下属的全部兵力，也只有六万，手下的杜松、刘綎，身经百战、经验丰富，要对付山沟里的这帮游击队，毫无问题。

基于这种认识，杨镐认为，作为天朝大军，写这封信，是很有必要的。

在成功干掉一头牛，以及写信示威之后，四路大军正式出征，史称“萨尔浒之战”，就此拉开序幕。

但在序幕拉开之前，战役的结局，实际上已经注定。

因为几百年来几乎所有的人，都忽略了一个基本的问题：单凭这支明军，是无法消灭努尔哈赤的。

努尔哈赤的军队，虽然只有六万人，却身经百战，极其精锐，且以骑兵为主。明军就不同了，十二万人，来自五湖四海，那真叫一个东拼西凑，除杜松、刘綎部外，战斗力相当不靠谱。

以指挥水平而论，就更没法说了。要知道，这位努尔哈赤先生并不是山寨的土匪，当年跟着李成梁混饭吃，那是见过大世面的，加上这位仁兄天赋异禀，极具军事才能。如果李如松还活着，估计还有一拼，以杜松、刘綎的能力，是顶不住的。

实力，这就是失败的真相。

杨镐的错误，并不是他干了什么，而是他什么也没干。

其实从他接手的那天起，失败就已注定，因为以当时明军的实力，要打赢是不容易的，加上他老人家，那就变成是不可能的。

可惜这位大爷对此毫无意识，还把军队分成了四部。

在这四支部队中，他把最精锐的六万余人交给了杜松，由其担任先锋。其余三部各两万人，围攻努尔哈赤。

这个想法，在理论上是很合理的，但在实践中，是很荒谬的。

按照杨镐的想法，仗是这么打的：努尔哈赤要待在赫图阿拉，不许随便乱动，等到明朝四路大军压境，光荣会师，战场上十二万对六万（最好分配成两个对一个），也不要骑马，只能步战，然后决一死战，得胜回朝。

有这种脑子的人，只配去撞墙。

要知道，努尔哈赤先生的日常工作是游击队长，抢了就分，打了就跑，也从来不修碉堡炮楼、严防死守。

这就意味着，如果努尔哈赤集中兵力，杜松将不具备任何优势，再加上杜将军的脑筋向来缺根弦，和努尔哈赤这种老狐狸演对手戏，必败无疑。

而当努尔哈赤听到明军四路进军的消息后，只说了一句话：

“凭尔几路来，我只一路去。”

我仿佛看见，一出悲剧正上演，剧中没有喜悦。

二月二十八日，明军先锋杜松抵达抚顺近郊。

为了抢头功，他命令士兵日夜不停行军，但由于路上遭遇女真部队阻击，辎重落后。二月[illegible]日，他终于停下了脚步，就地扎营。

他扎营的地点，叫做萨尔浒。

死战

此时的杜松，已经有点儿明白了，自他出征以来，大仗没有，小仗没完，今天放火、明天偷袭，后勤也被切断，只能扎营固守。

多年的战争经验告诉他，敌人就在眼前，随时可能发动进攻，情况非常不利。部下建议，应撤离此地。

但他并未撤退，却将手下六万人分为两部，分别驻守于吉林崖和萨尔浒。

杜松并未轻敌，事实上，他早已判定，隐藏在自己附近的，是女真军队的主力，且人数至少在两万以上。

以自己目前的兵力，攻击是不可能的，但防守还是不成问题的，所以没有撤退的必要。

应该说，他的判断是准确的，只不过埋伏在这里的，并不是女真部队的主力，而是全部。

西路大军出发的时候，努尔哈赤已经明确，真正的主力，是杜松的西路军。所以他即刻动员全部兵力，向抚顺前进，寻求决战。

当然，在决战之前，他还要玩点儿老把戏，摸哨、夜袭、偷粮食之类的活没少干，等到杜松不堪骚扰，在萨尔浒扎营的时候，他已然是胜券在握。

接下来发生的一切，已无悬念。

三月二日，努尔哈赤发动八旗中的六旗，共计四万余人，猛攻明军萨尔浒大营。明军寡不敌众，全军覆没。

站在吉林崖大营的杜松，亲眼看到了萨尔浒的覆灭。他一言不发，穿上了自己的盔甲，集合了剩余的士兵，准备迎接最后的战斗。

努尔哈赤再次发动了进攻，这一次，他带齐了八旗的全部兵力，向吉林崖发动了总攻。

面对绝对优势的敌人，杜松毫无畏惧，他率领明军拼死作战，激战直至夜晚，重创敌军。

然而实力就是实力，勇猛无畏的杜松终究还是战死了，和他一起阵亡的，还有上万名宁死不屈的士兵。

西路明军就此全军覆没。

其实无论是决策错误，还是指挥错误，都已经不重要了。作为一名勇敢的将军，杜松已经尽到了自己的职责。

因为，他是战死的。

最先知道西路军覆没消息的，是马林。

因为此时，他距离萨尔浒只有几十里。

作为一个文人，马林没有实践经验，但再没经验，也知道大祸就要临头。

关键时刻，马林表现出了惊人的理论天赋，他将所部两万余人分为三部，互相呼应，并且挖掘壕沟，加强防御，等待着努尔哈赤的攻击。

无论从哪个角度讲，作为第一次上战场的将军，有如此表现，就算不错了。

可是不错是不够的。

一天之后，努尔哈赤发动了攻击。事实证明，马林的部署给他造成了相当大的麻烦，六万多人打了半天，一点儿进展都没有。努尔哈赤没有办法，竟然带了一千亲兵上阵冲锋，才打开突破口。

但马林同志的表现也就到此为止了，毕竟他面对的，是三倍于己的敌人。而作为文人，他的观念也有点儿问题，最后关头抛下了两个弟弟，自己先跑了。

北路马林军就此覆没。

西路军完了，北路军也完了，这个消息很快就传遍了辽东。

但东路的刘綎却对此毫不知情，因为他连路都没找到。

刘綎的运气相当不好（或者说是相当好），由于他的行军道路比较偏，走后不久就迷了路，敌人没找着他，当然，他也没找到敌人。

但这种摸黑的游戏没能持续多久。努尔哈赤已经擦掉了刀上的血迹，开始专心寻找刘綎。

三月初四，他找到了。

此时，刘綎的兵力只有一万余人，是努尔哈赤的四分之一。胜负未战已分。

然而，还在山谷中转悠的刘綎并没有听到震耳的冲杀声，却等来了一个使者，杜松的使者。

使者的目的只有一个：传达杜松的命令，希望刘綎去与他会合。

此时，杜松已经死去，所以这个使者，是努尔哈赤派人假冒的。

但是刘綎并没有上当，他当即回绝了使者的要求。

不过他回绝的理由，确实有点儿搞笑：

“我是总兵，杜松也是总兵，他凭什么命令我！”

这下连假使者也急了，连说带比画，讲了一堆好话，刘綎才最终同意，前去与杜松会师。

然后，他依据指引，来到了一个叫阿布达里岗的地方，这里距离赫图阿拉只有几十里。

在这里，他看见了杜松的旗帜和军队。

但当这支军队冲入队列，发动攻击时，他才知道自己上当了。

寡不敌众、深陷重围，必败无疑，必死无疑。

但刘綎仍然镇定地拔出了刀，开始奋战。

之后的一切，史书上是这样介绍的：

阵乱，刘綎中流矢，伤左臂，又战。

复伤右臂，犹鏖战不已。

内外断绝，面中一刀，截去半颊，犹左右冲突。

歼数十人而死。

用今天的话说，大致是这样：

阵乱了，刘綎中箭，左臂负伤，继续作战。

在战斗中，他的右臂也负伤了，依然继续奋战。

身陷重围无援，他的脸被刀砍掉了一半，依然继续奋战，左冲右杀。

最后，他杀死了数十人，战死。

这就是一个身陷绝境的将领的最后记录。

这是一段毫无感情，也无对话的文字，但在冷酷的文字背后，我听到了刘綎最后的遗言和呼喊：

宁战而死，绝不投降！

刘綎战死，东路军覆灭。

现在，只剩下南路军了。

南路军的指挥官，是李如柏。

因为他的部队速度太慢，走了几天，才到达预定地点，此时其他三路军已经全军覆没。

于是在坐等一天之后，他终于率领南路军光荣回朝，除因跑得过快，自相践踏死了点儿人外，毫发无伤。

就军事才能而言，他是四人之中最差的一个，但他的运气却实在很好，竟然能够全身而退。

或许这一切，并不是因为运气。

因为许多人都依稀记得，他是李成梁的儿子，而且他还曾经娶过一个女子，这位女子偏偏就是努尔哈赤的弟弟舒尔哈齐的女儿。

无论是运气太好还是太早知道，反正他是回来了。

但在战争，尤其是败仗中，活下来的人是可耻的，李如柏终究还是付出了代价。

回来后，他受到了言官的一致弹劾，而对于这样一个独自逃跑的人，所有人的态度都是一致的——鄙视。

偷生的李如柏终于受不了了，在这种生不如死的环境中，他选择了自尽，结束自己的生命。

萨尔浒大战就此结束，此战明军大败，死伤将领共计三百一十余人，士兵死伤四万五千八百七十余人，财物损失不计其数。

消息传回京城，万历震怒了。

我说过，万历先生不是不管事，是不管小事，打了这么个烂仗，实在太窝囊。

觉得窝囊了，自然要找人算账，几路总兵都死光了，自然要找杨镐。

杨镐倒是相当镇定，毕竟他的关系搞得好。自他回来后，言官弹劾不绝于耳，但有老上级兼老同党方从哲保着，他也不怎么慌。

可这事实在是太大了，皇帝下旨追查，言官拼命追打，特别是一个叫杨鹤的御史，三天两头上疏，摆明了是玩命的架势。那边努尔哈赤还相当配合，又攻陷了铁岭。几棍子抡下来，杨镐实在是扛不住了。

不久后，他被逮捕，投入诏狱，经审讯判处死刑，数年后被斩首。

责任追究完了，但就在追究责任的时候，努尔哈赤也没歇着，还乘势攻下了全国比较大的城市——铁岭。

至此，辽东北部全部被努尔哈赤占领，明朝在辽东的根据地，只剩下了沈阳和辽阳。

看上去，局势十分危急，但事实上，是万分危急。

萨尔浒之战后，明军陷入了彻底的混乱。许多地方不见敌人，听到风声就跑，老百姓跑，当兵的也跑，个别缺德的骑兵为了不打仗，竟然主动把马饿死。

而由于指挥系统被彻底打乱，朝廷的军饷几个月都无法发放，粮食也没有，对努尔哈赤而言，此地已经唾手可得。

但他终究没有得到，因为接替杨镐的人已经到任。他的名字，叫做熊廷弼。

熊廷弼，是个不讨人喜欢的家伙。

熊廷弼，字飞白，江夏（今湖北武汉）人，自小聪明好学，乡试考中第一，三十岁就成为进士，当上了御史。

可此人脾气太坏，坏到见谁和谁过不去，坏到当了二十年的御史都没升官。

他还有个嗜好——骂人，且骂得很难听，后来连他都察院的同事都受不了，压根儿不答理他，基本算是人见人厌。

但如果没有这个人见人厌的家伙，相信明朝差不多就可以收摊，下场休息去了。

万历四十七年（1619），萨尔浒大战后，在一片混乱之中，新任经略熊廷弼带着几个随从，进入了辽东。

他从京城出发的时候，开原还没有失陷，但当他到达辽东的时候，连铁岭都丢掉了。

等他到达辽阳的时候，才发现，明朝仅存的沈阳和辽阳，已几乎是一座空城。

他命令下属前往沈阳，稳定局势，叫来一个，竟然吓得直哭，打死都不敢去；再换一个，刚刚走出城，就跑回来了，说打死也不敢再走。

于是熊廷弼说：

"我自己去。"

他从辽阳出发，一路走一路看，遇到逃跑的百姓，就劝他们回去，遇到逃跑的士兵，就收编他们，遇到逃跑的将领，就抓起来。

就这样，到沈阳的时候，他已经集结了上万平民、数千名士兵，还有王捷、王文鼎等几位逃将。

安置了平民，整顿了士兵，就让人把逃将拉出去，杀头。

逃将求饶，说我们逃出来已经不容易了，何必要杀我们。

熊廷弼说：如果不杀你们，怎么对得起那些没有逃跑的人？

然后，他去见了李如桢。

李如桢是铁岭的守将，但后金军队进攻的时候，他却一直待在沈阳。

不但一直待在沈阳，铁岭被敌军攻击的时候，他连救兵都不派，坐视铁岭失守，让人十分费解，不知是反应迟钝，还是另有密谋。

熊廷弼倒不打算研究这个问题，他只是找来这位仁兄，告诉他：你给我滚。

李如桢当时还是总兵，不是说免就能免的，可熊廷弼实在太过凶恶，李总兵当即就滚了，回去后又挨了熊廷弼的弹劾，最后被关入监狱，判处死刑（后改充军）。

至此，一代名将李成梁的光荣世家彻底完结，除李如松外，都没啥好下场，连老家铁岭都被当年手下的小喽啰努尔哈赤占据，可谓是干干净净、彻彻底底。

在当年的史料记载中，李成梁的事迹可谓数不胜数，和他同时期的戚继光，几乎完全被他的光芒所掩盖。

但几百年后，戚继光依然光耀史册，万人景仰，而李成梁，却几乎已不为人知。

我知道，历史只会夸耀那些值得夸耀的人。

当所有人都认为，熊廷弼的行动已告一段落时，他却又说了一句话：

"我要去抚顺。"

大家认为熊廷弼疯了。

当时的抚顺，已经落入努尔哈赤的手中，以目前的形势，带几个人去抚顺，无疑就是送死。

但熊廷弼说，努尔哈赤认定我不敢去，所以我现在去，反而是最安全的。

说是这么说，但敢不敢去，那是另外一码事。

熊廷弼去了，大家战战兢兢，他却毫不惊慌，优哉游哉地转了一圈。

当所有人都胆战心惊的时候，他又下了个让人抓狂的命令：吹号角。

随行人员快要疯了，这就好比是孤身闯进山贼的山寨，再大喊抓贼。偷偷摸摸地来，你还大声喧哗，万一人家真的冲出来，你怎么办？

但命令是必须执行的，人来了，号角吹了，后金军却一动不动。熊廷弼大摇大摆地回了家。

几天后，努尔哈赤得知了事情的真相，非但不恼火，反而派人堵住了抚顺进出的关口，严令死守，不得随意出击。

努尔哈赤之所以表现得如此低调，只是因为他和头号汉奸李永芳的一次对话。

当熊廷弼到来的消息传到后金时，李永芳急忙跑去找努尔哈赤，告诉他，这是个猛人。

努尔哈赤不以为然：辽东已经到了这个地步，这蛮子（后金对明朝将领的通称）就是再厉害，也只有一个人，如何挽回危局？

李永芳回答：只要有他，就能挽回危局！

此后发生的一切，都证明了李永芳的判断。只用了短短几个月，熊廷弼就稳定了局势。此后他一反常态，除了防御外，还组织了许多游击队，到后金占领地区进行骚扰，搞得对方疲于奔命，势头非常凶猛。

于是，努尔哈赤决定，暂时停止对明朝的进攻，休养生息，等待时机。

这个时机的期限，只有一年。

然而，正是这关键的一年挽救了明朝。因为此时的朝廷，即将发生几件惊天动地的大事。

在很多的史书中，万历中后期的历史基本上是这个样子：皇帝老休息，朝政无人管，大臣无事干。

前两条或许是正确的，但第三条是绝对不正确的。

隐藏在平静外表下的，是无比激烈的斗争。而斗争的主角，是东林党。

在许多人的印象中，东林党是道德与正义的象征，一群胸怀理想的知识分子，为了同一个目标，走到一起来了。他们怀揣着抱负，参与政治，并曾一度掌控政权，却因为被邪恶的势力坑害，最终失败。

我认为，这是一个比较客观的说法。但是，很多人忽略了一个问题，一个很有趣的问题：

一群只会读书的书呆子、知识分子，是如何掌控政权的呢？

正义和道德是值得景仰的，值得膜拜的，值得三拜九叩的。但是，正义和道德不能当饭吃，不能当衣服穿，更不可能掌控朝廷。

因为掌控朝廷的唯一方式，就是斗争。

第九章　东林党的实力

道德文固然有趣，却是无法解决问题的。

最先认识到这一点的人，应该是顾宪成。

在万历二十一年（1593）的那次京察中，吏部尚书孙鑨——撤职了，考功司郎中赵南星——回家了，首辅王锡爵——辞职了，而这事幕后的始作俑者，从五品的小官，考功司员外郎顾宪成——升官了（吏部文选司郎中）。

升官了还不说，连他的上级，继任吏部尚书陈有年，也都是他老人家安排的，甚至后来回无锡当老百姓，他依然对朝廷动向了如指掌。李三才偷看信件，王锡爵打道回府，朝廷的历任首辅，在他眼中不是木偶，就是婴儿。

这是一团迷雾，迷雾中的一切，似乎和他有关系，又似乎没有关系。

拨开这团迷雾之后，我看到了一样东西——实力。

顾宪成的实力，来自于他的官职。

在吏部中，最大的是尚书（部长），其次是侍郎（副部长），再往下就是四个司的郎中（司长），分别是文选司、验封司、稽勋司、考功司。

但是，这四个司的地位是不同的，而其中最厉害的，是文选司和考功司，文选司负责人事任免，考功司负责官员考核。这两个司的官员向来无人敢惹，升官还是免职，发达还是破产，那就是一句话的事。

相对而言，验封司、稽勋司就一般了，一般到不用再介绍。

有鉴于此，明代的吏部尚书和侍郎，大都由文选司和考功司的郎中接任。

而顾宪成先生的升迁顺序是：吏部考功司主事——考功司员外郎（副职）——文选司郎中。

这就意味着，那几年中，大明的所有官员（除少数高官），无论是升迁，还是考核，都要从顾宪成手底下过，即使不过，也要打个招呼，就是不打招呼，也得混个脸熟。

此外，我们有理由相信，顾宪成大人也是比较会来事的，因为一个不开窍的书呆子，是混不了多久的。

在这个世界上，实力和道德，经常是两码事。

东林之中，类似者还有很多，比如李三才。

李三才先生的职务，之前已经说过，是都察院佥都御史，巡抚凤阳，兼漕运总督。

都察院佥都御史多了去了，凤阳是个穷地方，不巡也罢，真正关键的职务，是最后那个。

自古以来，漕运就是经济运转的主要途径，基本算是坐地收钱，肥得没边。普天之下，唯一可以与之相比的，只有盐政。

坐在这个位置上，要想不捞外快，一靠监督，二靠自觉。

很可惜，李三才不自觉。从种种史料分析，他很有钱，有钱得没个谱，请客吃饭，都是大手笔。

至于监督，那就更不用说了。这位李先生本人就是都察院的御史，自己去检举自己，估计他还没这个觉悟。

作为东林党的重量级人物，李三才在这方面的名声，那真是相当的大。大到几十年后，著名学者夏允彝到凤阳寻访，还能听到相关事迹，最后还叹息一声，给了个结论——负才而守不洁。

列举以上两人，只是为了说明一点：

东林，是书院，但不仅仅是书院；是道德，但不仅仅是道德。它是一个有实力、有能力、有影响力、有斗争意识的政治组织。

事实上，它的能量远远超出你的想象。

明白了这一点，你就会发现，那段看似平淡无奇的历史，每一分、每一秒，都是你死我活的争斗。

争斗的方式，是京察。

万历二十一年（1593），顾宪成失望地回家了，他虽费尽气力，却终究未能解决对手，京察失败。

但这一切，仅仅是个开始。

十二年后，即万历三十三年（1605），京察开始，主持者杨时乔，他的公开身份，是吏部左侍郎，他的另一个公开身份，是东林党。

当时的首辅，是浙党首领沈一贯，对于这位东林党下属，自然很不待见，于是，他决定换人。

沈一贯是朝廷首辅，杨时乔只是吏部二把手，然而意外发生了，虽然沈大人上蹿下跳，连皇帝的工作都做了，却依然毫无用处。杨侍郎该怎么来，还怎么来，几板斧抡下来，浙党、齐党、楚党、宣党……反正非东林党的，统统下课，沈一贯拼了老命，才算保住几个亲信。

那么现在，请你再看一遍之前列举过的几条史料，玄机就在其中：

万历三十三年，京察，沈一贯亲信以及三党干将被逐。

万历三十五年（1607），沈一贯退休回家。

同年，王锡爵的密信被李三才揭发，复出无望。

一年后，东林派叶向高成为首辅，开始执掌朝廷大权。

是的，这一切的一切，不是偶然。

而最终要获得的，正是权力。

权力已经在握，但还需要更进一步。

万历三十九年（1611），辛亥京察，主持人吏部尚书孙丕杨，东林党。

此时的首辅已经是叶向高了，东林党人遍布朝廷，对于那些非我族群而言，清理回家之类的待遇估计是免不了了。

然而一个人的掺和，彻底改变了这一切。这个人就是李三才。

此时的李三才已经升到了户部尚书，作为东林党的干将，他将进入内阁，更进一步。

算盘大致如此，可打起来就不是那么回事了。

听说李三才要入阁，朝廷顿时一片鸡飞狗跳，闹翻了天，主要原因在于李先生的底子不算干净，许多人对他有意见。

而更重要的是，这人实在太猛、太有能力，东林党已经如此强大，如果再让他入阁，三党的人估计就只能集体歇业了。

于是，一场空前猛烈的反击开始。

明代的京察，按照地域，分为南察和北察。北察由尚书孙丕杨负责，而南察的主管者，是吏部侍郎史继楷，三党成员。他选定的考察对象都是同一个类型——支持李三才的人。

很快，浙、楚、齐三党轮番上阵，对李三才发起了最后的攻击。他们的动机十分明确，明确到《明神宗实录》都写了出来——“攻淮（李三才）则东林必救，可布一网打尽之局”。

在集中火力打击之下，李三才没能顶住，回家养老去了。

但就整体而言，此时的东林党依然占据着优势，叶向高执政，东林党掌权，非常强大，强大得似乎不可动摇。

然而就在此时，强大的东林党，犯了一个致命的错误。

一直以来，东林党的指导思想，是我很道德，强大之后，就变成了你不道德。工作方针，原先是党同伐异，强大之后，就变成了非我族类，其心必异。总而言之，不是我的同党，就是我的敌人。

这种只搞单边主义的混账做法，最终导致了一个混账的结果：

在东林党人的不懈努力下，齐、浙、楚三党终于抛弃了之前的成见，团结一致跟东林党死磕了。

他们的折腾，得到了立竿见影的回报：

万历四十二年（1614），叶向高退休回家。

万历四十五年（1617），京察开始，主持京察的，分别是吏部尚书郑继之、刑部尚书李志。

郑继之是楚党，李志是浙党。

有冤报冤，有仇报仇的时候到了，但凡是东林党，或者与东林党有关的人，二话不说，收拾包袱走人，这其中，还包括那位揭发了梃击案真相的王之寀。

萨尔浒之战前，朝廷斗争情况大致如此。这场斗争的知名度相当小，但在历史上的地位相当重要，对明朝而言，其重要程度，基本等于努尔哈赤+皇太极+李自成+张献忠。

因为这是一场延续了几十年的斗争，是一场决定明朝命运的斗争。

因为在不久之后，东林党将通过一个人的帮助，彻底击败浙、齐、楚三党。

然后，土崩瓦解的三党将在另一个人的指挥下，实现真正的融合，继续这场斗争，而那时，他们将有一个共同的名字——阉党。

万历四十五年的京察，标志着东林党的没落，所谓东林党三大巨头，顾宪成已经死了，邹元标到处逛，赵南星家里蹲。

两大干将也全部消停，叶向高提早退休，李三才回家养老。

此时的首辅，是浙党的方从哲，此时的朝廷，是三党的天下。对东林党而言，前途似乎一片黑暗。

但新生的机会终会到来，因为一个人的死去。

万历四十八年（1620）七月二十一日，万历不行了。

高拱、张居正、申时行、李成梁、东林党、朝鲜、倭寇、三大征、萨尔浒、资本主义萌芽、不上朝、太子、贵妃、争国本、打闷棍。

我只能说，他这辈子应该比较忙。

关于这位兄弟的评论，我想了很久，很久，却是很久，很久，也想不出来。

你说他没干过好事吧，之前二十多年，似乎干得也不错。你说他软弱吧，他还搞了三大征，把日本鬼子赶回了老家。你说他不理朝政吧，这几十年来哪件大事他不知道？

一个被张居正压迫过的人，一个勤于政务的人，一个被儿子的问题纠缠了几十年的人，一个许多年不见大臣、不上班的人，一个终生未出京城，生于深宫、死于深宫的人。

一个复杂得不能再复杂的人，一个简单得不能再简单的人。

于是，我最终懂得了这个人。

一个热血沸腾的青年，一个励精图治的君主，一个理想主义者，在经历残酷的斗争，无休止的吵闹，无数无效的抗争，无数无奈的妥协后，最终理解了这个世界，理解了现实的真正意义，并最终成为了这个世界的牺牲品。

大致如此吧。

明神宗朱翊钧，万历四十八年逝世，年五十八岁。

在这个残酷的世界面前，他还不够勇敢。

明光宗朱常洛

虽然几十年来，万历都不喜欢自己的长子朱常洛，但在生命的最后一刻，他终于作出了抉择，将皇位传给了这个久经考验的儿子。

担惊受怕几十年的朱常洛终于熬出头了。万历四十八年（1620）八月一日，朱常洛正式登基，即后世所称之明光宗，定年号为泰昌。

由于此时还是万历年间，按照惯例，要等老爹这一年过完，明年才能另起炉灶，用自己的年号。

可几乎所有的人都没有想到，这个年号，竟然没能用上。

因为朱常洛活了三十八年，明光宗却只活了一个月。

一个撑了三十八年，经历无数风雨险阻到达目标的人，却在一个月中意外死亡，是很不幸的。

导致死亡与不幸的罪魁祸首，是郑贵妃。

郑贵妃

应该说，朱常洛是个好孩子，至少比较厚道。

几十年来，他一直夹着尾巴做人，目睹了父亲的冷漠、朝廷的冷清，感受到了国家的凋敝、时局的危险。

他不愿意再忍受下去。于是，当政后的第一天，他用几道谕令显示了自己的决心。

大致说来，他是把他爹没办的事给办了，包括兑现白条——给辽东前线的士兵发工资，废除各地矿税，以及补充空缺的官员。

这几件事情，办得很好，也很及时，特别是最后一条，把诸多被万历同志赶下岗的仁兄们拉了回来，实在是大快官心。于是一时之间，光宗的人望到达了顶点，朝廷内外无不感恩戴德，兴高采烈。

但有一个人不高兴，非但不高兴，而且很害怕。

万历死后，郑贵妃终于明白，自己是多么的虚弱，今日之城内，已是敌人之天下。所谓贵妃，其实也不贵，如果明光宗要对付她，贱卖的可能性是相当的大。

很快，一件事情就证明了她的判断。

考虑到万历死后不好办，之前郑贵妃软磨硬泡，让万历下了道遗嘱，讲明，一旦自己死后，郑贵妃必须进封皇后。

如此一来，等万历死后，她就成了太后，无论如何，铁饭碗是到手了。

明光宗看上去倒也老实，丝毫不赖账，当即表示，如果父皇如此批示，那就照办吧。

但他同时表示，这是礼部的事，我批下去，让他们办吧。

按说皇帝批下来就没问题了，可是礼部侍郎孙如游不知怎么回事，非但不办，还写了个奏疏，从理论、辈分、名分上论证了这件事，最后得出结论——不行。

光宗同志似乎也不生气，还把孙侍郎的奏疏压了下来，但封皇后这事再也没提。

郑贵妃明白了，这就是个托。

很明显，这位看上去很老实的人，实际上不怎么老实。既然如此，必须提前采取行动。

经过深思熟虑，她想出了一个计划，而这个计划的第一步，是一件礼物。

十天之后，她将这件礼物送给了朱常洛，朱常洛很高兴地收下了。

光宗皇帝的性命，就丢在了这份礼物上。

这份礼物，是八个美女。

对于常年在宫里坐牢，哪儿都不能去，啥也没有的朱常洛而言，这是一份丰厚的礼物。辛辛苦苦、畏畏缩缩了几十年，终于可以放纵一下了。

古语有云：一口吃不成胖子，但朱常洛应该算是不同凡响，他几天就变成了瘦子。在史料上，含蓄的文言文是这样描述的：

“是夜，连幸数人，圣容顿减。”

白天日理万机，晚上还要辛勤工作，身体吃不消，实在是件十分自然的事情。于是不久之后，朱常洛就病倒了。

这一天是万历四十八年（1620）八月十日。

计划的第二步即将开始实现，四天之后。

万历四十八年八月十四日。

皇帝的身体依然很差，身体差就该看医生，于是崔文升出场了。

崔文升，时任司礼监秉笔太监，前面曾经讲过，这是一个十分重要的职务，仅次于司礼监掌印太监。

可是这人来，并不是要给皇帝写遗嘱，而是看病。因为这位崔兄多才多能，除了能写外，还管着御药房，搞第二产业。

后来的事情告诉我们，第二产业是不能随便乱搞的。

诊断之后，崔大夫胸有成竹，给病人开了一服药，并且乐观地表示，药到病除。

他开的这服药，叫泻药。

一个夜晚辛勤工作，累垮了身体的人，怎么能服泻药呢？

所以后来很多史书都十分肯定地得出了结论：这是个蹩脚庸医。

虽然我不在现场，也不懂医术，但我可以认定：崔文升的诊断，是正确的。

因为之前的史料中，有这样六个字：是夜，连幸数人。

这句话的意思大家应该知道，就不解释了，但大家也应该知道，要办到这件事情，难度是很大的。对光宗这种自幼体弱的麻秆而言，基本就是个不可能的任务。

但是他完成了。

所以唯一的可能性是，他找了帮手，而这个帮手，就是药物。

是什么药物，大家心里也有数，我就不说了。这类药物在明代宫廷里，从来就是必备药。从明宪宗开始，到天天炼丹的嘉靖，估计都没少用。明光宗初来乍到，用用还算正常。

可这位兄弟明显是用多了，加上身体一向不好，这才得了病。

在中医理论中，服用了这种药，是属于上火，所以用泻药清火，也还算对症下药。

应该说，崔文升是懂得医术的，可惜，是半桶水。

根据当时史料反映，这位仁兄下药的时候，有点儿用力过猛，手一哆嗦，下大了。

错误是明显的，后果是严重的，光宗同志服药之后，一晚上拉了几十次，原本身体就差，这下子更没戏了，第二天就卧床不起，算彻底消停了。

崔大夫看病经历大致如此，就这么看上去，似乎也就是个医疗事故，虽说没法私了，但毕竟大体上没错，也没在人家身体里留把剪刀、手术刀之类的东西当纪念品，态度还算凑合。

可问题是，这事一冒出来，几乎所有的人都立刻断定，这是郑贵妃的阴谋。

因为非常凑巧，这位下药的崔文升，当年曾经是郑贵妃的贴身太监。

这真是跳进黄河也洗不清，要看病，不找太医，偏找太监，找了个太监，偏偏又是郑贵妃的人，这太监下药，偏又下猛了，说他没问题，实在有点儿困难。

对于这件事情，你说它不是郑贵妃的计划，我信，因为没准儿就这么巧。说它是郑贵妃的计划，我也信，因为虽说下药这招十分拙劣，谁都知道是她干的，但以郑贵妃的智商，以及从前表现，这种蠢事，她是干得出来的。

无论动机如何，结果是肯定的，明光宗已经奄奄一息，一场惊天大变即将拉开序幕。

但这一切还不够，要达到目的，这些远远不够，即使那个人死去，也还是不够。

必须把控政权，把未来所有的一切，都牢牢抓在手中，才能确保自己的利益。

于是在开幕之前，郑贵妃找到了最后一个同盟者。

这位同盟者的名字，不太清楚。

目前可以肯定的是，她姓李，是太子的嫔妃。

当时太子的嫔妃有以下几种：大老婆叫太子妃，之后分别是才人、选侍、淑女等。

而这位姓李的女人，是选侍，所以在后来的史书中，她被称为“李选侍”。

李选侍应该是个美女，至少长得还不错，因为皇帝最喜欢她，而且皇帝的儿子，那个未来的天才木匠——朱由校，也掌握在她的手中。正是因为这一点，郑贵妃找上了她。

就智商而言，李选侍还算不错（相对于郑贵妃）；就人品而言，她和郑贵妃实在是相见恨晚。经过一番潜规则后，双方达成协议，成为了同盟，为了不可告人的目的。

现在一切已经齐备，只等待着一个消息。

所有的行动，将在那一刻展开；所有的野心，将在那一刻实现。

小人物

目标就在眼前，一切都很顺利。

皇帝的身体越来越差，同党越来越多，帝国未来的继承人尽在掌握之中，在郑贵妃和李选侍看来，前方已是一片坦途。

然而，她们终究无法前进，因为一个微不足道的小人物。

明光宗即位后，最不高兴的是郑贵妃，最高兴的是东林党。

这是很正常的，从一开始，东林党就把筹码押在这位柔弱的太子身上，争国本、妖书案、梃击案，无论何时何地，他们都坚定地站在这一边。

现在回报的时候终于到了。

明光宗非常够意思，刚上任，就升了几个人的官，这些人包括刘一璟、韩爌、周嘉谟、邹元标、孙如游等。

这几个人估计你不知道，其实也不用知道，只要你知道这几个人的职务，就能明白，这是一股多么强大的力量。

刘一璟、韩爌，是东阁大学士，内阁成员，周嘉谟是吏部尚书，邹元标是大理寺丞，孙如游是礼部侍郎。当然，他们都是东林党。

在这群人中，有内阁大臣、人事部部长、法院院长、部级高官，然而，在后来那场你死我活的斗争中，他们只是配角，真正力挽狂澜的人，是一个看似微不足道的小人物。

这个人的名字，叫做杨涟。

杨涟，字文孺，号大洪，湖广（湖北）应山人，万历三十五年（1607）进士，任常熟知县，后任户科给事中、兵科给事中。

这是一份很普通的履历，因为这人非但当官晚，升得也不快，明光宗奄奄一息的时候，也才是个七品给事中。

但在这份普通履历的后面，是一个不普通的人。

上天总是不公平的，有些人天生就聪明，天生就牛，天生就是张居正、戚继光，而绝大多数平凡的人，天生就不聪明，天生就不牛，天生就是二傻子，没有办法。

但上天依然是仁慈的，他给出了一条没有天赋，也能成功的道路。

对于大多数平凡的人而言，这是最好的道路，也是唯一的道路，它的名字，叫做纯粹。

纯粹的意思，就是专心致志、认真、一根筋、二杆子，等等。

纯粹和执著，也是有区别的。所谓执著，就是不见棺材不掉泪；而纯粹，是见了棺材，也不掉泪。

纯粹的人，是这个世界上最可怕的人。他们的一生，往往只有一个目标。为了达到这个目标，他们可以不择手段，不顾一切；他们无法被收买，无法被威逼，他们不要钱，不要女色，甚至不要权势和名声。

在他们的世界里，只有一个目标，以及坚定的决心和意志。

杨涟，就是一个纯粹的人。

他幼年的事迹并不多，也没有什么砸水缸之类的壮举，但从小就为人光明磊落，还很讲干净，干净到当县令的时候，廉政考核全国第一。此外，这位仁兄也是个不怕事的人。比如万历四十八年（1620），万历生病，半个月不吃饭，杨涟听说了，也不跟上级打招呼，就跑去找首辅方从哲：

“皇上生病了，你应该去问安。”

方首辅胆子小，脾气也好，面对这位小人物，丝毫不敢怠慢：

“皇上一向忌讳这些问题，我只能去问宫里的内侍，也没消息。”

朝廷首辅对七品小官，面子是给足了，杨先生却不要这个面子，他先举了个例子，教育了首辅大人，又大声强调：

“你应该多去几次，事情自然就成了！（自济）”

末了，还给首辅大人下了个命令：

“这个时候，你应该住在内阁值班，不要到处走动！”

毫无惧色。

根据以上史料，以及他后来的表现，我们可以认定：在杨涟的心中，只有一个目标——为国尽忠，匡扶社稷。

事实上，在十几天前的那个夜晚，这位不起眼的小人物，就曾影响过这个帝国的命运。

万历四十八年七月二十一日，夜，乾清宫。

万历就快撑不住了，在生命的最后时刻，他反省了自己一生的错误，却也犯下了一个十分严重的错误——没有召见太子。

一般说来，皇帝死前，儿子应该在身边，除了看着老爹归西、嚎几声壮胆以外，还有一个重要意义——确认继位。

虽说太子的名分有了，但中国的事情一向难说，要不看着老爹走人，万一隔天突然冒出几份遗嘱，或是几个顾命大臣，偏说老头子临死前改了主意，还找人搞了公证，这桩官司可怎么打？

但不知万历兄是忘了，还是故意的，反正没叫儿子进来。

太子偏偏是个老实孩子，明知老头子不行了，又怕人搞鬼，在宫殿外急得团团转，可就是不敢进去。

关键时刻，杨涟出现了。

在得知情况后，他当机立断，派人找到了一个极为重要的人物——王安。

王安，时任太子侍读太监，在明代的历史中，这是一个重量级人物。此后发生的一系列事件里，他都起着极为关键的作用。

而在那个夜晚，杨涟只给王安带去了一句话，一句至关紧要的话：

“皇上已经病得很重了（疾甚），不召见太子，并不是他的本意。太子应该主动进宫问候（尝药视膳），等早上再回去。”

这就是说，太子您之所以进宫，不是为了等你爹死，只是进去看看，早上再回去嘛。

对于这个说法，太子十分满意，马上就进了宫，问候父亲的病情。

当然，第二天早上，他没回去。

朱常洛就此成为了皇帝，但杨涟并没有因此获得封赏，他依然是一个不起眼的给事中。不过，这对于杨先生而言，实在是个无所谓的事。

他平静地回到暗处，继续注视着眼前的一切。他很清楚，真正的斗争才刚刚开始。

事情正如他所料，崔大夫开了泻药，皇帝陛下拉得七荤八素，郑贵妃到处活动，李选侍经常串门。

当这一切被组合起来的时候，那个无比险恶的阴谋已然暴露无遗。

形势十分危急，不能再等待了。

杨涟决定采取行动，然而现实很残酷：他的朋友虽然多，却很弱小；他的敌人虽然少，却很强大。

周嘉谟、刘一璟、韩爌这拨人，级别固然很高，但毕竟刚上来，能量不大。而郑贵妃在宫里几十年，根基极深，一手拉着李选侍，一手抓着皇长子，屁股还拼命往皇太后的位置上凑。

按照规定，她应该住进慈宁宫，可这女人脸皮相当厚，死赖在乾清宫不走，看样子是打算长住。

因为乾清宫是皇帝的寝宫，可以监视皇帝的一举一动，一旦光宗同志有啥三长两短，她必定是第一个采取行动的人。那时，一切都将无可挽回。

而要阻止这一切，杨涟必须做到两件事情。首先，他要把郑贵妃赶出乾清宫；其次，他要把郑贵妃当太后的事情彻底搅黄。

这就是说，先要逼郑老寡妇搬家，再把万历同志临死前封皇后的许诺当屁放，把郑贵妃翘首企盼的申请拿去垫桌脚。

杨涟先生的职务，是七品兵科给事中，不是皇帝。

事实上，连皇帝本人也办不了。光宗同志明明不喜欢郑贵妃，明明不想给她名分，也没法拍桌子让她滚。

这就是七品芝麻官杨涟的任务，一个绝对、绝对无法完成的任务。

但是他完成了，用一种匪夷所思的方式。

他的计划是，让郑贵妃自己搬出去，自己撤回当皇太后的申请。

这是一个看上去绝不可能的方案，却是唯一可能的方案。因为杨涟已经发现，眼前的这个庞然大物，有一个致命的弱点，只要伸出手指，轻轻地点一下，就够了。

这个弱点有个名字，叫做郑养性。

郑养性，是郑贵妃哥哥郑国泰的儿子，郑国泰死后，他成为了郑贵妃在朝廷中的联系人，平日十分嚣张。

然而，杨涟决定，从这个人入手。因为经过细致的观察，他发现，这是一个外强中干、性格软弱的人。

万历四十八年（1620）八月十六日，杨涟直接找到了郑养性，和他一同前去的，还有周嘉谟等人。

一大帮子人上门，看架势很像逼宫，而事实上，确实是逼宫。

进门也不讲客套，周嘉谟开口就骂：

“你的姑母（指郑贵妃）把持后宫多年，之前争国本十几年，全都是因为她。现在竟然还要封皇太后，赖在乾清宫不走，还给皇上奉送美女，到底有什么企图？！”

刚开始时，郑养性还不服气，偶尔回几句嘴，可这帮人都是职业选手，骂仗的业务十分精湛，说着说着，郑养性有点儿扛不住了。

白脸唱完了，接下来是红脸：

“其实你的姑母应该也没别的意思，不过是想守个富贵。现在朝中的大臣都在这里，你要听我们的话，这事就包在我们身上。”

红脸完了，又是唱白脸：

“要是不听我们的话，总想封太后，不会有人帮你！你总说没这想法，既然没这想法，就早避嫌疑！”

最狠的，是最后一句：

“如此下去，别说富贵，身家性命能否保得住，都未可知！”

郑养性彻底崩溃了。眼前的这些人，听到的这些话，已经打乱了他的思维。于是，他去找了郑贵妃。

其实就时局而言，郑贵妃依然占据着优势，她有同党，有帮手，如果赖着不走，谁也拿她没办法。什么富贵、性命，这帮闹事的书呆子，也就能瞎嚷嚷几句而已。

然而关键时刻，郑贵妃不负白痴之名，再次显露她的蠢人本色，在慌乱的外甥面前，她也慌乱了。

经过权衡利弊，她终于作出了决定：搬出乾清宫，不再要求当皇太后。

至此，曾经叱咤风云的郑贵妃，正式退出了历史舞台。这位大妈费尽心机，折腾了三十多年，却啥也没折腾出来。此后，她再也没能翻过身来。

这个看似无比强大的对手，就这样，被一个看似微不足道的人，轻而易举地解决了。

但在杨涟看来，这还不够，于是三天之后，他把目标对准了另一个人。

万历四十八年八月十九日，杨涟上疏，痛斥皇帝。

杨先生实在太纯粹，在他心中，江山社稷是第一位的，所以在他看来，郑大妈固然可恶，崔大夫固然可恨，但最该谴责的，是皇帝。

明知美女不应该收，你还要收；明知春药不能多吃，你还要吃；明知有太医看病，你还要找太监，不是脑袋有病吧。

基于愤怒，他呈上了那封改变他命运的奏疏。

在这封奏疏里，他先谴责了蹩脚庸医崔文升，说他啥也不懂就敢乱来，然后笔锋一转，对皇帝提出了尖锐的批评——勤劳工作，不爱惜自己的身体。

必须说明的是，杨先生不是在拍马屁，他的态度是很认真的。

因为在文中，他先暗示皇帝大人忙的不是什么正经工作，然后痛骂崔文升，说他如何没有水平，不懂医术，最后再转回来：就这么个人，但您还是吃他的药。

这意思是说，崔大夫已经够没水平了，您比他还要差。

所以这封奏疏刚送上去，内阁就放出话来，杨先生是没有好下场的。

三天后，这个预言得到了印证。

明光宗突然派人下令，召见几位大臣，这些人包括方从哲、周嘉谟、孙如游，当然，还有杨涟。此外，他还命令，锦衣卫同时进宫，听候指示。

命令一下来，大家就认定，杨涟要完蛋了。

因为在这拨人里，方从哲是首辅，周嘉谟是吏部尚书，孙如游是礼部尚书，全都是部级干部，只有杨涟先生，是七品给事中。

而且会见大臣的时候，召集锦衣卫，只有一种可能——收拾他。

由于之前的举动，杨涟知名度大增，大家钦佩他的人品，就去找方从哲，让他帮忙求个情。

方从哲倒也是个老好人，找到杨涟，告诉他，等会儿进宫的时候，你态度积极点儿，给皇上磕个头，认个错，这事就算过去了。

但是杨涟的回答，差点儿没让他一口气背过去：

“死就死（死即死耳），我犯了什么错？！”

旁边的周嘉谟连忙打圆场：

“方先生（方从哲）是好意。”

可到杨先生这里，好意也不好使：

“知道是好意，怕我被人打死。要得了伤寒，几天不出汗，也就死了，死有什么可怕！但要我认错，绝无可能！”

就这样，杨涟雄赳赳气昂昂地进了宫，虽然他知道，前方等待着他的，将是锦衣卫的大棍。

可是他错了。

那位躺在床上，病得奄奄一息的皇帝陛下非但没有发火，反而和颜悦色说了这样一句话：

“国家的事情，全靠你们尽心为我分忧了。”

虽然称呼是复数，但他说这句话的时候，眼睛只看着杨涟。

这之后，他讲了许多事情，从儿子到老婆，再到郑贵妃。最后，他下达了两条命令：

一、赶走崔文升。

二、收回封郑贵妃为太后的谕令。

这意味着，皇帝陛下听从了杨涟的建议，毫无条件、毫无抱怨。

当然，对于他而言，这只是个顺理成章的安排。

但他绝不会想到，他这个无意间的举动，将对历史产生极重要的影响。

因为他并不知道，此时此刻，在他对面的那个人心中的想法。

从这一刻起，杨涟已下定了决心——以死相报。

一直以来，他都只是个小人物，虽然他很活跃、很有抱负，声望也很高，他终究只是小人物。

然而眼前的这个人，这个统治天下的皇帝，却毫无保留地尊重，并认可了自己的情感、抱负，以及纯粹。

所以他决定，以死相报，至死不休。

这种行为，不是愚忠，不是效命，甚至也不是报答。

它起源于一个无可争议、无可辩驳的真理：

士为知己者死。

这一天是万历四十八年（1620）八月二十二日，明光宗活在世上的时间，还有十天。

这是晚明历史上最神秘莫测的十天。一场更为狠毒的阴谋，即将上演。

第十章　小人物的奋斗

八月二十三日。

内阁大学士刘一璟、韩爌照常到内阁上班。在内阁里，他们遇见了一个人。

这个人的名字叫李可灼，时任鸿胪寺丞，他来这里的目的，是要进献“仙丹”。

此时首辅方从哲也在场，他对这玩意儿兴趣不大，毕竟皇帝刚吃错药，再乱来，这个黑锅就背不起了。

刘一璟、韩爌更是深恶痛绝，但也没怎么较真儿，直接把这人打发走了。

很明显，这是一件小事，而小事是不应该过多关注的。

但某些时候，这个理论是不可靠的。

两天后，八月二十五日。

明光宗下旨，召见内阁大臣、六部尚书等朝廷重臣。此外，他特意叫上了杨涟。

对此，所有的人都很纳闷。

更让人纳闷的是，此后直至临终，他召开的每一次会议，都叫上杨涟。

毫无理由，也毫无必要，或许是他的直觉告诉他：这个叫杨涟的人，非常之重要。

他的直觉非常的准。

此时的光宗，已经是奄奄一息，所以，几乎所有的大臣都认定，今天的会议，将要讨论的，是关乎国家社稷的重要问题。

然而，他们没有想到，这次内阁会议的议题，只有一个——老婆。

光宗同志的意思是，自己的后妃李选侍，现在只有一个女儿，她伺候自己那么多年，太不容易，考虑给她升官，封皇贵妃。

此外，他还把皇长子朱由校领了出来，告诉诸位大人，这孩子的母亲也没了，以后，就让李选侍照料他。

在场的所有人都目瞪口呆。

明明您都没几天蹦头了，趁着脑袋还管用，赶紧干点儿实事，拟份遗嘱，哪怕找口好棺材，总算有个准备。竟然还想着老婆的名分，实在令人叹服。

在现场的人们看来，这是一个尊重妇女、至死不渝的模范丈夫。

但是事实并非如此。

八月二十六日。

出乎许多人的意料，明光宗再次下旨，召开内阁会议，与会人员包括内阁大臣及各部部长，当然还有杨涟。

会议与昨天一样，开得十分莫名其妙。这位皇帝陛下把人叫进来，竟然先拉一通家常，又把朱由校拉进来，说我儿子年纪还小，你们要多照顾等等。

这么东拉西扯，足足扯了半个时辰（一个小时），皇上也扯累了。正当大家认为会议即将结束的时候，扯淡又开始了。

如昨天一样，光宗再次提出，要封李选侍为皇贵妃。大家这才明白，扯来扯去不就是这件事吗？

礼部尚书孙如游当即表示，如果您同意，那就办了吧（亦无不可）。

然而就在此时，一件令人震惊的事情发生了。

一个人突然闯了进来，公然打断了会议，并在皇帝、内阁、六部尚书的面前，拉走了皇长子朱由校。

这个人，就是李选侍。

所有人都蒙了，没有人去阻拦，也没有人去制止。原因很简单，这位李选侍毕竟是皇帝的老婆，皇帝大人都不管，谁去管。

而更让人难以置信的是，很快，他们就听见了严厉的斥责声，李选侍的斥责声。她斥责的，是皇帝的长子。

于是，一个空前绝后的场面出现了。

大明帝国未来的继承人，被一个女人公然拉走，当众责骂，而皇帝、首辅、各部尚书，全部毫无反应，放任这一切的发生。

所有的人静静地站在那里，听着那个女人的责骂，直到骂声结束为止。

然后，尚未成年的朱由校走了进来。他带着极不情愿的表情，走到了父亲的身边，说出了这样一句话：

"要封皇后！"

谜团就此解开，莫名其妙的会议，东拉西扯的交谈，终于有了一个明确的答案——胁迫。

开会是被胁迫的，闲扯是被胁迫的。一个奄奄一息的丈夫，一个年纪幼小的孩子，要不胁迫一把，实在有点儿说不过去。

李选侍很有自信，因为她很清楚，这个软弱的丈夫不敢拒绝她的要求。

现在，她距离自己的皇后宝座，只差一步。

但是这一步，她到死都没迈过去。

因为就在皇长子刚说出那四个字的时候，另一个声音随即响起：

"皇上要封皇贵妃，臣必定会尽快办理！"

说这句话的人，是礼部尚书孙如游。

李选侍太过天真了，和朝廷里这帮老油条比起来，她也就算个学龄前儿童。

孙尚书可谓聪明绝顶，一看情形不对，知道皇上顶不住了，果断出手，只用了一句话，就把皇后变成皇贵妃。

光宗同志也很机灵，马上连声回应：好，就这么办。

李小姐的皇后梦想就此断送，但她是不会放弃的，因为她很清楚，在自己的手中，还有一张王牌——皇长子。

只要那个奄奄一息的人彻底死去，一切都将尽在掌握之中。

但她并不知道，此时，一双眼睛已经死死地盯住了她。

杨涟已经确定，眼前这个飞扬跋扈的女人，不久之后，将是一个十分可怕的敌人。而在此之前，必须作好准备。

八月二十九日。

此前的三天里，光宗的身体丝毫不见好转，于是在这一天，他再次召见了首辅方从哲等朝廷重臣。

光宗同志这次很清醒，一上来就直奔主题：

"寿木如何？寝地如何？"

寿木就是棺材，寝地就是坟，这就算是交代后事了。

可是方从哲老先生不知是不是老了，有点儿犯糊涂，张口就是一大串，什么你爹的坟好、棺材好，请你放心之类的话。

光宗同志估计也是哭笑不得，只好拿手指着自己，说了一句：

“是我的。（朕之寿宫）”

方首辅狼狈不堪，然后他听到了皇帝陛下的第二个问题：

“听说有个鸿胪寺的医官进献金丹，他在何处？”

对于这个问题，方从哲并未多想，便说出了自己的回答：

“这个人叫李可灼，他说自己有仙丹，我们没敢轻信。”

他实在应该多想想的。

因为金丹不等于仙丹，轻信不等于不信。

正是这个模棱两可的回答，导致了一个错误的判断：

“好吧，召他进来。”

于是，李可灼进入了大殿，他见到了皇帝，他为皇帝号脉，他为皇帝诊断。最后，他拿出了仙丹。

仙丹的名字，叫做红丸。

红丸

此时，是万历四十八年（1620）八月二十九日上午，明光宗服下了红丸。

他的感觉很好。

按照史书上的说法，吃了红丸后，浑身舒畅，且促进消化，增加食欲（思进饮膳）。

消息传来，宫外焦急等待的大臣们十分高兴，欢呼雀跃。

皇帝也很高兴。于是，几个时辰后，为巩固疗效，他再次服下了红丸。

下午，劳苦功高的李可灼离开了皇宫，在宫外，他遇见了等待在那里的内阁首辅方从哲。

方从哲对他说：

“你的药很有效，赏银五十两。”

李可灼高兴地走了，但他并没有领到这笔赏银。

方从哲以及当天参与会议的人都留下了，他们住在了内阁，因为他们相信，明天，身体好转的皇帝将再次召见他们。

六个时辰之后。

凌晨，住在内阁的大臣们突然接到了太监传达的谕令：

即刻入宫觐见。

所有的人都明白，这意味着什么，但当他们尚未赶到的时候，就已得到了第二个消息——皇上驾崩了。

万历四十八年九月初一，明光宗在宫中逝世，享年三十九，享位一月。

皇帝死了，这十分正常；皇帝吃药，这也很正常；但吃药之后就死了，这就不正常了。

明宫三大案之“红丸案”，就此拉开序幕。

没有人知道，所谓的红丸，到底是什么药，也没有人知道，在死亡的背后，到底隐藏着什么样的阴谋。

此时向乾清宫赶去的人，包括内阁大臣、各部长官，共计十三人。在他们的心中，有着不同的想法和打算，因为皇帝死了，官位、利益、权力，一切的一切都将改变。

只有一个人例外。

杨涟十分悲痛，因为那个赏识他的人，已经死了，而且死得不明不白。

此时此刻，他只有一个念头。

查出案件的真相，找出幕后的黑手，揭露恶毒的阴谋，让正义得以实现，让死去的人得以瞑目。

这就是杨涟的决心。

但此时，杨涟即将面对的，却是一个更为复杂、更为棘手的问题。

虽然大家都住在内阁，同时听到消息，毕竟年纪不同，体力不同。比如内阁的几位大人，方从哲老先生都七十多了，刘一璟、韩爌年纪也不小，反应慢点儿、到得晚点儿十分正常。

所以首先到达乾清宫的，只有六部的部长、都察院左都御史，当然还有杨涟。

这几个人已经知道了皇帝去世的消息。既然人死了，那就不用急了，就应该考虑尊重领导了，所以他们决定，等方首辅到来再进去。

进不了宫，眼泪储备还不能用，而且大清早的，天都没亮。反正是等人，闲着也是闲着，于是，他们开始商讨善后事宜。

继承皇位的，自然是皇长子朱由校了。但问题是，他的父亲死了，母亲也死了，而且年纪这么小，宫里没有人照顾，怎么办呢？

于是，礼部尚书孙如游、吏部尚书周嘉谟、左都御史张问达提出：把朱由校交给李选侍。

这个观点得到了绝大多数人的支持。事实上，反对者只有一个。

然后，他们就听到了这个唯一反对者的声音：

“万万不可！”

其实就官职和资历而言，杨涟没有发言的资格，因为此时他不过是个小小的七品给事中，说难听点儿，他压根儿就不该待在这里。

然而在场的所有人，都保持了沉默，静静地等待着他的发言，因为他是皇帝临死前指定的召见者，换句话说，他是顾命大臣。

杨涟十分激动，他告诉所有的人，朱由校很幼稚，如果把他交给一个女人，特别是一个用心不良的女人，一旦被人胁迫，后果将不堪设想。

这几句话，彻底唤起了在场朝廷重臣们的记忆，因为就在几天前，他们目睹了那个凶恶女人的狰狞面目。

他们同意了杨涟的意见。

但事实上，皇帝已经死了，未来的继承人，已在李选侍掌握之中。

所以，杨涟说出了他的计划：

“入宫之后，立刻寻找皇长子，找到之后，必须马上带出乾清宫，脱离李选侍的操纵，大事可成！”

十三位顾命大臣终于到齐了，在杨涟的带领下，他们走向了乾清宫。

一场你死我活的斗争即将开始。

从大门口开始。

当十三位顾命大臣走到门口的时候，被拦住了。

拦住他们的，是几个太监。毫无疑问，这是李选侍的安排。

皇帝去世的时候，她就在宫内，作为一位智商高于郑贵妃的女性，她的直觉告诉她，即将到来的那些顾命大臣，将彻底毁灭她的野心。

于是她决定，阻止他们入宫。

应该说，这个策略是成功的。太监把住大门，好说歹说就不让进，一帮老头加书呆子，不懂什么“枪杆子里出政权”的深刻道理，只能干瞪眼。

幸好，里面还有一个敢玩命的：

“皇上已经驾崩，我们都是顾命大臣，奉命而来！你们是什么东西！竟敢阻拦！且皇长子即将继位，现情况不明，你们关闭宫门，到底想干什么？！”

对付流氓加文盲，与其靠口，不如靠吼。

在杨涟的怒吼之下，吃硬不吃软的太监闪开了，顾命大臣们终于见到了已经歇气的皇上。

接下来是例行程序，猛哭猛磕头。哭完磕完，开始办正事。

大学士刘一璟首先发问：

“皇长子呢？他人在哪里？”

没人理他。

“快点儿交出来！”

还是没人理他。

李选侍清醒地意识到，她手中最重要的棋子，就是皇长子。只要控制住这个未来的继承人，她的一切愿望和野心，都将得到满足。

这一招很绝，绝到杨涟都没办法。宫里这么大，怎么去找，一帮五六十岁的老头，哪有力气玩捉迷藏？

杨涟焦急万分，毕竟这不是家里，找不着就打地铺，明天接着找，如果今天没戏，明天李选侍一道圣旨下来，是死是活都不知道！

必须找到，现在，马上，必须！

在这最为关键的时刻，一个太监走了过来，在大学士刘一璟的耳边，低声说出了两个字：

“暖阁。”

这个太监的名字，叫做王安。

王安，河北雄县人，四十多年前，他进入皇宫，那时，他的上司叫冯保。

二十六年前，他得到了新的任命，到一个谁也不愿意去的地方，陪一个谁也不愿意陪的人。这个人就是没人待见，连名分都没有的皇长子朱常洛。

王安是个好人，至少是个识货的人。当朱常洛地位岌岌可危的时候，他坚定且始终站在了原地，无论是“争国本”，还是“梃击”都竭尽全力，证明了他的忠诚。

朱常洛成为明光宗之后，他成为了司礼秉笔太监，掌控宫中大权。

这位王安仁兄最喜欢的人，是东林党，因为一直以来，东林党都是皇帝陛下的朋友。

而他最不喜欢的人，就是李选侍，因为这个女人经常欺负后宫的一位王才人，而这位王才人，恰好就是皇长子朱由校的母亲。

此刻还不下烂药，更待何时？

刘一璟大怒，大吼一声：

“谁敢藏匿天子！”

可是吼完了，就没辙了，因为这毕竟是宫里，人躲在里面，你总不能破门而入去抢人吧。

所以最好的方法，是让李选侍心甘情愿地交人，然后送到门口，挥手致意。

这似乎绝不可能，但是王安说，这是可能的。

随后，他进入了暖阁。

面对李选侍，王安体现出了一个卓越太监的素质，他虽没有抢人的体力，却有骗人的智力。

他对李选侍说，现在情况特殊，必须让皇长子出面，安排先皇的丧事，安抚大家的情绪，事情一完，人就能回来。

其实这谎扯得不圆，可是糊弄李选侍是够了。

她立即叫出了朱由校。

然而，就在她把人交给王安的那一瞬间，却突然醒悟了过来！她随即拉住了朱由校的衣服，死死拉住，不肯松手。

王安知道，动粗的时候到了，他决定欺负眼前这个耍赖的女人。因为太监虽说不男不女，可论力气，比李小姐还是要大一些。

王安一把拉过朱由校，冲出了暖阁。当门外的顾命大臣们看见皇长子的那一刻，他们知道，自己胜利了。

于是，在先皇的尸体（估计还热着）旁，新任皇帝接受了顾命大臣们的齐声问候：万岁！

“万岁”喊完了，就该跑了。

在人家的地盘上，抢了人家的人，再不跑就真是傻子了。

具体的逃跑方法是，王安开路，刘一璟拉住朱由校的左手，英国公张维贤拉住朱由校的右手，包括方从哲在内的几个老头走中间，杨涟断后。就这样，朱由校被这群活像绑匪（实际上也是）的朝廷大臣带了出去。

事情正如所料，当他们刚刚走出乾清宫的时候，背后便传来了李选侍尖利的叫喊声：

“哥儿（指朱由校），回来！”

李大姐这嗓子太突然了，虽然没要人命，却把顾命大臣们吓了一跳。他们本来在乾清宫外准备了轿子，正在等轿夫来把皇子抬走，听到声音后，脚一跺，不能再等了！

不等，就只能自己抬，情急之下，几位高干一拥而上，去抬轿子。

这四位高级轿夫分别是吏部尚书周嘉谟、给事中杨涟、内阁大学士刘一璟、英国公张维贤。

前面几位大家都熟，而最后这位张维贤，是最高世袭公爵，他的祖先，就是跟随明成祖朱棣在靖难中阵亡的第一名将张玉。

也就是说，四个人里除杨涟外，职务最低的是部长。我又查了一下年龄，最年轻的杨涟，当时也已经四十八岁了，看来人急眼了，还真敢拼命。

就这样，朱由校在这帮老干部的簇拥下，离开了乾清宫。他们的目标，是文华殿，只要到达那里，完成大礼，朱由校就将成为新一代的皇帝。

而那时，李选侍的野心将彻底破灭。

当然，按照电视剧逻辑，坏人们是不会甘心失败的，真实的历史也是如此。

毕竟老胳膊老腿，走不快。很快，大臣们就发现，他们被人追上了。

追赶他们的，是李选侍的太监。一个带头的二话不说，恶狠狠地拦住大臣，高声训斥：

“你们打算把皇长子带到哪里去？”

一边说，还一边动手去拉朱由校，很有点儿动手的意思。

对于这帮大臣而言，搞阴谋、骂骂人是长项，打架是弱项。于是，杨涟先生再次出场了。

他大骂了这个太监，并且鼓动朱由校：

“天下人都是你的臣子，何须害怕！”

一顿连骂带捧，把太监们都镇住了，领头的人见势不妙，就撤了。

这个被杨涟骂走的领头太监，名叫李进忠，是个不出名的人。但不久之后，他将更名改姓，改为另一个更有名的名字——魏忠贤。

在杨涟的护卫下，朱由校终于来到了文华殿。在这里，他接受了群臣的朝拜，成为了新的皇帝，史称明熹宗。

这就算即位了，但问题在于，毕竟也是大明王朝，不是杂货铺，程序还要走，登基还得登。

有人建议，咱就今天办了得了，可是杨涟同志不同意。这位仁兄认定，既然要登基，就得找个良辰吉日，一查，那就九月初六吧。

这是一个极为错误的决定。

今天是九月初一，只要皇长子没登基，乾清宫依然是李选侍的天下。而且，她依然是受命照顾皇长子的人，对于她而言，要翻盘，六天足够了。

然而杨涟本人，却没有意识到这一点。

就在他即将步入深渊的时候，一个人拉住了他，并且把一口唾沫吐在了他的脸上。

这个人的名字，叫做左光斗。

左光斗，字遗直，安徽桐城人。万历三十五年（1607）进士。现任都察院巡城御史，杨涟最忠实的战友，东林党最勇猛的战士。

虽然他的职位很低，但他的见识很高。刚一出门，他就揪住了杨涟，对着他的脸，吐了口唾沫：

“到初六登基，今天才初一，如果有何变故，怎么收拾，怎么对得起先皇？！”

杨涟醒了，他终于明白，自己犯下了一个不可饶恕的错误。

皇长子还在宫内，一旦李选侍掌握他，号令群臣，到时必定死无葬身之地！

但事已至此，只能明天再说，毕竟天色已晚，皇宫不是招待所，杨大人不能留宿。无论如何，必须等到明天。

杨涟走了，李选侍的机会来了。

当天傍晚，朱由校再次来到乾清宫。他不能不来，因为他父亲的尸体还在这里。

可是他刚踏入乾清宫，就被李选侍扣住了。尸体没带走，还搭进去一个活人。

眼看顾命大臣们就要完蛋，王安又出马了。

这位太监可谓是智慧与狡诈的化身，当即挺身而出，去和李选侍交涉。按说被人抢过一次，总该长点儿记性，可是王安先生几番忽悠下来，李选侍竟然又交出了朱由校。

这是个很难理解的事，要么是李小姐太弱智，要么是王太监太聪明，无论如何，最终的结果是，李选侍失去了一个机会，最后的机会。

因为第二天，杨涟将发起最为猛烈的进攻。

九月初二。

吏部尚书周嘉谟和御史左光斗同时上疏，要求李选侍搬出乾清宫。

这是一个十分聪明的战略。因为乾清宫是皇帝的寝宫，只要李选侍搬出去，她将无法制约皇帝，失去所有政治能量。

但要赶走李选侍，自己动手是不行的，毕竟这人还是后妃，拉拉扯扯成何体统？

经过商议，杨涟等人统一意见：让她自己走。

左光斗主动承担了这个艰巨的任务。为了彻底赶走这个女人，他连夜写出了一封奏疏，一封堪称恶毒无比的奏疏。

文章大意是说，李小姐你不是皇后，也没人选你当皇后，所以你不能住乾清宫，而且这里也不需要你。

然后他进一步指出，朱由校才满十六岁，属于青春期少年，容易冲动，和你住在一起是不太合适的。

话说到这里，已经比较露骨了。

更露骨的还在后面。

在文章的最后，左光斗写出了一句画龙点睛的话：

“武氏之祸，再现于今，将来有不忍言者！”

所谓武氏，就是武则天。也就是说，左光斗先生担心，如此下去，武则天夺位的情形就会重演。

如果你认为这是一句非常过分的话，那你就错了。事实上，是非常非常过分，因为左光斗是读书人，有时候，读书人比流氓还流氓。

希望你还记得，武则天原先是唐太宗的妃子，高宗是太宗的儿子。

后来，她又成了唐高宗的妃子。

现在，李选侍是明光宗的妃子，熹宗是光宗的儿子，后来……

所以左光斗先生的意思是，李选侍之所以住在乾清宫，是想趁机勾引她的儿子（名义上的）。

李选侍急了，这很正常，你看你也急，问题在于，你能咋办？

李选侍想出的主意，是叫左光斗来谈话。事实证明，这是个不折不扣的馊主意，因为左光斗的回答是这样的：

“我是御史，天子召见我才会去，你算是个什么东西？（若辈何为者）”

九月初三。

左光斗的奏疏终于送到了皇帝的手中，可是皇帝的反应并不大，原因很简单：他看不懂。

拜他父亲所赐，几十年来躲躲藏藏、提心吊胆，儿子的教育是一点儿没管，所以朱由校小朋友不怎么读书，却很喜欢做木匠，常年钻研木工技巧。

幸好，他的身边还有王安。

王太监不负众望，添油加醋解说一番，略去儿童不宜的部分，最后得出结论：李选侍必须滚蛋。

朱由校决定，让她滚。

很快，李选侍得知了这个决定，她决定反击。

九月初四。

李选侍反击的具体形式，是谈判。

她派出了一个使者，去找杨涟，希望这位钢铁战士会突然精神失常，放弃即将到手的胜利，相信她是一个善良、无私的女人，并且慷慨大度地表示，你可以继续住在乾清宫，继续干涉朝政。

人不能愚蠢到这个程度。

但她可以。

而她派出的那位使者，就是现在的李进忠，将来的魏忠贤。

这是两位不共戴天的死敌第一次正面交锋。

当然，当时的杨涟并没有把这位太监放在眼里，见面二话不说：

“她（指李选侍）何时移宫？”

李进忠十分客气：

“李选侍是先皇指定的养母，住在乾清宫，其实并没有什么问题。”

杨涟很不客气：

“你给我记好了，回去告诉李选侍，现在皇帝已经即位，让她立刻搬出来。如果乖乖听话，她的封号还能给她，如果冥顽不灵，就等皇帝发落吧！”

最后还捎带一句：

“你也如此！”

李进忠沉默地走了，他很清楚，现在自己还不是对手，在机会到来之前，必须等待。

李选侍绝望了，但她并不甘心。在最后失败之前，她决心最后一搏，于是她去找了另一个人。

九月初五，登基前最后一日。

按照程序规定，明天是皇帝正式登基的日期，但是李选侍却死也不肯搬，摆明了要耍赖。于是，杨涟去找了首辅方从哲，希望他能号召群臣，逼李选侍走人。

然而，方从哲的态度让他大吃一惊，这位之前表现积极的老头突然改了口风：

“让她迟点儿搬，也没事吧。（迟亦无害）”

杨涟愤怒了：

“明天是皇上登基的日子，难道要让他躲在东宫，把皇宫让给那个女人吗？！”

方从哲保持沉默。

李选侍终于聪明了一次，不能争取杨涟，就争取别人，比如说方从哲。

因为孤独的杨涟，是无能为力的。

但她错了，孤独的杨涟依然是强大的，因为在他的心中，始终都留存着一个信念：

当我只是个小人物的时候，光宗体谅我的激奋，接受我的意见，相信我的才能，将其身后之事托付于我。

所以，我会竭尽全力，战斗至最后一息，绝不放弃。

因为光宗的信任和尊重。

在这最后的一天里，杨涟不停地到内阁以及各部游说，告诉大家形势危急，必须立刻挺身而出。整整一天，即使遭遇冷眼，被人讥讽，他依然不断地说着、不断地说着。

最终，许多人被他打动，并在他的率领下，来到了宫门前。

面对着阴森的皇宫，杨涟喊出了执著而响亮的宣言：

“今日，除非你杀掉我，若不移宫，宁死不离（死不去）！”

由始至终，李选侍都是一个极为贪婪的女人，为达到目的，可以不择手段、不顾一切，虐待朱由校的母亲，逼迫皇帝，责骂皇长子，只为她的野心和欲望。

但现在，她退缩了，她决定放弃。因为她已然发现，这个叫杨涟的人，是很勇敢的，敢于玉石俱焚，敢于同归于尽。

无奈地叹息之后，她退出了乾清宫。从此，她消失了，消失得无影无踪。她或许依然专横、撒泼，却已无人知晓，因为，她已无关紧要。

随同她退出的，还有她的贴身太监们，时移势易，混口饭吃也不容易。

然而，一位太监留了下来，他知道，自己的命运还未终结，因为他已经发现了一个新的目标——另一个女人。

从这个女人的身上，他将得到新的前途，以及新的名字。

第十一章　强大，无比强大

万历四十八年（1620）九月初六，明熹宗朱由校在乾清宫正式登基，定年号为天启。

一个复杂无比，却又精彩绝伦的时代就此开始。

杨涟终于完成了他的使命。自万历四十八年（1620）八月二十二日起，在短短十五天之内，他无数次绝望，又无数次奋起，召见、红丸、闯宫、抢人、拉拢、死磕，什么恶人、坏人都遇上了，什么阴招、狠招都用上了。

最终，他成功了。

据史料记载，在短短十余天里，他的头发已一片花白。

当天启皇帝朱由校坐在皇位上，看着这个为他顺利即位费尽心血的人时，他知道，自己应该回报。

几日后，杨涟升任兵科都给事中。一年后，任太常少卿，同年，升任都察院左佥都御史，后任左副都御史。短短一年内，他从一个从七品的芝麻官，变成了从二品的部级官员。

当然，得到回报的，不仅是他。

东林党人赵南星，退休二十多年后，再度复出，任吏部尚书。

东林党人高攀龙，任光禄丞，后升任光禄少卿。

东林党人邹元标，任大理寺卿，后任刑部右侍郎、都察院左都御史。

东林党人孙慎行，升任礼部尚书。

东林党人左光斗，升任大理寺少卿，一年后，升任都察院左佥都御史。

以下还有若干官、若干人，篇幅过长，特此省略。

小时候，老师告诉我，个人是渺小的，集体才是伟大的。现在，我相信了。

当皇帝的当皇帝，升官的升官，滚蛋的滚蛋，而那个曾经统治天下的人，却似乎已被彻底遗忘。

明光宗朱常洛，作为明代一位极具特点（短命）的皇帝，他的人生可以用四个字来形容——苦大仇深。

出生就不受人待见，母亲被冷遇，长大了，书读不上，太子立不了，基本算三不管，吃穿住行级别很低，低到连刺杀他的人，都只是个普通农民，拿着根木棍，就敢往宫里闯。

好不容易熬到登基，还要被老婆胁迫。忍了几十年，放纵了一回，身体搞垮了，看医生，遇见了蹩脚庸医，想治病，就去吃仙丹，结果真成仙了。

更搞笑的是，许多历史书籍到他这里，大都只讲三大案、郑贵妃、李选侍，基本上没他什么事，原因很简单，他只当了一个月的皇帝。

在他死后，为了他的年号问题，大臣们展开了争论，因为万历四十八年（1620）七月，万历死了，八月，他就死了。而他的年号泰昌，还没来得及用。

问题来了，如果把万历四十八年（1620）当做泰昌元年，那是不行的，因为直到七月，他爹都还活着。

如果把第二年（1621）当做泰昌元年，那也是不行的，因为去年八月，他就已经死了。

这是一个无法解决的问题。

问题终究被解决了。凭借大臣们无比高超的和稀泥技巧，一个前无古人、后无来者的处理方案隆重出场：

万历四十八年（1620）一月到七月，为万历四十八年。八月，为泰昌元年。明年（1621），为天启元年。

这就是说，在这一年里，前七个月是他爹的，第二年是他儿子的，而他的年份，只有一个月。

原因很简单，他只当了一个月的皇帝。

他很可怜，几十年来畏畏缩缩，活着没有待遇，死了没有年号。事实上，他人才刚死，就有一堆人在他尸体旁边你死我活，抢儿子抢地方，忙得不亦乐乎。

原因很简单，他只当了一个月的皇帝。

有人曾对我说，原来，历史很有趣。但我对他说，其实，历史很无趣。

因为在绝大多数情况下，历史没有正恶，只有成败。

左都御史、左副都御史、吏部尚书、刑部侍郎、大理寺丞，等等，政权落入了东林党的手中。

它很强大，强大到无以复加的地步。对于这一现象，史称“众正盈朝”。

按照某些史书的传统解释，从此，在东林党人的管理下，朝廷进入了一个公正、无私的阶段，许多贪婪的坏人被赶走，许多善良的好人留下来。

对于这种说法，用两个字来评价就是：胡说。

用四个字来评价就是：胡说八道。

之前我曾经说过，东林党不是善男信女，现在，我再说一遍。

掌权之后，这帮兄弟干的第一件事，就是追查红丸案。

追查，是应该的。毕竟皇帝死得蹊跷，即使里面没有什么猫腻，但两位庸医，一个下了泻药，让他拉了几十次，另一个送仙丹，让他飞了天，无论如何，也应该追究责任。

退一万步讲，就算你追究责任后还不过瘾，非要搞几个幕后黑手出来，郑贵妃、李选侍这几位重点嫌疑犯，名声坏，又歇了菜，要打要杀，基本都没个跑。

可是现成的偏不找，找来找去，找了个老头——方从哲。

天启元年（1621），礼部尚书孙慎行上疏，攻击方从哲。大致意思是说，方从哲和郑贵妃有勾结，而且他还曾经赏赐过李可灼，出事后，只把李可灼赶回了家，没有干掉，罪大恶极，应予严肃处理。

这就真是有点儿无聊恶搞了。之前说过，李可灼最初献药，还是方老头赶回去的，后来赏钱那是皇帝同意的。所谓红丸到底是什么玩意儿，鬼才知道，稀里糊涂把人干掉，确实不好。

所以无论从哪个角度看，方从哲都没错。而且此时东林党掌权，方老头识时务，也不打算待了，准备回家养老去了。

可孙部长用自己的语言，完美地解释了“强词夺理”这个词的含义：

“（方）从哲纵无弑之心，却有弑之罪，纵辞弑之名，难免弑之实。”

这意思是，你老兄即使没有干掉皇帝的心思，也有干掉皇帝的罪过，即使你退休走人，也躲不过去这事。

强词夺理还不算，还要赶尽杀绝：

“陛下宜急讨此贼，雪不共之仇！”

所谓此贼，不是李可灼，而是内阁首辅，他的顶头上司方从哲。

很明显，他很激动。

孙部长激动之后，都察院左都御史邹元标也激动了，跟着上疏过了把瘾。不搞定方从哲，誓不罢休。

这是一件十分奇怪的事。

七十多岁的老头，都快走人了，为什么就是揪着不放呢？

因为他们有着一个不可告人的目的。

郑贵妃不重要，李选侍不重要，甚至案件本身也不重要。之所以选中方从哲，把整人进行到底，真正的原因在于：他是浙党。

只要打倒了方从哲，借追查案件，就能解决一大批人，将政权牢牢地抓在手中。

他们的目的达到了。不久之后，崔文升被发配南京，李可灼被判流放，而方从哲，也永远地离开了朝廷。

明宫三大案就此结束，东林党大获全胜。

局势越来越有利，天启元年（1621）十月，另一个重量级人物回来了。

这个人就是叶向高。

东林党之中，最勇猛的，是杨涟，最聪明的，就是这位仁兄了。而他担任的职务，是内阁首辅。

作为名闻天下的老滑头，他的到来，标志着东林党进入了全盛时期。

内忧已除，现在，必须解决外患。

因为他们得知了这样一个消息——沈阳失陷。

沈阳是在熊廷弼走后，才失陷的。

熊廷弼驻守辽东以来，努尔哈赤十分消停。因为这位熊大人做人很粗，做事很细，防守滴水不漏。在他的管理下，努尔哈赤成了游击队长，只能时不时去抢个劫，大事一件也没干成。

出于对熊廷弼的畏惧和愤怒，努尔哈赤给他取了个外号：熊蛮子。

这是一个名副其实的外号，不但对敌人蛮，对自己人也蛮。

熊大人的个性前面说过了，彪悍异常，且一向不肯吃亏，擅长骂人，骂完努尔哈赤，还不过瘾，一来二去，连兵部领导、朝廷言官也骂了。

这就不太好了，毕竟他还归兵部管，言官更不用说，平时只有他骂人，没有被人骂的，索性敞开了双方对骂，闹到最后，熊大人只好走人。

接替熊廷弼的，是袁应泰。

在历史中，袁应泰是个评价很高的人物，为人清正，为官廉洁，为政精明，只有一个缺点，不会打仗。

这就没戏了。

他到任后，觉得熊廷弼很严厉，很不近人情，城外有那么多饥民（主要是蒙古人），为什么不放进来呢？就算不能打仗，站在城楼上充数也不错嘛。

于是他打开城门，放人入城，亲自招降。

一个月后，努尔哈赤率兵进攻，沈阳守将贺世贤拼死抵抗。关键时刻，之前招安的蒙古饥民开始大肆破坏，攻击守军，里应外合之下，沈阳陷落。贺世贤战死，七万守军全军覆没。

这一天，是天启元年（1621）三月十二日。

袁应泰没有时间后悔，因为他只多活了六天。

攻陷沈阳后，后金军队立刻整队，赶往下一个目标——辽阳。

当年，辽阳的地位，大致相当于今天的沈阳，是辽东地区的经济、文化、军事中心，也是辽东的首府。此地历经整修，壕沟围绕，防守严密，还有许多火炮，堪称辽东第一坚城。

守了三天。

战斗经过比较简单，袁应泰率三万军队出战，被努尔哈赤的六万骑兵击败，退回坚守。城内后金奸细放火破坏，城内大乱，后金军乘虚而入，辽阳陷落。

袁应泰看见了城池的陷落，他非常镇定，从容穿好官服，佩带着宝剑，面向南方，自缢而死。

他不是一个称职的大明将领，却是一个称职的大明官员。

辽阳的丢失，标志着局势的彻底崩溃，标志着辽东成为了后金的势力范围，标志着从此他们想去哪里，就去哪里，想抢哪里，就抢哪里。

局势已经坏得不能再坏了。所以，不能用的人，也不能不用了。

固守？荡平？

天启元年（1621）七月，熊廷弼前往辽东。

在辽东，他遇见了王化贞。

他不喜欢这个人，从第一次见面开始。因为他发现，这人不买他的账。

熊廷弼此时的职务是辽东经略，而王化贞是辽东巡抚。从级别上看，熊廷弼是王化贞的上级。

> 角色并不重要，关键在于会不会抢戏。
>
> ——小品演员陈佩斯

王化贞就是一个很会抢戏的人。因为他有后台，所以他不愿意听话。

关于这两个人的背景，有些历史书上的介绍大致如此：熊廷弼是东林党支持的，王化贞是阉党支持的。最终结局也再次证明，东林党是多么的明智，阉党是多么的愚蠢。

胡扯。

不是胡扯，就是装糊涂。

因为最原始的史料告诉我们，熊廷弼是湖广人，他是楚党的成员，而在大多数时间里，楚党是东林党的敌人。

至于王化贞，你说他跟阉党有关，倒也没错，可是他还有个老师，叫做叶向高。

天启元年（1621）的时候，阉党都靠边站，李进忠还在装孙子，连名字都没改，要靠这帮人，王化贞早被熊先生赶去看城门了。

他之所以敢嚣张，敢不听话，只是因为他的老师是朝廷首辅，朝中的第一号人物。

熊廷弼是对的，所以他是东林党，或至少是东林党支持的；王化贞是错的，所以他是阉党，或至少是阉党赏识的。大致如此。

我并非不能理解好事都归自己，坏事都归别人的逻辑，也并不反对。但对某些坏人一棍子打死再踩上一只脚的行为，我认为，做人，还是要厚道。

王化贞不听熊廷弼的话，很正常，因为他的兵比熊廷弼的多。

当时明朝在辽东的剩余部队，大约有十五万，全都在王化贞的手中。而熊廷弼属下，只有五千人。

所以每次王化贞见熊廷弼时，压根儿就不听指挥，说一句顶一句，气得熊大人恨不能拿刀剁了他。

但事实上，王化贞是个很有能力的人。

王化贞，山东诸城人。万历四十一年（1613）进士。原先是财政部的一名处级干部（主事），后来不知怎么回事，竟然被调到了辽东广宁（今辽宁北宁）。

此人极具才能，当年蒙古人闹得再凶，到他的地头，都不敢乱来。后来辽阳、沈阳失陷，人心一片慌乱，大家都往关内跑，他偏不跑。

辽阳城里几万守军，城都丢了，广宁城内，只有几千人，还是个破城，他偏要守。

他非但不跑，还招集逃兵，整顿训练，居然搞出了上万人的队伍。此外，他多方联络，稳定人心，坚守孤城，稳定了局势。所谓“提弱卒，守孤城，气不慑，时望赫然”，天下闻名，那也真是相当的牛。

熊廷弼也是牛人，但对于这位同族，他却十分不感冒，不仅因为牛人相轻，更重要的是，此牛非彼牛也。

很快，熊大人就发现，这位王巡抚跟自己，压根儿不是一个思路。

按他自己的想法，应该修筑堡垒，严防死守，同时调集援兵，长期驻守。

可是王化贞却认定，应该主动进攻，去消灭努尔哈赤。他还说，只要有六万精兵，他就可以一举荡平。

熊廷弼觉得王化贞太疯，王化贞觉得熊廷弼太熊。

最后王化贞闭口了，他停止了争论，因为争论没有意义。

兵权在我手上，我想干吗就干吗，和你讨论，是给你个面子，你还当真了？

一切都按照王化贞的计划进行着，准备粮草，操练士兵，寻找内应，调集外援，忙得不亦乐乎。

忙活到一半，努尔哈赤来了。

天启二年（1622）正月十八日，努尔哈赤亲率大军，进攻广宁。

之前半年，努尔哈赤听说熊廷弼来了，所以他不来。后来他听说，熊廷弼压根儿没有实权，所以他来了。

实践证明，王巡抚胆子很大，脑子却很小。面对努尔哈赤的进攻，他摆出了一个十分奇怪的阵形，先在三岔河布阵，作为第一道防线，然后在西平堡设置第二道防线，其余兵力退至广宁城。

就兵力而言，王化贞大概是努尔哈赤的两倍，可大敌当前，他似乎不打算“一举荡平”，也不打算御敌于国门之外，因为外围两道防线的总兵力也才三万人，是不可能挡住努尔哈赤的。

用最阴暗的心理去揣摸，这个阵形的唯一好处，是让外围防线的三万人和努尔哈赤死拼，拼完，努尔哈赤也就差不多了。

事实确实如此，正月二十日，努尔哈赤率军进攻第一道防线三岔河，当天即破。

第二天，他来到了第二道防线西平堡，发动猛烈攻击，但这一次，他没有如愿。

因为西平堡守将罗一贯，是个比较一贯的人。努尔哈赤进攻，打回去，汉奸李永芳劝降，骂回去，整整一天，后金军队毫无进展。

王化贞的反应还算快，他立即派出总兵刘渠、祁秉忠以及他的心腹爱将孙得功，分率三路大军，增援西平堡。

努尔哈赤最擅长的，就是围点打援。所以明军的救援，早在他意料之中。

但在他意料之外的，是明军的战斗力。

总兵刘渠、祁秉忠率军出战，两位司令十分勇猛，亲自上阵，竟然打得后金军队连连败退。于是，作为预备队的孙得功上阵了。

按照原先的想法，孙得功上来，是为了加强力量，可没想到的是，这位兄弟刚上阵，却当即溃败，惊慌之余，孙大将还高声喊了一嗓子：

“兵败了！兵败了！”

您都兵败了，那还打什么？

后金军随即大举攻击，明军大败，刘渠阵亡，祁秉忠负伤而死，孙得功逃走，所属数万明军全军覆没。

现在，在努尔哈赤面前的，是无助、毫无遮挡的西平堡。

罗一贯很清楚，他的城池已被团团包围，不会再有援兵，不会再有希望，对于胜利，他已无能为力。

但他仍然决定坚守，因为他认为，自己有这个责任。

正月二十二日，努尔哈赤集结所属五万人，发动总攻。

罗一贯率三千守军，拼死守城抵抗。

双方激战一天，后金军以近二十倍的兵力优势，发起了无数次进攻，却无数次败退，败退在孤独却坚定的罗一贯眼前。

明军凭借城堡大量杀伤敌军，后金损失惨重，毫无进展，只得围住城池，停止进攻。

但出乎他们意料的是，城头突然陷入了死一般的寂静，没有了呐喊，没有了杀声。

因为城内的士兵，已经放出了最后一支弓箭，发射了最后一发火炮。

在这最后的时刻，罗一贯站在城头，向着京城的方向，行叩拜礼，说出了他的遗言：

“臣力竭矣！”

随即自刎而死。

这是努尔哈赤自起兵以来，损失空前惨重的一战。据史料记载，和西平堡三千守军一同阵亡的，有近七千名后金军。

罗一贯尽到了自己的职责，王化贞也准备这样做。

得知西平堡失陷后，他连夜督促加强防守，并对逃回来的孙得功既往不咎，鼓励守城将士众志成城，击退后金军队。

然后，他就去睡觉了。

王化贞不是个怕事的人，当年辽阳失守，他无兵无将都敢坚守，现在手上有几万人，自然敢睡觉。

但还没等他睡着，就听见了随从的大叫：

“快跑！”

王化贞跑出卧房。

他看见无数百姓和士兵丢弃行李兵器，夺路而逃，原本安静祥和的广宁城，已是一片混乱，彻底的混乱。

而此时的城外，并没有努尔哈赤，也没有后金军，一个都没有。

这莫名其妙的一切，起源于两个月前的一个决定。

王化贞不是白痴，他很清楚努尔哈赤的实力。在那次谈话中，他之所以告诉熊廷弼，说六万人一举荡平，是因为他已找到了努尔哈赤的弱点。

这个弱点，叫做李永芳。

李永芳是明朝叛将，算这一带的地头蛇，许多明军将领跟他都有交情，毕竟还是同胞兄弟，所以在王化贞看来，这是一个可以争取的人。

于是，他派出了心腹孙得功，前往敌营，劝降李永芳。

几天后，孙得功回报，李永芳深明大义，表示愿意归顺，在进攻时作为内应。

王化贞十分高兴。

两个月后，孙得功西平堡战败，惊慌之下，大喊“兵败”，导致兵败。

是的，你的猜测很正确，孙得功是故意的，他是个叛徒。

孙得功去劝降李永芳，却被李永芳劝降。原因很简单，不是什么忠诚、爱国、民族、大同之类的屁话，只是他出价更高。

为了招降李永芳，努尔哈赤送了一个孙女，一个驸马（额驸）的头衔，还有无数金银财宝。很明显，王化贞出不起这个价。

努尔哈赤从来不做赔本买卖，他得到了极为丰厚的回报。

孙得功帮他搞垮了明朝的援军，但这还不够，这位誓把无耻进行到底的败类，决定送一份更大的礼物给努尔哈赤——广宁城。

因为自信的王化贞，将城池的防守任务交给了他。

接下来的事顺理成章，从被窝里爬起来的王大人慌不择路，派人去找马，准备逃走。可是没想到，孙心腹实在太抠门，连马都弄走了，搞得王大人只找到了几头骆驼。最后，他只能骑着骆驼跑路。

还好，那天晚上，孙心腹忙着带领叛军捣乱，没顾上逃跑的王巡抚，否则以他的觉悟，拿王大人的脑袋去找努尔哈赤换个孙女，也是不奇怪的。

第二天，失意的王巡抚在逃走的路上，遇到了一个比他更为失意的人。

熊廷弼用实际行动证明，他不是一个慈悲的人，至少不会放过落水狗。

当王巡抚痛哭流涕、反复检讨错误时，熊廷弼用一句话表示了他的同情：

“六万大军一举荡平？现在如何？”

王化贞倒还算认账，关键时刻，也不跟熊廷弼吵，只是提出，现在应派兵，坚守下一道防线——宁远。

这是一个十分明智的判断，可是熊大人得理不饶人，还没完了：

“现在这个时候，谁肯帮你守城？晚了！赶紧掩护百姓和士兵入关，就足够了！”

这句话的潜台词是，当初不听我的，现在我也不听你的。

事情到这份儿上，就没什么可说的了。作为丧家犬，王化贞没有发言权。

于是，战局离开了王化贞的掌控，走上了熊廷弼的轨道。

从王化贞到熊廷弼，从掌控到轨道，这是一个有趣的变化。

变化的前后有很多不同点，也有一个共同点：都是错误的。

虽然敌情十分紧急，城池空虚，但此时明军主力尚存，若坚定守住，估计也没什么问题。可是熊先生来了牛脾气，不由分说，宁远也不守了，把辽东的几十万军民全部撤回关（山海关）内，放弃了所有据点。

熊大人没有意识到，他已经做到了无数敌人、无数汉奸、无数叛徒想做却做不到的事情，因为事实上，他已放弃了整个辽东。

自明朝开国以来，稳固统治两百余年的辽东，就这么丢了。无论从哪个角度看，熊廷弼都没有理由、没有借口、没有道理这样做。

但是他做了。

我认为，他是为了一口气。

当初不听我的话，现在看你怎么办？

就是这口气，最后要了他的命。

率领几十万军民，成功撤退的两位仁兄终于回京了，明朝政府对他们俩的处理，是相当一视同仁的——撤职查办。

无论谁对谁错，你们把朝廷在辽东的本钱丢得精光，还有脸回来？这个黑锅你们不背，谁背？

当然，最后处理结果还是略有不同，熊大人因为脾气不好，得罪人多，三年后，即天启五年（1625），就被干掉了。

相对而言，王大人由于关系硬，人缘好，又多活了七年，崇祯五年（1632）才正式注销户口。

对于此事，许多史书都说，王化贞死得该，熊廷弼死得冤。

前者我同意，后者，我保留意见。

事实上，直到王化贞逃走后的第三天，努尔哈赤才向广宁进发。他没有想到，明军竟然真的不战而逃，而此时以他的兵力，并不足以占据辽东。

然而当他到达广宁，接受孙得功投降之时，才发现，整个辽东，已经没有敌人。

因为慷慨的熊蛮子，已把这片广阔的土地毫无保留地交给了他。

白给的东西不能不要。于是在大肆抢掠之后，他率军向新的目标前进——山海关。

可是走到半路，他发现自己的算盘打错了。

因为熊蛮子交给他的，不是辽东，而是一个空白的辽东。

为保证不让敌人抢走一粒粮，熊先生干得相当彻底，房子烧掉，水井埋掉，百姓撤走，基本上保证了千里无鸡鸣，万里无人烟。

要这么玩，努尔哈赤先生就不干了。他辛苦奔波，最终的目的是为了抢东西，您把东西都搬走了，我还去干吗？

而且从广宁到山海关，几百里路空无一人，很多坚固的据点都无人看守，别说抢劫，连打仗的机会都没有。

于是，当军队行进到一个明军据点附近时，努尔哈赤决定：无论这些地方有多广袤，无论这些据点有多重要，都不要了，撤退。

努尔哈赤离开了这里，踏上了归途，但他不会想到，自己已经犯下了一个致命的错误。

因为四年之后，他将再次回到这里，并为争夺这个他曾轻易放弃的小地方，失去所有的一切。

这个他半途折返的地点，叫做宁远。

堪与匹敌者，此人也

自万历四十六年（1618），努尔哈赤起兵以来，短短三年时间，抚顺、铁岭、开原、辽阳、沈阳，直至整个辽东，全部陷落。

从杨镐、刘綎到袁应泰、王化贞、熊廷弼，不能打的完了，能打的也完了，熊人死了，牛人也死了。

辽东的局势，说差，那是不恰当的，应该说，是差得不能再差，差到官位摆在眼前，都没人要。

比如总兵，是明军的高级将领，全国不过二十人左右。用今天话说，是军区司令员，要想混到这个职务，不挤破头是不大可能的。

一般说来，这个职务相当安全，平日也就是看看地图，指手画脚而已。然而，这几年情况不同了，辽东打仗，明朝陆续派去了十四位总兵，竟然全部阵亡，无一幸免。

总兵越来越少，而且还在不断减少。因为没人干，某些在任总兵甚至主动辞职，宁可回家种田，也不干这份工作。

但公认最差的职业，还不是总兵，是辽东经略。

总兵可以有几十个，辽东经略只有一个。总兵可以不干，辽东经略不能不干。

可是连傻子都知道，辽东都没了，人都撤回山海关了，没兵没地没百姓，还经略个啥？

大家不是傻子，大家都不去。

接替辽东经略的第一人选，是兵部尚书张鹤鸣。天启为了给他鼓劲儿，先升他为太子太保（从一品），又给他上方宝剑，还亲自送行。

张尚书没说的，屁股一拍，走了。

走是走了，只是走得有点儿慢，从京城到山海关，他走了十七天。

这条路线前不久我走过，坐车三个钟头。

张大人虽说没车，马总是有的，就两百多公里，爬也爬过去了。

这还不算，去了没多久，这位大人又说自己年老力衰，主动辞职回家了。

没种就没种，装什么蒜？

相比而言，接替他的宣府巡抚就好得多了。

这位巡抚大人接到任命后，连上三道公文，明白跟皇帝讲：我不去。

天启先生虽说是个木匠，也还有点儿脾气，马上下达谕令：不去，就滚（革职为民，永不叙用）。

不想去也好，不愿去也好，替死鬼总得有人当。于是，兵部侍郎王在晋出场了。

王在晋，字明初，江苏太仓人。万历二十年（1592）进士。这位仁兄从没打过仗，之所以让他去，是因为他不能不去。

张尚书跑路的时候，他是兵部副部长，代理部长（署部事）。换句话说，轮也轮到他了。

史书上对于这位仁兄的评价大都比较一致：什么废物、愚蠢，不一而足。

对此，我都同意，但我认为，他至少是个勇敢的人。

明知是黑锅，依然无怨无悔、义无反顾地去背，难道不勇敢吗？

而他之所以失败，实在不是态度问题，而是能力问题。

因为他面对的敌人，是努尔哈赤。

努尔哈赤，明朝最可怕的敌人，战场应变极快，骑兵战术使用精湛，他的军事能力，可与大明历史上的任何一位名将相媲美。

毫无疑问，他是这个时代最为强悍、最具天赋的军事将领之一。

他或许很好、很强大，却绝非没有对手。

事实上，他宿命的克星已然出现，就在他的眼前——不止一个。

王在晋到达辽东后，非常努力、非常勤奋。他日夜不停地勘察地形，考量兵力部署，经过几天几夜的刻苦钻研，终于想出了一个防御方案。

具体方案是这样的，王在晋认为，光守山海关是不够的，为了保证防御纵深，他决定再修一座新城，用来保卫山海关，而这座新城就在山海关外八里的八里铺。

王在晋做事十分认真，他不但选好了位置，还拟好了预算、兵力等，然后一并上交皇帝。

天启皇帝看后大为高兴，立即批复同意，还从国库中拨出了工程款。

应该说，王在晋的热情是值得肯定的，态度是值得尊重的，创意是值得鼓励的，而全盘的计划，是值得唾弃的。

光守山海关是不够的，因为一旦山海关被攻破，京城就将毫无防卫，唾手可得。虽说山海关沿线很坚固、很结实，但毕竟是砖墙，不是高压电网，如果努尔哈赤玩一根筋，拼死往城墙上堆人，就是用嘴啃，估计也啃穿了。

在这一点上，王在晋的看法是正确的。

但这也是他唯一正确的地方，除此之外，都是胡闹。

哪里胡闹，我就不说了，等一会儿有人说。

总之，如按此方案执行，山海关破矣，京城丢矣，大明亡矣。

对于这一结果，王在晋不知道，天启自然也不知道，而更多的人，是知道了也不说。

就在一切几乎无可挽回的时候，一封群众来信，彻底改变了这个悲惨的命运。

这封信是王在晋的部下写的，并通过朝廷渠道，直接送到了叶向高的手中，文章的主题思想只有一条：王在晋的方案是错误的。

这下叶大人头疼了，他干政治是老手，干军事却是菜鸟，想来想去，这个主意拿不了，于是他跑去找皇帝。

可是皇帝大人除了做木匠是把好手，其他基本都是抓瞎，他也吃不准。于是，他又去找了另一个人。

惊天动地，力挽狂澜，由此开始。

“夫攻不足者守有余，度彼之才，恢复固未易言，令专任之，犹足以慎固封守。”

这句话，来自于一个人的传记。

这句话的大致意思是：以此人的才能，恢复失去的江山，未必容易，但如果信任他，将权力交给他，稳定固守现有的国土，是可以的。

这是一个至高无上的评价。

因为这句话，出于《明史》。说这句话的人，是清代的史官。

综合以上几点，我们可以认定，在清代，这是一句相当反动的话。

它的隐含意思是：

如果此人一直在任，大清是无法取得天下的。

在清朝统治下，捧着清朝饭碗，说这样的话，是要掉脑袋的。

可是他们说了，他们不但说了，还写了下来，并且流传千古，却没有一个人，因此受到任何惩罚。

因为他们所说的，是铁一般的事实，是清朝统治者无法否认的事实。

与此同时，他们还用一种十分特殊的方式，表达了对此人的崇敬。

在长达二百二十卷、记载近千人事迹的《明史》传记中，无数为后人熟知的英雄人物，都要和别人挤成一团。

而在这个人的传记里，只有他自己和他的子孙。

这个人不是徐达，徐达的传记里，有常遇春。

不是刘伯温，刘伯温的传记里，有宋濂、叶琛、章溢。

不是王守仁，王守仁的传记里，还搭配了他的门人冀元亨。

也不是张居正，张大人和他的老师徐阶、老对头高拱在一个传记里。

当然，更不是袁崇焕，袁将军住得相当挤，他的传记里，还有十个人。

这个人是孙承宗。

明末最伟大的战略家，努尔哈赤父子的克星，京城的保卫者，皇帝的老师，忠贞的爱国者。

举世无双，独一无二。

在获得上述头衔之前，他是一个不用功的学生，一个讨生活的教师，一个十六年都没有考上举人的落魄秀才。

第十二章　天才的敌手

嘉靖四十二年（1563），孙承宗出生在北直隶保定府高阳（今河北省高阳县）。

生在这个地方，不是个好事。

作为明朝四大防御要地、蓟州防线的一部分，孙承宗基本是在前线长大的。

这个地方不好，或者说是太好。蒙古人强大的时候，经常来；女真人强大的时候，经常来；后来改叫金国，也常来，来抢。

来一次，抢一次，打一次。

这实在不是个适合人类居住的地方，别的小孩都怕，可孙承宗不怕。

非但不怕，还过得特别滋润。

他喜欢战争，喜欢研究战争。从小，别人读四书，他读兵书。成人后，别人往内地跑，他往边境跑，不为别的，就想看看边界。

万历六年（1578），保定府秀才孙承宗作出了一个决定——外出游学。这一年，他十六岁。在此后十余年的时间里，孙秀才游历四方，努力向学，练就了一身保国的本领。

当然，这是史料里正式的说法。

实际上，这位仁兄在这十几年来，大都是游而不学。要知道，他当年之所以考秀才，不是为了报国，说到底，是混口饭吃。游学？不用吃饭啊？

还好，孙秀才找到了一份比较好的工作——老师。从此，他开始在教育战线上奋斗，而且越奋斗越好，好到名声传到了京城。

万历二十年（1592），在兵部某位官员的邀请下，孙秀才来到京城，成为了一位优秀的私人教师。

但是慢慢地，孙秀才有思想活动了。他发现，光教别人孩子是不够的，能找别人教自己的孩子，才是正道。

于是第二年（1593），他进入了国子监，刻苦读书，再一年后（1594），他终于考中了举人。这一年，他三十二岁。

一般说来，考上举人，要么去考进士，要么去混个官。可让人费解的是，孙举人却依然安心当他的老师，具体原因无人知晓，估计他的工资比较高。

但事实证明，正是这个奇怪的决定，导致了他奇特的人生。

万历二十七年（1599），孙承宗的雇主奉命前往大同，就任大同巡抚。官不能丢，孩子的教育也不能丢，于是孙承宗跟着去了。

我记得，在一次访谈节目中，有一名罪犯说过：无论搞多少次普法教育，都是没用的，只要让大家都去监狱住两天，亲自实践，就不会再犯罪了。

我同意这个说法，孙承宗应该也同意。

在那个地方，孙承宗发现了一个陌生而又熟悉的世界，拼死的厮杀、血腥的战场、智慧的角逐、勇气的考验。

战争，是这个世界上最神秘莫测、最飘忽不定、最残酷、最困难、最考验智商的游戏。在战场上，兵法没有用，规则没有用。因为在这里，最好的兵法，就是实战，唯一的规则，就是没有规则。

大同的孙老师没有实践经验，也无法上阵杀敌。然而，一件事情的发生却足以证实，他已经懂得了战争。

在明代，当兵是一份工作，是工作，就要拿工资，拿不到工资，自然要闹。一般人闹，无非是堵马路、喊几句。当兵的闹，就不同了，手里有家伙，要闹就往死里闹，专用名词叫做哗变。

这种事，谁遇上谁倒霉，大同巡抚运气不好，偏赶上了。有一次工资发得迟了点儿，当兵的不干，加上有人挑拨，于是大兵们二话不说，操刀就奔他家去了。

巡抚大人慌得不行，里外堵得严严实实，门都出不去，想来想去没办法，寻死的心都有了。

关键时刻，他的家庭教师孙承宗先生出马了。

孙老师倒也没说啥，看着面前怒气冲冲、刀光闪闪的壮丽景象，他只是平静地说：

“饷银非常充足，请大家逐个去外面领取，如有冒领者，格杀勿论。”

士兵一哄而散。

把复杂的问题弄简单，是一个优秀将领的基本素质。

孙承宗的镇定、从容、无畏表明：他有能力用最合适的方法处理最纷乱的局势，应对最凶恶的敌人。

大同，在长达五年的时间里，孙承宗看到了战争，理解了战争，懂得了战争，并最终掌握了战争。他的掌握，来自他的天赋、理论以及每一次的感悟。

辽东，大他三岁的努尔哈赤正在讨伐女真哈达部的路上。此时的他，已经是一位精通战争的将领，他的精通，来自于砍杀、冲锋以及每一次拼死的冒险。

两个天赋异禀的人，以他们各自不同的方式，进入了战争这个神秘的领域，并获知了其中的奥秘。

二十年后，他们将相遇，以实践来检验他们的天才与成绩。

相遇

万历三十二年（1604），孙承宗向他的雇主告别，踏上了前往京城的道路。他的目标，是科举。这一年，他四十二岁。

经过几十年的风风雨雨，秀才、落魄秀才，教师、优秀教师，举人、军事观察员，目睹战争的破坏、聆听无奈的哀嚎、体会无助的痛苦，孙承宗最终确定了自己的道路。

他决定放弃稳定舒适的生活，他决定以身许国。

于是在几十年半吊子生活之后，考场老将孙承宗打算认真地考一次。

这一认真，就有点儿过了。

放榜的那天，孙承宗得知了自己的考试名次——第二，全国第二。

换句话说，他是榜眼。

按照明朝规定，榜眼必定是庶吉士，必定是翰林。于是在上岗培训后，孙承宗进入翰林院，成为了一名正七品编修。

之前讲过，明代朝廷是讲出身的，除个别特例外，要想进入内阁，必须是翰林出身。否则，即使你工作再努力、能力再突出，也是白搭。这是一个公认的潜规则。

但请特别注意，要入内阁，必须是翰林，是翰林，却未必能入内阁。

毕竟翰林院里不止一个人，什么学士、侍读学士、侍讲、修撰、检讨，多了去了，内阁才几个人，还得排队等，前面的人死一个才能上一个，实在不易。

孙承宗就是排队等的人之一，他的运气不好，等了足足十年，都没结果。

第十一年，机会来了。

万历四十二年（1614），孙承宗调任詹事府谕德。

这是一个小官，却有着远大的前程，因为它的主要职责是给太子讲课。

从此，孙承宗成为了太子朱常洛的老师，在前方等待着他的，是无比光明的未来。

光明了一个月。

万历四十八年（1620），即位仅一个月的明光宗朱常洛去世。

但对于孙承宗而言，这没有什么影响，因为他已经找到了一个新的学生——朱由校。

教完了爹再教儿子，真可谓是诲人不倦。

天启皇帝朱由校这辈子没读过什么书，就好做个木工，所以除木匠师傅外，他对其他老师极不感冒。

但孙承宗是唯一的例外。

由于孙老师长期从事儿童（私塾）教育，对于木头型、愚笨型、死不用功型的小孩，一向都有点儿办法，所以几堂课教下来，皇帝陛下立即喜欢上了孙老师，他从没有叫过孙承宗的名字，而代以一个固定的称谓，“吾师”。

这个称呼，皇帝陛下叫了整整七年，直到去世为止。

他始终保持对孙老师的信任，无论何人，以何种方式挑拨、中伤，都无济于事。

我说的这个“何人”，是指魏忠贤。

正因为关系紧、后台硬，孙老师在仕途上走得很快，近似于飞。一年时间，他就从五品小官，升任兵部尚书，进入内阁成为东阁大学士。

所以，当那封打小报告的信送上来后，天启才会找到孙承宗，征询他的意见。

可孙承宗同志的回答，却出乎皇帝的意料：

"我也不知如何决断。"

幸好后面还有一句：

"让我去看看吧。"

天启二年（1622），兵部尚书兼东阁大学士孙承宗来到山海关。

孙承宗并不了解王在晋，但到山海关和八里铺转了一圈后，他对王大人便有了一个直观且清晰的判断——这人是个白痴。

他随即找来了王在晋，开始了一段在历史上极其有名的谈话。

在谈话的开头，气氛是和谐的，孙承宗的语气非常客气：

"你的新城建成之后，是要把旧城的四万军队拉过来驻守吗？"

王在晋本以为孙大人是来找麻烦的，没想到如此友善，当即回答：

"不是的，我打算再调集四万人来守城。"

但王大人并不知道，孙先生是当过老师的人，对笨人从不一棍子打死，总是慢慢地折腾：

"照你这么说，方圆八里之内，就有八万守军了，是吗？"

王大人还没回过味来，高兴地答应了一声：

"是的，没错啊。"

于是，张老师算账的时候到了：

"只有八里，竟然有八万守军？你把新城修在旧城前面，那旧城前面的地雷、绊马坑，你打算让我们自己人去吗？！"

"新城离旧城这么近，如果新城守得住，还要旧城干什么？！"

"如果新城守不住，四万守军败退到旧城城下，你是准备开门让他们进来，还是闭关守城，看着他们死绝？！"

王大人估计被打蒙了，半天没言语，想了半天，才憋出来一句话：

"当然不能开门，但可以让他们从关外的三道关进来。此外，我还在山上建好了三座军寨，接应败退的部队。"

这么蠢的孩子，估计孙老师还没见过，所以他真的发火了：

"仗还没打，你就准备接应败军？不是让他们打败仗吗？而且我军可以进入军寨，敌军就不能进吗？现在局势如此危急，不想着恢复国土，只想着躲在关内，京城永无宁日！"

王同学彻底无语了。

事实证明，孙老师是对的，如果新关被攻破，旧关必定难保，因两地只隔八里，逃兵无路可逃，只能往关里跑，到时逃兵当先锋，努尔哈赤当后队，不用打，靠挤，就能把门挤破。

这充分说明，想出此计划的王在晋，是个不折不扣的蠢货。

但聪明的孙老师，似乎也不是什么善类，他没有帮助迟钝生王在晋的耐心，当即给他的另一个学生——皇帝陛下写了封信，直接把王经略调往南京养老去了。

赶走王在晋后，孙承宗想起了那封信，便向身边人吩咐了这样一件事：

“把那个写信批驳王在晋的人叫来。”

很快，他就见到了那个打上级小报告的人，他与此人彻夜长谈，一见如故，感佩于这个人的才华、勇气和资质。

这是无争议的民族英雄孙承宗，与有争议的民族英雄袁崇焕的第一次见面。

孙承宗非常欣赏袁崇焕。他坚信，这是一个必将震撼天下的人物，虽然当时的袁先生，只不过是个正五品兵备佥事。

事实上，王在晋并不是袁崇焕的敌人，相反，他一直很喜欢袁崇焕，还对其信任有加，但袁崇焕仍然打了他的小报告，且毫不犹豫。

对于这个疑问，袁崇焕的回答十分简单：

“因为他的判断是错的，八里铺不能守住山海关。”

于是孙承宗问出了第二个问题：

“你认为，应该选择哪里？”

袁崇焕回答，只有一个选择。

然后，他的手指向了那个唯一的地点——宁远。

宁远，即今辽宁兴城，位居辽西走廊中央，距山海关两百余里，是辽西的重要据点，位置非常险要。

虽然几乎所有的人都认为，宁远很重要、很险要，但几乎所有的人也都认为，坚守宁远，是一个愚蠢的决定。

因为当时的明朝，已经丢失了整个辽东，手中仅存的只有山海关。关外都是敌人，跑出两百多里，到敌人前方去开辟根据地，主动深陷重围，让敌人围着打，这不是勇敢，是缺心眼。

我原先也不明白，后来我去了一趟宁远，明白了。

宁远是一座既不大、也不起眼的城市，但当我登上城楼，看到四周地形的时候，才终于确定，这是个注定让努尔哈赤先生欲哭无泪的地方。

因为它的四周三面环山，还有一面，是海。

说宁远是山区，其实也不夸张。它的东边是首山，西边是窟窿山，中间的道路很窄，是个典型的关门打狗地形，努尔哈赤先生要从北面进攻这里，是很辛苦的。

当然了，有人会说，既然难走，那不走总行了吧。

很可惜，虽然走这里很让人恶心，但不恶心是不行的，因为辽东虽大，要进攻山海关，必须从这里走。

此路不通让人苦恼，再加个别无他路，就只能去撞墙了。

是的，还会有人说，辽东都丢了，这里只是孤城，努尔哈赤占有优势，兵力很强，动员几万人把城团团围住，光是围城，就能把人饿死。

这是一个理论上可行的方案，仅仅是理论。

如果努尔哈赤先生这样做了，那么我可以肯定，最先被拖垮的一定是他自己。

因为宁远最让人绝望的地方，并不是山，而是海。

明朝为征战辽东，在山东登州地区修建了仓库，如遇敌军围城，船队就能将粮食装备源源不断地送到沿海地区，当然也包括宁远。

而努尔哈赤先生，只能眼睁睁地看着这一切的发生，要知道，他的军队里，没有海军这个兵种。

更为重要的是，距离宁远不远的地方，有个觉华岛，在岛上有明军的后勤仓库，可以随时支援宁远。

之所以把仓库建在岛上，原因很简单，明朝人都知道，后金没有海军，没有翅膀，飞不过来。

但有些事，是说不准的。

上个月，我从宁远坐船，前往觉华岛（现名菊花岛），才发现，原来所谓不远，也挺远，在海上走了半个多钟头才到。

上岸之后，宁远就只能眺望了。于是，我问了当地人一个问题：你们离陆地这么远，生活用品用船运很麻烦吧。

他回答：我们也用汽车拉，不麻烦。

然后补充一句：冬天，海面会结冰。

我又问：这么宽的海面（我估算了一下，大概有近十公里），都能冻住吗？

他回答：一般情况下，冻不住。

接着还是补充：去年，冻住了。

去年，是2007年，冬天很冷。

于是，我想起了三百八十一年前，发生在这里的那场惊天动地的战争。我知道，那一年的冬天，也很冷。

学生

孙承宗接受了袁崇焕的意见，他决定，在宁远筑城。

筑城的重任，他交给了袁崇焕。

但要准备即将到来的战争，这些还远远不够，还有很多事情要做。

孙承宗最先做的一件事，就是练兵。

当时他手下的士兵，总数有七万多人。数字挺大，但也就是个数，一查才发现，有上万人压根儿没有，都是空额，工资全让老领导们拿走了。

这是假人，留下来的真人也不顶用。很多兵都是老兵油子，领饷时带头冲，打仗时带头跑，特别是关内某些地方的兵，据说逃跑时的速度，敌人骑马都赶不上。

对于这批人，孙承宗用一个字就都打发了：滚。

他遣散了上万名撤退先锋，因为他已经找到了一个极具战斗力的群体——难民。

难民，就是原本住得好好的人，突然被人赶走，地被占了，房子被烧，老婆孩子被杀，求生不得，求死不能。让这样的人去参军打仗，是不需要动员的。

这就是明朝历史上著名的军事政策：以辽人守辽土。

孙承宗从难民中挑选了七千人，编入了自己的军队。四年后，他们的仇恨将成为战胜敌人的力量。

除此之外，他还做了很多事，大致如下：

修复大城九，城堡四十五；练兵十一万，训练弓弩、火炮手五万；立军营十二、水营五、火营二、前锋后劲营八；造甲胄、军事器械、弓矢、炮石、渠答（守城的礌石）、卤盾等数万具。另外，拓地四百里；召集辽人四十余万，训练辽兵三万；屯田五千顷，岁入十五万两白银。

具体细节不知道，看起来确实很多。

应该说，孙承宗所做的这些工作非常重要，但绝不是最重要的。

十七世纪最重要的是什么？是人才。

天启二年（1622），孙承宗已经六十岁了。他很清楚，虽然他熟悉战争、精通战争，有着挽救危局的能力，但他毕竟老了。

为了大明江山，为了百姓的安宁，为了报国的理想，做了一辈子老师的孙承宗决定，收下最后一个学生，并把自己的谋略、战法、无畏的信念，以及永不放弃希望的勇气，全部传授给他。

他很欣慰，因为他已经找到了一个合适的人选——袁崇焕。

在他看来，袁崇焕虽然不是武将出身（进士），也没怎么打过仗，但这是一个具备卓越军事天赋的人，能够在复杂的形势下，作出正确的判断。

更重要的是，他有着战死沙场的决心。

因为在战场上，求生者死，求死者生。

在之后的时间里，他着力培养袁崇焕，巡察带着他，练兵带着他，甚至机密决策也都让他参与。

当然，孙老师除了给袁同学开小灶外，还让他当了班干部，从宁前兵备副使、宁前道，再到人事部（吏部）的高级预备干部（巡抚），只用了三年。

袁崇焕用实际行动证明，他是个不折不扣的优等生。三年里，他圆满完成了自己的工作，并熟练掌握了孙承宗传授的所有技巧、战术与战略。

在这几年中，袁崇焕除学习外，主要的工作是修建宁远城，加强防御。然而有一天，他突然意识到了一个问题：

后金军以骑兵为主，擅长奔袭，行动迅猛，抢了就能跑。而明军以步兵为主，骑兵质量又不行，打到后来，只能坚守城池，基本上是敌进我退，敌退我不追。这么下去，到哪儿才是个头？

是的，防守是不够的，仅凭城池、步兵坚守，是远远不够的。

彻底战胜敌人强大骑兵的唯一方式，就是建立一支同样强大的骑兵。

所以，在孙老师的帮助下，他开始召集难民，仔细挑选，进行严格训练，只有最勇猛精锐、最苦大仇深的士兵，才有参加这支军队的资格。

同时，他饲养优良马匹，大量制造明朝最先进的火器三眼神铳，配发到每个人的手中，并反复操练骑兵战法，冲刺砍杀，一丝不苟。

因为他所需要的，是这样一支军队：无论面临绝境，或是深陷重围，这支军队都能够战斗到最后一刻，绝不投降。

他成功了。

他最终训练出了一支这样的军队，一支努尔哈赤、皇太极父子终其一生，直至明朝灭亡，也未能彻底战胜的军队。

在历史上，这支军队的名字，叫做关宁铁骑。

袁崇焕的成长，远远超出了孙承宗的预料，无论是练兵、防守、战术，都已无懈可击。虽然此时，他还只是个无名小卒。

对这个学生，孙老师十分满意。

但他终究还是发现了袁崇焕的一个缺点，一个看似无足轻重的缺点，从一件看似无足轻重的小事上。

天启三年（1623），辽东巡抚阎鸣泰接到举报，说副总兵杜应魁冒领军饷。

要换在平时，这也不算是个事，但孙老师刚刚整顿过，有人竟然敢顶风作案，必须要严查。

于是他派出袁崇焕前去核实此事。

袁崇焕很负责任，到地方后不眠不休，开始查账清人数。一算下来，没错，杜总兵确实贪污了，叫来谈话，杜总兵也认了。

按规定，袁特派员的职责到此结束，就该回去报告情况了。

可是袁大人似乎太过积极，谈话刚刚结束，他竟然连个招呼都不打，当场就把杜总兵给砍了。被砍的时候，杜总兵还在作痛哭流涕忏悔状。

事发太过突然，在场的人都傻了，等大家回过味来，杜总兵某些部下已经操家伙，准备奔着袁大人去了。

毕竟是朝廷命官，你又不是直属长官，啥命令没有，到地方就把人给砍了，算是怎么回事？

好在杜总兵只是副总兵，一把手还在，好说歹说，才把群众情绪安抚下去，袁特派员这才安然返回。

返回之后的第一个待遇，是孙承宗的一顿臭骂：

“杀人之前，竟然不请示！杀人之后，竟然不通报！士兵差点儿哗变，你也不报告！到现在为止，我还不知道，你到底杀了什么人！以何理由要杀他？

“据说你杀人的时候，只说是奉了上级的命令，如果你凭上级的命令就可以杀人，那还要上方宝剑（皇帝特批孙承宗一柄）干什么？！”

袁崇焕没有吱声。

就事情本身而言，并不大，却相当恶劣。既不是直系领导，又没有上方宝剑，竟敢擅自杀人，实在太过嚣张。

但此刻人才难得，为了这么个事，把袁崇焕给办了，似乎也不现实，于是孙承宗把这件事压了下去，他希望袁崇焕能从中吸取教训：意气用事，胡乱杀人，是绝对错误的。

事后证明，袁崇焕确实吸取了教训。当然，他的认识和孙老师的有所不同：

不是领导，没有上方宝剑，擅自杀人，是不对的。那么是领导，有了上方宝剑，再擅自杀人，就应该是对的。

从某个角度讲，他这一辈子，就栽在这个认识上。

不过局部服从整体，杜总兵死了也就死了，无所谓。事实上，此时辽东的形势相当的好，宁远以及附近的松山、中前所、中后所等据点已经连成了一片，著名的关宁防线（山海关—宁远）初步建成，驻守明军已达十一万人，粮食可以供应三年以上，关外两百多公里土地重新落入明朝手中。

孙承宗修好了城池，整好了军队，找好了学生，恢复了国土，但这一切还不够。

要应对即将到来的敌人，单靠袁崇焕是不行的，必须再找几个得力的助手。

助手

袁崇焕刚到宁远时，看到的是破墙破砖，一片荒芜，不禁感叹良多。

然而，很快就有人告诉他，这是刚修过的。事实上，已有一位将领在此筑城，而且还筑了一年多。

修了一年多，就修成这个破样？袁崇焕十分恼火，于是他把这个人叫了过来，死骂了一顿。

没想到，这位仁兄全然没有之前被砍死的那位杜总兵的觉悟，非但不认错，竟然还跳起来，跟袁大人对骂，张口就是老子打了多少年仗，你懂个屁之类的混话。

这就是当时的懒散游击将军，后来的辽东名将祖大寿的首次亮相。

祖大寿，是一个很有名的人，有名到连在他家干活的仆人祖宽都进了明史列传，然而，这位名人本人的列传，却在《清史稿》里，因为他最终还是换了老板。

但奇怪的是，和有同样遭遇的吴某某、尚某某、耿某某比起来，他的名声相当好，说他是×奸的人，似乎也不多。原因在于，他已尽到了自己的本分。

祖大寿，字复宇，辽东宁远人，生在宁远，长在宁远，参军还在宁远。此人脾气暴躁，品性凶狠，好持刀砍人，并凭借多年砍人之业绩，升官当上了游击，熊廷弼在的时候很赏识他。

后来熊廷弼走了，王化贞来了，也很赏识他，并且任命他为中军游击，镇守广宁城。

再后来，孙得功叛乱，王化贞逃跑了，关键时刻，祖大寿二话不说，也跑了。

但他并没有跑回去，而是率领军队跑到了觉华岛继续坚守。

坚守原则，却不吃眼前亏。从后来十几年中他干过的那些事来看，这是他贯彻始终的人生哲学。

对一个在阎王殿参观过好几次的人而言，袁崇焕这种进士出身，连仗都没打过的人，竟然还敢跑来抖威风，是纯粹的找抽，不骂是不行的。

这场对骂的过程并不清楚，但结果是明确的。袁大人虽然没当过兵，脾气却比当兵的更坏，正如他的那句名言："你道本部院是个书生，本部院却是一个将首！"双方你来我往，几个回合下来，祖大寿认输了。

从此，他成为了袁崇焕的忠实部下、大明的优秀将领、后金骑兵不可逾越的铜墙铁壁。

祖大寿，袁崇焕的第一个助手。

其实祖大寿这个名字，是很讨巧的，因为用当地口音，不留神就会读成祖大舅。为了不至于乱辈分，无论上级下属，都只是称其职务，而不呼其姓名。

只有一个人，由始至终、坚定不移地称其为大舅，原因很简单，祖大寿确实是他的大舅。

这个人名叫吴三桂。

当时的吴三桂不过十一二岁，尚未成年，既然未成年，就不多说了。事实上，在当年，他的父亲吴襄，是一个比他重要得多的人物。

吴襄，辽宁绥中人，祖籍江苏高邮，武举人。

其实按史料的说法，吴襄先生的祖上，本来是买卖人，从江苏跑到辽东，是来做生意的。可是到他这辈，估计是兵荒马乱，生意不好做了，于是一咬牙，去考了武举，从此参加军队，迈上丘八的道路。

由于吴先生素质高，有文化（至少识字吧），和兵营里的那些傻大粗不一样，祖大寿对其比较赏识，刻意提拔，还把自己的妹妹嫁给了他。

吴襄没有辜负祖大寿的信任，在此后十余年的战斗中，他和他的儿子，将成为大明依靠的支柱。

吴襄，袁崇焕的第二个助手。

在逃到宁远之前，吴襄和祖大寿是王化贞的下属，在王化贞到来之前，他们是毛文龙的下属。

现在看来，毛文龙似乎并不有名，也不重要，但在当时，他是个非常有名，且极其重要的人，至少比袁崇焕要重要得多。

天启初年（约1621）的袁崇焕，是宁前道，毛文龙，是皮岛总兵。

准确地说，袁崇焕，是宁前地区镇守者，朝廷四品文官。

而毛文龙，是左都督、朝廷一品武官、平辽将军、上方宝剑的持有者、辽东地区最高级别军事指挥官。

换句话说，毛总兵比袁大人要大好几级。与毛文龙相比，袁崇焕只是一个微不足道的无名小卒，双方根本就不在同一档次上。

因为毛总兵并不是一个普通的总兵。

明代总兵，是个统称，大致相当于司令员。但是，管几个省的，可以叫司令员，管一个县的，也可以叫司令员。比如，那位吃空额贪污的杜应魁，人家也是个副总兵，但袁特派说砍就把他砍了，连眼睛都不眨，检讨都不写。

总而言之，明代总兵是分级别的，有分路总兵、协守总兵等，而最高档次的，是总镇总兵。

毛文龙，就是总镇总兵。事实上，他是大明在关外唯一的总镇级总兵。

总镇总兵，用今天的话说，是大军区司令员，地位十分之高，一般都附带将军头衔（相当于荣誉称号，如平辽、破虏等），极个别的还兼国防部长（兵部尚书）。

明朝全国的总镇总兵编制，有二十人，十四个死在关外，现存六人，毛文龙算一个。

但在这些幸存者之中，毛总兵是比较特别的，虽然他的级别很高，但他管的地盘很小——皮岛，也就是个岛。

皮岛，别名东江，位处鸭绿江口，位置险要，东西长十五里，南北宽十二里。毛总兵就驻扎在上面，是为毛岛主。

这是个很奇怪的事。一般说来，总镇总兵管辖的地方很大，不是省军区司令，也是地区军区司令，只有毛总兵，是岛军区司令。

但没有人觉得奇怪，因为其他总兵的地盘，是接管的，而毛总兵的地盘，是自己抢来的。

毛文龙，万历四年（1576）生人，浙江杭州人，童年的主要娱乐是四处蹭饭吃。

由于家里太穷，毛文龙吃不饱饭，自然上不起私塾，考不上进士。而就我找到的史料看，他似乎也不是斗狠的主，打架撒泼的功夫也差点儿，不能考试，又不能闹腾，算是百无一用，比书生还差。

但要说他什么都没干，那也不对，为了谋生，他开始从事服务产业——算命。

算命是个技术活，就算真不懂，也要真能忽悠，于是毛文龙开始研究麻衣相术、测字、八卦等。

但我们有理由相信，他在这方面的学问没学到家，给人家算了几十年的命，就没顾上给自己算一卦。

不过，他在另一方面的造诣，是绝对值得肯定的——兵法。

在平时只教语文，考试只考作文的我国古代，算命、兵法、天文这类学科都是杂学，且经常扎堆，还有一个莫名其妙的统称——阴阳学。

而迫于生计，毛先生平时看的大都是这类杂书，所以他虽没上过私塾，却并非没读过书。据说他不但精通兵法理论，还经常用于实践——聊天时用来吹牛。

就这么一路算，一路吹，混到了三十岁。

不知是哪一天，哪根弦不对，毛文龙突然决定，结束自己现在的生活，毅然北上寻找工作。

他一路到了辽东，遇见当时的巡抚王化贞，王化贞和他一见如故，认为他是优秀人才，当即命他为都司，进入军队任职。

这个世界上似乎没有这样的好事，没错，前面两句话是逗你们玩的。

毛文龙先生之所以痛下决心北上求职，是因为他的舅舅时来运转，当上了山东布政使，跟王化贞关系很好，并向王巡抚推荐了自己的外甥。

王巡抚给了面子，帮毛文龙找了份工作，具体情况就是如此。

在王化贞看来，给安排工作，是挣了毛文龙舅舅的一个人情，但事实证明，办这件事，是挣了大明的一个人情。

毛文龙就这样到部队上班了，虽说只是个都司，但在地方而言，也算是高级干部了，至少能陪县领导吃饭。问题在于，毛都司刚去的时候，不怎么吃得开，因为大家都知道他是关系户，都知道他没打过仗，所以，都瞧不起他。

直到那一天的到来——天启元年（1621）三月二十一日。

这一天，辽阳陷落，辽东经略袁应泰自尽，数万守军全军覆没。至此，广宁之外，明朝在辽东已无立足之地。

难民携家带口，士兵丢弃武器，大家纷纷向关内逃窜。

除了毛文龙。

毛文龙没有跑，但必须说明的是，他之所以不跑，不是道德有多高尚，而是实在跑不掉了。

由于辽阳失陷太快，毛先生反应不够快，没来得及跑，落在了后面，被后金军堵住，没辙了。

如果只有他一个人，化化装，往脸上抹把土，没准儿还能混过去。不幸的是，他的手下还有两百来号士兵。

带着这么群累赘，想溜，溜不掉，想打，打不过，明军忙着跑，后金军忙着追，敌人不管他，自己人也不管他。毛文龙此时的处境，可以用一个词完美地概括——弃卒。

当众人一片哀鸣，认定走投无路之际，毛文龙找到了一条路——下海。

他找来了船只，士兵们安全撤退到了海上。

然而很快，士兵们就发现，他们行进的方向不是广宁，更不是关外。

"我们去镇江。"毛文龙答。

于是大家都傻了。

所谓镇江，不是江苏镇江，而是辽东的镇江堡，此地位于鸭绿江入海口，与朝鲜隔江而立，战略位置十分重要，极其坚固，易守难攻。

但大家之所以吃惊，不是由于它很重要、很坚固，而是因为它压根儿就不在明朝手里。

辽阳、沈阳失陷之前，这里就换地主了，早就成了后金的大后方，且有重兵驻守，这个时候去镇江堡，动机只有两个：投敌，或是找死。

然而毛文龙说，我们既不投敌，也不寻死，我们的目的，是攻占镇江。

很明显，这是在开玩笑。辽阳已经失陷了，没有人抵抗，没有人能够抵抗，大家的心中，有着共同且唯一的美好心愿——逃命。

但是毛文龙又说：我没有开玩笑。

我们要从这里出发，横跨海峡，航行上千里，到达敌人重兵集结的坚固堡垒，凭借我们这支破烂不堪、装备不齐、刚刚一败涂地、只有几百人的队伍，去攻击装备精良、气焰嚣张、刚刚大获全胜的敌人，是以寡敌众。

我们不逃命，我们要攻击，我们要彻底地击败他们，我们要收复镇江，收复原本属于我们的土地！

没有人再惊讶，也没有人再反对，因为很明显，这是一个合理的理由，一个足以让他们前去攻击镇江，义无反顾的理由。

在夜幕的掩护下，毛文龙率军抵达了镇江堡。

事实证明，他或许是个冲动的人，但绝不是个愚蠢的人。如同预先彩排的一样，毛文龙发动了进攻，后金军队万万想不到，在大后方竟然还会被人捅一刀，没有丝毫准备，黑灯瞎火的，也不知到底来了多少人，从哪里来，只能惊慌失措，四散奔逃。

此战明军大胜，歼灭后金军千余人，阵斩守将佟养真，收复镇江堡周边百里地域，史称“镇江堡大捷”。

这是自努尔哈赤起兵以来，明朝在辽东最大、也是唯一的胜仗。

消息传来，王化贞十分高兴，当即任命毛文龙为副总兵，镇守镇江堡。

后金丢失镇江堡后，极为震惊，派出大队兵力，打算把毛文龙赶进海里喂鱼。

由于敌太众，我太寡，毛文龙丢失了镇江堡，被赶进了海里，但他没有喂鱼，却开始钓鱼——退守皮岛。

毕竟只是个岛，所以刚开始时，谁也没把他当回事。可不久之后，他就用实际行动，让努尔哈赤先生领会了痛苦的真正含义。

自天启元年（1621）以来，毛文龙就没休息过，每年派若干人，出去若干天，干若干事，不是放火，就是打劫，搞得后金不得安生。

更烦人的是，毛岛主本人实在狡猾无比，你没有准备，他就上岸踢你一脚，你集结兵力，设好埋伏，他又不来，就如同耳边嗡嗡叫的蚊子，能把人活活折磨死。

后来努尔哈赤也烦了，估计毛岛主也只能打打游击，索性不答理他，让他去闹。没想到，毛岛主又给了他一个意外惊喜。

天启三年（1623），就在后金军的眼皮底下，毛岛主突然出兵，一举攻占金州（今辽宁金州），而且占住就不走了，在努尔哈赤的后院放了把大火。

努尔哈赤是真没法了，要派兵进剿，却是我进敌退；要登陆作战，又没有那个技术；要打海战，又没有海军，实在头疼不已。

努尔哈赤是越来越头疼，毛岛主却越来越折腾，按电视剧里的说法，住孤岛上应该是个很惨的事，要啥啥没有，天天坐在沙滩上啃椰子，眼巴巴地盼着人来救。

可是毛文龙的孤岛生活过得相当充实，照史书上的说法，是“召集流民，集备军需，远近商贾纷至沓来，货物齐备，捐税丰厚”。

这就是说，毛岛主在岛上搞得很好，大家都不在陆地上混了，跟着跑来讨生活，岛上的商品经济也很发达，还能抽税。

这还不算，毛岛主除了搞活内需外，还做进出口贸易，日本、朝鲜都有他的固定客商。据说连后金管辖区也有人和他做生意，反正那鬼地方没海关，国家也不征税，所以毛岛主的收入相当多，据说每个月都有十几万两白银。

有钱，自然就有人了，在高薪的诱惑下，上岛当兵的越来越多，原本只有两百多人，后来袁崇焕上岛清点人数时，竟然清出了三万人。

值得夸奖的是，在做副业的同时，毛岛主并没有忘记本职工作。在之后的几年中，他创造了很多业绩，摘录如下：

天启三年（1623），占金州。

四年五月，遣将沿鸭绿江越长白山，侵后金国东偏。

八月，遣兵从义州城西渡江，入岛中屯田。

五年六月，遣兵袭耀州之官屯寨。

六年五月，遣兵袭鞍山驿，越数日又遣兵袭撒尔河，攻城南。

乱打一气不说，竟然跑到人家地面上屯田种粮食，实在太嚣张了。

努尔哈赤先生如果不恨他，那是不正常的。

可是恨也白恨，科技跟不上，只能眼睁睁看着毛岛主胡乱闹腾。

拜毛文龙同志所赐，后金军队每次出去打仗的时候，很有一点儿惊弓之鸟的感觉，唯恐毛岛主在背后打黑枪，以至于长久以来不能安心抢掠，工作精力和情绪受到极大影响，反响极其恶劣。

如此成就，自然无人敢管，朝廷哄着他，王化贞护着他。后来，王在晋接任了辽东经略，都得把他供起来。

毛文龙，袁崇焕的第三个帮助者，现在的上级、未来的敌人。

天启三年（1623），袁崇焕正热火朝天地在宁远修城墙的时候，另一个人到达宁远。

这个人是孙承宗派来的，他的职责，是与袁崇焕一同守护宁远。这个人的名字叫满桂。

满桂，宣府人，蒙古族，很穷，很勇敢。

满桂同志应该算是个标准的打仗苗子，从小爱好打猎，长大参军了，就爱好打人。在军队中混了很多年，每次出去打仗，都能砍死几个，可谓战功显赫，然而战功如此显赫，混到四十多岁，才是个百户。

倒不是有人打压他，实在是因为他太实在。

明朝规定，如果你砍死敌兵一人（要有首级），那么恭喜你，接下来你有两种选择：一、升官一级；二、得赏银五十两。

每次满桂都选第二种，因为他很缺钱。

我不认为满桂很贪婪，事实上，他很老实。

因为他并不知道，选第二种的人，能拿钱，而选第一种的，既能拿权，也能拿钱。

就这么个混法，估计到死前，能混到个千户，就算老天开眼了。

然而，数年之后一个人的失败，造就了他的成功。这个失败的人，是杨镐。

万历四十七年（1619），杨镐率四路大军，在萨尔浒全军覆没，光将领就死了三百多人。朝廷没人了，只能下令破格提拔，满桂同志就此改头换面，当上了明军的高级将领——参将。

但真正改变他命运的，是另一个成功的人——孙承宗。

天启二年（1622），在巡边的路上，孙承宗遇见了满桂，对这位老兵油子极其欣赏（大奇之），高兴之余，就给他升官，把他调到山海关，当上了副总兵。一年后，满桂被调往宁远，担任守将。

满桂是一个优秀的将领，他不但作战勇敢，而且经验丰富，还能搞外交。

当时的蒙古部落，已经成为后金军队的同盟，无论打劫、打仗都跟着一起来，明军压力很大。而满桂的到来，彻底改变了这一切。

他利用自己的少数民族身份，对同胞进行了长时间耐心的劝说；对于不听劝说的，也进行了长时间耐心的攻打。很快，大家就被他又打又拉的诚恳态度所感动，全都服气了（桂善操纵，诸部咸服）。

此外，他很擅长堆砖头，经常亲自监工砌墙；还很喜欢练兵，经常把手下的兵练得七倒八歪。

就这样，在满桂的不懈努力下，宁远由当初一座较大的废墟，变成了一座较大的城市（军民五万余家，屯种远至五十里）。

而作为宁远地区的最高武官，他与袁崇焕的关系也相当好。

其实矛盾还是有的，但问题不大，至少当时不大。

必须说明一点，满桂当时的职务，是宁远总兵，而袁崇焕，是宁前道。就级别而言，满桂比袁崇焕要高，但明朝的传统，是以文制武，所以在宁远，袁崇焕的地位要略高于满桂，高一点点。

而据史料记载，满桂是个不苟言笑，却极其自负的人。加上他本人是从小兵干起，平时干的都是砍人头的营生（一个五十两），注重实践，最看不起的，就是那些空谈理论，没打过仗的文官，当然，这其中也包括袁崇焕。

但有趣的是，他和袁崇焕相处得还不错，并不是他比较大度，而是袁崇焕比较能忍。

袁大人是很有自知之明的，他很清楚，在辽东混的，大部分都是老兵油子，杀人放火的事情干惯了，在这些人看来，自己这种文化人兼新兵蛋子，是没有发言权的。

所以他非常谦虚，非常能装孙子，还时常向老前辈们（如满桂）虚心请教，满桂们也心知肚明，知道他是孙承宗的人，得罪不起，都给他几分面子。总之，大家混得都还不错。

满桂，袁崇焕的第四个帮助者，三年后的共经生死的战友，七年后置于死地的对手。

或许你觉得人已经够多了，可是孙承宗似乎并不这么看，不久之后，他又送来了第五个人。

这个人，是他从刑场上救下来的，名字叫赵率教。

赵率教，陕西人，此人当官很早，万历中期就已经是参将了，履历平平，战功平平，资质平平，什么都平平。

表现一般不说，后来还吃了官司，工作都没了，后来也拜杨镐先生的福，武将死得太多没人补，他就自告奋勇，去补了缺，在袁应泰的手下，混了个副总兵。

可是他的运气很不好，刚去没多久，辽阳就丢了，袁应泰自杀，他跑了。

情急之下，他投奔了王化贞，一年后，广宁失陷，王化贞跑了，他也跑了。

再后来，王在晋来了，他又投奔了王在晋。

由于几年之中，他到了好几个地方，到哪儿，哪儿就倒霉。而且他既无责任心，遇事就跑，遇麻烦就溜。至此，他终于成为了明军之中有口皆碑的典型人物——当然，反面典型。

对此，赵率教没有说什么，也不能说什么。

然而不久后，赵率教突然找到了王在晋，主动提出了一个要求：

“我愿戴罪立功，率军收复失地。”

王在晋认为，自己一定是听错了，然而，当他再次听到同样坚定的话时，他认定，赵率教同志可能是受了什么刺激。

因为在当时，失地这个概念，是比较宽泛的，明朝手中掌握的，只有山海关，往大了说，整个辽东都是失地，您要去收复哪里？

赵率教回答：前屯。

前屯，就在宁远附近，是明军的重要据点。

在确定赵率教头脑清醒，没有寻死倾向之后，王在晋也说了实话：

“收复失地固然是好，但眼下无余兵。”

这就很实在了，我不是不想成全你，只是我也没法儿。

然而，赵率教的回答彻底出乎了王大人的意料：

“无需派兵，我自己带人去即可。”

老子是辽东经略，手下都没几号人，你还有私人武装？于是好奇的王在晋提出了问题：

“你有多少人？”

赵率教答：

“三十八人。”

王在晋彻底郁闷了。眼下大敌当前，努尔哈赤随时可能打过来，士气如此低落，平时能战斗的，也都躲了。这位平时特别能躲的，却突然站出来要战斗？

这都啥时候了，你开什么玩笑？还嫌不够乱？

于是一气之下，王在晋手一挥：你去吧！

这是一句气话，可他万没想到，这哥们儿真去了。

赵率教率领着他的家丁，三十八人，向前屯进发，去收复失地。

这是一个有明显自杀迹象的举动，几乎所有的人都认为，赵率教疯了。

但事实证明，赵先生没有疯，因为当他接近前屯，得知此地有敌军出现时，便停下了脚步。

“前方已有敌军，不可继续前进，收复此地即可。”

此地，就是他停下的地方，名叫中前所。

中前所，地处宁远近郊，大致位于今天的辽宁省绥中县附近。赵率教在此扎营，就地召集难民，设置营地，挑选精壮充军，并组织屯田。

王在晋得知了这个消息，却只是轻蔑地笑了笑，他认为，在那片遍布敌军的土地上，赵率教很快就会故伎重演，丢掉一切再跑回来。

几个月后，孙承宗来到了这个原本应该空无一人的据点，却看见了广阔的农田、房屋，以及手持武器、训练有素的士兵。

在得知此前这里只有三十八人后，他找来了赵率教，问他一个问题：

“现在这里有多少人？”

赵率教回答：

“民六万有余，士兵上万人。”

从三十八人到六万，面对这个让人难以置信的奇迹，孙承宗十分激动。他老人家原本是坐着马车来的，由于过于激动，当即把车送给了赵率教，自己骑马回去了。

从此，他记住了这个人的名字。

就赵率教同志的表现来看，他是一个知道羞耻的人，知耻近乎勇。在经历了无数犹豫、困顿后，他开始用行动，去证明自己的勇气。

可他刚证明到一半，就差点儿被人给砍了。

正当赵率教撸起袖子，准备大干一场的时候，兵部突然派人来找他，协助调查一件事情。

赵率教明白，这回算活到头了。

事情是这样的，当初赵率教在辽阳的时候，职务是副总兵，算是副司令员，掌管中军，这就意味着，当战争开始时，手握军队主力的赵率教应全力作战，然而他逃了，并直接导致了作战失败。

换句话说，小兵可以跑，老百姓可以跑，但赵率教不能跑，也不应该跑，既然跑了，就要依法处理。根据明朝军法，此类情形必死无疑。

但所谓必死无疑，还是有疑问的，特别是当有猛人求情的时候。

孙承宗听说此事后，当即去找了兵部尚书，告诉他，此人万不可杀。兵部尚书自然不敢得罪内阁大学士，索性做了个人情，把赵率教先生放了。

孙承宗并不是一个仁慈的人，他之所以放赵率教一马，是因为他认定，这人活着比死了好。

而赵率教用实际行动证明了孙承宗的判断，在不久后的那场大战中，他将起到至关重要的作用。

赵率教，袁崇焕的第五个帮助者。

第十三章　一个监狱看守

天启元年（1621），孙承宗刚到辽东的时候，他所拥有的，只是山海关以及关外的八里地。

天启五年（1625），孙承宗巩固了山海关，收复了宁远，以及周边几百里土地。

在收复宁远之后，孙承宗决定再进一步，占据另一个城市——锦州。他认定，这是一个至关重要的地点。

但努尔哈赤似乎不这么看，锦州嘛，又小又穷，派兵守还要费粮食，谁要谁就拿去。

就这样，不费吹灰之力，孙承宗得到了锦州。

事后证明，自明朝军队进入锦州的那一刻起，努尔哈赤的悲惨命运便已注定。

因为至此，孙承宗终于完成了他一生中最伟大的杰作——关锦防线。

所谓关锦防线，是指由山海关—宁远—锦州组成的防御体系。该防线全长四百余里，深入后金区域，沿线均有明朝堡垒、据点，极为坚固。

历史告诉我们，再坚固的防线，也有被攻陷的一天。

历史还告诉我们，凡事总有例外，比如这条防线。

事实上，直到明朝灭亡，它也未被突破。此后长达十余年的时间里，后金军队用手刨，用嘴啃，用牙咬，都毫无效果，还搭上了努尔哈赤先生的一条老命。

这是一个科学、富有哲理而又使人绝望的防御体系，因为它基本上没有弱点。

锦州，辽东重镇，自古为入关要道，且地势险要，更重要的是，锦州城的一面靠海。对于没有海军的后金而言，这又是一个噩梦。

这就是说，只要海运充足，在大多数情况下，即使被围得水泄不通，锦州也是很难攻克的。

既然难打，能不能不打呢？

不能。

我的一位家在锦州的朋友告诉我，他要回去十分方便，因为从北京出发，开往东三省，在锦州停靠的火车，有十八列。

我顿时不寒而栗，这意味着，在三百多年前的明朝，要到辽东，除个别缺心眼爬山坡的人外，锦州是唯一的选择。

要想入关，必须攻克宁远，要攻克宁远，必须攻克锦州，要攻克锦州，攻克不了。

当然，有人会说，锦州不过是个据点，何必一定要攻陷？只要把锦州围起来，借个道过去，继续攻击宁远，不就行了吗？

是的，按照这个逻辑，也不一定要攻陷宁远，只要把宁远围起来，借个道过去，继续攻击山海关，不也行吗？

这样看来，努尔哈赤实在是太蠢了，这么简单的道理，为什么就没想到呢？

我觉得，持有这种想法的人，应该去洗把脸，清醒清醒。

假定你是努尔哈赤，带了几万兵，到了锦州，锦州没人打你，于是，你又到了宁远，宁远也没人打你，就这么一路顺风到了山海关，准备发动攻击。

我相信，这个时候你会惊喜地发现，锦州和宁远的军队已经出现在你的后方，准备把你一锅端——除非这两个地方的守将是白痴。

现在你有大麻烦了，眼前是山海关，没准儿十天半月攻不下来，请屁股后面的军队别打你，估计人家不干，就算你横下一条心，用头把城墙撞破，冲进了关内，抢到了东西，你也总得回去吧。

如果你没长翅膀，你回去的路线应该是山海关—宁远—锦州……

看起来似乎比较艰难，不是吗？

这就是为什么曹操同志多年来不怕孙权，不怕刘备，偏偏就怕马腾、马超——这两位先生的地盘在他的后方。

这就是孙承宗的伟大成就，短短几年之间，他修建了若干据点，收复了若干失地，提拔了若干将领，训养了若干士兵。

现在，在他手中的，是一条坚不可破的防线，一支精锐无比的军队，一群天赋异禀的卓越将领。

但对于这一切，努尔哈赤并不清楚，至少不十分清楚。

祖大寿、吴襄、满桂、赵率教、毛文龙以及袁崇焕，对努尔哈赤而言，这些名字毫无意义。

自万历四十六年（1618）起兵以来，明朝能打的将领，他都打了，杨镐、刘綎、杜松、王化贞、袁应泰，全都是手下败将，无一例外。在他看来，新来的这拨人的下场估计也差不多。

但他终将失败，败在这几个无名小卒的手中，并永远失去翻盘的机会。

话虽如此，努尔哈赤还是很有几把刷子的，他不了解目前的局势，却了解孙承宗的实力。很明显，这位督师大人比熊廷弼还难对付，所以几年之内，他都没有发动大的进攻。

大的没有，小的还是有。

在后金的军队中，最优秀的将领无疑是努尔哈赤，但正如孙承宗一样，他的属下，也有很多相当厉害的猛人。

而在这些猛人里，最猛的，就是八大贝勒。

失败的叹息

所谓八大贝勒，分别是指代善、阿敏、莽尔古泰、皇太极、阿济格、多尔衮、多铎、济尔哈朗。

在这八个人里，按照军功和资历，前四个大猛，故称四大贝勒，后四个小猛，故称四小贝勒。

其中最有名的，无疑是两个人，皇太极、多尔衮。

但最能打仗的，是三个人，除皇太极和多尔衮外，还有一个代善。

多尔衮年纪还小，就不说了；皇太极很有名，也不说了；这位代善，虽然年纪很人，且不出名，但很有必要说一说。

事实上，大贝勒代善是当时后金最为杰出的军事将领之一。此人非常勇猛，在与明朝作战时，经常身先士卒，且深通兵法，擅长伏击，极其能打。

因为他很能打，所以努尔哈赤决定，派他出去打，而打击的对象，就是锦州。

当代善率军来到锦州城下的时候，他才意识到，这是个结结实实的黑锅。

首先锦州非常坚固。在修城墙方面，孙承宗很有一套，城不但高，而且厚，光凭刀砍斧劈，那是没指望的，要想进城，没有大炮是不行的。

大炮也是有的，不过不在城下，而在城头。

其实一直以来，明朝的火器水平相当高，万历三次征打日本的时候也很经用，后来之所以荒废，不是技术问题，而是态度问题。

万历前期，皇帝陛下精神头足，什么事都愿意折腾，后来不想干了，天天躲着不上朝，下面也开始消极怠工，外加火器工作危险性大，吃力不讨好，没准儿出个安全事故，是很麻烦的。

孙承宗不怕麻烦，他不但为部队添置三眼火铳等先进装备，还购置了许多大炮，尝试用火炮守城，而锦州，就是他的试点城市。

虽然情况不妙，但代善不走寻常路，也不走回头路，依然一根筋，找人架云梯、冲车往城里冲。

此时的锦州守将，是赵率教，应该说，他的作战态度是很成问题的。面对着在城下张牙舞爪、极其激动的代善，他却心平气和、毫不激动，时不时在城头转两圈，放几炮，城下便会迅速传来凄厉的惨叫声。在赔上若干架云梯、若干条性命，仍旧毫无所得的情况下，代善停止了进攻。

虽然停止了进攻，但代善还不大想走，他还打算再看两天。

可是孙承宗似乎是不欢迎参观者的，代贝勒的屁股还没坐热，就得到一个可怕的消息，一支明军突然出现在自己的侧翼。

这支部队是驻守前屯、松山的明军，听说客人来了，没赶上接风，特来送行。

在短暂的慌乱之后，代善恢复了平静，作为一名经验丰富的将领，他有信心击退这支突袭部队。

可他刚带队发起反击，就看到自己屁股后面烟尘四起：城内的明军出动了。

这就算是腹背受敌了，但代善依然很平静，作为一名经验丰富的将领，他很有信心。

然后，很有信心的代善又得知了另一个消息——宁远、中前所等地的明军已经出动，正朝这边来，吃顿饭的工夫也就到了。

但代善不愧是代善，作为一名经验丰富的将领，他非常自信、镇定地作出了一个英明的判断：快逃。

可是来去自如只是一个幻想，很快代善就发现，自己已经陷入重围。明军毫不客气，一顿猛打，代善部伤亡十分惨重，好在来的多是骑兵，机动力强，拼死往外冲，总算奔出了条活路。一口气跑上百里，直到遇见接他的二贝勒阿敏，魂才算回来。

此战明军大胜，击溃后金军千余人，战后清点斩获首级六百多颗，努尔哈赤为他的试探付出了惨痛的代价。

在孙承宗督师辽东的几年里，双方很有点儿相敬如宾的意思，虽说时不时搞点儿小摩擦，但大仗没打过，孙承宗不动，努尔哈赤亦不动。

可是孙承宗不动是可以的，努尔哈赤不动是不行的。

因为孙大人的任务是防守，只要不让敌人进关抢东西，他就算赢了。

努尔哈赤就不同了，他的任务是抢，虽说占了挺大一块地方，但人都跑光了，技术型人才不多，啥产业都没有，据说有些地方，连铁锅都造不出来。孙承宗到辽东算出差，有补助，还有朝廷送物资，时不时还能回去休个假。努先生完全是原生态，没人管没人疼，不抢怎么办？

必须抢，然而又不能抢，因为有孙承宗。

作为世界超级大国，美国有一个非常有趣的形象代言人——山姆大叔。这位大叔的来历就不说了，他的具体特点是面相端正，勤劳乐观，处事低调，埋头苦干，属于那种不怎么言语，却特能干事的类型，是许多美国人争相效仿的楷模。

孙承宗就是一个山姆大叔型的人物，当然，按年龄算，应该叫山姆大爷。这位仁兄相貌奇伟（画像为证），极富乐观主义精神（大家都不干，他干），非常低调（从不出兵闹事），经常埋头苦干（参见前文孙承宗业绩清单）。

刚开始的时候，努尔哈赤压根儿就瞧不起孙大爷，因为这个人到任后毫无动静，一点儿不折腾，什么一举荡平、光复辽东，提都不提，别说出兵攻击，连挑衅斗殴都不来，实在没意思。

但慢慢地，他才发现，这是一个极其厉害的人。

就在短短几年内，明朝的领土以惊人的速度扩张，从关外的一亩三分地，到宁远，再到锦州，在不知不觉中，他已收复了辽东近千里土地。

更为可怕的是，此人每走一步，都经过精心策划，步步为营、稳扎稳打，趁你不注意，就刨你两亩地，每次都不多占，但占住了就不走，几乎找不到任何弱点。

对于这种抬头望天、低头使坏的人，努尔哈赤是一点儿办法都没有，只能眼睁睁地看着对方大踏步地前进，自己人踏步地后退，直到天启五年（1625）十月的那一天。

内幕

这一天，努尔哈赤得到消息，孙承宗回京了。

他之所以回去，不是探亲，不是述职，也不是作检讨，而是彻底退休。

必须说明的是，他是主动提出退休的，却并不情愿，他不想走，却不能不走。

因为他曾无比依赖的强大组织东林党，被毁灭了。

关于东林党的覆灭，许多史书上的说法比较类似：一群有道德的君子，在无比黑暗的政治斗争中，输给了一群毫无道德的小人，最终失败。

我认为，这个说法，那是相当的胡扯。

事实上，应该是一群精明的人，在无比黑暗的政治斗争中，输给了另一群更为精明的人，最终失败。

许多年来，东林党的失败之所以很难说清楚，是由于东林党的成功没说清楚。

而东林党的成功之所以没说清楚，是由于这个问题很难说清楚。

这不是顺口溜。其实一直以来，在东林党的兴亡之中，都隐藏着一些不足为人道的玄机，很多人不知道，知道的人不说。

凑巧的是，我是一个比较较真的人，对于某些很难说清楚的问题、不足为人道的玄机，有着很难说清楚、不足为人道的兴趣。

于是，在查阅分析了许多史籍资料后，我得到了这样一个结论：

东林党之所以成功，是因为强大，之所以失败，是因为过于强大。

万历四十八年（1620），在杨涟、左光斗以及一系列东林党人的努力下，朱常洛顺利即位，成为了明光宗。

虽然这位仁兄命短，只活了一个月，但东林党人再接再厉，经历千辛万苦，又把他的儿子推了上去，并最终控制了朝廷政权。

用正面的话说，这是正义战胜了邪恶，意志顽强，坚持到底。

用反面的话说，这是赌一把，运气好，找对了人，打对了架。

无论正面反面，几乎所有人都认为，东林党能够掌控天下，全靠明光宗死后那几天里杨涟的拼死一搏，以及继任皇帝的感恩图报。

这是一个重要的原因，但绝不是唯一重要的原因。

因为在中国历史上，一般而言，只要皇帝说话，什么事都好办，什么事都能办，可是明朝实在太不一般。

明朝的皇帝，从来不是说了就算的，且不论张居正、刘瑾、魏忠贤之类的牛人，光是那帮六七品的小御史、给事中，天天上疏骂人，想干啥都不让，能把人活活烦死。

比如明武宗，就想出去转转，换换空气，麻烦马上就来，上百人跪在门口痛哭流涕，示威请愿，午觉都不让睡。闹得你死我活，最后也没去成。

换句话说，皇帝大人连自己的事情都搞不定，你让他帮东林党控制朝政，那是不太现实的，充其量能帮个忙而已。

东林党掌控朝廷的真正原因在于，他们打败了朝廷中所有的对手，具体说，是齐、楚、浙三党。

众所周知，东林党中的许多成员是没有什么博爱精神的，经常耍二杆子性格，非我族类就是其心必异，什么人都敢惹。搞了几十年斗争，仇人越来越多，特别是三党，前仆后继，前人退休，后人接班，一代代接茬上，斗得不亦乐乎。

这两方的矛盾，那叫一个苦大仇深，什么争国本、妖书案、梃击案，只要是个机会，能借着打击对手，就绝不放过，且从万历十几年就开始闹，真可谓是历史悠久。

就实力而言，东林党势头大、人多，占据优势，而三党迫于压力，形成了联盟，共同对付东林党，所以多年以来此消彼长，什么京察、偷信，全往死里整。可由于双方实力差距不大，这么多年了，谁也没能整死谁。

万历末年，一个人来到了京城，不久之后，在极偶然的情况下，他加入了其中一方。

他加入的是东林党，于是，三党被整死了。

这是一个不折不扣的小人物，然而，正是这个小人物的到来，打破了几十年的僵局，这个人名叫汪文言。

如果你不了解这个人，那是正常的，如果你了解，那是不正常的。

甚至很多熟读明清历史的人，也只知道这个名字，而不清楚这个名字背后隐藏的东西。

因为这个人实在是太不起眼了。

事实上，为查这位仁兄的生平，我吃了很大苦头，翻了很多书，还专门去查了历史文献检索，竟然都没能摸清他的底。

在几乎所有的史籍中，对于此人的描述都是只言片语，应该说，这是个奇怪的现象。

对于一个在历史上有一定知名度的人而言，介绍如此之少，是很不正常的，但从某个角度讲，又是很正常的。

因为决定成败的关键人物，往往喜欢隐藏于幕后。

汪文言，安徽人，不是进士，也不是举人，甚至不是秀才，他没有进过考场，没有当过官，只是个普通的老百姓。

对于这位老百姓，后世曾有一个评价：以布衣之身，操控天下。

汪布衣小时候的情况如何不太清楚，从目前的材料看，是个很能混的人，他虽然不考科举，却还是当上了公务员——县吏。

事实上，明代的公务员，并非都是政府官员，它分为两种：官与吏。

参加科举考试，考入政府成为公务员的，是官员，就算层次最低、底子最差的举人（比如海瑞），至少也能混个县教育局局长。

可问题在于，明朝的官员编制是很少的，按规定，一个县里有品级、吃皇粮的，只有知县（县长）、县丞（县办公室主任）几个人而已。

而没有品级，也吃皇粮的，比如教谕（教育局长）、驿丞（县招待所所长），大都由举人担任，人数也不多。

在一个县里，只有以上人员算是国家公务员，换句话说，他们是领国家工资的。

然而，一个县只靠这些人是不行的，县长大人日理万机，无论如何是忙不过来的，所以手下还要有跑腿的、偷奸耍滑的、老实办事的、端茶倒水的。

这些被找来干活的人，就叫吏。

吏没有官职、没有编制，国家也不给他们发工资，所有收入和办公费用都由县里解决，换句话说，这帮人国家是不管的。

虽然国家不管，没有正式身份，也不给钱，但这份职业还是相当热门。每年都有无数热血青年前来报考，没关系还当不上，也着实吸引了许多杰出人才，比如阳谷县的都头武松同志，就是其中的优秀榜样。

这是因为在吏的手中，掌握着一件最为重要的东西——权力。

一般说来，县太爷都是上级派下来的，没有根基，也没有班底。而吏大都是地头蛇，熟悉业务，有权在手，熟门熟路，擅长贪污受贿、黑吃黑，除去个把像海瑞那种软硬不吃的极品知县外，谁都拿这帮编外公务员没办法。

汪文言，就是编外公务员中，最狡猾、最会来事、最杰出的代表人物。

汪文言的官场生涯，是从监狱开始的，那时候，他是监狱的看守。

作为一名优秀的看守，他忠实履行了守护监狱、训斥犯人、收取贿赂、拿黑钱的职责。

由于业务干得相当不错，在上级（收过钱的）和同僚（都是同伙）的一致推荐下，他进入了县衙，在新的岗位上继续开展自己的光辉事业。

值得表扬的是，此人虽然长期和流氓地痞打交道，不光彩的事情也没少干，但为人还是很不错的，经常仗义疏财，接济朋友。但凡认识他的，就算走投无路，只要找上门来，他都能帮人一把，江湖朋友纷纷前来蹭饭，被誉为当代宋江。

就这样，汪文言的名头越来越响，关系越来越野，越来越能办事，连知县搞不定的事情，都要找他帮忙。家里跟宋江一样，经常宾客盈门，什么人都有，既有晁盖之类的江洋大盗，又有李逵之流的亡命之徒，上门的礼仪也差不多，总是“叩头就拜”，酒足饭饱拿钱之后，就甘心做小弟，四处传扬汪先生的优秀品格。

在无数志愿宣传员的帮助下，汪先生逐渐威名远播，终于打出县城，走向全省，波及全国。

但无论如何，他依然只是一个县衙的小人物，直到有一天，他的名声传到了一个人的耳中。

这个人叫于玉立，时任刑部员外郎。

这位于员外郎官职不算太高，但想法不低，经常四处串门拉关系，他听说汪文言的名声后，便主动找上门去，特聘汪先生到京城，发挥特长，为他打探消息。

汪先生岂是县中物，毫不犹豫就答应了，准备到京城大展拳脚。

可几个月下来，汪文言发现，自己县里那套，在京城根本混不开。

因为汪先生一无学历，二无来历，档次太低，压根儿就没人答理他。无奈之下，他只好出钱，去捐了个监生，不知是找了谁的门路，还混进了太学。

这可就真了不得了，汪先生当即拿出当年跑江湖的手段，上下打点，左右逢源，短短几月，上至六部官员，下到穷学生，他都混熟了，没混熟的，也混个脸熟。

一时之间，汪文言从县里的风云人物，变成了京城的风云人物。

但这位风云人物，依然还是个小人物。

因为真正掌控这个国家权力中枢的重要人物，是不会答理他的，无论是东林党的君子，还是三党的小人，都看不上这位江湖人士。

但他终究找到了一位可靠的朋友，并在他的帮助下，成功进入了这片禁区。

这位不计较出身的朋友，名叫王安。

要论出身，在朝廷里比汪文言还低的，估计也只有太监了，所以这两人交流起来，也没什么心理障碍。

当时的王安，并非什么了不得的人物。虽说是太子朱常洛的贴身太监，可这位太子也不吃香，要什么没什么，老爹万历又不待见，所以王安同志混得相当不行，没人去答理他。

但汪文言恰恰相反，鞍前马后帮他办事，要钱给钱，要东西给东西，除了女人，什么都给了。

王安很喜欢汪文言。

当然，汪文言先生不是人道主义者，也不是慈善家，他之所以结交王安，只是想赌一把。

一年后，他赌赢了。

在万历四十八年（1620）七月二十一日的那个夜晚，当杨涟秘密找到王安，通报老头子即将走人的消息时，还有第三个人在场——汪文言。

杨涟说，皇上已经不行了，太子应立即入宫继位，以防有变。

王安说，目前情形不明，没有皇上的谕令，如果擅自入宫，凶多吉少。

杨涟说，皇上已经昏迷，不会再有谕令，时间紧急，绝不能再等！

王安说，事关重大，再等等。

僵持不下时，汪文言用自己几十年宦海沉浮的经验，作出了一个判断。

他对王安说：杨御史是对的，不能再等待，必须立即入宫。

一直以来，王安对汪文言都极为信任，于是他同意了，并带领朱常洛，在未经许可的情况下进入了皇宫，成功即位。

这件事不但加深了王安对汪文言的信任，还让东林党人第一次认清了这个编外公务员、江湖混混的实力。

继杨涟之后，东林党的几位领导，大学士刘一璟、韩爌，尚书周嘉谟，御史左光斗等人，都和汪文言拉上了关系。

就这样，汪文言加深了与东林党的联系，并最终成为了东林党的一员——瞎子都看得出，新皇帝要即位了，东林党要发达了。

但当他真正踏入政治中枢的时候，才发现，局势远不像他想象的那么乐观。

当时明光宗已经去世，虽说新皇帝也是东林党捧上去的，但三党势力依然很大，以首辅方从哲为首的浙党、以山东人给事中亓诗教为首的齐党，和以湖广人官应震、吴亮嗣为首的楚党，个个都不是省油的灯。

三党的核心是浙党，此党的创始人是前任首辅沈一贯，一贯善于拉帮结派。后来的接班人、现任首辅方从哲充分发扬了这一精神，几十年下来，朝廷内外，浙党遍布。

齐党和楚党也不简单，这两个党派的创始人和成员基本上都是言官，不是给事中，就是御史，看上去级别不高，能量却不小，类似于今天的媒体舆论，动不动就上疏弹劾，兴风作浪。

三党分工配合，通力协作，极不好惹，东林党虽有皇帝在手，明里暗里斗过几次，也没能搞定。

关键时刻，汪文言出场了。

在仔细分析了敌我形势后，汪文言判定，以目前东林党的实力，就算和对方死拼，也只能死，没得拼。

而最关键的问题在于，东林党的这帮大爷都是进士出身，个个都牛得不行，进了朝廷就人五人六，谁都瞧不上谁，看你不顺眼也不客套，恨不得操板砖上去就拍。

汪文言认为，这是不对的，为了适应新的斗争形势，必须转变观念。

由于汪先生之前在基层工作，从端茶倒水提包拍马开始，一直相当低调，相当能忍，所以在他看来，这个世界上没有永远的敌人，也没有永远的朋友，只要会来事，朋友和敌人是可以相互转化的。

秉持着这一理念，他拟订了一个计划，并开始寻找一个恰当的人选。

很快，他就找到了这个人——梅之焕。

梅之焕，字彬父，万历三十二年（1604）进士，选为庶吉士。后任吏科给事中。

此人出身名门，文武双全，十几岁的时候，有一次朝廷阅兵，他骑匹马，没打招呼，稀里糊涂就跑了进去，又稀里糊涂地要走。

阅兵的人不干，告诉他，你要不露一手，今天就别想走。

梅之焕二话不说，拿起弓就射，九发九中。射完啥也不说，摆了个特别酷的动作，就走人了（长揖上马而去）。

除上述优点外，这人还特有正义感，东厂坑人，他就骂东厂，沈一贯结党，他就骂沈一贯，是个相当强硬的人。

但汪文言之所以找到这位仁兄，不是因为他会射箭、很正直，而是因为他的籍贯。

梅之焕，是湖广人，具体地说，是湖北麻城人。

明代官场里，最重要的两大关系，就是师生、老乡。一个地方出来的，都到京城来混饭吃，老乡关系一攀，就是兄弟了。所以自打进入朝廷，梅之焕认识的，大都是楚党成员。

可这人偏偏是个东林党。

有着坚定的东林党背景，又与楚党有着密切的联系，很好，这正是那个计划所需要的人。

汪文言认为，遇到敌人，直接硬干是不对的，在操起板砖之前，应该先让他自己绊一跤。

三党是不好下手的，只要找到一个突破口，把三党变成两党，就好下手了。

在仔细衡量利弊后，他选择了楚党。

因为在不久之前，发生过这样一件事情。

虽然张居正大人已经死去多年，却依然被人怀念，于是朝中有人提议，要把这位大人从坟里再掘出来，修理一顿。

这个建议的提出，充分说明朝廷里有一大帮吃饱了没事干，且心理极其阴暗变态的王八蛋。按说是没什么人理的，可不巧的是，提议的人，是浙党的成员。

这下就热闹了，许多东林党人闻讯后，纷纷赶来骂仗，痛斥三党，支持张居正。

说句实话，当年反对张居正的时候，东林党也没少掺和，之所以跑来伸张正义，无非是为了反对而反对。提议是什么并不重要，只要是三党提出的，就是错的，对人不对事，不必当真。

梅之焕也进来插了句话，且相当不客气：

“如果江陵（指张居正）还在，你们这些无耻小人还敢这样吗？”

话音刚落，就有人接连上疏，表示同意，但让所有人都出乎意料的是，支持他的人，并不是东林党，而是官应震。

官应震，是楚党的首领，他之所以支持梅之焕，除了两人是老乡，关系不错外，还有一个十分重要的原因：死去的张居正先生是湖广人。

这件事情让汪文言认识到，所谓三党，并不是铁板一块，只要动动手脚，就能将其彻底摧毁。

所以，他找到了梅之焕，拉拢了官应震，开始搞小动作。

至于他搞了什么小动作，我确实很想讲讲，可惜史书没写，我也不知道，只好省略，反正结论是三党被搞垮了。

此后的事情，我此前已经讲过了，方从哲被迫退休，东林党人全面掌权，杨涟升任左副都御史，赵南星任吏部尚书，高攀龙任光禄丞，邹元标任左都御史等。

之所以让你再看一遍，是要告诉你，在这几个成功男人的背后，是一个沉默的男人。

第十四章　毁灭之路

这就是东林党成功的全部奥秘，很明显，不太符合其一贯正面光辉的形象，所以如果有所隐晦，似乎可以理解。

东林党的成功之路到此结束，同学们，现在我们来讲下一课：东林党的失败之路。

在我看来，东林党之所以失败，是因为自大、狂妄，以及嚣张，不是一个，而是一群。

如果要在这群人中寻找一个失败的代表，那这个人一定不是杨涟，也不是左光斗，而是赵南星。

虽然前两个人很有名，但要论东林党内的资历和地位，他们与赵先生压根儿就没法比。

关于赵南星先生的简历，之前已经介绍过了，从东林党创始人顾宪成时代开始，他就是东林党的领导，原先干人事，回家待了二十多年，人老心不老，又回来干人事。

一直以来，东林党的最高领导人（或者叫精神领袖）是三个人，他们分别是顾宪成、邹元标以及赵南星。

顾宪成已经死了，天启二年（1622），邹元标也退休了，现在只剩下了赵南星。

赵先生不但在东林党内有着至高无上的地位，他在政府里也占据着最牛的职务——吏部尚书。一手抓东林党，一手抓人事权，换句话说，赵南星就是朝廷的实际掌控者。

但失败之根源，正是此人。

天启三年（1623），是一个很特殊的年份，因为这一年，是京察年。

所谓京察年，也就是折腾年，六年一次，上级考核各级官吏，有冤报冤，有仇报仇。万历年间的几次京察，每次都搞得不亦乐乎，今年也不例外。

按照规定，主持折腾工作的，是吏部尚书，也就是说，是赵南星。

赵南星是个很负责的人，经过仔细考察，列出了第一批名单，从朝廷滚蛋的名单，包括以下四人：亓诗教、官应震、吴亮嗣、赵兴邦。

如果你记性好，应该记得这几位倒霉蛋的身份：亓诗教，齐党首领；赵兴邦，浙党骨干；官应震、吴亮嗣，楚党首领。

此时的朝政局势，大致是这样的，东林党大权在握，三党一盘散沙，已经成了落水狗。

很明显，虽然这几位兄弟已经很惨了，但赵先生并不甘休，他一定要痛打落水狗。

这是一个很过分的行为，不但要挤掉他们的政治地位，还要挤掉他们的饭碗，实在太不厚道。

更不厚道的是，就在不久之前，楚党还曾是东林党的同盟，帮助他们掌控政权，结果官应震大人连屁股都没坐热，就被轰走了。

这就意味着，汪文言先生连哄带骗，好不容易建立的牢固同盟，就此彻底崩塌。

赵大人在把他们扫地出门的同时，也不忘给这四位下岗人员一个响亮的称号——四凶。为此，他还写了一篇评论文《四凶论》，以示纪念。

跟着这四位一起走人的还有若干人，他们都有着共同的身份：三党成员、落水狗。

此处不留爷，自有留爷处，既然赵大人不给饭吃，就只好另找饭馆开饭了。

就在此时，一个人站在他们面前，体贴地对他们说，在这世界上，赵南星并不是唯一的饭馆老板。

据史料记载，这个人言语温和，面目慈祥，是个亲切的胖老头。

现在，让我们隆重介绍：明代太监中的极品，宦官制度的终极产物，让刘瑾、王振等先辈汗颜的后来者，比万岁只差一千岁的杰出坏人、恶棍、流氓地痞的综合体——魏忠贤。

混混的幸福

魏忠贤，北直隶（今河北）肃宁县人，曾用名李进忠。

对于魏公公的出身，历史上一直有两种说法：一种说，他的父母都是贫苦农民，另一种说，他的父母都是街头玩杂耍的。

说法是不同的，结果是一样的，因为无论农民或杂耍，都是穷人。

家里穷，自然就没钱给他读书，不读书，自然就不识字，也没法考取功名，升官发财。小孩不上学，父母又不管，只能整天在街上闲逛。

就这样，少年魏忠贤成为了失学儿童、文盲、社会无业游荡人员。

但这样的悲惨遭遇，丝毫没有影响魏忠贤的心情，因为他压根儿不觉得自己很惨。

多年前，我曾研习过社会学，并从中发现了这样一条原理：社会垃圾（俗称混混）是从来不会自卑的。

虽然在别人眼中，他们是当之无愧的人渣、败类、计划生育的败笔，但在他们自己看来，能成为一个混混，是极其光荣且值得骄傲的。

因为他们从不认为自己在混，对于这些人而言，打架、斗殴、闹事，都是美好生活的一部分，抢小孩的棒棒糖和完成一座建筑工程，都是人生意义的自我实现，没有任何区别。

做了一件坏事，却绝不会后悔愧疚，并为之感到无比光荣与自豪的人，才是一个合格的坏人，一个纯粹的坏人，一个坏得掉渣的坏人。

魏忠贤，就是这样一个坏人。

根据史料记载，少年魏忠贤应该是个非常开朗的人，虽然他没钱上学，没法读书，没有工作，却从不唉声叹气，相当乐观。

面对一没钱、二没前途的不利局面，魏忠贤不等不靠，毅然走上社会，大玩特玩，并在实际生活中确定了自己的人生性格（市井一无赖尔）。

他虽然是个文盲，却能言善辩（目不识丁，言辞犀利），没读过书，却无师自通（性多狡诈），更为难得的是，他虽然身无分文，却胸怀万贯，具体表现为明明吃饭的钱都没有，还敢跑去赌博（家无分文而一掷百万），赌输后没钱给，被打得生活不能自理，依然无怨无悔，下次再来。

混到这个份儿上，可算是登峰造极了。

然而，混混魏忠贤，也是有家庭的，至少曾经有过。

在他十几岁的时候，家里就给他娶了老婆，后来还生了个女儿，一家人过得还不错。

但为了快乐的混混生活，魏忠贤坚定地抛弃了家庭，在他尚未成为太监之前，四处寻花问柳，城中的大小妓院，都留下了他的足迹，家里仅有的一点儿钱财，也被他用光用尽。

被债主逼上门的魏忠贤，终于翻然悔悟，经过仔细反省，他发现，原来自己并非一无所有——还有个女儿。

于是，他义无反顾地卖掉了自己的女儿，以极其坚定的决心和勇气，还清赌债。

能干出这种事情的人，也就不是人了。魏忠贤的老婆受不了，离家出走改嫁了，应该说，这个决定很正确，因为按当时的情形看，下一个被卖的，很可能是她。

原本只有家，现在连家都没了，卖无可卖的魏忠贤再次陷入了困境。

被债主逼上门的魏忠贤，再次翻然悔悟，经过再次反省，他再次发现，原来自己并非一无所有，事实上，还多了件东西。

只要丢掉这件东西，就能找一份好工作——太监。

这并非魏忠贤的个人想法，事实上在当地，这是许多人的共识。

魏忠贤所在的直隶省河间府，一向盛产太监。由于此地距离京城很近，且比较穷，从来都是宫中太监的主要产地，并形成了固定产业，也算是当地创收的一种主要方式。

混混都混不下去，人生失败到这个程度，必须豁出去了。

经过短期的激烈思想斗争，魏忠贤树立了当太监的远大理想，然而，当他决心在太监的大道上奋勇前进的时候，才惊奇地发现，原来要当一名太监，是很难的。

一直以来，在人们的心目中，做太监，是迫于无奈，是没办法的办法。

现在，我要严肃地告诉你，这种观点是错误的。太监，是一份工作，极其热门的工作，而想成为一名太监，是很难的。

事实上，太监这个职业之所以出现，只是因为一个极其简单的原因——宫里只有女人。

由于老婆太多，忙不过来，为保证皇帝陛下不戴绿帽子（这是很有可能的），宫里不能进男人。可问题是，宫里太大，上千人吃喝拉撒，重活累活得有人干，女的干不了，男的不能进，只好不男不女了。

换句话说，太监其实就是进城干活的劳工，唯一不同的是，他们的工作地点是皇宫。

既然是劳工，就有用工指标，毕竟太监也有个新陈代谢，老太监死了，新太监才能进。也就是说，每年录取太监的比例相当低。

有多低呢？我统计了一下，大致是百分之十到百分之十五，而且哪年招还说不准，今年要是不缺人，就不招。

对于有志于踏入这一热门行业，成为合格太监的众多有志青年而言，这是一个十分残酷的事实。因为这意味着，在一百个符合条件（割了）的人中，只有十到十五人，能够成为光荣的太监。

事实上，自明代中期，每年都有上千名符合条件（割过了），却没法入宫的太监（候选）在京城等着。

要知道，万一切了，又当不了太监，那就惨了，虽说太监很吃香，但归根结底，吃香的只是太监的工资收入，不是太监本人。对于这类“割了”的人，人民群众是相当鄙视的。

所以众多未能成功入选的太监候选人，既不能入宫，也不能回家，只能在京城混，后来混得人越来越多，严重影响了京城社会治安的稳定。为此，明朝政府曾颁布法令：未经允许，不得擅自阉割。

我一直相信，世事皆有可能。

太监之所以如此热门，除了能够找工作、混饭吃外，还有一个重要的原因——权力。

公正地讲，明代是一个公正的朝代。任何一个平凡的人，哪怕是八辈贫农，全家只有一条裤子，只要出个能读书的，就能当官，就能进入朝廷，最终掌控无数人的命运。

唯一的问题在于，这条道路虽然公正，却不平坦。

因为平凡的人是很多的，且大都不安分，要想金榜题名，考中进士，走着上去是不行的，一般都得踩着上去——踩着那些被你淘汰的人。

明朝的进士，三年考一次，每次录取名额平均一百多人，也就是说，平均每年能进入朝廷，看见皇帝大人尊容的，只有三四十人。而决定所有人命运的，只是那张白纸和几道考试的题目。

同一张纸，同一道题目，同一个地方。

不同的人，不同的脑袋，不同的手。

能否出人头地，只能靠你自己，靠你那非凡的智力、领悟力，以及你那必定能够超越常人、必定与众不同的信念。

所以我一直认为，科举制度，是一种杰出的、科学的人才选拔制度，它杜绝了自东汉以来腐败不堪的门阀制度，最大地保证了人才的选拔，虽然它并不完美，却亦无法取代。

当然，事情到这里，还没有结束，因为当你考上了进士，脱离了科举体系，就会发现，自己进入了另一个全新的体系——文官体系。

在那个体系中，你只是微不足道的一员，还要熬资历、干工作、斗智斗勇，经过几十年的磨砺之后，你才能成为精英中的精英，并具备足够的智商和经验，领导这个伟大的国度继续前进。

这就是于谦、李贤、徐阶、张居正、申时行等人的成功之道，也是必经之道。虽然他们都具有优异的天赋、坚忍的性格、坎坷的经历，但要想名留千古，这是无法逃避的代价。

在那条通往最高宝座的道路上，只有最优秀、最聪明、最有天分的人，才能到达终点。

但许多人不知道，有些不那么聪明、不那么优秀、不那么有天分的人，也能走到终点。

因为在通往终点的方向，有一条捷径，这条捷径，就是太监之路。

太监不需要饱读诗书，不需要层层培训，不需要处理政务，不需要苦苦挣扎，他们能够跨过所有文官体系的痛苦经历，直接获取成功，只需要讨好一个人——皇帝。

皇帝就是老板，就是CEO，就是一言九鼎，总而言之，是说了就算的人物。

而太监，就在皇帝的身边，所以只要哄好皇帝，太监就能得到权力以及他想得到的一切。

这就是有明一代，无数的人自愿成为太监的全部原因。

但现在摆在无业游民魏忠贤面前的，不仅仅是个录取名额比例问题，还有一个更为基本的难点——阉割问题。

魏忠贤当政以后，对自己以前的历史万般遮掩，特别是他怎么当上太监，怎么进宫这一段，绝口不提，搞得云里雾里，捉摸不透。

但这种行为，就好比是骂自己的儿子王八蛋一样，最终只能自取其辱。

他当年的死党、后来的死敌刘若愚太监告诉我们，魏公公不愿提及发家史，是因为违背了太监成长的正常程序——他是自宫的。

我一直坚信，东方不败是这个世界上最伟大、最杰出，也最有可能的自宫者。

这绝不仅仅因为他的自宫，绝无混饭吃、找工作的目的，而是为了中华武学的发展。

真正的原因在于，当我考证了太监阉割的全过程后，才不禁由衷感叹，自宫不仅需要勇气，没准儿还真得要点儿功夫。

阉割的技术，很多人不知道，其实阉割是个技术工作。想一想就明白了，从人身上割点儿东西下来，还是重要部位，稍有不慎，命就没了。

很多年以来，干这行的都是家族产业，代代相传，以割人为业，其中水平最高的，还能承包官方业务，获得官方认证。

一般这种档次的，不但技术高，能达到庖丁解人的地步，快速切除，还有配套医治伤口，消毒处理，很有服务意识。

所以说，东方不败能在完全外行的情况下，完成这一复杂的手术，且毫无后遗症（至少我没看出来），没有几十年的内功修养，估计是白扯。

魏忠贤不是武林高手（不算电影、电视），要他自我解决，实在勉为其难，于是只好寻到上述专业机构，找人帮忙。

可到地方一问，才知道人家服务好，收费也高，割一个得四五两银子，我估算了一下，合人民币大概是三四千块。

这可就为难魏公公了，身上要有这么多钱，早拿去赌博翻本，哪犯得着干这个？

割还是不割，这不是一个问题，问题是，没钱。

但现实摆在眼前，不找工作是不行了，于是魏公公心一横——自己动手，前程无忧。

果不其然，业余的赶不上专业的，手术的后遗症十分严重，出血不止，幸亏好心人路过，帮他止了血。

成功自宫后，魏忠贤决定去报名，可刚到报名处，问清楚录取条件，当时就晕了。

事情是这样的，宫里招太监，是有年龄要求的，因为小孩进宫好管，也好教，可是魏忠贤同志自己扳指头一算，今年芳龄已近二十。

这可要了命了，年龄是硬指标，跟你一起入宫的，都是几岁的孩子，哪个太监师傅愿意带你这么个五大三粗的小伙子，纯粹浪费粮食。

魏忠贤急了，可急也没用，招聘规定是公开的，你不去问，还能怪谁？

可事到如今，割也割了，又没法找回来，想再当混混，没指望了，要知道，混混虽然很混，却也瞧不起人妖。

宫进不去，家回不去，魏公公就此开始了他的流浪生涯，具体情况他本人不说，所以我也没法同情一下，但据说是过得很惨，到后来，只能以讨饭为生，偶尔也打打杂工。

万历十六年（1588），穷困至极的魏忠贤来到了一户人家的府上，在这里，他找到了一份佣人的工作。

他的命运在这里改变。

一般说来，寻常人家找佣人，是不会找阉人的，魏忠贤之所以成功应聘，是因为这户人家的主人，也是个阉人。

这个人的名字，叫做孙暹，是宫中的太监，准确地说是太监首领，他的职务，是司礼监秉笔太监。

这个职务，是帮助皇帝批改奏章的，前面说过很多次，就不多说了。

魏忠贤很珍惜这个工作机会，他起早贪黑，日干夜干，终于有一天，孙暹找他谈话，说看在他比较老实的份儿上，愿意保举他进宫。

万历十七年（1589），在经历了无数波折之后，魏忠贤终于圆了他的梦，进宫当了一名太监。

不好意思，纠正一下，是火者。

实际上，包括魏忠贤在内的所有新阉人，在刚入宫的时候，只是宦官，并不是太监，某些人甚至一辈子也不是太监。

因为太监，是很难当上的。

宫里，能被称为“太监”的，都是宦官的最高领导。太监以下，是少监，少监以下，是监丞，监丞以下，还有长随、当差。

当差以下，就是火者了。

那么魏火者的主要工作是什么呢？大致包括以下几项：扫地、打水、洗马桶、开大门等。

很明显，这不是一份很有前途的工作，而且进宫这年，魏忠贤已经二十一岁了，所以在相当长的时间里，魏忠贤很不受人待见。

一晃十几年过去了，魏忠贤没有任何成就，也没有任何名头，因为他的年龄比同期入宫的太监大，经常被人呼来喝去，人送外号“魏傻子”。

但这一切，全都是假象。

据调查（本人调查），最装牛的傻人，与人接触时，一般不会被识破。

而最装傻的牛人，在与人接触时，一辈子都不会被识破。

魏忠贤就是后者的杰出代表。

许多人评价魏忠贤时，总是一把鼻涕一把泪，说大明江山、太祖皇帝，怎么就被这么个文盲、傻子给废掉了。

持有这种观点的人，才是傻子。

能在明朝当官，且进入权力核心的这拨人，基本都是高智商的，加上在官场沉浮，混了那么多年，生人一来，打量几眼，就能把这人摸得差不多，在他们面前要花招，那就是自取其辱。

而在他们的眼中，魏忠贤是一个标准的老实人。年纪大，傻不拉叽的，每天都呵呵笑，长相忠厚老实，人家让他干啥就干啥，欺负他，占他便宜，他都毫不在意，所以从明代直到今天，很多人认定，这人就是个傻子，能混成后来那样，全凭运气。

这充分说明，魏公公实在是威力无穷，在忽悠了明代的无数老狐狸后，还继续忽悠着现代群众。

在我看来，魏忠贤固然是个文盲，却是一个有天赋的文盲，他的这种天赋，叫做伪装。

一般人在骗人的时候，都知道自己在骗人，而据史料分析，魏公公骗人时，不知道自己在骗人，他骗人的态度，是极其真诚的。

在宫里的十几年里，他就用这种天赋，骗过了无数老滑头，并暗中结交了很多朋友，其中一个叫做魏朝。

这位魏朝，也是宫里的太监，对魏忠贤十分欣赏，还帮他找了份工作。这份工作的名字，叫做典膳。

所谓典膳，就是后宫管伙食的，听起来似乎不怎么样，除了混吃混喝，没啥油水。

管伙食固然没什么，可关键在于管谁的伙食。

而魏公公的服务对象，就是后宫的王才人。这位王才人的名头虽然不响，但她儿子的名气很大——朱由校。

正是在那里，魏忠贤第一次遇见了决定他未来命运的两位关键人物——朱常洛父子。

虽然见到了大人物，但魏忠贤的命运仍无丝毫改变，因为王才人身边有很多太监，他不过是极其普通的一个，平时连跟主子说话的机会都没有。

而且此时朱常洛还只是太子，且地位十分不稳，随时都可能被拿下，所以他老婆王才人混得也不好，还经常被另一位老婆李选侍欺负。

这么一来，魏忠贤自然也混得很差，到万历四十七年（1619），在魏忠贤进宫二十周年纪念之际，他混到了人生的最低点：由于王才人去世，他失业了。

失业后的魏忠贤无计可施，只能回到宫里，当了一个仓库保管员。

但被命运挑选的人，注定是不会漏网的，在经过无数极为复杂的人事更替，误打误撞后，魏忠贤竟然摇身一变，又成了李选侍的太监。

正是在这个女人的手下，魏忠贤第一次露出了他的狰狞面目。

这位入宫三十年，已五十多岁的老太监突然焕发了青春，他不等不靠，主动接近李选侍，拍马擦鞋，无所不用其极，最终成为了李选侍的心腹太监。

因为在他看来，这个掌握帝国未来继承人（朱由校），且和他一样精明、自私、无耻的女人，将大有作为。

万历四十八年（1620），魏忠贤的机会到了。

这一年七月，明神宗死了，明光宗即位，李选侍成了候选皇后，朱由校也成了后备皇帝。

可是好景不长，只过了一个月，明光宗又死了，李选侍成了寡妇。

当李寡妇不知所措之时，魏忠贤及时站了出来，开导了李寡妇，告诉她，其实你无须失望，因为一个更大的机会，就在你的眼前：只要紧紧抓住年幼的朱由校，成为幕后的操纵者，你得到的，将不仅仅是皇后甚至太后的头衔，而是整个天下。

这是一个很好的想法，可惜绝非独创，朝廷里文官集团的老滑头们，也明白这一点。

于是在东林党人的奋力拼杀下，朱由校又被抢了回去，李选侍就此彻底歇菜，魏忠贤虽然左蹦右跳，反应活跃，最终也没逃脱下岗的命运。

正是在这次斗争中，魏忠贤认识了他宿命中的对手——杨涟。

杨涟，是一个让魏忠贤汗毛直竖的人物。

两人第一次相遇，是在抢人的路上。杨涟抢走朱由校，魏忠贤去反抢，结果被骂了回来，哆嗦了半天。

第二次相遇，是他奉命去威胁杨涟，结果被杨涟威胁了，杨大人还告诉他，再敢作对，就连你一块儿收拾。魏忠贤相当识趣，掉头就走。

总而言之，在魏忠贤的眼中，杨涟是个不贪财、不好色、不怕事，几乎没有任何弱点，还特能折腾的人，而要对付这种人，李选侍是不够分量的，必须寻找一个新的主人。

然而很遗憾，在当时的宫里，比李选侍还狠的，只有东林党，就算魏太监想进，估计人家也不肯收。

看起来是差不多了，毕竟魏公公都五十多了，你要告诉他，别灰心，不过从头再来，估计他能跟你玩命。

但拯救他的人，终究还是出现了。

许多人都知道，天启皇帝朱由校是很喜欢东林党的，也很够意思，继位一个月，就封了很多人，要官给官，要房子给房子。

但许多人不知道，他第一个封的并不是东林党，继位后第十天，他就封了一个女人，封号“奉圣夫人”。

这个女人姓客，原名客印月，史称“客氏”。

邪恶的结合

客，是一个非常特别的姓氏，估计这辈子，你也遇不上一个姓客的，而这位客小姐，那就更特别了，可谓五百年难得一遇的极品。

进宫之前，客印月是北直隶保定府村民侯二的老婆，相貌极其妖艳，且极其早熟，啥时候结婚没人知道，反正十八岁就生了儿子。

她的命运就此彻底改变。因为就在同一年，宫里的王才人生出了朱由校。

按照惯例，必须挑选合适的乳母去喂养朱由校，经过层层选拔，客印月战胜众多竞争对手，成功入宫。

刚进宫时，客印月极为勤奋，随叫随到。两年后，她的丈夫不幸病逝，但客印月表现了充分的职业道德，依然兢兢业业完成工作，在宫里混得相当不错。

但很快，宫里的人就发现，这是一个有问题的女人。

有群众反映，客印月常缺勤出宫，行踪诡异，经常出入各种娱乐场所。后经调查，客印月有生活作风问题，时常借机外出幽会。

作为宫中的乳母，如此行径，结论清晰，情节严重，却没有被处罚。有人议论，没人告发。

因为这个看似普通的乳母，一点儿也不普通。

按说乳母这份活，也就是个临时工，孩子长大了就得走人，该干吗干吗去。可是客小姐是个例外，朱由校断奶，她没走，朱由校长大了，她也没走，朱由校十六岁，当了皇帝，她还没走。

根据明朝规定，皇子长到六岁，乳母必须出宫，但客印月偏偏不走，硬是多混了十多年，也没人管，因为皇帝不让她走。

不但不让走，还封了个“奉圣夫人”。这位夫人的架子还很大，在宫中可以乘坐轿子，还有专人负责接送。要知道，内阁大学士刘一璟，二品大员，都六十多了，在朝廷混了一辈子，进出皇宫也得步行。

非但如此，逢年过节，皇帝还要亲自前往祝贺，请她吃饭。夏天，给她搭棚子、送冰块。冬天给她挖炕、烧炭取暖。宫里给她分了房子，宫外也有房子，还是黄金地段，就在今天北京的正义路上，步行至天安门，只需十分钟，极具升值潜力。

她家还有几百个仆人伺候，皇宫随意出入，想住哪里就住哪里，想怎么住就怎么住。

所谓客小姐，说破天也就是个保姆，如此得势嚣张，实在很不对劲儿。

一年之后，这位保姆干出了一件更不对劲儿的事情。

天启二年（1622），明熹宗朱由校结婚了。皇帝嘛，娶个老婆很正常，谁也没话说。

可是客阿姨（三十五岁了）不高兴了，突然跳了出来，说了一些不着边际的话。用史籍《明季北略》的话说，是“客氏不悦”。

皇帝结婚，保姆不悦，这是一个相当无厘头的举动。更无厘头的是，朱由校同志非但没有“不悦”，还亲自跑到保姆家，说了半天好话，并当即表示，今后我临幸的事情，就交给你负责了，你安排哪个妃子，我就上哪儿过夜，绝对服从指挥。

这也太过分了，很多人都极其不满，说你一个保姆，老是赖在宫里，还敢插手后宫。某些胆大的大臣先后上疏，要求客氏出宫。

这事说起来，确实不大光彩，皇帝大人迫于舆论压力，就只好同意了。但在客氏出宫当天，人刚出门，熹宗就立刻传谕内阁，说了这样一段话：今日出宫，午膳至晚未进，暮思至晚，痛心不已，着时进宫奉慰，外廷不得烦激。

这段话的意思是客氏今天出宫，我中午饭到现在都没吃，整天都在想念她，非常痛心。还是让她回来安慰我吧，你们这些大臣不要再烦我了！

傻子都知道了，这两个人之间，必定存在着一种十分特殊的关系。

对此，后半生竭力揭批魏忠贤，猛挖其人性污点的刘若愚同志曾在他的著作中，说过这样一句话：

“倏出倏入，人多讶之，道路流传，讹言不一，尚有非臣子之所忍言者。”

这句话的意思是，经常进进出出，许多人都惊讶，也有很多谣言，那些谣言，做臣子的是不忍心提的。

此言非同小可。

所谓臣子不忍心提，那是瞎扯，不敢提倒是真的。

朱由校的母亲王才人死得很早，他爹当了几十年太子，自己命都难保。这一代人的事都搞不定，哪有时间关心下一代，所以朱由校基本算是客氏养大的。

十几年朝夕相处，而且客氏又是“妖艳美貌，品行淫荡”，要有点儿什么瓜田李下、鸡鸣狗盗，似乎也说得通。

就年龄而言，客氏比朱由校大十八岁，按说不该引发猜想，可惜明代皇帝在这方面，是有前科的。比如成化年间的明宪宗同志，他的保姆万贵妃，就比他大十九岁，后来还名正言顺地搬被子住到一起。就年龄差距而言，客氏也技不如人，没能打破万保姆的纪录。如此看来，传点儿绯闻，实在正常。

当然，这两人之间到底有没有猫腻，谁都不知道，知道也不能写，但可以肯定的是，皇帝陛下对于这位保姆，是十分器重的。

客氏就是这么个人物，皇帝捧，大臣让，就连当时的东厂提督太监和内阁大臣都要给她几分面子。

对年过半百的魏忠贤而言，这个女人，是他成功的唯一机会，也是最后的机会。

于是，他下定决心，排除万难，一定要争取这个人。

而争取这个人的最好方法，就是让她成为自己的老婆。

你没有看错，我没有写错，事实就是如此。

虽然魏忠贤是个太监，但他是可以找老婆的。

作为古代宫廷的传统，太监找老婆，有着悠久的历史，事实上，还有专用名词——对食。

对食，就是大家一起吃饭，但在宫里，你要跟人对食，人家还不一定肯。

历代宫廷里，有很多宫女，平时不能出宫，且没啥事干，且不能嫁人，长夜漫漫寂寞难耐，闲着也是闲着，许多人就在宫中找对象。可是宫里除了皇帝外，又没男人，找来找去，长得像男人的，只有太监。

没办法，就这么着吧。

虽说太监不算男人，但毕竟不是女人，反正有名无实，大家一起过日子，说说话，也就凑合了。

这种现象，即所谓对食。自明朝开国以来，就是后宫里的经典剧目，经常上演，一般皇帝也不怎么管，但要遇到凶恶型的，还是相当危险。比如明成祖朱棣，据说被他看见，当头就是一刀，眼睛都不眨。

到明神宗这代，开始还管管，后来他都不上朝，自然就不管了。

但魏忠贤要跟客氏"对食"，还有一个极大的障碍：客氏已经有对象了。

其实对食，和谈恋爱也差不多，也有第三者插足，路边野花四处采，寻死觅活等俗套剧情。但这一次，情况有点儿特殊。

因为客氏的那位对食，恰好就是魏朝。

之前我说过了，魏朝是魏忠贤的老朋友，还帮他介绍过工作，关系相当好，所谓"朋友妻，不可欺"，实在是个问题。

但魏忠贤先生又一次用事实证明了他的无耻，面对朋友的老婆，二话不说，光膀子就上，毫无心理障碍。

但人民群众都知道，要找对象，那是要条件的。客氏就不用说了，皇帝的乳母，宫里的红人，不到四十，"妖艳美貌，品行淫荡"，而魏朝是王安的下属，任职乾清宫管事太监，还管兵仗局，是太监里的成功人士，可谓门当户对。

相比而言，魏忠贤就寒碜多了，就一管仓库的，靠山也倒了，要挖墙脚，希望相当渺茫。

但魏忠贤没有妄自菲薄，因为他有一个魏朝没有的优点：胆儿大。

作为曾经的赌徒，魏忠贤胆子相当大，相当敢赌，表现在客氏身上，就是敢花钱，明明没多少钱，还敢拼命花，不但拍客氏马屁，花言巧语，还经常给她送名贵时尚礼物，类似今天送法国化妆品、高级香水，相当有杀伤力。

这还不算，他隔三差五请客氏吃饭，吃饭的档次是"六十肴一席，费至五百金"。翻译成白话就是，一桌六十个菜，要花五百两银子。

五百两银子，大约是人民币四万多，就一顿饭，没落太监魏忠贤的消费水平大抵如此。

人穷不要紧，只要胆子大，这就是魏忠贤公公的人生准则。其实这一招到今天，也还能用。比如你家不富裕，就六十万，但你要敢拿这六十万去买个戒指求婚，没准儿真能蒙个把人回来。

外加魏太监不识字，看上去傻乎乎的，老实得不行，实在是宫中女性的不二选择。于是，在短短半年内，客氏就把老情人丢到脑后，接受了这位第三者。

然而，在另外一本史籍中，事情的真相并非如此。

几年后，一个叫宋起凤的人跟随父亲到了京城，因为他家和宫里的太监关系不错，所以经常进宫转悠，在这里他看到很多，也听到了很多。

几十年后，他把自己当年的见闻写成了一本书，取名“稗说”。

所谓稗，就是野草，宋起凤先生的意思是，他的这本书，是野路子，您看了爱信不信，就当图个乐，他不在乎。

但就史料价值而言，这本书是相当靠谱的，因为宋起凤不是东林党，不是阉党，不存在立场问题，加上他在宫里混的时间长，许多事是亲身经历的，没有必要胡说八道。

这位公正的宋先生，在他的野草书里，告诉我们这样一句话：

“魏虽腐余，势未尽，又挟房中术以媚，得客欢。”

这句话，通俗点儿说就是，魏忠贤虽然割了，但没割干净。后半句儿童不宜，我不解释。

按此说法，有这个优势，魏忠贤要抢魏朝的老婆，那简直是一定的。

能说话，敢花钱，加上还有太监所不及的特长，魏忠贤顺利地打败了魏朝，成为了客氏的新对食。

说穿了，对食就是谈恋爱，谈恋爱是讲规则的，你情我愿，谈崩了，女朋友没了，回头再找就是了。

但魏朝比较惨，他找不到第二个女朋友。

因为魏忠贤是个无赖，无赖从来不讲规则，他不但要抢魏朝的女朋友，还要他的命。天启元年（1621），在客氏的配合下，魏朝被免职发配，并在发配的路上被暗杀。

魏忠贤之所以能够除掉魏朝，是因为王安。

作为三朝元老太监，王安已经走到了人生的顶点，现在的皇帝，乃至于皇帝他爹，都是他扶上去的，加上东林党都是他的好兄弟，那真是天下无敌，比东方不败猛了去了。

可是王安也有一个致命的弱点——喜欢高帽子。

高帽子，就是拍马屁，所谓“千穿万穿，马屁不穿”，真可谓是至理名言，无论这人多聪明、多精明，只要找得准、拍得狠，都不堪一击。

自盘古开天辟地以来，我们就知道，马屁，是有声音的。

但魏忠贤的马屁，打破了这个俗套，达到马屁的最高境界——无声之屁。

每次见王安，魏忠贤从不主动吹捧，也不说话，只是磕头。王安不叫他，他就不去，王安不问他，他就不说话。王安跟他说话，他不多说，态度谦恭点到即止。

他不来虚的，尽搞实在的，逢年过节送东西，还是猛送，礼物一车车往家里拉。于是当魏朝和魏忠贤发生争斗的时候，王安全力支持了魏忠贤，赶走了魏朝。

但他并不知道，魏忠贤的目标并不是魏朝，而是他自己。

此时的魏忠贤已经站在了门槛上，只要再走一步，他就能获取至高无上的权力。

但是王安，就站在他的面前。必须铲除此人，才能继续前进。

跟之前对付魏朝一样，魏忠贤毫无思想障碍，朋友是可以出卖的，上级自然可以出卖，作为一个无赖、混混、人渣，无时无刻，他始终牢记自己的本性。

可是怎么办呢？

王安不是魏朝，这人不但地位高、资格老，跟皇帝关系好，路子也猛，东林党的杨涟、左光斗都经常去他家串门。

凭魏忠贤的实力，要除掉他，似乎绝无可能。

但是他办到了，用一种匪夷所思的方式。

第十五章　道统

天启元年（1621），司礼监掌印太监卢受因为犯了事，被罢免了。

在当时，卢受虽然地位高，势力却不大，所以这事并不起眼。

王安，正是栽在了这件并不起眼的事情上。

前面讲过，在太监里面，最牛的是司礼太监，包括掌印太监一人，秉笔太监若干人。

作为司礼监的最高领导，按照惯例，如职位空缺，应该由秉笔太监接任。在当时而言，就是由王安接任。

必须说明，虽然王安始终是太监的实际领导，但他并不是掌印太监，具体原因无人知晓，可能是这位仁兄知道枪打出头鸟，所以死不出头，想找人去顶缸。

但这次不同了，卢受出事后，最有资历的就剩下他了，只能自己干了。

可是魏忠贤不想让他干，因为这个位置太过重要，要让王安坐上去，自己要出头，只能等下辈子了。

但事实如此，生米做成了熟饭，魏忠贤无计可施。

王安也是这么想的，他打点好一切，并接受了任命，按照以往的惯例，写了一封给皇帝的上疏。主要意思无非是我无才无能，干不了，希望皇上另找贤能之类的话。

接受任命后，再写这些，似乎比较虚伪，但这也是没办法，在我们这个有着光荣传统的地方，成功是不能得意的，得意是不能让人看见的。

几天之后，他得到了皇帝的回复：同意，换人。

王安自幼入宫，从倒马桶干起，熬到了司礼监，一向是现实主义者，从不相信什么神话，但这次，他亲眼看见了神话。

写这封奏疏，无非是跟皇帝客气客气，皇帝也客气客气，然后该干吗干吗，突然来这么一杠子，实在出人意料。

但更出人意料的是，没过多久，他就被勒令退休，彻底赶出了朝廷。而那个他亲手捧起的朱由校，竟然毫无反应。

魏忠贤，确实是一个聪明绝顶的人，在苦思冥想后，他终于找到了这个不是机会的机会：你要走，我批准，实在是再自然不过。

但这个创意的先决条件是，皇帝必须批准，这是有难度的。因为皇帝大人虽说喜欢当木工，也没啥文化，但要他下手坑捧过他的王公公，实在需要一个理由。

魏忠贤帮他找到了这个理由：客氏。

乳母、保姆，外加还可能有一腿，凭如此关系，要她去办掉王公公，应该够了。

王安失去了官职，就此退出政治舞台，凄惨离去。此时他才明白，几十年的宦海沉浮、尔虞我诈的权谋，扶植过两位皇帝的功勋，都抵不上一个保姆。

心灰意冷的他打算回去养老，却未能如愿。因为一个人下定决心，要斩草除根，这人就是魏忠贤。

以前曾有个人问我，在整死岳飞的那几个人里，谁最坏。

我不假思索地回答：当然是秦桧。

于是此人脸上带着欠揍的表情，微笑着对我说：不对，是秦桧他老婆。

我想了一下，对他说：你是对的。

我想起了当年读过的那段记载，秦桧想杀岳飞，却拿不定主意干不干，于是他的老婆、李清照的表亲王氏告诉他，一定要干，必须要干，不干不行，于是他干了。

魏忠贤的情况大致如此。这位仁兄虽不认朋友，倒还认领导，想来想去，对老婆客氏说，算了吧。

然后，客氏对他说了这样几句话：

“移宫时，对外传递消息，说李选侍挟持太子的，是王安；东林党来抢人，把太子拉走的，是王安；和东林党串通，逼李选侍迁出乾清宫的，还是王安。此人非杀不可！”

说这句话的时候，她的表情十分严肃，态度十分认真。

女人比男人更凶残，信乎。

魏忠贤听从了老婆的指示，他决定杀掉王安。

这事很难办，皇帝大人比魏忠贤厚道，他虽然不用王安，却绝不会下旨杀他。

但在魏忠贤那里，就不难办了，因为接替王安，担任司礼监掌印太监的，是他的心腹王体乾，而他自己，是司礼监秉笔太监兼东厂提督太监，大权在握，想怎么折腾都行，反正皇帝大人每天都在做木匠，也不大管事。

很快，王安就在做苦工的时候，发生了意外，夜里突然就死掉了。后来报了个自然死亡，也就结了。

至此，魏忠贤通过不懈的无耻和卑劣，终于掌握了东厂的控制权，成为了最大的特务。皇帝的往来公文，都要经过他的审阅才能通过，最少也是一言八鼎了。

然而，每次有公文送到时，他都不看，因为他不识字。

在文盲这一点上，魏忠贤是认账且诚实的，但他并没有因此耽误国家大事，总是把公文带回家，给他的狗头军师们研究，有用的用，没用的擦屁股、垫桌脚，做到物尽其用。

入宫三十多年后，魏忠贤终于走到了人生的高峰。

但还不是顶峰。

战胜了魏朝，除掉了王安，搞定了皇帝，但这还不够，要想成为这个国家的真正统治者，必须面对下一个，也是最后一个敌人——东林党。

走狗

成为东厂提督太监后不久，魏忠贤经过仔细思考、精心准备，对东林党发动攻击。

具体行动有，派人联系东林党的要人，包括刘一璟、周嘉谟、杨涟等人，表示自己刚上来，许多事情还望多多关照，并多次附送礼物。

此外，他还在公开场合，赞扬东林党的某些干将，兴奋之情溢于言表。

更让人感动的是，他多次在皇帝面前进言，说东林党的赵南星是国家难得的人才，工作努力认真，值得信赖，还曾派自己的亲信上门拜访，表达敬意。

除去遭遇车祸失忆、意外中风等不可抗力因素，魏忠贤突然变好的可能性，大致是零。所以结论是，这些举动都是伪装，在假象的背后，隐藏着不可告人的秘密。

这个不可告人的秘密就是：魏忠贤想跟东林党做朋友。

有必要再申明一次，这句话我没有写错。

其实我们这个国家的历史，一向是比较复杂的，所谓你中有我，我中有你，能凑合就凑合，能糊弄就糊弄。向上追溯，真正执著到底、绝不罢休的，估计只有山顶洞人。

魏忠贤并不例外，他虽然不识字，却很识相。

他非常清楚，东林党这帮人不但手握重权，且都是读书人，其实手握重权并不可怕，书呆子才可怕。

自古以来，读书人大致分为两种，一种叫文人，另一种叫书生。文人是“文人相轻”，具体特点为比较无耻外加自卑，你好，他偏说坏，你行，他偏说不行，胆子还小，平时骂骂咧咧，遇上动真格的，又把头缩回去，实在是相当之扯淡。

而书生的主要特点，是“书生意气”，表现为二杆子加一根筋，好就是好，不好就是不好，认死理，平时不惹事，事来了不怕死，关键时刻敢于玩命，文弱书生变身钢铁战士，不用找电话亭，不用换衣服，眨眼就行。

当年的读书人，还算比较靠谱，所以在东林党里，这两种人都有，后者占绝大多数。形象代言人就是杨涟，咬住就不撒手，相当头疼。

这种死脑筋、敢于乱来的人，对于见机行事、欺软怕硬的无赖魏忠贤而言，实在是天然的克星。

所以，魏忠贤死乞白赖地要巴结东林党，他实在是不想得罪这帮人。这世道，大家都不容易，混碗饭吃嘛，我又不想当皇帝，最多也就是个成功太监，你们之前跟王安合作愉快，现在我来了，不过是换个人，有啥不同的。

对于魏忠贤的善意表示，东林党的反应是这样的：上门的礼物，全部退回去，上门拜访的，赶走。

最不给面子的，是赵南星。

在东林党人中，魏忠贤最喜欢赵南星，因为赵南星和他是老乡，容易上道，所以他多次拜见，还人前人后，逢人便夸赵老乡如何如何好。

可是赵老乡非但不领情，拒不见面，有一次，还当着很多人的面，针对魏老乡的举动，说了这样一句话：宜各努力为善。

联系前后关系，这句话的隐含意思是，各自干好各自的事就行了，别动歪心思，没事少烦我。

魏忠贤就不明白了，王安你们都能合作，为什么不肯跟我合作呢？

其实东林党之所以不肯和魏忠贤合作，不是因为魏忠贤是文盲，不是因为他是无赖，只是因为，他不是王安。

没有办法，书生都是认死理的。虽然从本质和生理结构上讲，王安和魏忠贤实在没啥区别，都是太监，都是司礼监，都管公文。但东林党一向是做生不如做熟，对人不对事，像魏忠贤这种无赖出身、行为卑劣的社会垃圾，他们是极其鄙视的。

应该说，这种思想是值得尊重、值得敬佩的，却是绝对错误的。

因为他们并不知道，政治的最高技巧，不是你死我活，而是妥协。

魏忠贤愤怒了，他的愤怒是有道理的，不仅是因为东林党拒绝合作，更重要的是，他感觉自己被鄙视了。

这个世上的人分很多类，魏忠贤属于江湖类，这种人从小混社会，狐朋狗友一大串，老婆可以不要，女儿可以不要，只有面子，是不能不要的。东林党的蔑视，给他那污浊不堪的心灵以极大的震撼。他痛定思痛，翻然悔悟，毅然作出了一个决定：

既然不给脸，那就撕破脸吧！

但魏公公很快就发现，要想撕破脸，一点儿也不容易。

因为他是文盲。

解决魏朝、王安，只要手够狠，心够黑就行，但东林党不同，这些人都是知识分子，至少也是个进士，擅长朝廷斗争，这恰好是魏公公的弱项。

在朝廷里干仗，动刀动枪是不行的，一般都是骂人打笔仗，技术含量相当之高，多用典故成语，保证把你祖宗骂绝也没一脏字，对于字都不识的魏公公而言，要他干这活，实在有点儿勉为其难。

为了适应新形势下的斗争，不至于被人骂死还哈哈大笑，魏公公决定找几个助手，俗称走狗。

最早加入，也最重要的两个走狗，分别是顾秉谦与魏广微。

顾秉谦，万历二十三年（1595）进士，坏人。

此人翰林出身，学识过人，无耻也过人，无耻到魏忠贤没找他，他就自己送上门去了。

当时他的职务是礼部尚书，都七十一了，按说再干几年就该退休，这孙子偏偏人老心不老，想更进一步，但大臣又瞧不上他，于是索性投了太监。

改换门庭倒也无所谓，这人最无耻的地方在于，他干过这样一件事：

有一次为了升官，顾秉谦先生不顾自己七十高龄，带着儿子登门拜访魏忠贤，说了这样一段话：

“我希望认您做父亲，但又怕您觉得我年纪大，不愿意，索性让我的儿子给您做孙子吧！”

顾秉谦，嘉靖二十九年（1550）生，魏忠贤，隆庆二年（1568）出生。顾秉谦比魏忠贤大十八岁。

无耻，无语。

魏广微，万历三十二年（1604）进士，可好可坏的人。

魏广微的父亲，叫做魏允贞，魏允贞有一个最好的朋友，叫做赵南星。

万历年间，魏允贞曾当过侍郎，他和赵南星的关系很好，两人曾有八拜之交，用今天话说，是拜过把子的把兄弟。

魏广微的仕途比较顺利，考中翰林，然后步步高升，天启年间，就当上了礼部侍郎。

按说这个速度不算慢，可魏先生是个十分有上进心的人，为了实现跨越性发展，他找到了魏忠贤。

魏公公自然求之不得，仅过两年，就给他提级别，从副部长升到部长，并让他进入内阁，当上了大学士。

值得表扬的是，魏广微同志有了新朋友，也不忘老朋友，上任之后，第一件事就去拜会父亲当年的老战友赵南星。

但赵南星没有见他，让他滚蛋的同时，送给了他四个字：

“见泉无子！”

魏广微之父魏允贞，字见泉。

这是一句相当狠毒的话，你说我爹没有儿子，那我算啥？

魏广微十分气愤。

气愤归气愤，他还是第二次上门，要求见赵南星。

赵南星还是没见他。

接下来，魏广微作出了一个出人意料的举动，他又去了。

魏先生不愧为名门之后，涵养很好，当年刘备请诸葛亮出山卖命，也就三次，魏广微不要赵大人卖命，吃顿饭聊聊天就好。

但赵南星还是拒而不见。

面对着紧闭的大门，魏广微怒不可遏，立誓，与赵南星势不两立。

魏广微之所以愤怒，见不见面倒是其次，关键在于赵南星坏了规矩。

当时的赵南星，是吏部尚书，人事部部长，魏广微却是礼部尚书，东阁大学士。虽说两人都是部长，但魏广微是内阁成员，相当于副总理，按规矩，赵部长还得叫他领导。

但魏大学士不计较，亲自登门，还三次，您都不见，实在有点儿太不像话了。

就这样，这个可好可坏的人，在赵南星的无私帮助下，变成了一个彻底的坏人。

除了这两人外，魏忠贤的党羽还有很多，如冯铨、施凤来、崔呈秀、许显纯等，后人统称为：五虎、五彪、十狗、十孩儿，光这四拨人加起来，就已有三十个。

这还是小儿科，魏公公的手下，还有二十孩儿、四十猴孙、五百义孙，作为一个太监，如此多子多孙，实在是有福气。

我曾打算帮这帮太监子孙亮亮相，搞个简介，起码列个名，但看到“五百义孙”之类的字眼时，顿时失去了勇气。

其实东林党在拉山头、搞团体等方面，也很有水平。可和魏公公比起来，那就差得多了。

因为东林党的入伙标准较高，且渠道有限，要么是同乡（乡党）、同事（同科进士），要么是座主（师生关系），除个别有特长者外（如汪文言），必须是高级知识分子（进士或翰林），还要身家清白，没有案底（贪污受贿）。

而魏公公就开放得多了，他本来就是无赖、文盲，还兼职人贩子（卖掉女儿），要找个比他素质还低的人，那是比较难的。

所以他收人的时候，非常注意团结。所谓英雄莫问出处，富贵不思来由，阿猫阿狗无所谓，能干活就行。他手下这帮人也还相当知趣，纷纷用“虎”、“彪”、“狗”、“猴”自居，甭管是何禽兽，反正不是人类。

这帮妖魔鬼怪的构成很复杂，有太监、特务、六部官员、地方官、武将，涉及各个阶层、各个行业，百花齐放。

虽然他们来自不同领域，但有一点是相同的：他们都是经过精挑细选，纯度极高的人渣。

比如前面提到的四位仁兄，即很有代表性：

崔呈秀，原本是一贪污犯，收了人家的钱，被检举丢了官，才投奔魏公公。

施凤来，混迹朝廷十余年，毫无工作能力，唯一的长处是替人写碑文。

许显纯，武进士出身，锦衣卫首领，残忍至极，喜欢刑讯逼供，并有独特习惯：杀死犯人后，将其喉骨挑出，作为凭证，或作纪念。

但相对而言，以上三位还不够份儿，要论王八蛋程度，还是冯铨先生技高一筹。

这位仁兄全靠贪污起家，并主动承担陷害杨涟、左光斗等人的任务，唯恐坏事干得不够多，更让人称奇的是，后来这人还主动投降了清朝，成为了不知名的汉奸。

短短一生之中，竟能集贪官、阉党、汉奸于一体，如此无廉耻，如此无人格，说他是禽兽，那真是侮辱了禽兽。

综上所述，魏忠贤手下这帮人，在工作和生活中，有着这样一个特点：

什么都干，就是不干好事；什么都要，就是不要脸。

他们之中的大多数人，都曾是三党的成员，在彻底出卖自己的灵魂和躯体，加入阉党这个温馨的集体，成为毫无廉耻的禽兽之前，他们曾经也是人。

多年以前，当他们刚踏入朝廷的时候，都曾品行端正满怀理想，立志以身许国，匡扶天下，公正地对待每一个人，谨言慎行，并最终成为一个青史留名的伟人。

但他们终究倒下了，在残酷的斗争、仕途的磨砺、党争的失败面前，他们失去了最后的勇气和尊严，并最终屈服，屈服于触手可及的钱财、权位和利益。

魏忠贤明白，坚持理想的东林党，是绝不可能跟他合作的，要想继续好吃好喝地混下去，就必须解决这些人。现在，他准备摊牌了。

但想挑事，总得有个由头，东林党这帮人都是道德先生，也不怎么收黑钱，想找茬整顿他们，是有相当难度的。

考虑再三之后，魏忠贤找到了一个看似完美的突破口——汪文言。

作为东林党的智囊，汪文言起着极其关键的作用，左推右挡来回忽悠，拥立了皇帝，搞垮了三党，人送外号“天下第一布衣”。

但在魏忠贤看来，这位布衣有个弱点：他没有功名，不能做官，只能算是地下党。对这个人下手，既不会太显眼，又能打垮东林党的支柱，实在是一举两得。

所以在王安死后，魏忠贤当即指使顺天府府丞绍辅忠，弹劾汪文言。

要整汪文言，是比较容易的。这人本就是个老油条，除东林党外，跟三党也很熟，后来三党垮了，他跟阉党中的许多人关系也很铁，经常来回倒腾事儿，收人钱财，替人消灾，底子实在太不干净。

更重要的是，他的老东家王安倒了，靠山没了，自然好收拾。

事实恰如所料，汪文言一弹就倒，监生的头衔没收，还被命令马上收拾包裹滚蛋。

汪文言相当听话，也不闹，乖乖地走人了，可他还没走多远，京城里又来了人，从半道上把他请了回去——坐牢。

赶走汪文言，是不够的，魏忠贤希望，能把这个神通广大又神秘莫测的人一棍子打死，于是他指使御史弹了汪先生第二下，把他直接弹进了牢房里。

魏忠贤终于满意了，行动进行得极其顺利，汪文言已成为阶下囚，一切都已准备妥当，下面……

下面没有了。

因为不久之后，汪文言就出狱了。

此时的魏忠贤是东厂提督太监、掌控司礼监、党羽遍布天下，而汪先生是个没有功名、没有身份、失去靠山的犯人。并且魏公公很不喜欢汪文言，很想把他打翻在地，再踏上一只脚，这看上去，似乎是件十分容易的事情。毕竟连汪文言的后台王安，都死在了魏忠贤的手中。

无论如何，他都不应该、也不可能出狱。

然而，他就是出狱了。

他到底是怎么出狱的，我不知道，反正是出来了，成功自救，魏公公也毫无反应。王安都没有办到的事情，他办到了。

而且这位仁兄出狱之后，名声更大。赵南星、左光斗、杨涟都亲自前来拜会慰问，上门的人络绎不绝，用以往革命电影里的一句话：坐牢还坐出好来了。

更出人意料的是，不久之后，朝廷首辅叶向高主动找到了他，并任命他为内阁中书。

所谓内阁中书，大致相当于国务院办公厅主任，是个极为重要的职务。汪文言先生连举人都没考过，竟然捞到这个位置，实在耸人听闻。

而对这个严重违背常规的任命，魏公公竟然沉默是金，什么话都不说。

因为他已经意识到，自己还没有足够的实力，去战胜这个神通广大的人。

于是，魏忠贤停止了行动，他知道，要打破目前的僵局，必须继续等。

此后的三年里，悄无声息之中，他不断排挤东林党，安插自己的亲信，投靠他的人越来越多，他的党羽越来越庞大，实力越来越强，但他仍在沉默中等待。

因为他已看清，这个看似强大的东林党，实际上非常脆弱。吏部尚书赵南星不可怕，佥都御史左光斗不可怕，甚至首辅叶向高，也只是一个软弱的盟友。

真正强大的，只有这个连举人都考不上，地位卑微，却机智过人、狡猾到底的汪文言。要解决东林党，必须除掉这个人，没有任何捷径。

这是一件非常冒险的事，魏忠贤不喜欢冒险，所以他选择等待。

但事情的发展，超出了所有人的预料，包括魏忠贤在内。

天启四年（1624），吏科给事中阮大铖上疏，弹劾汪文言、左光斗互相勾结，祸乱朝政。

热闹开始，阉党纷纷加入，趁机攻击东林党。左光斗也不甘示弱，参与论战，朝廷上下，口水滔滔，汪文言被免职，连首辅叶向高也申请辞职，乱得不可开交。

但讽刺的是，对于这件事，魏忠贤事先可能并不知道。

这事之所以闹起来，无非是因为吏科都给事中退了，位置空出来，阮大铖想要进步，就开始四处活动、拉关系。

偏偏东林党不吃这套，人事部长赵南星听说这事后，索性直接让他滚出朝廷，连给事中都不给干。阮大铖知道后，十分愤怒，决定告左光斗的黑状。

这是句看上去前言不搭后语的话，赵南星让他滚，关左光斗何事？

原因在于，左光斗是阮大铖的老乡，当年阮大铖进京，就是左光斗抬举的。所以现在他升不了官，就要找左光斗的麻烦。

看起来，这个说法仍然比较乱，不过跟“因为生在荆楚之地，所以就叫萌萌”之类的逻辑相比，这种想法还算正常。

这位逻辑“还算正常”的阮大铖先生，真算是奇人，可以多说几句。后来他加入了阉党，跟着魏忠贤混；混砸了又跑到南京，跟着南明混；南明混砸了，他又加入大清，在清军营里，他演出了人生中最精彩、最无耻的一幕。

作为投降的汉奸，他毫无羞耻之心，还经常和清军将领说话，白天说完，晚上接着说，说得人家受不了，对他说：您口才真好，可我们明天早起还要打仗，早点儿洗了睡吧。

此后不久，他因急于抢功跑得太快，猝死于军中。

但在当时，阮大铖先生这个以德报怨的黑状，只是导火索。真正让魏公公极为愤怒、痛下杀手的，是另一件事，准确地说，是另一笔钱。

其实一直以来，魏公公虽和东林党势不两立，却只有公愤，并无私仇。但几乎就在阮大铖上疏的同一时刻，魏公公得到消息，他的一笔生意黄了，就黄在东林党的手上。

这笔生意值四万两银子，和他做生意的人，叫熊廷弼。

希望大家还记得这兄弟，自从回京后，他已经被关了两年多了，由于情节严重，上到皇帝下到刑部，倾向性意见相当一致——杀。

事到如今，只能开展自救了，熊廷弼开始积极活动，找人疏通关系，希望能送点儿钱，救回这条命。

七转八转，他终于找到了一位叫做汪文言的救星，据说此人神通广大，手到擒来。

汪文言答应了，开始活动，他七转八转，找到了一个能办事的人——魏忠贤。

当然，鉴于魏忠贤同志对他极度痛恨，干这件事的时候，他没有露面，而是找人代理。

魏忠贤接到消息，欣然同意，并开出了价码——四万两，熊廷弼不死。

汪文言非常高兴，立刻回复了熊廷弼，告诉他这个好消息，以及所需银子的数量（很可能不是四万两，毕竟中间人也要收费）。

以汪文言的秉性，拿中介费是一定的，拿多少是不一定的，但这次，他一文钱也没拿到。因为熊廷弼拿不出四万两。

拿不出钱，事情没法办，也就没了下文。

但魏忠贤不知是手头紧，还是办事认真负责，发现这事没消息了，就好了奇，派人去查，七转八转，终于发现那个托他办事的人，竟然是汪文言！

过分了，实在过分了，魏忠贤感受到了出奇的愤怒：和我作对也就罢了，竟然还要托我办事，吃我的中介费！

拿不到钱，又被人耍了一把的魏忠贤国仇家恨顿时涌上心头，当即派人把汪文言抓了起来。

汪文言入狱了，但这只是开始，魏忠贤的最终目标，是通过他，把东林党人拉下水。

但事实再一次证明，冲动是魔鬼。一时冲动的魏公公惊奇地发现，他又撞见鬼了，汪文言入狱后，审来审去毫无进展，别说杨涟、左光斗，就连汪先生自己也在牢里过得相当滋润。

之所以出现如此怪象，除汪先生自己特别能战斗外，另一个人的加入，也起了极大的作用。

这个人名叫黄尊素，时任都察院监察御史。

这是一个很有名的人，知道他的人比较多，但他还有个更有名的儿子——黄宗羲。如果连黄宗羲都不知道，应该回家多读点儿书。

在以书生为主的东林党里，黄尊素是个异类，此人深谋远虑，凡事三思而行，擅长权谋，与汪文言并称为东林党两大智囊。

得知汪文言被抓后，许多东林党人都很愤怒，但也就是发发牢骚，真正作出反应的，只有两个人，其中一个，就是黄尊素。

他敏锐地感觉到，魏忠贤要动手了。

抓汪文言只是个开头，很快，这场战火就将延伸到东林党的身上。到那时一切都迟了。

于是，他连夜找到了锦衣卫刘侨。

刘侨，时任锦衣卫镇抚司指挥使，管理诏狱，汪文言就在他的地盘坐牢。这人品格还算正派，所以黄尊素专程找到他，疏通关系。

黄尊素表示，人你照抓照关，但万万不能牵涉到其他人，比如左光斗、杨涟等。

刘侨是个聪明人，他明白黄尊素的意思。便照此意思吩咐审讯工作，所以汪文言在牢里满口胡话，也没人找他麻烦。

而另一个察觉魏忠贤企图的人，是叶向高。

叶向高毕竟是见过世面的，几十年朝廷混下来，一看就明白，即刻上疏表示汪文言是自己任命的，如果此人有问题，就是自己的责任，与他人无关，特请退休回家养老。

叶首辅不愧为老狐狸，他明知道，朝廷是不会让自己走的，却偏要以退为进，给魏忠贤施加压力，让他无法轻举妄动。

看到对方摆出如此架势，魏忠贤退缩了。

太冲动了，时候还没到。

在这个回合里，东林党获得了暂时的胜利，却将迎来永远的失败。

抓汪文言时，魏忠贤并没有获胜的把握，但到了天启四年（1624）五月，连东林党都不再怀疑自己注定失败的命运。

因为魏公公实在太能拉人了。

几年之间，所谓“众正盈朝”已然变成了“众兽盈朝”，魏公公手下那些飞禽走兽已经遍布朝廷，王体乾掌控了司礼监，顾秉谦、魏广微进入内阁，许显纯、田尔耕控制锦衣卫。六部里，只有吏部部长赵南星还苦苦支撑，其余各部到处都是阉党，甚至管纪检监察的都察院六科都成为了阉党的天下。

对于这一转变，大多数书上的解释是世风日下、人心不古、道德沦丧、品质败坏，等等。

其实原因很简单，就两个字：实在。

魏忠贤能拉人，因为他实在。

你要人家给你卖命，拿碗白饭对他说，此去路远，多吃一点儿，那是没有效果的，毕竟千里迢迢，不要脸面，没有廉耻来投个太监，不见点儿干货，心理很难平衡。

在这一点上，魏公公表现得很好，但凡投奔他的，要钱给钱，要官给官，真金实银，不打白条。

相比而言，东林党的竞争力实在太差，什么都不给还难进，实在有点儿难度过高。

如果有人让你选择如下两个选项：坚持操守，坚定信念和理想，一生默默无闻，家徒四壁，为国为民，辛劳一生。

或是放弃原则，泯灭良心，少奋斗几十年，青云直上，升官发财，好吃好喝，享乐一生。

> 嗟乎！大阉之乱，以缙绅之身而不改其志者，四海之大，有几人欤？
>
> ——五人墓碑记

不用回答，我们都知道答案。

很久以前，我曾经看过一部电影，电影里的黑社会老大在向他的手下训话，他说，昨天晚上他做了一个梦，梦见这个世界上没有黑社会了。

因为这个世界上的人，都变成了黑社会。

这句话在魏忠贤那里，已不再是梦想。

他不问出身、不问品格，将朝廷大权赋予所有和他一样卑劣无耻的人。

而这些靠跪地磕头、自认孙子才掌握大权的人，自然没有什么造福人民的想法，受尽屈辱才得到的荣华富贵，不屈辱一下老百姓，怎么对得起自己呢？

在这种良好愿望的驱使下，某些匪夷所思的事情开始陆续发生。比如某县有位富翁，闲来无事杀了个人，知县秉公执法，判了死刑。这位仁兄不想死，就找到一位阉党官员，希望能够拿钱买条命。

很快他就得到了答复：一万两。

这位财主同意了，此外他还提出了一个要求：希望杀掉那位判他死刑的知县，因为这位县太爷太过公正，实在让他不爽。

还是阉党的同志们实在，收钱之后立马放人，并当即捏造了罪名，把那位知县干掉了。

无辜的被害者，正直的七品知县，司法、正义，全加在一起，也就一万两。

事实上，这个价码还偏高。

搞到后来，除封官许愿外，魏忠贤还开发了新业务：卖官。有些史料还告诉我们，当时的官职都是明码标价，买个知县，大致是两三千两；要买知府，五六千两也就够了。

如此看来，那位草菅人命的财主，还真是不会算账，索性找到魏公公，花一半钱买个知府，直接当那知县的上级，找个由头把他干掉，还能省五千两，亏了，真亏了。

自开朝以来，大明最黑暗的时刻，终于到来。

我们想干什么就干什么，我们想怎么干就怎么干，为了获取权力和财富，所付出的尊严和代价，要从那些更为弱小的人身上加倍掠夺。蹂躏、欺凌、劫掠，不用顾忌，不用考虑，我们可以为所欲为！

因为在这个时代，没有人能阻止我们，没有人敢阻止我们！

最后的道统

几年来，杨涟一直在看。

他看见那个无恶不作的太监，抢走了朋友的情人，杀死了朋友，坑死了上司，却掌握了天下的大权，无需偿命，没有报应。

那个叫天理的玩意儿，似乎并不存在。

他看见，一个无比强大的敌人，已经出现在自己的面前。

在明代历史上，从来不缺重量级的坏人，比如刘瑾，比如严嵩，但刘瑾多少还读点儿书，知道做事要守规矩，至少有个底线，所以他明知李东阳和他作对，也没动手杀人。严嵩虽说杀了夏言，至少还善待自己的老婆。

而魏忠贤，是一个文盲，逼走老婆，卖掉女儿，他没原则，没底线，阴险狡诈，不择手段，已达到了无耻无极限的境界。他绝了后，也空了前。

当杨涟回过神来，他才发现，自己身边，已是空无一人，那些当年的敌人、甚至朋友、同僚都已抛弃良知，投入了这个人的怀抱。在利益的面前，良知实在太过脆弱。

但他依然留在原地，一动不动，因为他依然坚持着一样东西——道统。

所谓道统，是一种规则、一种秩序，是这个国家几千年来历经苦难挫折依旧前行的动力。

杨涟和道统已经认识很多年了。

小时候，道统告诉他，你要努力读书，研习圣人之道，将来报效国家。

当知县时，道统告诉他，你要为官清廉，不能贪污，不能拿不该拿的钱，要造福百姓。

京城，皇帝病危，野心家蠢蠢欲动，道统告诉他，国家危亡，你要挺身而出，即使你没有义务、没有帮手。

一直以来，杨涟对道统的话都深信不疑，他照做了，并获得了成功：

是你让我相信，一个普通的平民子弟，也能够通过自己的努力，坚持不懈，成就一番事业，成为千古留名的人物。

你让我相信，即使身居高位，尊荣加身，也不应滥用自己的权力，去欺凌那些依旧弱小的人。

你让我相信，一个人活在这世上，不能只是为了自己。他应该清正廉洁，严于律己，坚守那条无数先贤走过的道路，并继续走下去。

但是现在，我有一个疑问：

魏忠贤是一个不信道统的人。他无恶不作、肆无忌惮，没有任何原则，但他依然成为了胜利者，同时越来越多的人放弃了道统，投奔了他，只是因为他封官给钱，如同送白菜。

我的朋友越来越少，敌人越来越多，在这条道路上，我已是孤身一人。

道统说：是的，这条道路很艰苦，门槛高，规矩多，清廉自律，家徒四壁，还要立志为民请命，一生报效国家，实在太难。

那我为何还要继续走下去呢？

因为这是一条正确的道路，几千年来，一直有人走在这条孤独的道路上，无论经过多少折磨，他们始终相信规则，相信每个人都有着自己的尊严和价值，相信这个世界上，存在着公理与正义，相信千年之后，正气必定长存。

是的，我明白了，现在轮到我了，我会坚守我的信念，我将对抗那个强大的敌人，战斗至最后一息，即使孤身一人。

好吧，杨涟，现在我来问你最后一个问题：

为了你的道统，牺牲你的一切，可以吗？

可以。

第十六章　杨涟

天启四年（1624）六月，左副都御史杨涟写就上疏，弹劾东厂提督太监魏忠贤二十四大罪。

在这篇青史留名的檄文中，杨涟历数了魏忠贤的种种罪恶，从排除异己、陷害忠良、图谋不轨、杀害无辜，可谓世间万象，无所不包，且真实可信，字字见血。

由此看来，魏忠贤确实是人才，短短几年里，跨行业、跨品种，坏事干得面面俱到，着实不易。

这是杨涟的最后反击，与其说是反击，不如说是愤怒，因为连他自己都很清楚，此时的朝廷，从内阁到六部，都已是魏忠贤的爪牙。按照常理，这封奏疏只要送上去，必定会落入阉党之手，到时只能是废纸一张。

杨涟虽然正直，却并非没有心眼，为了应对不利局面，他想出了两个办法。

他写完这封奏疏后，并没有遵守程序把它送到内阁，而是随身携带，等待着第二天的到来。

因为在这一天，皇帝大人将上朝议事，那时，杨涟将拿出这封奏疏，亲口揭露魏忠贤的罪恶。

在清晨的薄雾中，杨涟怀揣着奏疏，前去上朝，此时除极个别人外，无人知道他的计划和他即将要做的事。

然而，当他来到大殿前的时候，却得到一个让人哭笑不得的消息：皇帝下令，今天不办公（免朝）。

紧绷的神经顿时松弛了下来，杨涟明白，这场生死决战又延迟了一天。

只能明天再来了。

但就在他准备打道回府之际，却突然改变了主意。

杨涟走到了会极门，按照惯例，将这封奏疏交给了负责递文书的官员。

在交出文书的那一刻，杨涟已然确定，不久之后，这份奏疏就会放在魏忠贤的文案上。

之所以作此选择，是因为他别无选择。

杨涟是一个做事认真谨慎的人，他知道，虽然此事知情者很少，但难保不出个把叛徒，万一事情曝光，以魏公公的品行，派个把东厂特务把自己黑掉，也不是不可能的。

不能再等了，不管魏忠贤何时看到，会不会在上面吐唾沫，都不能再等了。

第一个办法失败了，杨涟没能绕开魏忠贤，直接上疏。事实上，这封奏疏确实落到了魏忠贤的手中。

魏忠贤知道这封奏疏是告他的，但不知是怎么告的，因为他不识字。

所以，他找人读给他听。

但当这位无恶不作、肆无忌惮的大太监听到一半时，便打断了朗读，不是歇斯底里的愤怒，而是面无人色的恐惧。

魏忠贤害怕了，这位不可一世、手握大权的魏公公，竟然害怕了。

据史料的记载，此时的魏公公面无人色，两手不由自主地颤抖，并且半天沉默不语。

他已经不是四年前那个站在杨涟面前，被骂得狗血淋头、哆哆嗦嗦的老太监了。

现在他掌握了内阁，掌握了六部，甚至还掌握了特务，他一度以为，天下再无敌手。

但当杨涟再次站在他面前的时候，他才明白，纵使这个人孤立无援、身无长物，他却依然畏惧这个人，深入骨髓地畏惧。

极度的恐慌彻底搅乱了魏忠贤的神经，他的脑海中只剩下一个念头：绝对不能让这封奏疏传到皇帝的手中！

奏疏倒还好说，魏公公一句话，说压就压了，反正皇帝也不管，但问题是，杨涟是左副都御史，朝廷高级官员，只要皇帝上朝，他就能够见到皇帝，揭露所有一切。

怎么办呢？魏忠贤冥思苦想了很久，终于想出了一个没办法的办法：不让皇帝上朝。

在接下来的三天里，皇帝都没有上朝。

但这个办法实在有点儿蠢，因为天启皇帝到底是年轻人，到第四天，就不干了，偏要去上朝。

魏忠贤头疼不已，但皇帝大人说要上朝，不让他去又不行，迫于无奈，竟然找了上百个太监，把皇帝大人围了起来，到大殿转了一圈，权当是给大家一个交代。

此外，他还特意派人事先说明，不允许任何人发言。

总之，他的对策是，先避风头，把这件事压下去，以后再跟杨涟算账。

得知皇帝三天没有上朝，且目睹了那场滑稽游行的杨涟并不吃惊，事情的发展，早在他意料之中。

因为当他的第一步计划失败，被迫送出那份奏疏的时候，他就想好了第二个对策。

虽然魏忠贤压住了杨涟的奏疏，但让他惊奇的是，这封文书竟然长了翅膀，没过几天，朝廷上下，除了皇帝没看过，大家基本是人手一份，还有个把缺心眼的，把词编成了歌，四处去唱，搞得魏公公没脸出门。

杨涟充分发挥了东林党的优良传统，不坐地等待上级批复，就以讲学传道为主要途径，把魏忠贤的恶劣事迹广泛传播，并在短短几天之内，达到了妇孺皆知的效果。

比如当时国子监里的几百号人，看到这封奏疏后，欢呼雀跃，连书都不读了，每天就抄这份二十四大罪，抄到手软，并广泛散发。

吃过魏公公苦头的劳苦大众自不用说，大家一拥而上，反复传抄，当众朗诵，成为最流行的手抄本，据说最风光的时候，连抄书的纸都缺了货。

左光斗是少数几个事先知情的人之一，此时自然不甘人后，联同朝廷里剩余的东林党官员共同上疏，斥责魏忠贤，甚至某些退休在家的老先生，也来凑了把热闹。于是几天之内，全国各地弹劾魏忠贤的公文纷至沓来，堆积如山，足够把魏忠贤埋了再立个碑。

眼看革命形势一片大好，许多原先是阉党的同志也坐不住了，唯恐局势变化自己垫背，一些人纷纷倒戈，掉头就骂魏公公，搞得魏忠贤极其狼狈。

而广大人民群众对魏忠贤的愤怒之情，也如同那滔滔江水，延绵不绝，搞得连深宫之中的皇帝都听说了这件事，专门找魏忠贤来问话，到了这个地步，事情已经瞒不住了。

杨涟没有想到，自己的义愤之举，竟然会产生如此重大的影响，在他看来，照此形势发展，大事必成，忠贤必死。

然而有一个人，不同意杨涟的看法。

在写奏疏之前，为保证一击必中，杨涟曾跟东林党的几位重要人物，如赵南星、左光斗通过气，但有一个人，他没有通知，这个人是叶向高。

自始至终，叶向高都是东林党的盟友，且身居首辅，是压制魏忠贤的最后力量，但杨先生就是不告诉他，偏不买他的账。

因为叶向高曾不止一次对杨涟表达过如下观点：

对付魏忠贤，是不能硬来的。

叶向高认为，魏忠贤根基深厚，身居高位，且内有奶妈（客氏），外有特务（东厂），以东林党目前的力量，是无法扳倒的。

杨涟认为，叶向高的言论，是典型的投降主义精神。

魏忠贤再强大，也不过是个太监，他手下的那帮人，无非是乌合之众。只要能够集中力量，击倒魏忠贤，就能将阉党这帮人渣一网打尽，维持社会秩序、世界和平。

更何况，自古以来，邪不胜正。

邪恶是必定失败的，基于这一基本判断，杨涟相信，自己是正确的，魏忠贤终究会被摧毁。

历史已经无数次证明，邪不胜正是靠谱的，但杨涟不明白，这个命题有个前提条件——时间。

其实在大多数时间里，除去超人、蝙蝠侠等不可抗力出来维护正义外，邪是经常胜正的，所谓好人、善人、老实人常常被整得凄惨无比，比如于谦、岳飞等，都是死后多少年才翻身平反。

只有岁月的沧桑，才能淘尽一切污浊，扫清人们眼帘上的遮盖与灰尘，看到那些殉道者无比璀璨的光芒，历千年而不灭。

逆转

杨涟，下一个殉道者。

很不幸，叶向高的话虽然不中听，却是对的，以东林党目前的实力，要干掉魏忠贤，是毫无胜算的。

但决定他们必定失败的，不是奶妈，也不是特务，而是皇帝。

杨涟并不傻，他知道大臣靠不住，太监靠不住，所以他把所有的希望都寄托在皇帝身上，希望皇帝陛下雷霆大怒，最好把魏公公五马分尸再拉出去喂狗。

可惜，杨涟同志寄予厚望的天启皇帝，是靠不住的。

自有皇帝以来，牛皇帝有之，熊皇帝有之，不牛不熊的皇帝也有之，而天启皇帝比较特别：他是个木匠。

身为一名优秀的木匠，明熹宗有着良好的职业素养，他经常摆弄宫里的建筑，具体表现为在他当政的几年里，宫里经常搞工程，工程的设计单位、施工、监理、检验，全部由皇帝大人自己承担。

更为奇特的是，工程的目的也很简单，修好了，就拆，拆完了，再修，以达到拆拆修修无穷尽之目的。总之，搞来搞去，只为图个乐。

这是大工程，小玩意儿天启同志也搞过。据史料记载，他曾经造过一种木制模型，有山有水有人，据说木人身后有机关控制，还能动起来，纯手工制作，比起今天的遥控玩具有过之而无不及。

为检验自己的实力，天启还曾把自己的作品放到市场上去卖，据称能卖近千两银子，合人民币几十万元，要换在今天，这兄弟就不干皇帝，也早发了。

可是，他偏偏就是皇帝。

大明有无数木匠，但只有一个皇帝，无论是皇帝跑去做木匠，还是木匠跑来做皇帝，都是彻底地抓瞎。

当然，许多书上说这位皇帝是低能儿，从来不管政务，不懂政治，那也是不对的。虽然他把权力交给了魏忠贤，也不看文件，不理朝廷，但他心里是很有数的。

比如魏公公，看准了皇帝不想管事，就爱干木匠，每次有重要事情奏报，他都专挑朱木匠干得最起劲儿的时候去，朱木匠自然不高兴，把手一挥：我要你们是干什么的？

这句话在手，魏公公自然欢天喜地，任意妄为。

但在这句话后，朱木匠总会加上一句：好好干，莫欺我！

这句话的表面意思是，你不要骗我，但隐含意思是，我知道，你可能会骗我。

事实上，对魏忠贤的种种恶行，木匠多少还知道点儿，但在他看来，无论这人多好，只要对他坏，就是坏人；无论这人多坏，只要对他好，就是好人。

基于这一观点，他对魏忠贤有着极深的信任，就算不信任他，也没有必要干掉他。

叶向高正是认识到这一点，才认定，单凭这封奏疏，是无法解决魏忠贤的。

而东林党里的另一位明白人黄尊素，事发后也问过这样一个问题：

“清君侧者必有内援，杨公有乎？”

这意思是，你要搞定皇帝身边的人，必须要有内应，当然没内应也行，像当年猛人朱棣，带几万人跟皇帝死磕，一直打到京城，想杀谁杀谁。

杨涟没有，所以不行。

但他依然充满自信，因为奏疏在社会上引起的强烈反响和广大声势让他相信：真理和正义是站在他这边的。

但是实力，并不在他的一边。

奏疏送上后的第五天，事情开始脱离杨涟的轨道，走上了叶向高预言的道路。

焦头烂额的魏忠贤几乎绝望了，面对如潮水涌来的攻击，他束手无策，无奈之下，他只能跑去求内阁大臣，东林党人韩爌，希望他手下留情。

韩爌给他的答复是，没有答复。

这位东林党内除叶向高外的最高级别干部，对于魏公公的请求，毫无回应，别说赞成，连拒绝都没有。

如此的态度让魏忠贤深信，如果不久之后自己被拉出去干掉，往尸体上吐唾沫的人群行列中，此人应该排在头几名。

与韩爌不同，叶向高倒还比较温柔，他曾表示，对魏忠贤无须赶尽杀绝，能让他消停下来，洗手不干，也就罢了。

这个观点后来被许多的史书引用，来说明叶向高那卑劣的投降主义和悲观主义思想，甚至还有些人把叶先生列入了阉党的行列。

凡持此种观点者，皆为站着说话不腰疼、啃着馒头看窝头之流。

因为就当时的局势而言，叶向高说无须赶尽杀绝，那只是客气客气的，实际上，压根儿就无法赶尽杀绝。

事情的下一步发展完美地印证了这一点。

在被无情地拒绝后，魏忠贤丢掉了所有的幻想，他终于明白，对于自己的胡作非为，东林党人是无法容忍、也无法接纳的。

正邪不能共存，那么好吧，我将把所有的一切，都拉入黑暗之中。

魏忠贤立即找到了另一个人，一个能够改变一切的人。

在皇帝的面前，魏忠贤表现得相当悲痛，一进去就哭，一边哭一边说：

“现在外面有人要害我，而且还要害皇上，我无法承担重任，请皇上免去我的职务吧。”

这种混淆是非，拉皇帝下水的伎俩，虽然并不高明，却比较实用，是魏公公的必备招数。

面对着痛哭流涕的魏忠贤，天启皇帝只说了一句话，就打断了魏公公的所有部署：

“听说有人弹劾你，是怎么回事？”

听到这句话时，魏忠贤知道，完了。他压住杨涟的奏疏，煞费苦心封锁消息，这木匠还是知道了。

对于朱木匠，魏忠贤还是比较了解的，虽不管事，绝不白痴，事到如今不说真话是不行了。

于是他承认了奏疏的存在，并顺道沉重地控诉了对方的污蔑。

但皇帝陛下似乎不太关心魏公公的痛苦，只说了一句话：

“奏疏在哪里，拿来给我！”

这句话再次把魏公公推入了深渊。因为在那封奏疏上，杨涟列举了很多内容，比如迫害后宫嫔妃，甚至害死怀有身孕的妃子，以及私自操练兵马（内操）、图谋不轨等。

贪污受贿，皇帝可以不管，坑皇帝的老婆，抢皇帝的座位，皇帝就生气了。

更何况这些事，他确实也干过，只要皇帝知道，一查就一个准。

奏疏拿来了，就在魏忠贤的意志即将崩溃的时候，他听到了皇帝陛下的指示：

“读给我听。”

魏忠贤笑了。

因为他刚刚想起一件很重要的事——皇帝陛下，是不大识字的。

如果说皇帝陛下的文化程度和魏公公差不多，似乎很残酷，但却是事实，天启之所以成长为准文盲（认字不多），归根结底，还是万历惹的祸。

万历几十年不立太子，太子几十年不安心，自己都搞不定，哪顾得上儿子，儿子都顾不上，哪顾得上让儿子读书，就这么折腾来折腾去，把天启折腾成了木匠。

所以现在，他并没有自己看，而是找了个人，读给他听。

魏忠贤看到了那个读奏疏的人，他确定，东林党必将死无葬身之地。

这个朗读者，是司礼监掌印太监，他的死党，王体乾。

就这样，杨涟的二十四条大罪，在王太监的口里缩了水，为不让皇帝大人担心，有关他老婆和他个人安危的，都省略了，而魏公公一些过于恶心人的行为，出于善意，也不读了。

所以一篇文读下来，皇帝大人相当疑惑，听起来魏公公为人还不错，为何群众如此愤怒？

但这也无所谓，反正也没什么大事，老子还要干木匠呢，就这么着吧。

于是他对魏忠贤说，你接着干吧，没啥大事。

魏忠贤彻底解脱了。

正如叶向高所说的那样，正义和道德是打不倒魏忠贤的，能让这位无赖屈服的，只有实力。而唯一拥有这种实力的人，只有皇帝。

现在皇帝表明了态度，事件的结局，已无悬念。

天启四年（1624）十月，看清虚实的魏忠贤，终于举起了屠刀。

同月，在毫无预兆的情况下，皇帝下旨，训斥吏部尚书赵南星结党营私。此后皇帝又先后下文，批评杨涟、左光斗、高攀龙等人，最后索性给他们搞了个总结，一顿猛踩，矛头直指东林党。

可以肯定的是，皇帝大人对此是不大清楚的。他老人家本不识字，且忙于做木匠，考虑到情况比较特殊，为保证及时有力地迫害忠良，魏公公越级包办了所有圣旨。

大势已去，一切已然无可挽回。

同月，心灰意冷的赵南星、杨涟、左光斗纷纷提出辞职，回了老家。东林党就此土崩瓦解。

只剩下一个人——叶向高。

叶向高很冷静，自始至终，他都极其低调。魏忠贤倒霉时，他不去踩，魏忠贤得意时，他不辞职，因为他知道，自己将是东林党最后的希望。

必须忍耐下去，等待反攻的时机。

但是，他错误地估计了一点——魏忠贤的身份。

魏忠贤是一个无赖，无赖没有原则，他不是刘瑾，不会留着李东阳给自己刨坟。

几天之后，叶向高的住宅迎来了一群不速之太监，每天在叶向高门口大吵大嚷，不让睡觉，无奈之下，叶向高只得辞职回家。

两天后，内阁大学士韩爌辞职，魏忠贤的非亲生儿子顾秉谦接任首辅，至此，内阁彻底沦陷。

东林党失败了，败得心灰意冷，按照以往的惯例，被赶出朝廷的人，唯一的选择是在家养老。

但这一次，魏公公给他们提供了第二个选择——赶尽杀绝。

因为魏公公不是政治家，他是无赖流氓，政治家搞人，搞倒、搞臭也就罢了，无赖流氓搞人，都是搞死为止。

杀死那些毫无抵抗能力的人，这就是魏忠贤的品格。

但要办到这一点，是有难度的。

大明毕竟是法制社会，要干掉某些人，必须要罪名，至少要有个借口，但魏公公查遍了杨涟等人的记录，作风问题、经济问题，都是统统的没有。

东林党用实际行动证明了这样一点：他们或许狭隘，或许偏激，却不贪污、不受贿、不仗势欺民，他们的所有举动，都是为了百姓的生计，为了这个国家的未来。

什么生计、未来，魏公公是不关心的，他关心的是，如何合理地把东林党人整死：抓来打死不行，东林党人都有知名度，社会压力太大；抓来往死里打套取口供，估计也不行，这帮人是出了名的硬骨头，攻坚难度太大。

于是，另一个人进入了魏忠贤的视线，他相信，从此人的身上，他将顺利地打开突破口。

虽然在牢里，但汪文言已经清楚地感觉到，世界已经变了。刘侨走了，魏忠贤的忠实龟孙，五彪之一的许显纯接替了他的位置，原先好吃好喝，现在没吃没喝，审讯次数越来越多，态度越来越差。

但他并不知道，地狱之门才刚刚打开。

魏忠贤明白，东林党的人品是清白的，把柄是没有的，但这位汪文言是个例外，这人自打进朝廷以来，有钱就拿，有利就贪，和东林党熟，和阉党也熟，牛鬼蛇神全不耽误，谈不上什么原则。只要从他身上获取杨涟等人贪污的口供，就能彻底摧毁东林党。

面对左右逢源、投机取巧的汪文言，这似乎不是什么难事。

天启五年（1625），许显纯接受魏忠贤的指示，审讯汪文言。

史料反映，许显纯很可能是个心理比较变态的人。他不但喜欢割取犯人的喉骨，还想出了许多花样繁多的酷刑，比如用铁钩扎穿琵琶骨，把人吊起来，或是用蘸着盐水的铁刷去刷犯人，皮肤会随着惨叫声一同脱落。所谓审讯，就是赤裸裸的折磨。

在第一次审讯后，汪文言已经是遍体鳞伤、奄奄一息。

但许显纯并不甘休，之后他又进行了第二次、第三次审讯，十几次审下来，审到他都体力不支，依然乐此不疲。

因为无论他怎么殴打、侮辱、拷问汪文言，逼他交代东林党的罪行时，这个不起眼的小人物始终重复一句话：

“不知道。”

无论拷打多少次，折磨多少回，穷凶极恶地质问，丧心病狂的酷刑，这就是他唯一的回答。

当汪文言的侄子买通了看守，在牢中看到不成人形的汪文言时，禁不住痛哭流涕。

然而，汪文言用镇定的语气对他说：

“不要哭，我必死，却并不怕死！”

许显纯急红眼了，在众多的龟孙之中，魏公公把如此重要的任务交给他，实在是莫大的信任，为不让太监爷爷失望，他必须继续拷打。

终于有一天，在拷打中，奄奄一息的汪文言用微弱的声音对许显纯说：

“你要我承认什么，就说吧，我承认就是了。”

许显纯欣喜万分，说道：

“只要你说杨涟收取贿赂，作口供为证，就放了你。”

在短暂的沉默之后，一个微弱却坚定的声音响起：

“这世上，没有贪赃的杨涟。”

混社会的游民、油滑的县吏、唯利是图、狡猾透顶的官僚汪文言，为了在这丑恶的世界上生存下去，他的一生，都在虚伪、圆滑、欺骗中度过，他的每次选择，都是为了利益，都是妥协的产物。

但在这人生的最后时刻，他作出了最后的抉择：面对黑暗，绝不妥协。

付出生命，亦在所不惜。

许显纯无计可施，所以他决定，用一种更不要脸的方式解决问题——伪造口供。

在这个问题上，许显纯再次显示了他的变态心理，他一边拷打汪文言，一边在他的眼前伪造证词，意思很明白：我就在你的面前，伪造你的口供，你又能怎么样呢？

但当他扬扬得意地伪造供词的时候，对面阴暗的角落里，那个遍体鳞伤、奄奄一息的人发出了声音。

无畏的东林党人汪文言，用尽他最后的力气，向这个黑暗的世界，迸发出愤怒的控诉：

“不要乱写，就算我死了，也要与你对质！”

这是他留在世间的最后一句话。

这句话告诉我们，追逐权位、利益至上的老油条汪文言，经历几十年官场沉浮、尔虞我诈之后，拒绝了诱惑，选择了理想，并最终成为了一个正直无私的人。

第十七章　殉道

血书

许显纯怕了，他怕汪文言的诅咒，于是他找到了一个解决方法：杀死汪文言。

死后对质还在其次，如果让他活着对质，下一步计划将无法进行。

天启五年（1625）四月，汪文言被害于狱中，他始终没有屈服。

同月，魏忠贤的第二步计划开始，杨涟、左光斗、魏大中等东林党人被逮捕，他们的罪名是受贿，而行贿者是已经被处决的熊廷弼。

受贿的证据自然是汪文言的那份所谓口供，在这份无耻的文书中，杨涟被认定受贿两万两，左光斗等人也人人有份。

审讯开始了，作为最主要的对象，杨涟被首先提审。

许显纯拿出了那份伪造的证词，问：

“熊廷弼是如何行贿的？”

杨涟答：

“辽阳失陷前，我就曾上疏弹劾此人，他战败后，我怎会帮他出狱？文书尚在可以对质。”

许显纯无语。

很明显，许锦衣卫背地要阴招有水平，当面胡扯还差点儿，既然无法在沉默中发言，只能在沉默中变态：

“用刑！”

下面是杨涟的反应：

“用什么刑？有死而已！”

许显纯想让他死，但他必须找到死的理由。

拷打如期进行，拷打规律是每五天一次，打到不能打为止，杨涟的下颌脱落，牙齿打掉，却依旧无一字供词。

于是许显纯用上了钢刷，几次下来，杨涟体无完肤，史料有云：“皮肉碎裂如丝。”

然“骂不绝口”，死不低头。

在一次严酷的拷打后，杨涟回到监房，写下了《告岳武穆疏》。

在这封文书中，杨涟没有无助的抱怨，也没有愤怒的咒骂，他说：

“此行定知不测，自受已是甘心。”

他说：“涟一身一家其何足道，而国家大体大势所伤实多。”

昏暗的牢房中，惨无人道的迫害，无法形容的痛苦，死亡边缘的挣扎，却没有仇恨，没有愤懑。

只有坦然、从容，以天下为己任。

在无数次的尝试失败后，许显纯终于认识到，要让这个人低头认罪，是绝不可能的。

栽赃不管用的时候，暗杀就上场了。

魏忠贤很清楚，杨涟是极为可怕的对手，是绝对不能放走的。无论如何，必须将他杀死，且不可走漏风声。

许显纯接到了指令，他信心十足地表示，杨涟将死在他的监狱里，悄无声息，杨涟的冤屈和所受的酷刑将永无人知晓。

事实确实如此，朝廷内外只知道杨涟有经济问题，被弄进去了，所谓拷打、折磨，闻所未闻。

对于这一点，杨涟自己也很清楚，他可以死，但不想死得不明不白。

于是，在暗无天日的监房中，杨涟用被打得几近残废的手，颤抖地写下了两千字的绝笔遗书。在遗书中，他写下了事情的真相，以及自己坎坷的一生。

遗书写完了，却没用，因为送不出去。

为保证杨涟死得不清不楚，许显纯加派人手，经常检查杨涟的牢房，如无意外，这封绝笔最终会落入许显纯手中，成为灶台的燃料。

于是，杨涟将这封绝笔交给了同批入狱的东林党人顾大章。

顾大章接受了，但他也没办法，因为他是东林重犯，如果杨涟被杀，他必难逃一死。且此封绝笔太过重要，如若窝藏必是重犯，推来推去，谁都不敢收。

更麻烦的是，看守查狱的时候，发现了这封绝笔，顾大章已别无选择。

他面对监狱的看守，坦然告诉看守所有的一切，然后从容等待结局。

短暂的沉寂后，他看见那位看守面无表情地收起绝笔，平静地告诉他：这封绝笔，绝不会落到魏忠贤的手中。

这封绝笔开始被藏在牢中关帝像的后面，此后被埋在牢房的墙角下，杨涟被杀后，那位看守将其取出，并最终公告于天下。

无论何时何地，正义终究是存在的。

天启五年（1625）七月，许显纯开始了谋杀。

不能留下证据，所以不能刀砍，不能剑刺，不能有明显的皮外伤。

于是许显纯用铜锤砸杨涟的胸膛，几乎砸断了他所有的肋骨。

然而，杨涟没有死。

他随即用上了监狱里最著名的杀人技巧——布袋压身。

所谓布袋压身，是监狱里杀人的不二法门，专门用来处理那些不好杀，却又不能不杀的犯人，具体操作程序是，找到一只布袋，里面装满土，晚上趁犯人睡觉时压在他身上，按照清代桐城派著名学者方苞的说法（当年曾经蹲过黑牢），基本上是晚上压住，天亮就死，品质有保障。

然而，杨涟还是没死，每晚在他身上压布袋，就当是盖被子，白天拍拍土又站起来。

口供问不出来倒也罢了，居然连人都干不掉，许显纯快疯了。

于是这个疯狂的人，使用了丧心病狂的手段。

他派人把铁钉钉入了杨涟的耳朵。

具体的操作方法，我不知道，我只知道，这不是人能干出来的事情。

铁钉入耳的杨涟依然没有死，但例外不会再发生了，毫无人性的折磨、耳内的铁钉已经重创了杨涟，他的神智开始模糊。

杨涟知道，自己活不了多久了，于是他咬破手指，对这个世界，写下了最后的血书。

此时的杨涟已处于濒死状态，他没有力气将血书交给顾大章，在那个寂静无声的黑夜里，凭借着顽强的意志，他拖着伤残的身体，用颤抖的双手，将血书藏在了枕头里。

结束吧，杨涟微笑着，等待着最后的结局。

许显纯来了，用人间的言语来形容他的卑劣与无耻，已经力不从心了。

看着眼前这个有着顽强信念和坚忍生命力的人，许显纯真的害怕了，敲碎他全身的肋骨，他没有死，用土袋压，他没有死，用钉子钉进耳朵，也没有死。

无比恐惧的许显纯决定，使用最后也是最残忍的一招。

天启五年（1625）七月二十四日夜。

许显纯把一根大铁钉，钉入了杨涟的头顶。

这一次，奇迹没有再次出现，杨涟当场死亡，年五十四。

伟大的殉道者，就此走完了他光辉的一生。

杨涟希望，他的血书能够在他死后清理遗物时，被亲属发现。

然而，这注定是个破灭的梦想，因为这一点，魏忠贤也想到了。

为消灭证据，他下令对杨涟的所有遗物进行仔细检查，绝不能遗漏。

很明显，杨涟藏得不够好，在检查中，一位看守轻易地发现了这封血书。

他十分高兴，打算把血书拿去请赏。

但当他看完这封血迹斑斑的遗言后，便改变了主意。

他藏起了血书，把它带回了家。他的妻子知道后，非常恐慌，让他交出去。

牢头并不理会，只是紧握着那份血书，一边痛哭，一边重复着这样一句话：

“我要留着它，将来，它会赎清我的罪过。”

三年后，当真相大白时，他拿出了这份血书，昭示天下：

“仁义一生，死于诏狱，难言不得死所，何憾于天，何怨于人？唯我身副宪臣，曾受顾命，孔子云：托孤寄命，临大节而不可夺。持此一念终可见先帝于在天，对二祖十宗于皇天后土，天下万世矣！

大笑大笑还大笑，刀砍东风，于我何有哉！”

他不知道自己还能活多久，不知道死后何人知晓，不知道能否平反，也不知道这份血书能否被人看见。

毫无指望，只有彻底的孤独和无助。

这就是阴森恐怖的牢房里，肋骨尽碎的杨涟，在最为绝望的时刻，写下的文字，每一个字，都闪烁着希望和光芒。

拷打、折磨，毫无人性的酷刑，制服了他的身体，却没有征服他的意志，无论何时，他都坚持着自己的信念，那个他写在绝笔中的信念，那个崇高、光辉、唯一的信念：

“涟即身无完骨，尸供蛆蚁，原所甘心。

但愿国家强固，圣德明，海内长享太平之福。

此痴愚念头，至死不改。”

有人曾质问我，遍读史书的你，所见皆为帝王将相之家谱，有何意义？

千年之下，可有一人，不求家财万贯，不求出将入相，不求青史留名，唯以天下、以国家、以百姓为任，甘受屈辱，甘受折磨，视死如归？

我答：曾有一人，不求钱财，不求富贵，不求青史留名，有慨然雄浑之气，万刃加身不改之志。

杨涟，千年之下，终究不朽。

老师

杨涟死的那天，左光斗也死了。

身为都察院高级长官，左光斗也是许显纯拷打的重点对象，杨涟挨过的酷刑，左光斗一样都没少。

而他的态度，也和杨涟一样，绝不退让，绝不屈服。

虽然被打得随时可能断气，左光斗却毫不在乎，死不低头。

他不在乎，有人在乎。

先是左光斗家里的老乡们开始凑钱，打算把人弄出来，至少保住条命，无效不退款后，他的家属和学生就准备进去探监，至少再见个面。

但这个要求也被拒绝了。

最后，他的一位学生使尽浑身解数，才买通了一位看守，进入了监牢。

他换上了破衣烂衫，化装成捡垃圾的，在黑咕隆咚的诏狱里摸了半天，才摸到了左光斗的牢房。

左光斗是坐着的，因为他的腿已经被打没了（筋骨尽脱），面对自己学生的到访，他没有表现出任何惊讶，因为他根本不知道——脸已被烙铁烙坏，连眼睛都睁不开。

他的学生被惊呆了，于是他跪了下来，抱住老师，失声痛哭。

左光斗听到了哭声，他醒了过来，没有惊喜，没有哀叹，只有愤怒，出奇的愤怒：

“蠢人！这是什么地方，你竟然敢来！（此何地也，而汝前来）国家已经到了这个地步，我死就死了，你却如此轻率，万一出了事，将来国家的事情谁来管？！”

学生呆住了，呆若木鸡。

左光斗的愤怒似乎越发激烈。他摸索着地上的镣铐，作出投掷的动作，并说出了最后的话：

“你还不走？！再不走，无需奸人动手，我自己杀了你！（扑杀汝）”

面对着世界上最温暖的威胁，学生眼含着热泪，快步退了出去。

临死前，左光斗用自己的行动，给这名学生上了最后一课：

一个人应该坚持信念，至死也不动摇。

天启五年（1625）七月二十六日，左光斗在牢中遇害，年五十一。

二十年后，扬州。

南京兵部尚书，内阁大学士，南明政权的头号重臣史可法，站在城头眺望城外的清军，时为南明弘光元年（1645）二月。

雪很大，史可法却一直站在外面，安排部署，他的部下几次劝他进屋避雪，他的回复总是同一句话：

“我不能对不起我的老师，我不能对不起我的老师！（愧于吾师）”

史可法最终做到了，他的行为，足以让他的老师为之自豪。

左光斗死后，同批入狱的东林党人魏大中、袁化中、周朝瑞先后被害。

活着的人，只剩下顾大章。

顾大章，时任礼部郎中，算是正厅级干部，在这六人里就官职而言并不算大，但他还是有来头的，他的老师就是叶向高，加上平时活动比较积极，所以这次也被当做要犯抓了进来。

抓进来六个，其他五个都死了，他还活着，不是他地位高，只是因为他曾经担任过一个特殊的官职——刑部主事。

刑部主事，大致相当于司法部的一个处长，但凑巧的是，他这个部门恰好就是管监狱的，所谓刑部天牢、锦衣诏狱的看守，原先都是他的部下。

现在老上级进去了，遇到了老下级，这就好比是路上遇到劫道的，一看，原来你是我小学时候的同学，还一起罚过站，这就不好下手了，咬咬牙，哥们儿你过去吧，这单生意我不做了，下次注意点儿，别再到我的营业区域里转悠。

外加顾主事平时为人厚道，对牢头看守们都很照顾，所以他刚进去的时候，看守都向他行礼，对他非常客气，点头哈腰，除了人渣许显纯例行拷打外，基本没吃什么亏。

待其他人被杀后，他的处境就危险了，毕竟一共六个，五个都死了，留你一个似乎不太像话，更重要的是，这些惨无人道的严刑拷打，是不能让人知道的，要是让他出狱，笔杆子一挥，天下人都知道了，舆论压力比较大。

事实上，许显纯和魏忠贤确实打算把顾大章干掉，而且越快越好。顾大章去阎王那里申冤的日子已经不远了。

然而这个世界上，意外的事情总是经常发生的。

一般说来，管牢房的人交际都比较广泛。特别是天牢、诏狱这种高档次监狱，进来的除了窦娥、忠良外，大都有点儿水平，或是特殊技能、江洋大盗之类的牛人也不少见。

我们有理由相信，顾大章认识一些这样的人。

因为就在九月初，处死他的决议刚刚通过，监狱看守就知道了。

但是这位看守没有把消息告诉顾大章，却通知了另一个人。

这个人的姓名不详，人称燕大侠，也在诏狱里混，但既不是犯人，也不是看守，每天就混在里面，据说还是主动混进来的，几个月了都没人管。

他怎么进来的，不得而知，为什么没人管，不太清楚，但他之所以进来，只是为了救顾大章。为什么要救顾大章，也不太清楚，反正他是进来了。

得知处决消息，他并不慌张，只是找到报信的看守，问了一个问题：

“我给你钱，能缓几天吗？”

看守问：

“几天？”

燕大侠答：

“五天。”

看守答：

“可以。”

五天之后，看守跑来找燕大侠：

“我已尽力，五日已满，今晚无法再保证顾大章的安全，怎么办？”

燕大侠并不紧张：

“今晚定有转机。”

看守认为，燕大侠在做梦，于是笑着走了。

几个时辰之后，他接到了命令，将顾大章押往刑部。

还没等他缓过神来，许显纯又来了。

许显纯急匆匆跑来，把顾大章从牢里提出来，声色俱厉地说了句话：

“你几天以后，还是要回来的！”

然后，他又急匆匆地走了。

顾大章很高兴。

作为官场老手，他很理解许显纯这句话的隐含意义——自己即将脱离诏狱，而许显纯无能为力。

因为所谓锦衣卫、东厂，都是特务机关，并非司法机构，而且这件案子被转交刑部，公开审判，就意味着许显纯他们搞不定了。

很明显，他们受到了压力。

但为什么搞不定，又是什么压力，他不知道。

这是个相当诡异的问题：魏公公权倾天下，连最能搞关系的汪文言都被他整死了，然而燕大侠横空出世，又把事情解决了，实在让人难以理解。

顾大章不知道答案，看守不知道答案，许显纯也未必知道。

燕大侠知道，可是他没告诉我，所以我也不知道。

之前我曾介绍过许多此类幕后密谋，对于这种鬼才知道的玩意儿，我的态度是，不知道就说不知道，绝不猜。

我倒是想猜，因为这种暗箱操作，还是能猜的，如当年太史公司马迁先生，就很能猜的，秦始皇死后，李斯和赵高密谋干掉太子，他老人家并不在场，上百年前的事，天知地知你知我知，对话都能猜出来，过了几千年，也没人说他猜得不对，毕竟后朝历代这类事情就是如此发生。

可这件事实在太过复杂，许显纯没招，魏公公不管（或是管不了），他们商量的时候也没叫我去，实在是不敢乱猜。

无论事实真相如何，反正顾大章是出来了。在经历了几十天痛苦的折磨后，他终于走出了地狱。

按说到了刑部，就是顾大人的天下了，可事情并非如此。

因为刑部尚书李养正也投了阉党，部长大人尚且如此，顾大人就没辙了。

天启五年（1625）九月十二日，刑部会审。

李养正果然不负其阉党之名，一上来就呵斥顾大章，让他老实交代，更为搞笑的是，李养正手里拿的罪状，就是许显纯交给他的，一字都没改，底下的顾大章都能背出来。李尚书读错了，顾大人时不时还提醒他两句。

审讯的过程也很简单，李尚书要顾大章承认，顾大章不承认，并说出了不承认的理由：

“我不能代死去的人，承受你们的诬陷。”

李尚书沉默了，他知道这位曾经的下属是冤枉的，但他依然作出了判决：

杨涟、左光斗、顾大章等六人，因收受贿赂，结交疆臣，处以斩刑。

这是一份相当无聊的判决，因为判决书里的六个人，有五个已经挂了，实际上是把顾大章先生拉出来单练，先在诏狱里一顿猛打，打完再到刑部，说明打你的合法理由。

形势急转直下，燕大侠也慌了手脚。一天夜里，他找到顾大章，告诉他情况不妙。

然而出乎意料的是，顾大章并不惊慌，恰恰相反，他用平静的口吻，向燕大侠揭示了一个秘密——出狱的秘密。

第二天，在刑部大堂上，顾大章公开了这个秘密。

顾大章招供了，他供述的内容，包括如下几点：杨涟的死因、左光斗的死因、许显纯的刑罚操作方法；绝笔，无人性的折磨、无耻的谋杀。

刑部知道了，朝廷知道了，全天下人都知道了。

魏忠贤不明白，许显纯不明白，甚至燕大侠也不明白，顾大章之所以忍辱负重，活到今天，不是心存侥幸，不是投机取巧。

他早就想死了，和其他五位舍生取义的同志一起，光荣地死去，但他不能死。

当杨涟把绝笔交给他的那一刻，他的生命就不再属于他自己，他知道自己有义务活下去，有义务把这里发生的一切，把邪恶的丑陋、正义的光辉，告诉世上所有的人。

所以他隐忍、等待，直至出狱，不为偷生，只为永存。

正如那天夜里，他对燕大侠所说的话：

“我要把凶手的姓名传播于天下（播之天下），等到来日世道清明，他们一个都跑不掉！（断无遗种）”

“吾目瞑矣。”

这才是他最终的目的。

他做到了，是以今日之我们，可得知当年之一切。

一天之后，他用残废的手（三个指头已被打掉）写下了自己的遗书，并于当晚自缢而死。

杨涟，当日你交付于我之重任，我已完成。

“吾目瞑矣。”

至此，杨涟、左光斗、魏大中、袁化中、周朝瑞、顾大章六人全部遇害，史称“六君子之狱”。

七君子

就算是最恶心的电视剧，演到这里，坏人也该休息了。

但魏忠贤实在是个超一流的反派，他还列出了另一张杀人名单。

在这份名单上，有七个人的名字，分别是高攀龙、李应升、黄尊素、周宗建、缪昌期、周起元、周顺昌。

这七位仁兄地位说高不高，就是平时骂魏公公时狠了点儿，但魏公公一口咬死，要把他们组团送到阎王那里去。

六君子都搞定了，搞个七君子不成问题。

春风得意、无往不胜的魏公公认为，他已经天下无敌了，可以把事情做绝做尽。

然而，魏忠贤错了。

在一部相当胡扯的香港电影中，某大师曾反复说过一句不太胡扯的话：凡事太尽，缘分必定早尽。

刚开始的时候，事情是很顺利的，东林党的人势力没有，气节还是有的，不走也不逃，坐在家里等人来抓，李应升、周宗建、缪昌期、周起元等四人相继被捕，上路的时候还特高兴。

因为在他们看来，坚持信念，被魏忠贤抓走，是光辉的荣誉。

高攀龙更厉害，抓他的东厂特务还没来，他就上路了——自尽。

在被捕前的那个夜晚，他整理衣冠，向北叩首，然后投水自杀。

死前留有遗书一封，有言如下：可死，不可辱。

在这七个人中，高攀龙是都察院左都御史，李应升、周宗建、黄尊素都是御史，缪昌期是翰林院谕德，周起元是应天巡抚，不太起眼的，就数周顺昌了。

这位周先生曾是吏部员外郎，论资历、权势，都是小字辈，但事态变化，正是由他而起。

周顺昌，字景文，万历四十一年（1613）进士，疾恶如仇。

说起周兄，还有个哭笑不得的故事。当初他在外地当官，有一次人家请他看戏，开始挺高兴，结果看到一半，突然怒发冲冠，众目睽睽之下跳上舞台，抓住演员一顿暴打，打完就走。

这位演员之所以被打，只是因为那天，他演的是秦桧。

听说当年演《白毛女》的时候，通常是演着演着，下面突来一枪，把黄世仁同志干掉，看来是有历史传统的。

连几百年前的秦桧都不放过，现成的魏忠贤当然没问题。

其实最初名单上只有六个人，压根儿就没有周顺昌，他之所以成为候补，是因为当初魏大中过境时，他把魏先生请到家里，好吃好喝，还结了亲家，东厂特务想赶他走，结果他说：

“你不知道世上有不怕死的人吗？！回去告诉魏忠贤，我叫周顺昌，只管找我！”

后来东厂抓周起元的时候，他又站出来大骂魏忠贤，于是魏公公不高兴了，就派人去抓他。

周顺昌是南直隶吴县人，也就是今天的江苏苏州，周顺昌为人清廉，家里很穷，还很讲义气，经常给人帮忙，在当地名声很好。

东厂特务估计不太了解这个情况，又觉得苏州人文绉绉的，好欺负，所以一到地方就搞潜规则，要周顺昌家给钱，还公开扬言，如果不给，就在半道把周顺昌给黑了。

可惜周顺昌是真没钱，他本人也看得开，同样扬言：一文钱不给，能咋样？

但是人民群众不干了，他们开始凑钱，有些贫困家庭把衣服都当了，只求东厂高抬贵手。

这次带队抓人的东厂特务，名叫文之炳，可谓是王八蛋中的王八蛋，得寸进尺，竟然加价，要了还要。

这就过于混账了，但为了周顺昌的安全，大家忍了。

第二天，为抗议逮捕周顺昌，苏州举行罢市活动。

要换个明白人，看到这个苗头，就该跑路，可这帮特务实在太过嚣张（或是太傻），一点儿不消停，还招摇过市欺负老百姓，为不连累周顺昌，大家又忍了。

一天后，苏州市民涌上街头，为周顺昌送行，整整十几万人，差点儿把县衙挤垮，巡抚毛一鹭吓得不行，表示有话好好说。有人随即劝他，众怒难犯，不要抓周顺昌，上奏疏说句公道话。

毛一鹭胆子比较小，得罪群众是不敢的，得罪魏忠贤自然也不敢，想来想去，一声都不敢出。

所谓干柴烈火，大致就是这个样子，十几万人气势汹汹，就等一把火。

于是文之炳先生挺身而出了，他大喊一声：

“东厂逮人，鼠辈敢尔？”

火点燃了。

勒索、收钱不办事、欺负老百姓，十几万人站在眼前，还敢威胁人民群众，人蠢到这个份儿上，就无须再忍了。

短暂的平静后，一个人走到了人群的前列，面对文之炳，问出了一个问题：

“东厂逮人，是魏忠贤（魏监）的命令吗？”

问话的人，是一个当时籍籍无名，后来名垂青史的人，他叫颜佩韦。

颜佩韦是一个平民，一个无权无势的平民，所以当文特务确定他的身份后，顿时勃然大怒：

“割了你的舌头！是东厂的命令又怎么样？”

他穿着官服，手持武器，他认为，手无寸铁的老百姓颜佩韦会害怕、会退缩。

然而，这是个错误的想法。

颜佩韦振臂而起：

“我还以为是天子下令，原来是东厂的走狗！”

然后他抓住眼前这个卑劣无耻、飞扬跋扈的特务，拳打脚踢，发泄心中的怒火。

文之炳被打蒙了，但其他特务反应很快，纷纷拔刀，准备上来砍死这个胆大包天的人。

然而接下来，他们看见了让他们恐惧一生的景象，十几万个胆大包天的人，已向他们冲来。

这些之前沉默不语、任人宰割的羔羊，已经变成了恶狼，纷纷一拥而上，逮住就是一顿暴打，由于人太多，只有离得近的能踩上几脚，距离远的就脱鞋，看准了就往里砸（提示：古人穿的是木屐）。

东厂的人傻了，平时大爷当惯了，高官看到他们都打哆嗦，这帮平民竟敢反抗，由于反差太大，许多人思想没转过弯来，半天还在发愣。

但他们不愧训练有素，在现实面前，迅速地完成了思想斗争，并认清了自己的逃跑路线，四散奔逃，有的跑进民宅，有的跳进厕所，有位身手好的，还跳到房梁上。

说实话，我认为跳到房梁上的人，脑筋有点儿问题，人民群众又不是野生动物，你以为他们不会爬树？

对于这种缺心眼的人，群众使用了更为简捷的方法，一顿猛踹，连房梁都踹动了，直接把那人摇了下来，一顿群殴，当场毙命。

相对而言，另一位东厂特务就惨得多了，他是被人踹倒的，还没反应过来，又是一顿猛踩，被踩死了，连肇事者都找不着。

值得夸奖的是，苏州的市民们除了有血性外，也很讲策略，所有特务都被抓住暴打，但除个别人外，都没打死——半死。这样既出了气，又不至于连累周顺昌。

打完了特务，群众还不满意，又跑去找巡抚毛一鹭算账。

其实毛大人比较冤枉，他不过是执行命令，胆子又小，吓得魂不附体，只能躲进粪坑里。等到地方官出来说情，稳定秩序，才把浑身臭气的毛巡抚捞出来。

这次事件中，东厂特务被打得晕头转向，许多人被打残，还留下了极深的心理创伤，据说有些人回京后，一辈子都只敢躲在小黑屋里，怕光怕声，活像得了狂犬病。

气是出够了，事也闹大了。

东厂抓人，人没抓到还被打死几个，魏公公如此窝囊，实在耸人听闻，几百年来都没出过这事。

按说接下来就该是腥风血雨，可十几天过去了，别说反攻倒算，连句话都没有。

因为魏公公也吓坏了。

事发后，魏忠贤得知事态严重，当时就慌了，马上把首辅顾秉谦抓来一顿痛骂，说他本不想抓人，听了你的馊主意，才去干的，闹到这个地步，怎么办？

魏忠贤的意思很明白，他不喜欢这个黑锅，希望顾秉谦帮他背，但顾大人岂是等闲之辈，只磕头不说话，回去就养病，索性不来了。

魏公公无计可施，想来想去，只好下令，把周顺昌押到京城，参与群众一概不问。

说是这么说，过了几天，顾秉谦看风声过了，又跳了出来，说要追究此事。

还没等他动手，就有人自首了。

自首的，是当天带头的五个人，他们主动找到巡抚毛一鹭，告诉他，事情就是自己干的，与旁人无关，不要株连无辜。

这五个人的名字是：颜佩韦、杨念如、沈扬、周文元、马杰。

五人中，周文元是周顺昌的轿夫，其余四人并未见过周顺昌，与他也无任何关系。

几天后，周顺昌被押解到京，被许显纯严刑拷打，不屈而死。

几月后，周顺昌的灵柩送回苏州安葬，群情激愤，为平息事端，毛一鹭决定处决五人。

处斩之日，五人神态自若。

沈扬说："无憾！"

马杰大笑：

"吾等为魏奸阉党所害，未必不千载留名，去，去！"

颜佩韦大笑：

"列位请便，学生去了！"

遂英勇就义。

五人死后，明代著名文人张溥感其忠义，挥笔写就一文，是为《五人墓碑记》，四百年余后，被编入中学语文课本。

> 嗟夫！大阉之乱，以缙绅之身而不改其志者，四海之大，有几人欤？
>
> 而五人生于编伍之间，素不闻诗书之训，激昂大义，蹈死不顾。
>
> ——五人墓碑记

颜佩韦和马杰是商人，沈扬是贸易行中间人，周文元是轿夫，杨念如是卖布的。

不要以为渺小的，就没有力量，不要以为卑微的，就没有尊严。

弱者和强者之间唯一的差别，只在信念是否坚定。

第十八章　袁崇焕

犹豫的人

这五位平民英雄的壮举直接导致了两个后果：一是魏忠贤害怕了，他以及他的阉党，受到了极大的震动，用历史书上的话说，是为粉碎阉党集团奠定了群众基础。

相比而言，第二个结果有点儿歪打正着：七君子里最后的幸存者黄尊素，逃过了一劫。

东林党两大智囊之一的黄尊素之所以能幸免，倒不是他足智多谋，把事情都搞定了，也不是魏忠贤怕事，不敢抓他，只是因为连颜佩韦等人都不知道，那天被他们打的人里，有几位兄弟是无辜的。

其实民变发生当天，抓周顺昌的特务和群众对峙时，有一批人恰好正经过苏州，这批人恰好也是特务——抓黄尊素的特务。

黄尊素是浙江余姚人，要去余姚，自然要经过苏州，于是就赶上了。

实在有点儿冤枉，这帮人既没捞钱，也没勒索，无非是过个路，可由于群众过于激动，过于能打，见到东厂装束的人就干，就把他们顺道也干了。

要说还是特务，那反应真是快，看见一群人朝自己冲过来，虽说不知怎么回事，立马就闪人了，被逼急了就往河里跳，总算是逃过了一劫。

可从河里出来后一摸，坏了，驾帖丢了。

所谓驾帖，大致相当于身份证加逮捕证，照眼下这情景，要是没有驾帖就跑去，能活着回来是不太正常的。想来想去，也就不去了。

于是黄尊素纳闷了，他早就得到消息，在家等人来抓，结果等了十几天，人影都没有。

但黄尊素是个聪明人，聪明人明白一个道理——覆巢之下，岂有完卵。

躲是躲不过去的，大家都死了，一个人怎能独活呢？

于是他自己穿上了囚服，到衙门去报到，几个月后，他被许显纯拷打至死。

在黄尊素走前，叫来了自己的家人，向他们告别。

大家都很悲痛，只有一个人例外。

他的儿子黄宗羲镇定地说道：

“父亲若一去不归，儿子来日自当报仇！”

一年之后，他用比较残忍的方式，实现了自己的诺言。

黄尊素死了，东林党覆灭，“六君子”、“七君子”全部殉难，无一幸免，天下再无人与魏忠贤争锋。

纵观东林党的失败过程，其斗争策略，就是毫无策略，除了愤怒，还是愤怒，输得那真叫彻底，局势基本是一边倒，朝廷是魏公公的，皇帝听魏公公的，似乎毫无胜利的机会。

事实上，机会还是有的，一个。

在东林党里，有一个特殊的人，此人既有皇帝的信任，又有足以扳倒魏忠贤的实力——孙承宗。

在得知杨涟被抓后，孙承宗非常愤怒，当即决定弹劾魏忠贤。

但他想了一下，便改变了主意。

孙承宗很狡猾，他明白上疏是毫无作用的，他不会再犯杨涟的错误，决定使用另一个方法。

天启四年（1624）十一月，孙承宗开始向京城进发，他此行的目的，是去找皇帝上访告状。

对一般人而言，这是不可能的，因为朱木匠天天干木匠活，不大见人，还有魏管家帮他闭门谢客，想见他老人家一面，实在难如登天。

但孙承宗不存在这个问题，打小他就教朱木匠读书，虽说没啥效果，但两人感情很好，魏公公几次想挑事，想干掉孙承宗，朱木匠都笑而不答，从不理会，因为他很清楚魏公公的目的。

他并不傻，这种借刀杀人的小把戏，是不会上当的。

于是魏忠贤惊慌了，他很清楚，孙承宗极不简单，不但狡猾大大的，和皇帝关系铁，还手握兵权，如果让他进京打小报告，那就真没戏了。就算没告倒，只要带兵进京来个武斗，凭自己手下这帮废物，是没啥指望的。

魏忠贤正心慌，魏广微又来凑热闹了，这位仁兄不知从哪儿得到的小道消息，说孙承宗带了几万人，打算进京修理魏公公。

为说明事态的严重性，他还打了个生动的比方：一旦让孙大人进了京，魏公公立马就成粉了（公立齑粉矣）。

魏公公疯了，二话不说，马上跑到皇帝那里，苦苦哀求，不要让孙承宗进京，当然他的理由很正当：孙承宗带兵进京是要干掉皇帝，身为忠臣，必须阻止此种不道德的行为。

但出乎他意料的是，皇帝大人毫不慌张，他还安慰魏公公，孙老师靠得住，就算带兵，也不会拿自己开刀的。

这个判断充分说明，皇帝大人非但不傻，还相当之幽默，魏公公被涮得一点儿脾气都没有。

话说完，皇帝还要干木匠活，就让魏公公走人，可是魏公公不走。

他知道，今天要不讨个说法，等孙老师进京，没准儿就真成粉末了。所以他开始哭，还哭出了花样——“绕床痛哭”。

也就是说，魏公公赖在皇帝的床边，不停地哭。皇帝在床头，他就哭到床头，皇帝到床尾，他就哭到床尾，孜孜不倦，锲而不舍。

皇帝也是人，也要睡觉，哭来哭去，真没法了，只好发话：

“那就让他回去吧。”

有了这句话，魏忠贤胆壮了，他随即命人去关外传令，让孙承宗回去。

然而不久之后，有人告诉了他一个消息，于是他又下达了第二道命令：

“孙承宗若入九门，即刻逮捕！”

那个消息的内容是，孙承宗没有带兵。

孙承宗确实没有带兵，他只想上访，不想造反。

所以魏忠贤改变了主意，他希望孙承宗违抗命令，大胆反抗来到京城，并最终落入他的圈套。

事实上，这是很有可能的，鉴于全人类都知道，魏公公一向惯于假传圣旨，所以愤怒的孙承宗必定会拒绝这个无理的命令，进入九门，光荣被捕。

然而，他整整等了一夜，也没有看到这一幕。

孙承宗十分愤怒，他急匆匆地赶到了通州，却接到让他返回的命令。他的愤怒到达了顶点，可是他没有丝毫犹豫——返回了。

孙承宗实在聪明绝顶，虽然他知道魏忠贤有假传圣旨的习惯，但这道让他返回的谕令，却不可能是假的。

因为魏忠贤知道他和皇帝的关系，他见皇帝，就跟到邻居家串门一样，说来就来了，胡说八道是没用的。

然而，现在他收到了谕令，这就代表着皇帝听从了魏忠贤的忽悠，如果继续前进，后果不堪设想，所以跑路是最好的选择。

摆在他面前的，有两个选择：一、回去睡觉，老老实实待着。二、索性带兵进京，干他娘的一票，解决问题。

孙承宗是一个几乎毫无缺陷的人。政治上很会来事，谁也动不了，军事上稳扎稳打，眼光独到，且一贯小心谨慎，老谋深算，所以多年来，他都是魏忠贤和努尔哈赤最为害怕的敌人。

但在这一刻，他暴露出了自己人生中的最大弱点——犹豫。

孙承宗是典型的谋略型统帅，他的处事习惯是如无把握，绝不应战，所以他到辽东几年，收复无数失地，却很少打仗。

而眼前的这一仗，他没有必胜的把握，所以他放弃。

无论这个决定正确与否，东林党已再无希望。

三十年前，面对黑暗污浊的现实，意志坚定的吏部员外郎顾宪成相信，对的终究是对的，错的终究是错的。于是他决心，建立一个合理的秩序，维护世上的公义，使那些身居高位者，不能随意践踏他人，让那些平凡的人，有生存的权力。

为了这个理想，他励精图治，忍辱负重，从那个小小的书院开始，经历几十年起起落落，坚持道统，至死不渝。在他的身后，有无数的追随者杀身成仁。

然而杀身固然成仁，却不能成事。

以天下为己任的东林党，终究再无回天之力。

其实我并不喜欢东林党，因为这些人都是书呆子，自命清高，还空谈阔论，缺乏实干能力。

小时候，历史老师讲到东林党时，曾说道：东林党人并不是进步的象征，因为他们都是封建士大夫。

我曾问：何谓封建士大夫？

老师答：封建士大夫，就是封建社会里，局限、落后、腐朽的势力，而他们的精神，绝不代表历史的发展方向。

多年以后，我亲手翻开历史，看到了另一个真相。

所谓封建士大夫，如王安石、如张居正、如杨涟、如林则徐。

所谓封建士大夫精神，就是没落、守旧、不懂变通，不识时务，给脸不要脸，瞧不起劳动人民，自命清高，即使一穷二白，被误解、污蔑，依然坚持原则、坚持信念、坚持以天下为己任的人。

他们坚信自己的一生与众不同，高高在上，无论对方反不反感。

坚信自己生来就有责任和义务，去关怀与自己毫不相干的人，无论对方接不接受。

坚信国家危亡之际，必须挺身而出，去捍卫那些自己不认识，或许永远也不会认识的芸芸众生，并为之奋斗一生，无论对方是否知道、是否理解。

坚信无论经过多少黑暗与苦难，那传说了无数次，忽悠了无数回，却始终未见的太平盛世，终会到来。

遗弃

孙承宗失望而归，他没有能够拯救东林党，只能拯救辽东。

魏忠贤曾经想把孙老师一同干掉，可他反复游说，皇帝就是不松口，还曾经表示，如果孙老师出了事，就唯你是问。

魏公公只好放弃了，但让孙老师待在辽东，手里握着十几万人，实在有点儿睡不安稳，就开始拿辽东战局说事，还找了几十个言官，日夜不停告黑状。

孙承宗撑不下去了。

天启五年（1625）十月，他提出了辞呈。

可是他提了N次，也没得到批准。

倒不是魏忠贤不想他走，是他实在走不了，因为没人愿意接班。

按魏忠贤的意思，接替辽东经略的人，应该是高第。

高第，万历十七年（1589）进士，是个相当厉害的人。

明代的官员，如果没有经济问题，进士出身，十几年下来，至少也能混个四品，而高先生的厉害之处在于，他混了整整三十三年，熬死两个皇帝，连作风问题都没有，到天启三年（1623），也才当了个兵部侍郎，非常人所能及。

更厉害的是，高先生只当了一年副部长，第二年就退休了。

魏忠贤本不想用这人，但算来算去，在兵部混过的，阉党里也只有他了，于是二话不说，把他找来，说，我要提你的官，去当辽东经略。

高先生一贯胆小，但这次也胆大了，当即回复：不干，死都不干。

为说明他死都不干的决心，他当众给魏忠贤下跪，往死里磕头（叩头乞免）：我都这把老骨头了，就让我在家养老吧。

魏忠贤觉得很空虚。

费了那么多精神，给钱给官，就拉来这么个废物。所以他气愤了：必须去！

混吃等死不可能了，高第擦干眼泪，打起精神，到辽东赴任了。

在辽东，高第用实际行动证实，他虽胆小，但也很无耻。

到地方后，高先生立即上了第一封奏疏：弹劾孙承宗，罪名：吃空额。

经过孙承宗的整顿，当时辽东部队，已达十余万人，对此高第是有数的，但这位兄弟睁眼说瞎话，说他数下来，只有五万人。其余那几万人的工资，都是孙承宗领了。

对此严重指控，孙承宗欣然表示，他没有任何异议。

他同时提议，今后的军饷，就按五万人发放。

这就意味着，每到发工资时，除五万人外，辽东的其余几万苦大兵就要拿着刀，奔高经略要钱。

高第终于明白，为什么东林党都倒了，孙承宗还没倒，要论狡猾，他才刚起步。

但高先生的劣根性根深蒂固，整人不成，又开始整地方。

他一直认为，把防线延伸到锦州、宁远，是不明智的行为，害得经略大人暴露在辽东如此危险的地方，有家都回不去，于心何忍？

还不如放弃整个辽东，退守到山海关，就算失去纵深阵地，就算敌人攻破关卡，至少自己还是有时间跑路的。

他不但这么想，也这么干。

天启五年（1625）十一月，高第下令，撤退。

撤退的地方包括锦州、松山、杏山、宁远、右屯、塔山、大小凌河，总之关外的一切据点，全部撤走。

撤退的物资包括：军队、平民、枪械、粮食，以及所有能搬走的物件。

他想回家，且不想再来。

但老百姓不想走，他们的家就在这里，他们已经失去很多，这是他们仅存的希望。

但他们没有选择，因为高先生说了，必须要走，“家毁田弃，嚎哭震天”，也得走。

高第逃走的时候，并没有追兵，但他逃走的动作实在太过逼真，跑得飞快，看到司令跑路，小兵自然也跑，孙承宗积累了几年的军事物资、军粮随即丢弃一空。

数年辛苦努力，收复四百余里江山，十余万军队，几百个据点，就这样毁于一旦。

希望已经断绝，东林党垮了，孙承宗走了，所谓关宁防线，已名存实亡，时局已无希望。很快，努尔哈赤的铁蹄，就会毫不费力地踩到这片土地上。

没有人想抵抗，也没有人能抵抗，跑路，是唯一的选择。

有一个人没有跑。

他看着四散奔逃的人群，无法控制的混乱，说出了这样的话：

“我是宁前道，必与宁前共存亡！我绝不入关，就算只我一人，也要守在此处（独卧孤城），迎战敌人！”

宁前道者，文官袁崇焕。

袁崇焕

若夫以一身之言动、进退、生死，关系国家之安危、民族之隆替者，于古未始有之。有之，则袁督师其人也。

——梁启超

关于袁崇焕的籍贯，是有纠纷的。他的祖父是广东东莞人，后来去了广西藤县，这就有点儿麻烦，名人就是资源，就要猛抢，东莞说他是东莞人，藤县说他是藤县人，争到今天都没消停。

但无论是东莞，还是藤县，当年都不是啥好地方。

明代的进士不少，但广东和广西的很少，据统计，70%以上都是江西、福建、浙江人，特别是广西，明代二百多年，一个状元都没出过。

袁崇焕就在广西读书，且自幼读书，因为他家是做生意的，那年头做生意的没地位，要想出人头地，只有读书。

就智商而言，袁崇焕是不低的，他二十三岁参加广西省统一考试，中了举人，当时他很得意，写了好几首诗庆祝，以才子自居。

一年后他才知道，自己还差得很远。

袁崇焕去北京考进士了，不久之后，他就回来了。

三年后，他又去了，不久之后，又回来了。

三年后，他又去了，不久之后，又回来了。

以上句式重复四遍，就是袁崇焕同学的考试成绩。

从二十三岁，一直考到三十五岁，考了四次，四次落榜。

万历四十七年（1619），袁崇焕终于考上了进士，他的运气很好。

他的运气确实很好，因为他的名次，是三甲第四十名。

明代的进士录取名额，大致是一百多人，是按成绩高低录取的，排到三甲第四十名，说明他差点儿没考上。

关于这一点，我曾去国子监的进士题名碑上看过，在袁崇焕的那科碑上，我找了很久，才在相当靠下的位置（按名次，由上往下排），找到他的名字。

在当时，考成这样，前途就算是交代了，因为在他之前，但凡建功立业、匡扶社稷，如徐阶、张居正、孙承宗等人，不是一甲榜眼，就是探花，最次也是个二甲庶吉士。

所谓出将入相，名留史册，对位于三甲中下层的袁崇焕同志而言，是一个梦想。

当然，如同许多成功人士（参见朱重八、张居正）一样，袁崇焕小的时候也有许多征兆，预示他将来必定有大出息。比如他放学回家，路过土地庙，当即精神抖擞，开始教育土地公：土地公，为何不去守辽东？！

虽然我很少跟野史较真儿，但这个野史的胡说八道程度，是相当可以的。

袁崇焕是万历十二年（1584）生人，据称此事发生于他少年时期，往海了算，二十八岁时说了这话，也才万历四十年（1612），努尔哈赤先生是万历四十六年（1618）才跟明朝干仗的，按此推算，袁崇焕不但深谋远虑，还可能会预知未来。

话虽如此，但这种事总有人信，总有人讲，忽悠个上千年都不成问题。

比如那位著名的预言家诺查丹玛斯，几百年前说世纪末全体人类都要完蛋，传了几百年，相关书籍、预言一大堆，无数人信，搞得政府还公开辟谣。

我曾研习欧洲史，对这位老骗子，倒还算比较了解。当年他曾给法兰西国王算命，说：国王您身体真是好，能活到九十岁。

国王很高兴，后来挂了，时年二十四岁。

但就当时而言，袁崇焕肯定是个人才（全国能考前一百名，自然是个人才），但相比而言，不算特别显眼的人才。

接下来的事充分说明了这点，由于太不起眼，吏部分配工作的时候，竟然把这位仁兄给漏了，说是没有空闲职位，让他再等一年。

于是袁崇焕在家待业一年，万历四十八年（1620），他终于得到了人生中的第一个职务：福建邵武知县。

邵武，今天还叫邵武，位于福建西北，在武夷山旁边，这就是说，是山区。

在这个山区县城，袁崇焕干得很起劲儿，很积极，丰功伟绩倒说不上，但他曾经爬上房梁，帮老百姓救火。作为一个县太爷，无论如何，这都是不容易的。

至于其他光辉业绩，就不得而知了，毕竟是个县城，要干出什么惊天动地的好事，很难。

天启二年（1622），袁崇焕接到命令，三年任职期满，要去北京述职。

改变命运的时刻到了。

明代的官员考核制度，是十分严格的，京城的就不说了，京察六年一次，每次都掉层皮。即使是外面天高皇帝远的县太爷，无论是偏远山区，还是茫茫沙漠，只要你还活着，轮到你了，就得到本省布政使那里报到，然后由布政使组团，大家一起上路，去北京接受考核。

考核结果分五档，好的晋升，一般的留任，差点儿的调走，没用的退休，乱来的滚蛋。

袁崇焕的成绩大致是前两档，按常理，他最好的结局应该是回福建，升一级，到地级市接着干慢慢熬。

但袁崇焕的运气实在是好得没了边，他不但升了官，还是京官。

因为一个人看中了他。

这个人的名字叫侯恂，时任都察院御史，东林党人。

侯恂是个不出名的人，级别也低，但很擅长看人，是骡子是马，都不用拉出来，看一眼就明白。

当他第一次看到袁崇焕的时候，就认定此人非同寻常，必可大用，这一点，袁崇焕自己都未必知道。

更重要的是，他的职务虽不高，却是御史，可以直接向皇帝上疏，所以他随即写了封奏疏，说我发现了个人才，叫袁崇焕，希望把他留用。

当时正值东林党当政，皇帝大人还管管事，看到奏疏，顺手就给批了。

几天后，袁崇焕接到通知，他不用再回福建当知县了，从今天起，他的职务是，兵部职方司主事，六品。

顺便说句，提拔了袁崇焕的这位无名侯恂，有个著名的儿子，叫做侯方域，如果不知道此人，可以去翻翻《桃花扇》。

接下来的事情十分有名，各种史料上都有记载：兵部职方司主事袁崇焕突然失踪，大家都很着急，四处寻找，后来才知道，刚上任的袁主事去山海关考察了。

这件事有部分是真的，袁崇焕确实去了山海关，但猫腻在于，袁大人失踪绝不是什么大事，也没那么多人找他，当时广宁刚刚失陷，皇帝拉着叶向高的衣服，急得直哭，乱得不行，袁主事无非是个处级干部，鬼才管他去哪儿。

袁崇焕回来了，并用一句话概括了他之后十余年的命运：

“予我兵马钱粮，我一人足守此！”

在当时说这句话，胆必须很壮，因为当时大家认定，辽东必然丢掉，山海关迟早失守，而万恶的朝廷正四处寻找背黑锅的替死鬼往那里送，守辽东相当于判死刑，闯辽东相当于闯刑场。这时候放话，是典型的没事找死。

事情确实如此，袁崇焕刚刚放话，就升官了，因为朝廷听说了袁崇焕的话，大为高兴，把他提为正五品山东按察司佥事、山海关监军，以表彰他勇于背黑锅的勇敢精神。

大家听到这个消息，不管认识的，还是不认识的，都纷纷来为袁崇焕送行，有的还带上了自己的子女，以达到深刻的教育意义：看到了吧，这人就要上刑场了，看你还敢胡乱说话！

在一片哀叹声中，袁崇焕高高兴兴地走了，几个月后，他遇到了上司王在晋，告了他的黑状，又几个月后，他见到了孙承宗。

且慢，且慢，在见到这两个人之前，他还遇见了另一个人，而这次会面是绝不能忽略的。

因为在会面中，袁崇焕确定了一个秘诀，四年后，努尔哈赤就败在了这个秘诀之上。

离开京城之前，袁崇焕去拜见了熊廷弼。

熊廷弼当时刚回来，还没进号子，袁崇焕上门的时候，他并未在意，在他看来，这位袁处长，不过是前往辽东挨踹的另一只菜鸟。

所以他问：

“你去辽东，有什么办法吗？（操何策以往）”

袁崇焕思考片刻，回答：

“主守，后战。”

熊廷弼跳了起来，他兴奋异常，因为他知道，眼前的这个人已经找到了制胜的道路。

所谓主守后战，就是先守再攻，说白了就是先让人打，再打人。

这是句十分简单的话。

真理往往都很简单。

正如毛泽东同志那句著名的军事格言，打得赢就打，打不赢就走。很简单，很管用。

一直以来，明朝的将领们绞尽脑汁，挖坑、造枪、练兵、修碉堡，只求能挡住后金军前进的步伐。

其实要战胜天下无双的努尔哈赤和他那可怕的骑兵，只要这四个字。

这四个字他们并非不知道，只是不想知道。

作为大明天朝的将领，对付辽东地区的小小后金，即使丢了铁岭、丢了沈阳、辽阳，哪怕辽东都丢干净，也要打。

所以就算萨尔浒死十万人，沈阳死六万人，也要攻。

这不是智力问题，而是态度问题。

后金军队不过是抢东西的强盗，努尔哈赤是强盗头，对付这类货色，怎么能当缩头乌龟呢？

然而，袁崇焕明白，按努尔哈赤的实力和级别，就算是强盗，也是巨盗。

他还明白，缩头的，并非一定是乌龟，毒蛇在攻击之前，也要收脖子。

后金骑兵很强大，强大到明朝骑兵已经无法与之对阵，努尔哈赤很聪明，聪明到这个世上已无几人可与之抗衡。

抱持着此种理念，袁崇焕来到辽东，接受了孙承宗的教导。在那里，他掌握胜利的手段，寻找胜利的帮手，坚定胜利的信念。而与此同时，局势也在一步步好转，袁崇焕相信，在孙承宗的指挥下，他终将看到辽东的光复。

然而，这一切注定都是幻想。

天启五年（1625）十月，他所信赖和依靠的孙承宗走了。

走时，袁崇焕前去送行，失声痛哭，然而孙承宗只能说：事已至此，我无能为力。

然而，高第来了，很快，他就看见高大人丢弃了几年来他为之奋斗的一切，土地、防线、军队、平民，毫不吝惜，只为保住自己的性命。

袁崇焕不撤退，虽然他只是个无名小卒，无足轻重，但他有报国的志向，制胜的方法，以及坚定的决心。

在过去的几年里，我一直在这里，默默学习，默默进步，直到有一天，我看到了胜利的希望。

所以我不会撤退，即使你们全都逃走，我也绝不撤退。

“我一人足守此！”

“独卧孤城，以当虏耳！”

现在，履行诺言的时候到了。

但这个诺言是很难兑现的，因为两个月后，他获知了一个可怕的消息。

天启六年（1626）正月十四日，努尔哈赤来了，带着全部家当来了。

根据史料分析，当时后金的全部兵力，如果加上老头、小孩、残疾人，大致在十万左右，而真正的精锐部队，约有六七万人。

努尔哈赤的军队，人数共计六万人，号称二十万。

按某些军事专家的说法，这是当时世界上最为强大的骑兵部队，对于这个说法，我认为比较正确。

理由十分简单：对他们而言，战争是一种乐趣。

由于处于半开化状态，也不在乎什么诗书礼仪、传统道德、工作单位，打小就骑马，骁勇无畏，说打就打绝不含糊，更绝的是，家属也大力支持。

据史料记载，后金骑兵出去拼命前，家里人从不痛哭流涕，悲哀送行，也不抱怨政府，老老少少都高兴得不行，跟过节似的，就一句话，多抢点儿东西回来！

坦白地讲，我很能理解这种心情，啥产业结构都没有，又不大会种地，做生意也不在行，不抢怎么办？

所以他们来了，带着抢掠的意图、锋锐的马刀和胜利的信心。

努尔哈赤是很有把握的，此前，他已等待了四年，自孙承宗到任时起。

一个卓越的战略家，从不会轻易冒险，努尔哈赤符合这个条件，他知道孙承宗的可怕，所以从不敢惹这人，但是现在孙承宗走了。

当年秦桧把岳飞坑死了，多少还议了和，签了合同，现在魏忠贤把孙承宗整走，却是毫无附加值，还附送了许多礼物，礼单包括锦州、松山、杏山、右屯、塔山、大小凌河以及关外的所有据点。

这一年，努尔哈赤六十七岁，就目前史料看，没有老年痴呆的迹象，他还有梦想，梦想抢掠更多的人口、牲畜、土地，壮大自己的子民。

站在他的立场上，这一切似乎都无可厚非。

孙承宗走了，明军撤退了，眼前已是无人之地，很明显，他们已经失去了抵抗的勇气。

进军吧，进军到前所未至的地方，取得前所未有的胜利，无人可挡！

一切都很顺利，后金军毫不费力地占领了大大小小的据点，没有付出任何代价，直到正月二十三日那一天。

天启六年（1626）正月二十三日，努尔哈赤抵达了宁远城郊，惊奇地发现，这座城市竟然有士兵驻守，于是他派出了使者。

他毫不掩饰自己的得意，写出了如下的话：

“我带二十万人前来攻城，必破此城！如果你们投降，我给你们官做。”

在这封信中，他没有提及守将袁崇焕的姓名，要么是他不知道这个人，要么是他知道，却觉得此人不值一提。

总之，在他看来，袁崇焕还是方崇焕都不重要，这座城市很快就会投降，并成为努尔哈赤旅游团路经的又一个观光景点。

三天之后，他会永远记住袁崇焕这个名字。

他原以为要等一天，然而下午，城内的无名小卒袁崇焕就递来了回信：

“这里原本就是你不要的地方，我既然恢复，就应当死守，怎么能够投降呢？”

然后是幽默感：

“你说有二十万人，我知道是假的，只有十三万而已，不过我也不嫌少！”

第十九章　决心

努尔哈赤决定，要把眼前这座不听话的城市，以及那个敢调侃他的无名小卒彻底灭掉。

他相信自己能够做到这一点，因为他已确知，这是一座孤城，在它的前方和后方，没有任何援军，也不会有援军，而在城中抵挡的，只是一名不听招呼的将领和一万多孤立无援的明军。

六年前，在萨尔浒，他用四万多人，击溃了明朝最为精锐的十二万军队，连在朝鲜打得日本人屁滚尿流的名将刘綎，也死在了他的手上。

现在，他率六万精锐军队，一路所向披靡，来到了这座小城，面对着仅一万多人的守军和一个叫袁崇焕的无名小卒。

胜负毫无悬念。

对于这一点，无论是努尔哈赤以及他手下的四大贝勒，还是明朝的高第，甚至孙承宗，都持相同的观点。

我们的同志在困难的时候，要看到成绩，要看到光明，要提高我们的勇气。

——毛泽东

袁崇焕是相信光明的，因为在他的手中，有四种制胜的武器。

第一种武器叫死守，简单说来就是死不出城，任你怎么打，就不出去，死也死在城里。

虽然这个战略比较孬，但很有效，你有六万人，我只有一万人，凭什么出去让你打？有种你打进来，我就认输。

他的第二种武器，叫红夷大炮。

大炮，是明朝的看家本领，当年打日本的时候，就全靠这玩意儿，把上万鬼子送上天，杀人还兼带毁尸功能，实在是驱赶害虫的不二利器。

但这招在努尔哈赤身上，就不大中用了，因为日军的主力是步兵，而后金都是骑兵，速度极快，以明代大炮的射速和质量，没打几炮马刀就招呼过来了。

袁崇焕很清楚这一点，但他依然用上了大炮——进口大炮。

红夷大炮，也叫红衣大炮，纯进口产品，国外生产，国外组装。

我并非瞧不起国货，但就大炮而言，还是外国的好。其实明代的大炮也还凑合，在小型手炮上面（小佛郎机），还有一定技术优势，但像大将军炮这种大型火炮，就出问题了。

这是一个无法攻克的技术难题——炸膛。

大家要知道，当时的火炮，想把炮弹打出去，就要装火药，炮弹越重，火药越多，如果火药装少了，没准炮弹刚出炮膛就掉地上了，最大杀伤力也就是砸人脚。可要是装多了，由于炮管是一个比较封闭的空间，就会内部爆炸，即炸膛。

用哲学观点讲，这是一个把炸药填入炮膛，却只允许其冲击力向一个方向（前方）前进的二律背反悖论。

这个问题到底怎么解决，我不知道，袁崇焕应该也不知道，但外国人知道，他们造出了不炸膛的大炮，并几经辗转，落在了葡萄牙人的手里。

至于这炮到底是哪儿产的，史料有不同说法，有的说是荷兰，有的说是英国，罗尔斯、罗伊斯还是飞利浦，都无所谓，好用就行。

据说这批火炮共有三十门，经葡萄牙倒爷的手，卖给了明朝，拿回来试验，当场就炸膛了一门（绝不能迷信外国货），剩下的倒还能用，经袁崇焕请求，十门炮调到宁远，剩下的留在京城装样子。

这十门大炮里，有一门终将和努尔哈赤结下不解之缘。

为保证大炮好用，袁崇焕还专门找来了一个叫孙元化的人。按照惯例，买进口货，都要配发中文说明书，何况是大炮。葡萄牙人很够意思，虽说是二道贩子，没有说明书，但可以搞培训，就专门找了几个中国人，集中教学，而孙元化就是葡萄牙教导班的优秀学员。

袁崇焕的第三种武器，叫做坚壁清野。

为了保证不让敌人抢走一粒粮，喝到一滴水，袁崇焕命令，烧毁城外的一切房屋、草料，将所有居民转入城内，此外，他还干了一件此前所有努尔哈赤的敌人都没有干过的事——清除内奸。

努尔哈赤是个比较喜欢耍阴招的人，对派奸细里应外合很有兴趣，此前的抚顺、铁岭、辽阳、沈阳、广宁都是这么拿下的。

努尔哈赤不了解袁崇焕，袁崇焕却很了解努尔哈赤，他早摸透了这招，便组织了除奸队，挨家挨户查找外来人口，遇到奸细立马干掉，并且派民兵在城内站岗，预防奸细破坏。

死守、大炮、坚壁清野，但这还不够，远远不够，努尔哈赤手下的六万精兵，已经把宁远团团围住，突围是没有希望的，死守是没有援兵的，即使击溃敌人，他们还会再来，又能支撑多久呢？

所以最终将他带上胜利之路的，是最后一种武器。

这件武器，从一道命令开始。

布置完防务后，袁崇焕叫来下属，让他立即到山海关，找到高第，向他请求一件事。

这位部下清楚，这是去讨援兵，但他也很迷茫，高先生跑得比兔子都快，才把兵撤回去，怎么可能派兵呢？

“此行必定无果，援兵是不会来的。”

袁崇焕镇定地回答：

“我要你去，不是讨援兵的。”

“请你转告高大人，我不要他的援兵，只希望他做一件事。”

“如发现任何自宁远逃回的士兵或将领，格杀勿论！”

这件武器的名字，叫做决心。

我没有朝廷的支持，我没有老师的指导，我没有上级的援兵，我没有胜利的把握，我没有幸存的希望。

但是，我有一个坚定的信念。

我不会后退，我会坚守在这里，战斗到最后一个人，即使同归于尽，也绝不后退。

这就是我的决心。

所以在正月二十四日的那一天，战争即将开始之前，袁崇焕召集了他的所有部下，在一片惊愕声中，向他们跪拜。

他坦白地告诉所有人，不会有援兵，不会有帮手，宁远已经被彻底抛弃。

但是我不想放弃，我将坚守在这里，直到最后一刻。

然后他咬破中指写下血书，郑重地立下了这个誓言。

我不知道士兵们的反应，但我知道，在那场战斗中，在所有坚守城池的人身上，只有勇气、坚定和无畏，没有懦弱。

天启六年（1626）正月二十四日晨，努尔哈赤带着轻蔑的神情，发出了进攻的命令，声势浩大的精锐后金军随即涌向孤独的宁远城。

必须说明，后金军攻城，不是光膀子去的，他们也很清楚，骑着马是冲不上城墙的，事实上，他们有一套相当完整的战术系统，大致有三拨人。

每逢攻击时，后金军的前锋，都由一种特别的兵种担任——兵。所有的兵都推着车，所谓车，是一种木车，在厚木板的前面裹上几层厚牛皮，泼上水，由于木板和牛皮都相当皮实，明军的火器和弓箭无法射破。这是第一拨人。

第二拨是弓箭手，躲在车后面，以斜四十五度角向天上射箭（射程很远），甭管射不射得中，射完就走人。

最后一拨就是骑兵，等前面都忙活完了，距离也就近了，冲出去砍人效果相当好。

无数明军就是这样被击败的，火器不管用，骑兵砍不过人家，只好覆灭。

这次的流程大致相同，无数的兵推着木车，向着城下挺进，他们相信，城中的明军和以往没有区别，火器和弓箭将在牛皮面前屈服。

然而，牛皮破了。

架着云梯的后金军躲在木板和牛皮的后面，等待靠近城墙的时刻，但他们等到的，只是晴天的霹雳声，以及从天而降的不明物体。

值得庆祝的是，他们中的许多人还是俯瞰到了宁远城的全貌——在半空中。

宁远城头的红夷大炮，以可怕的巨响，喷射着灿烂的火焰，把无数的后金军、他们破碎的车，以及无数张牛皮，都送上了天空——然后是地府。

关于红夷大炮的效果，史书中的形容相当贴切且耸人听闻："至处遍地开花，尽皆糜烂。"

当第一声炮响的时候，袁崇焕不在城头，他正在接见外国朋友——朝鲜翻译韩瑗。

巨响吓坏了朝鲜同志，他惊恐地看着袁崇焕，却只见到一张笑脸，以及轻松的三个字：

"贼至矣！"

几个月前，当袁崇焕决心抵抗之时，就已安排了防守体系，总兵满桂守东城，参将祖大寿守南城，副将朱辅守西城，副总兵朱梅守北城，袁崇焕坐镇中楼，居高指挥。

四人之中，以满桂和祖大寿的能力最强，他们守护的东城和南城，也最为坚固。

后金军是很顽强的，在经历了重大打击后，他们毫不放弃，踩着前辈的尸体，继续向城池挺进。

他们选择的主攻方向，是西南面。

这个选择不是太好，因为西边的守将是朱辅，南边的守将是祖大寿，所以守护西南面的，是朱辅和祖大寿。

更麻烦的是，后金军刚踏着同志们的尸体冲到了城墙边，就陷入了一个奇怪的境地。

攻城的方法，大抵是一方架云梯，拼命往上爬，一方扔石头，拼命不让人往上爬，只要皮厚硬头皮，冲上去就赢了。

可是这次不同，城下的后金军惊奇地发现，除顶头挨炮外，他们的左侧、右侧，甚至后方都有连绵不断的炮火攻击，可谓全方位、全立体，无处躲闪，痛不欲生。

这个痛不欲生的问题，曾让我百思不得其解，后来我去了一趟兴城（今宁远），又查了几张地图，解了。

简单地讲，这是一个建筑学问题。

要说清这个问题，应该画几个图，可惜我画得太差，不好拿出来丢人，只好用汉字代替了，看懂就行。

大家知道，一般的城池，是"口"字形，四四方方，一方爬，一方不让爬，比较厚道。

更猛一点儿的设计，是"凹"字形，敌军进攻此类城池时，如进入凹口，就会受到左中右三个方向的攻击，相当难受。

这种设计常见于大城的内城，比如北京的午门，西安古城墙的瓮城，就是这个造型。

或者是城内有点儿兵，没法拉出去打，又不甘心挨打的，也这么修城，杀点儿敌人好过把瘾。

但我查过资料兼实地观察之后，才知道，创意是没有止境的。

宁远的城墙，大致是个"山"字。

也就是说，在城墙的外面，伸出去一道城楼，在这座城楼上派兵驻守，会有很多好处。比如敌人刚进入山字的两个入口时，就打他们的侧翼。敌人完全进入后，就打他们的屁股。如果敌人还没有进来，在城头上架门炮，可以提前把他们送上天。

此外，这个设计还有个好处，敌人冲过来的时候，有这个玩意儿，可以把敌人分流成两截，分开打。

当然疑问也是有的，比如把城楼修得如此靠前，几面受敌，如果敌人集中攻打城楼，该怎么办呢？

答案是随便打，无所谓。

因为这座城楼伸出去，就是让人打的。而且我查了一下，这座城楼可能是实心的，下面没有通道，士兵调遣都在城头上进行，也就是说，即使你把城楼拆了，还得接着啃城墙，压根儿就进不了城。

我不知道这城楼是谁设计的，只觉得这人比较狠。

除地面外，后金军承受了来自前、后、左、右、上（天上）五个方向的打击，他们能够得到的唯一遮挡，就是同伴的尸体，所以片刻之间，已经尸横遍野、血流成河。

然而，进攻者没有退缩，无功而返，努尔哈赤的面子且不管，啥都没弄到，回去怎么跟老婆孩子交代？

在残酷的现实面前，后金军终于爆发了。

虽然不断有战友飞上天空，但他们在尸体的掩护下，终究还是来到了城下，开始架云梯。

然而，炮火实在太猛，天上还不断掉石头，弓箭火枪不停地打，刚架上去，就被推下来，几次三番，他们爬墙的积极性受到了沉重的打击，于是决定改变策略——钻洞。

具体施工方法是，在头上盖牛皮木板，用大斧、刀剑对着城墙猛劈，最终的工程目的，是把城墙凿穿。

这是一个难度很大的工程，头顶上经常高空抛物不说，还缺乏重型施工机械，就凭人刨，那真是相当困难。

但后金军用施工成绩证明，他们之前的一切胜利，都不是侥幸取得的。

在寒冷的正月，后金挖墙队顶着炮火，凭借刀劈手刨，竟然把坚固的城墙挖出了几个大洞，按照史料的说法，是“凿墙缺二丈者三四处”，也就是说，二丈左右的缺口，挖出了三四个。

明军毫无反应。

不是没反应，而是没办法反应，因为城头的大炮是有射程的，敌人若贴近城墙，就会进入射击死角，炮火是打不着的，而火枪、弓箭都无法穿透后金军的牛皮，只能眼睁睁地看着对方紧张施工，毫无办法。

就古代城墙而言，凿开两丈大的洞，就算是致命伤了，一般都能塌掉，但奇怪的是，洞凿开了，城墙却始终不垮。

原因在于天冷，很冷。

按史料分析，当时的温度大致在零下几十度，城墙的地基被冰冻住，所以不管怎么凿，就是垮不下来。

但袁崇焕很着急，因为指望老天爷，毕竟是不靠谱的，按照这个工程进度，没过多久，城墙就会被彻底凿塌，六万人涌进来，说啥都没用了。

目前当务之急，就是干掉城下的那帮牛皮护身的工兵，然而大炮打不着，火枪没有用，如之奈何？

关键时刻，群众的智慧发挥了最为重要的作用。

城墙即将被攻破之际，城头上的明军突然想出了一个反击的方法。

这个方法有如下步骤，先找来一张棉被，铺上稻草，并在里面裹上火药，拿火点燃，扔到城下。

棉被、稻草加上火药，无论是材料，还是操作方法，都是平淡无奇的，但是效果，是非常恐怖的。

几年前，我曾找来少量材料，亲手试验过一次，这次实验的直接结果是，我再没有试过第二次，因为其燃烧的速度和猛烈程度，只能用可怕两个字形容（特别提示，该实验相当危险，切勿轻易尝试，切勿模仿，特此声明）。

明军把棉被卷起来，点上火，扔下去，转瞬间，壮观的一幕出现了。

蘸满了火药的棉被开始剧烈燃烧，开始四处飘散，飘到哪里，就烧到哪里，只要沾上，就会陷入火海，即使就地翻滚，也毫无作用。

在冰天雪地的严寒中，伴随着恐怖的大炮轰鸣声，一道火海包围了宁远城，把无数的后金军送入了地狱，英勇的后金工程队全军覆没。

这种临时发明的武器，就是鼎鼎大名的“万人敌”，从此，它被载入史册，并成为世界上最早的燃烧瓶的雏形。

战斗，直至最后一人

眼前的一切，都超出了努尔哈赤的想象，以及心理承受程度。

万历十二年（1584），他二十五岁，以十三副盔甲起兵，最终杀掉了仇人尼堪外兰，而那一年，袁崇焕才刚刚出生。

他跟随过李成梁，打败过杨镐，杀掉了刘綎、杜松，吓走了王化贞，当他完成这些丰功伟业、名声大振的时候，袁崇焕只是个四品文官，无名小卒。

之前几乎每一次战役，他都以少打多，以弱胜强，然而，现在他带着前所未有的强大兵力，势不可挡之气魄，进攻兵力只有自己六分之一的小人物袁崇焕，却输了。

战无不胜，攻无不克，小本起家的天命大汗是不会输的，也是不能输的，即使伤亡惨重，即使血流成河，用尸体堆，也要堆上城头！

所以，观察片刻之后，他决定改变攻击的方向——南城。

这个决定充分证明，努尔哈赤同志是一位相当合格的指挥官。

他认为，南城就快顶不住了。

南城守将祖大寿同意这个观点。

就实力而言，如果后金军全力攻击城池一面，明军即使有大炮，也盖不住对方人多，失守只是个时间问题。

好在此前后金军缺心眼，好好的城墙不去，偏要往夹角里跑，西边打，南边也打，被打了个乱七八糟，现在，他们终于觉醒了。

知错就改的后金军转换方向，向南城涌去。

我到宁远时，曾围着宁远城墙走了一圈，没掐表，但至少得半小时。宁远城里就一万多人，分摊到四个城头，也就两千多人。以每面城墙一公里长计算，每米守兵大致是两人。

这是最乐观的估算。

所以根据数学测算，面对六万人的拼死攻击，明军是抵挡不住的。

事情的发展与数学模型差不多，初期惊喜之后，后金军终于呈现出了可怕的战斗力，鉴于上面经常扔“万人敌”，墙就不去凿了，改爬云梯。

冲过来的路上，被大炮轰死一批，冲到城脚，被烧死一批，爬墙，被弓箭、火枪射死一批。

没被轰死、烧死、射死的，接着爬。

与此同时，后金军开始组织弓箭队，对城头射箭，提供火力支援。

在这种拼死的猛攻下，明军开始大量伤亡，南城守军损失达三分之一以上，许多后金军爬上城墙，与明军肉搏，形势十分危急。

在祖大寿战败前，袁崇焕赶到了。

袁崇焕并不在城头，他所处的位置，在宁远城正中心的高楼。这个地方，我曾经去过，登上这座高楼，可以清晰地看到四城的战况。

袁崇焕率军赶到南城，在那里，他投入了最后的预备队。

长久以来的训练终于显现了效果，在强敌面前，明军毫无畏惧，与后金军死战，把爬上城头的人赶了回去。

与此同时，为遏制后金军的攻势，明军采用了新战略——火攻。

明军开始大量使用火具，除大炮、万人敌、火枪外，火球甚至火把，但凡是能点燃的，就往城下扔。

这个战略是有道理的，你要知道，这是冬天，而冬天时，后金士兵是有几件棉衣的。

战争是智慧的源泉。很快，更缺德的武器出现了，不知是谁提议，拉出了几条长铁索，用火烧红，甩到城下用来攻击爬墙的后金士兵。

于是壮丽的一幕出现了，在北风呼啸中，几条红色的锁链在南城飘扬，它甩向哪里，惨叫就出现在哪里。

在熊熊的烈火之中，后金的攻势被遏制住了。尸体堆满宁远城下，却始终未能前进一步，直至黄昏。

至此，宁远战役已进行一天，后金军伤亡惨重，死伤达一千余人，却只换来了几块城砖。

然而，战斗并没有结束。

愤怒至极的努尔哈赤下达了一个出人意料的命令：夜战。

夜战并不是后金的优势，但仗打到这个份儿上，缩头就跑，是一个严肃的面子问题，努尔哈赤认定，敌人城池受损，兵力已经到达极限，只要再攻一次，宁远城就会彻底崩塌。

在领导的召唤下，后金士兵举着火把，开始了夜间的进攻。

正如努尔哈赤所料，他很快就等到了崩溃的消息，后金军的崩溃。

几次拼死进攻后，后金的士兵们终于发现，他们确实在逐渐逼近胜利——用一种最为残酷的方法：

攻击无果，伤亡很大，尸体越来越多，越来越厚，如果他们全都死光，是可以踩着尸体爬上去的。

沉默久了，就会爆发，爆发久了，就会崩溃。在又一轮的火烧、炮轰、箭射后，后金军终于违背了命令，全部后撤。

正月二十四日深夜，无奈的努尔哈赤接受了这个事实，他压抑住心中怒火，准备明天再来。

但他不知道的是，如果他不放弃进攻，第二天历史将会彻底改变。

袁崇焕也已顶不住了，他已经投入了所有的预备队，连他自己也亲自上阵，左手还负了伤，如果努尔哈赤豁出去再干一次，后果将不堪设想。

努尔哈赤放弃了，他坚持了，所以他守住了宁远。

而下一个问题是，能否击溃后金，守住宁远。

从当天后金军的表现看，这个问题的答案是肯定的——不能。

没有帮助，没有援军，修了几年的坚城，只用一天，就被打成半成品，敌人的战斗力太过强悍。很明显，如果后金军豁出去，在这里待上几月，就是用手刨也刨下来了。

对于这个答案，袁崇焕的心里是有数的。

于是，他想到了最后一个问题：既然必定失守，还守不守？

他决定坚守下去，即使全军覆没，毫无希望，也要坚持到底，坚持到最后一个人。

> 军队应该具有一往无前的精神，它要压倒一切敌人，而决不被敌人所屈服。不论在任何艰难困苦的场合，只要还有一个人，这个人就要继续战斗下去。
>
> ——毛泽东

袁崇焕很清楚，明天城池或许失守，或许不失守，但终究是要失守的。以努尔哈赤的操行成绩，接踵而来的，必定是杀戮和死亡。

然而，袁崇焕不打算放弃，因为他是一个没有援军、没有粮食、没有理想、没有希望，依然能够坚持下去的人。

四十二年前，袁崇焕出生于穷乡僻壤，一直以来，他都很平凡，平凡地中了秀才，平凡地中了举人，平凡地落榜，平凡地再次赶考，平凡地再次落榜，平凡地最终上榜。

然后是平凡的知县，平凡的处级干部，平凡的四品文官，平凡的学生，直至他违抗命令，孤身一人，面对那个不可一世、强大无比的对手。

四十年平凡的生活，不断地磨砺，沉默地进步，坚定的信念，无比的决心：

只为一天的不朽。

第二十章　胜利　结局

正月二十五日

以前有个人对我说过这样一句话：

只要你不放弃自己，上天就不会放弃你。

绝境中的袁崇焕，在沉思中等来了正月二十五日的清晨，他终究没有放弃。

于是，他等来了奇迹。

天启六年（1626）正月二十五日，改变历史的一天。

努尔哈赤怀着满腔的愤怒，发动了新的进攻。他认为，经过前一天的攻击，宁远已近崩溃，只要最后一击，胜利唾手可得。

然而，他想不到的是，战斗是以一种不可思议的形式开始的。

第一轮进攻被火炮打退后，他看不见勇猛的后金士兵们了。

无论将领们再怎么怒吼，还是威胁，以往工作积极性极高的后金军竟然不买账了，任你怎么说，就是不冲。

这是可以理解的，大家出来打仗，说到底是想抢点儿东西，发点小财。现在人家炮架上了，打死上千人，尸体都堆在那儿，还要往上冲，你当我们白内障看不见啊。

勇敢，也是要有点儿智商的。

努尔哈赤是很地道的，为了消除士兵们的恐惧心理，他毅然决定，停止进攻，先把尸体抢回来。

为一了百了，他还特事特办，在城外开办了简易火葬场，什么遗体告别、追悼会都省了，但凡抢回来的尸体，往里一丢了事。

烧完，接着打。

努尔哈赤已近乎疯狂了，现在他所要的，并不是宁远，也不是辽东，而是脸面。起兵三十年，纵横天下无人可敌，竟然攻不下一座孤城，太丢人了，实在太丢人了。

所以他发誓，无论如何，一定要争回这个面子。

不想丢人，就只能丢命。

面对蜂拥而上的后金军，袁崇焕的策略还是老一套——大炮。

要说这外国货还是靠谱，在城头上轰了一天，非但没有炸膛，还越打越有劲儿。东一炮“尽皆糜烂”，西一炮“尽皆糜烂”，相当皮实。

但是意外还是有的，具体说来是一起安全事故。

很多古装电视剧里，大炮发射大致是这么个过程：一人站在大炮后，拿一火把点引线，引线点燃后轰一声，炮口一圈白烟，远处一片黑烟，这炮就算打出去了。

可以肯定的是，如按此方式发射红夷大炮，必死无疑。

我认为，葡萄牙人之所以卖了大炮还要教打炮，绝不仅是服务意识强，说到底，是怕出事。

由于红夷大炮的威力太大，在大炮轰击时，炮尾炸药爆炸时，会产生巨大的后座力，巨大到震死人不成问题，所以每次发射时，都要从炮筒牵出一条引线，人躲得远远的，拿火点燃再打出去。

经过孙元化的培训，城头的明军大都熟悉规程，严格按安全规定办事，然而在二十五日这一天，由于城头忙不过来，一位通判也上去凑热闹，一手拿线，一手举火，就站在炮尾处点火，结果被当场震死。

但除去这起安全事故外，整体情况还算正常，大炮不停地轰，后金军不停地死，然后是抢尸体，抢完再烧，烧完再打，打完再死，死完再抢、再烧，死死烧烧无穷尽也。

直至那历史性的一炮。

到底是哪一炮，谁都说不清，但可以肯定的是，在那寒冷的一天，漫天的炮火轰鸣声中，有一炮射向了城下，伴随着一片惊叫和哀嚎，命中了一个目标。

这个目标到底是谁，至今不得要领，但可以肯定的是相当重要的，因为一个不重要的人，不会坐在黄帐子里（并及黄龙幕），也不会让大家如此悲痛（嚎哭奔去）。

对于此人的身份，有多种说法。明朝这边，说是努尔哈赤，清朝那边，是压根儿不提。

这也不奇怪，如果战无不胜的努尔哈赤，在一座孤城面前，对阵一个无名小卒，被一颗无名炮弹重伤，实在太不体面，换我，我也不说。

于是接下来，袁崇焕看到了让他百思不得其解的景象，冲了两天的后金军退却了，退到了五里之外。

很明显，坐在黄帐子里的那人，是个大人物，虽按照后金的道德标准，死个把领导也不是什么大事，但这实在是件相当奇怪的事情。

第二天，当袁崇焕站在城头的时候，他终于确信，自己已经创造了奇迹。

后金军仍然在攻城，攻势比前两天更为猛烈，但长期的军事经验告诉袁崇焕，这是撤退的前兆。

几个时辰之后，后金军开始总退却。

当然努尔哈赤是不会甘心的，所以在临走之前，他把所有的怒火发泄到了宁远城边的觉华岛上。那里还驻扎着几千明军，以及上万名无辜的百姓。

那一年的冬天很冷，原本相隔几十里的大海，结上了厚厚的冰。失落的后金军踏着冰层，向岛上发动猛攻，毫无遮挡的明军全军覆没，此外，士兵屠杀了岛上所有的百姓（逢人立碎），以显示努尔哈赤的雄才大略，并向世间证明，努尔哈赤先生并不是无能的，他至少还能杀害手无寸铁的平民。

宁远之战就此结束，率领全部主力、拼死攻击的名将努尔哈赤，最终败给了仅有一万多人，驻守孤城的袁崇焕，铩羽而归。

此战后金损失极为惨重，虽然按照后金的统计，仅伤亡将领两人，士兵五百人。但很明显，这是个相当谦虚的数字。

数学应用题1：十门大炮轰六万人，轰了两天半，每炮每天只轰二十炮（最保守的数字）。问：总共轰多少炮？

答：以两天计算，至少四百炮。

数学应用题2：后金军总共伤亡五百人，以明军攻击数计算，平均每炮轰死多少人？

答：以五百除以四百，平均每炮轰死1.25人。

参考史料："红夷大炮者，周而不停，每炮所中，糜烂数十尺，断无生理。"

综合应用题1. 应用题；2. 及参考史料，得出结论如下：每一个后金士兵，都有高厚度的装甲保护，是不折不扣的钢铁战士。

胡扯到此结束，根据保守统计，在宁远战役中，后金军伤亡的人数，大致在四千人以上，损失大量攻城车辆、兵器。

这是自万历四十六年（1618）以来，后金军的第一次总退却，战无不胜的努尔哈赤终于迎来了他人生的第一次战败。

或许直到最后，他也没弄明白，到底是谁击败了他，那座孤独的宁远城，那几门外国进口的大炮，还是那一万多陷入绝境的明军。

他不知道，他真正的对手，是一种信念。

即使绝望，毫无生机，也永不放弃。

在那座孤独的城市里，有一个叫袁崇焕的人，在过去的几十年中，一直坚守着这样的信念。

他不知道，也永远不会知道了。

因为七个月后，他就翘辫子了。

天启六年（1626）八月十一日，征战半生的努尔哈赤终于逝世了。

他的死因，有很多说法，有说是被炮弹打坏的，也有的说是病死的，但无论是病死还是打死，都跟袁崇焕有着莫大的关系。

挨炮就不说了，那么大一铁砣子，外加各类散弹，穿几个窟窿不说，再加上破伤风，这人就废定了。

就算他没挨炮，精神上也受到了严重的损害，有点儿心理障碍十分正常，外加努先生自打出道以来，从没吃过亏，败在无名小卒的手上，实在太丢面子，就这么憋屈死，也是很有可能的。

在这一点上，袁崇焕也作出了很大贡献，在击退努尔哈赤后，他立即派出了使者，给努老先生送去了一封信，内容如下：

"你横行天下这么久，今天竟然败在我的手里，应该是天命吧！"

努尔哈赤很有礼貌，还派人回了礼，表示下次再跟你小子算账（约期再战）。

至于努先生的内心活动，用他自己的话说，是这样的：

"我自二十五岁起兵以来，攻无不克，战无不胜，小小的宁远，竟然攻不下来，这是命啊！”

说完不久就死了。

一代枭雄努尔哈赤死了，对于这个人的评价，众说纷纭，有些人说他代表了先进的、进步的势力，冲击了腐败的明朝，为历史的发展作出了贡献云云。

我才疏学浅，不敢说通晓古今，但基本道理还是懂的，遍览他的一生，我没有看到进步、发展，只看到了抢掠、杀戮和破坏。

我不清楚什么伟大的历史意义，我只明白，他的马队所到之处，没有先进生产力，没有国民生产指数，没有经济贸易，只有尸横遍野、残屋破瓦，农田变成荒地，平民成为奴隶。

我不知道什么必定取代的新兴霸业，我只知道，说这种话的人，应该自己到后金军的马刀下面亲身体验一回。

马刀下的冤魂和马鞍上的得意，没有丝毫区别，所有的生命，都是平等的，任何人都没有无故剥夺他人生命的权力。